U0006731

無盡的耳語——目次

第一章 庭院的坡度

1

五月以來，一直是晴空麗日。今天天空也一碧如洗，萬里無雲。

塩崎早樹喝著咖啡，從廚房水槽前那扇大窗眺望下方迎著朝陽的庭院。

這座面南的大庭院在原生的石櫟、黑松等深綠樹木與山櫻圍繞下，緩緩向相模灣延伸。

草地間，鋪滿白石的小路蜿蜒，澄黃的金雞菊、淡藍的百子蓮、嫩白的香雪球、豔紫的薰衣草、毛地黃等，百花繚亂，宛如美麗的歐洲庭園。

丈夫克典喜愛英式庭園，最初一草一木都想照這個方向來栽種。但，這片俯瞰大海的開放式地點不太適合，才死了心。

最近，在園藝師的建議下種了幾棵椰子樹，想改成地中海風格的庭園，但目前尚未完成。不僅尚未完成，根本是四不像。

但是，早樹很喜歡這未完成的庭院。比起矯情刻意的外來花種，她更愛自藤架上潑灑而下般盛開的淺紫藤花、隨處可見的白色與粉色的鬱金櫻，以及樸實無華的柑橘這些土生土長的花花草草。

聽說這些是克典的亡妻所種之後，就更加喜歡了。

早樹的視線轉向庭院後那一整片的相模灣。今天早上沐浴在五月陽光下的海，不見波浪，彷彿邀約似地，顯得微微隆起。明明每天都這樣望著海，有些日子水平線看起來就是鼓鼓的，實在很神奇。

話說回來，早樹從未想過自己會住在海邊，而且是住在能眺望相模灣的屋子裡。

為了打斷思緒，早樹把咖啡喝完。三兩下洗好自己的馬克杯，放進廚房內建的洗碗機。

這時候，幾個男人的笑聲隨風而至。早樹拉長身子從廚房的窗戶朝笑聲的來處看。

克典正在露台的紅色陽傘與木製餐桌旁，與年輕的園藝師父們談笑。是在討論打造庭院嗎？克典的背影顯得輕鬆愉快。

早樹想起今天是星期一。

每個星期一，園藝業者大清早便會開著小卡車前來，花整整一天的時間整理庭園。據說其實應該要每天修剪維護，不然庭院很快就會荒廢。

塩崎家的庭院有二反。早樹不知道有「反」這個單位，是克典教她「一反是十公畝，就是一千平方公尺，所以院子有二千平方公尺哦」。

正如早樹對「反」這個單位沒有概念，她對於住在這個庭院大如公園的家也沒有真實感。

直到現在，她依然不覺得這裡是自己的家，總像是暫住。但，要是她說出來，克典一定會很難過吧。

早樹將想法藏在心中，沖了沖盤子和刀叉，放進洗碗機擺好。

再次望向露台，克典和三個園藝師父仍是談興不減。

其中負責這座庭院的園藝師父姓長谷川，是藤澤一家大園藝公司長谷川園的第三代。

另一個三十多歲的男子是助手，總是和長谷川一起行動。而今天早上，還跟著一個貌似見習的新面孔。這個新面孔看來頂多才二十歲。

長谷川和助手就是一身資深園藝的模樣，穿著合身的深藍色高領衫和馬褲，以及分趾鞋。

見習的則是白T和工作褲。三人頭上都綁著白毛巾。

另一邊克典是牛仔褲和連帽衫的年輕打扮，但頭髮是全白的。

四人的話遲遲沒有收尾的樣子，早樹便重新沖了咖啡。將咖啡倒進馬克杯，糖罐和奶盅放進托盤，來到露台。

「大家早。來杯咖啡吧？」

長谷川很客氣，特地取下頭上的毛巾打招呼。長髮在腦後綁成馬尾。

「啊啊，塩崎太太早，真是不好意思。」

見習的年輕人聽到「塩崎太太」，吃驚地去看早樹的臉。

「辛苦了。」

早樹點個頭，長谷川便向見習的下令：

「喂，去接托盤啊！」

年輕人搶也似地趕緊從早樹手中接過托盤，卻一直難為情般低著頭。

但，看來他還是掩飾不了對克典這位年齡差距極大的妻子的好奇，偷瞄早樹的臉。

早樹已習慣這類視線，但男人困惑的意識有時仍令她驚愕。

「早樹，妳知道我們剛剛在說什麼嗎？」

克典一臉平靜地面向早樹。相對於他的年紀，曬得均勻漂亮的皮膚很光滑。

以前早樹總認為，那形同資產家的象徵。不受太陽炙烤、未經肉體勞動而來的，保養得當的皮膚。

克典本來就體形偏瘦，至今也沒有贅肉。如果不是一頭白髮，看起來一定很年輕。

但是，與早樹再婚、將社長的職務讓給長男改當董事長之後，對現世的執著似乎便從克典的眼中急遽消失了。笑起來眼角下垂的臉上，已有將來會變成慈祥老爺爺的預兆。

「在說什麼？」

早樹在長谷川等人面前，以親切的笑容抬頭看克典。內心某處認為在外人面前必須扮演鶼鰈情深的夫妻。

克典應該也早就發現年輕人對早樹的好奇心，想必是自信非凡才能視而不見。

而這份自信，或許，便來自財力——早樹暗自認為。

「這個院子裡有蛇。」

克典愉快地這麼說。

「有蛇？」

早樹吃驚問。

庭院這麼大，她早想過多半會有蛇，但至今尚未遇見過。

「對不起，嚇到您了。」

長谷川為難地搔著頭，露出雪白的牙齒笑了。

長谷川與早樹只相差二、三歲，一年到頭被太陽曬得黑黝黝的，全然便是湘南自營業者第三代的樣貌。

早樹在海邊和餐廳看到過他幾次，在園藝工作以外的時間，他都是T恤或夏威夷花襯衫和短褲、人字拖的打扮。

據說他從小玩衝浪，技術高超不輸職業選手，也曾經在比賽中數度奪魁。但，他曾說過因為他熱愛園藝業，沒有選擇衝浪作為職業。

長谷川的妻子在藤澤教瑜伽和呼拉舞，也曾邀早樹去上課，但她拒絕了。

克典指指位於庭院中央的藤架。

「早樹，那邊的藤架下面，不是有石堆嗎？他們說蛇就住在那裡面。」

「藤架嗎？怎麼住在那裡，真討厭。偏偏挑我最喜歡的地方。」

早樹一皺眉，三個男人便哄然大笑。

「那是錦蛇，沒有毒的。」

長谷川說。

「不過，滿長的哦。」

高個子助手張開雙臂，幾乎快兩公尺。

「不管蛇有沒有毒，我都不想看到。我最討厭蛇了。」

藤架下設有花崗岩長椅，因為靠海，所以不但視野好，通風也好。是早樹心愛的地點。

尤其是藤花開花以來，她便常在那裡看書、午睡，聽到蛇窩就在附近，起了一身雞皮疙瘩。

感覺就像一直看不見的不祥之物突然現身。

「蛇不會作怪的，妳就原諒蛇吧。人才是最可怕的啊。」

克典在早樹肩上輕拍了兩下以示寬慰。

「可是……」

之後，便停下來想著要怎麼接話。

克典的話太大道理了，讓她反駁也不是贊成也不是。每次都這樣。

「不過，我也很討厭蛇。雖然是做這個工作，可是每次牠們出來，被嚇跑的都是我。」

長谷川耍寶地把話接過去，大家都笑了。

結果，見習的年輕人開玩笑說：

「那，長谷川先生，下次我丟進你車上好了。」

對這個不好笑的玩笑，長谷川苦笑了：

「現在的年輕人就是這樣。實在是喔。我好歹也是師父好嗎。」

年輕人大概是明白自己說得太過分了，聳聳肩窘笑。

長谷川帶來的年輕人換得很快。雖說是見習，但看他們個個曬得好黑，可見都是熱愛衝浪的年輕人，對園藝工作並不感興趣，只是來打工而已的吧。

「那，要除掉嗎？」

長谷川看著早樹的臉色。

「除掉？殺死又好像有點可憐。」

「可是，一直有蛇也不太好啊。」

克典沒有特定對誰說。

「只是，蛇明明沒做什麼，聽到要殺總叫人猶豫。對吧？」

長谷川一副熟人的樣子，看著早樹的臉色徵求同意。助手一臉正經地聽著對話。

「既然早樹討厭蛇，還是請人來趕走好了。」克典說完，去看長谷川，「長谷川先生，有沒有知名的抓蛇高手或這類的人？」

趕走這兩個字讓早樹感到有點怪怪的，她便沒作聲。

「沒有這種人啊。」

長谷川苦笑。

「那，我來吧。」年輕人說。

他剛才還開玩笑說要把蛇扔到車上，那麼殺一、兩條蛇對他來說大概不算什麼吧。

「那麼，我們會處理的，太太不用擔心。」

長谷川舉起右手做了個動作，意思是讓早樹寬心。

早樹點點頭，但還是無法釋然。

「好是好，只是那樣也很可憐。蛇能不能趕快去別的地方啊。」

「那我叫牠們搬家好了？」

長谷川笑了。

「不了，等也不是辦法。庭院有蛇還是不太好。就請他們處理吧。」

克典大概是不耐煩了，以隨便的語氣向長谷川說「麻煩了」。

「好的。我們會處理的，請不用擔心。太太，謝謝您的款待。」

長谷川幾個為咖啡道了謝，分頭在庭園裡展開工作。

克典目送他們後，對收拾馬克杯的早樹說：

「不過就是一、兩條蛇，不用放在心上。」

他的意思是，這種程度的殺生不用介意嗎。早樹沒有回答，只是納悶。

要是不知道有蛇，蛇就不用死了。一想到等一下那個年輕的見習很可能就會找到蛇、殘酷地殺害，早樹就很不舒服。

「好可憐啊。」

或許是聽到了早樹的低語，打開了玻璃門準備進客廳的克典回頭：

「早樹，今天沒有風，中午去碼頭吃飯吧？喝個香檳，把蛇給忘了。」

又改變主意了——早樹心裡這麼想，但沒說出口。

「好啊。」

「那就這麼決定了。」

「好。」

早樹的回答並不怎麼積極，但克典沒有發覺。

早樹已約好今天下午去鎌倉的美甲沙龍，所以不想中午就喝酒。

而且，昨天是克典說「開始想吃涼麵了呢」，所以早樹昨晚做好蛋絲冰在冰箱裡，準備中午吃涼麵。

早知道克典會把涼麵忘得一乾二淨的話，應該一做好就放冷凍的。

克典不分午餐、晚餐都很喜歡帶早樹外出用餐。聽說有好吃的餐廳，甚至連東京都內都去。所以就只有早餐一定會在家吃。

聽說他和前一位妻子極少外食，所以這應該也是克典再婚後的變化吧。

只不過，克典晚上已經不大能喝酒了。聽說年輕時可以喝完一整瓶威士忌，但最近酒不多喝，食量本身也減少了。或許是體力變差了。

取而代之的，是中餐時會喝啤酒或紅酒。喝完後小睡一下，下午或是整理庭院，或是出門散步，或是去漁港看魚，過得很隨興。克典的日常生活，完全就是自在寫意。

「不過，蛇的事很讓人震驚啊。」

克典回頭看庭院說。

「要是什麼都不知道在那裡看書，突然有蛇跑出來，一定會嚇得魂飛魄散。」早樹說。

「要是只是嚇一嚇倒是還好。」

「我搞不好會腿軟。」

克典呵呵笑了。

但是，這可不是開玩笑的。想到再也無法以放鬆的心情待在藤架下，早樹深感遺憾。

或許是察覺了早樹的心情，克典道歉：

「我是不是多嘴了？還是不知道是最好。」

「怎麼會呢。知道當然比不知道來得好，你別在意。」

「話是沒錯，可是我看妳好像很震驚。」

克典最關心的，莫過於保證妻子早樹每天都平平穩穩的。

「那，我去書房工作了。十二點前出發。」

克典向準備端托盤的早樹擺擺手。

「好，我知道了。」

早樹收拾好之後，就必須預約餐廳，然後安排計程車。她等於是貼身秘書。

上午，克典會在書房裡看自家公司的股價、接兒子打來報告的電話、寫電子郵件下指示，這是他每天的例行公事。

只有星期五開董事會的時候才會去公司。但也是愛去不去的，平常都窩在湘南。

2

早樹所住的地方，名為母衣山庭園住宅。

這個超高級住宅區位於逗子的K漁港附近的山上，最小單位也是三百坪起跳。

這座山為了不破壞景觀而將電纜地下化，隨處的大豪宅無不坐擁精心保養的寬廣庭園，人們都說這裡宛如國外高級別墅區。塩崎家位於山頂，佔地也最廣。

從家裡到緊鄰K漁港的遊艇碼頭，只要下了母衣山就到了，搭計程車不到十分鐘。走路也到得了，但克典不願意走。

在碼頭的餐廳前下了計程車，早樹走在克典身後，經過了椰子樹等距栽種的入口。

克典喜歡在人前被早樹照顧。不，早樹也喜歡這麼做。

心裡就是有個念頭，想讓四周的人知道她和一個年紀大她許多的資產家結婚絕不是為了錢，而是愛他、想對他好。

當然，早樹是真心愛克典、真心想對他好的。只是，對世人不這麼看而心存防衛。克典也真的對自己慈愛有加，所以她認為必須回報。

早樹頭一次知道，一個過去很少顧及妻子的男人，在妻子突然病逝後，迎來一個年紀小了許多的女子作為伴侶，他的感情竟是如此充滿悔恨的溫柔。

婚後，克典似乎把與早樹共度工作與庭園以外的所有時間當作自己的義務。

例如，克典把遊艇停在碼頭。但是，早樹不喜歡海，所以他就不開了。

於是遊艇只有克典的長男智典帶著孩子來時才有機會開，等於生生浪費了。

但是，克典渾不在意。高爾夫球和出國旅行也一樣，凡是早樹不感興趣的事他一概不做。克典公然表示只要和早樹一起做她喜歡的事就很幸福。

但是，早樹幾乎沒有可以與旁人分享的興趣和休閒活動。因為她的休閒，頂多就是一個人看書、看電影而已。

打扮不求流行時尚，只求穿得舒服，吃飯不必山珍海味，只求吃得香甜，安心理得過日子，是她唯一的興趣。

這樣的自己為什麼吸引克典，她一點也不明白。

克典七十二歲。與四十一歲的早樹相差三十一歲。

就克典而言，多半是因為兩人能共度的時光有限，才會決心極力避免浪費時間，配合早樹生活的吧。

所以早樹至今從未對克典生氣，也從未惹克典生氣。感覺是比被父愛母愛更大的愛包圍著。

克典的幾個孩子，以四十六歲的智典為首，下面還有兩個女兒：長女亞矢，和次女真矢。

長男智典繼承了克典的遊戲軟體公司，成為社長。在南麻布有房子，輕井澤和夏威夷的別墅則是克典給的。

他的妻子名叫優子，與早樹同齡。優子之前在電視台上班，在晨間資訊節目擔任一角。智典就是這樣注意到她的。

長女亞矢四十四歲。嫁給牙醫後住在神戶，有一個念小學的孩子。次女真矢也與早樹同樣是四十一歲，她則是單身。在東京都內的稅務會計事務所上班。

也就是說，塩崎克典身邊，同齡的女人多達三人。早樹、長媳優子，以及小女兒真矢。

優子是說，公公克典在遇見早樹之後變了。

『真的哦。以前爸真的是工作狂。無論是睡著醒著都滿腦子工作。所以，說起來算是很自我的人，智典說他連太太的生日都不記得。也幾乎都不在家，一直在公司工作。』

優子似乎對早樹很感興趣，每次從都內自己開車上母衣山來玩，都會聊很多才回去。

『爸對我兩個小孩一點都不感興趣，明明是內孫。跟他說生了，也是哦，是嗎，恭禧這樣。我想，爸是在媽走了之後，才明白她有多重要吧。爸就是這麼遲鈍。』

當然，優子主要都是挑克典去開董事會不在家的星期五來。

『我又不能喊早樹媽，那該怎麼叫才好？』

苦笑之後，又告訴早樹塩崎家的種種。

早樹喜歡優子這份直率，甚至還同情她，因為看來她和克典的亡妻和兩個小姑大概都處不太來。

但是，早樹的母親卻說『是因為可能有人說妳結這個婚是為了錢，人家才來探妳的情況的吧？』。原來如此，原來一般人是這樣看的啊——早樹大為驚愕。

但，最近優子似乎認定早樹是給克典養老送終的重要人物，說起話來更沒顧忌了。

碼頭內的餐廳裡，他們被帶到能看海的好位子。

克典一落座，便像分派任務般看早樹。

很清楚該怎麼做的早樹很快地決定好菜色，點了香檳和克典愛吃的尼斯沙拉。

「本日義大利麵是海膽冷麵。」

克典懶得戴老花眼鏡，問早樹：
「其他還有什麼?」
「還有蛤蠣、羊肉醬和生魩仔魚。」
克典環顧四周，然後說：
「生魩仔魚太腥了。我想吃海膽義大利麵，妳覺得呢?」
「海膽的普林偏高呢。」
不太適合尿酸高的克典。
「可是，偶爾想吃一下。」
「那，和我一起分吧。」
早樹當機立斷，克典滿意地點頭。
克典的視線落在早樹的左手上。
鑽石訂婚戒指太過張揚，但克典送的其他昂貴的戒指和項鍊早樹也難得戴，只戴簡樸的婚戒，對這一點克典一直很在意。
早樹在意克典的視線，右手疊在左手上蓋住無名指。
香檳上桌了，早樹便與克典碰了杯。
「敬院子裡的蛇。」
克典開玩笑這麼說，讓早樹又想起來。
一想像長谷川他們這時候不知怎麼處置蛇的屍體，頓時感到噁心。
「別說了。」
「抱歉。妳真的很討厭蛇喔。」克典苦笑。「對了，今天下午有什麼安排?」
克典頭一次這樣問，早樹便看著手機裡的行事曆回答：
「二點要去鎌倉的美甲沙龍。」
一點過後回到家就必須立刻換衣服出門，而且又因為喝過香檳，得叫計程車。心裡正這樣盤算時，卻聽克典悠哉地說：
「其實呢，長谷川提議說，要不要在庭院裡放藝術品。我本來是沒什麼興趣，不過他是說，那麼大的院子，最好放個象徵的東西。他說下午會帶照片過來讓我看。我是希望早樹也一起看。」

「藝術品？」

早樹吃驚地反問。

「嗯。他說他認識做石雕的藝術家。一個藝大畢業的男性，作品很棒，所以想在我們院子裡放一件那個人的作品，說這樣院子就會有重點。像現在這樣，說不上是哪種風格，要說日西合併嗎，各種要素太多了，所以最好有一個主概念。」

早樹很喜歡現在這個既是英式花園風，又是普羅旺斯風、地中海風，同時又有日本樹木的庭院。

所以，她覺得現在這樣就好，但園藝是克典現在的興趣。

早樹決定不要干涉太多，便沒有作聲。

「吶，妳覺得呢？」

「克典覺得好就好。」

一聽這話，克典臉上閃過煩躁的表情。

「可是，那也是早樹的庭院啊。」

「是沒錯。」

「妳都沒想過嗎？」

「這個嘛，」說著早樹歪著頭，「有嗎？」

「怎麼這麼不清不楚的。」

不是的，只是自己出身公教家庭，不習慣可以花大錢隨心所欲改變環境的生活而已。

或者，也許是她其實並沒有那麼喜歡能夠盡情花錢的生活。但是，就算撕了她的嘴，她也不敢告訴克典。

「對不起。我大概只是還沒有習慣這些吧。我沒有園藝方面的知識，說到藝術品，我也不知道是什麼樣子。」

她小聲這麼說，克典一副了然於心的樣子點點頭。

「原來如此，說的也是。妳是個含蓄低調的人嘛。所以我才會喜歡妳，覺得一定要支持妳。」

中午就喝了兩杯香檳，克典的臉泛紅了。我真的是「含蓄低調」的人嗎？

自己究竟是什麼樣的人，早樹沒有把握能明確回答。

3

她與塩崎克典是採訪認識的。

五年前，當時克典仍是「優尼索德」的社長。

當時的早樹，在朋友擔任編輯的報社相關網站寫企業領袖訪談之類的報導。以社長為對象的訪談工作非常麻煩。社長都很忙碌，要取得會面就要脫一層皮，報導寫好後的審核也很囉嗦。

等到社長開了金口，有些社長只談公司的宣傳，也有些討人厭的說起話來就是氣勢凌人。當中，會性騷的不止一個兩個。

有這麼多辛苦麻煩，報酬卻微不足道，但當時早樹只要有工作就接。否則，會對將來不安得不知所措。

優尼索德公司是從塩崎克典的祖父創立的玩具公司「Shiozaki」開始的。

二十年前，克典主導開發的遊戲軟體一炮而紅，才將營運項目改為遊戲軟體公司。最近變成以行動裝置為主，市場擴大，股票也上市了。

早樹不認為塩崎克典會答應一介毫無門路的網路寫手的採訪，但還是姑且一試向公關部門聯絡，對方竟然一下就答應受訪，反而令她吃了一驚。

只不過，對方希望在母衣山的住處受訪，而不是赤坂的總公司。

大公司的社長竟然願意讓私生活曝光雖令早樹感到意外，但也做好準備，料想頂多就是在門口意思意思敷衍一下。

早樹連母衣山這個地方在哪裡都不知道，在網路查了便在逗子站下車。

那是一個入秋微涼的日子。她在計程車招呼站說了母衣山的住址，得到一個驚訝的表情。

「是塩崎先生家吧？」

「是的。您知道？」

司機一副那當然的樣子點點頭。

早樹心想一定是因為人家是名公司的社長，結果來到母衣山後嚇了一跳。原來塩崎家是位於山頂的大豪宅。

而且塩崎家的存在，儼然體現了母衣山這個在日本也難能可貴的高級住宅區。

紅瓦白牆的西班牙風格建築的入口，流麗得幾乎令人卻步，環繞著樹籬而非實牆也充滿異國風情。

樹籬種的是與住宅不太相配的大株丹桂。正值橘色花朵盛開，香氣逼人，濃郁得幾乎令人發暈。

但，被芬芳包圍的家不知為何顯得沉鬱。

早樹按了對講機按鈕，裡面的人大概正看著她緊張的樣子吧。

「咦，妳一個人嗎？」

對講機傳來驚訝的男聲。

「是的。」

不久，厚厚的大門便開了。

看照片看熟的男子就站在眼前，但他沒有穿西裝，而是白襯衫黑長褲。

眼眶凹陷，顯得很疲憊。

「敝姓加野，是撰搞人。不好意思今天到府上打擾。我們……」

塩崎打斷早樹般插嘴問道：

「咦？我記得是有攝影需求的採訪吧。攝影師呢？」

早樹心裡訝異著這個人真性急，還是晚點預定要出門？答道：

「沒有攝影師。由我用這個拍。」

見早樹出示手上的手機，塩崎苦笑：

「這我還是頭一次遇到。我還以為一定會來一群人。剛剛才準備了四個杯子。」

哦？塩崎克典家沒有請人幫忙做家事嗎？這是早樹的第一個疑問。

玄關沒有脫鞋的落塵區。正遲疑著不知怎麼辦時，塩崎說「不用脫鞋，請直接進來。」這令早樹很驚訝，心想難道這個家連生活方式都和國外一樣嗎。

髒髒的鞋子在室內莫名顯得寒酸。早樹走進屋內，一面對自己的舊平底鞋感到丟臉。

客廳很大，進深很深。精緻的寄木細工地板處處鋪著地毯和手工波斯毯。

右側牆面是直達天花板的裝飾架，上面擺著書和陶瓷器等物。左側是開闊的露台，可以望見平緩向下的庭院。

庭院再過去，便是秋天的海。

「看得見海呢。」

早樹不禁脫口說，塩崎聳聳肩，說：

「妳喜歡海嗎？」

早樹不答，望著相模灣。

猛地一回神，只見塩崎困惑地看著早樹。

「請坐。」

「啊，不好意思。」

自己一定是出神了。早樹趕緊在對方示意的沙發上坐下。

皮沙發上有幾根看似狗毛的白色毛髮。她用手指拈起來放在旁邊。

「不好意思，打掃得不是很乾淨。內人過世之後，打掃的人又辭職什麼的。」

塩崎眼尖看到，這樣道歉。

經他一提，客廳深處的裝飾架上擺著看似遺照的照片。早樹滿懷歉意。

「尊夫人過世了啊。真的很抱歉，在這種時候來打擾。」

「沒關係。都快一年了。」

塩崎不以為意地搖搖手。

報紙和網路新聞都沒報導過這個消息，所以早樹完全不知道。自己傻呼呼地要求採訪，塩崎一定是基於善意才答應的吧。

「是生病走的嗎？」

明知這是私事，早樹還是大膽問了。塩崎困惑地說：

「請問，訪談已經開始了嗎？」

「沒有，這件事我不會寫的。」

「麻煩了。畢竟是私事。加野小姐是嗎？請稍等一下。我去泡茶，等泡好了再開始。」

塩崎一臉正色回應。

早樹聽到喀哩喀哩聲回頭一看，通往露台的玻璃門外，一隻白色的貴賓狗正用牠的小爪子抓玻璃。

是因為有客人才把牠放出去的嗎？早樹的視線與狗對上。狗狗看來年紀不小了，瘦瘦的，眼周有淚溢的現象。

狗似乎想進來，拚命抓玻璃。早樹遲疑著不知怎麼辦，又不能不經塩崎同意放牠進來，就這樣一直和狗四目相對。

「不好意思，久等了。」

塩崎回來了，將裝有咖啡的杯盤放在茶几上。還有盛了咖啡糖的糖罐及奶精。

「謝謝。」早樹道謝後，指著狗問：「可以放牠進來嗎？」

「哦，可以啊。請。」

早樹一打開玻璃門，狗便跳進來，抗議般對著塩崎叫。

「很吵吧。不好意思。」

「哪裡，我不介意。塩崎先生不太喜歡狗嗎？」

早樹一問，塩崎一臉驚訝：

「我看起來像討厭狗嗎？」

早樹發現自己說得太過分了，為失禮道歉：

「對不起。您家裡養狗，我卻說這種失禮的話。」

「不會不會，一點也不失禮。我是不討厭狗，不過這隻狗好像很討厭我。」

狗似乎聽得懂塩崎的話，只見牠突然別過頭，搖搖晃晃地朝裡面走。

「牠啊，是內人養的狗。本來就不太肯親近我，內人走了之後就突然會吠我。而且，還日夜顛倒。一到晚上就邊叫邊在家裡走來走去，吵得我不知該怎麼辦。一開始我以為牠是到處在找內人，後來才知道好像是失智了。聽獸醫說狗要是受到打擊，也會精神異常，我才明白了。」

塩崎回頭看了看狗離去的方向說。

他視線的盡頭，是妻子的遺照。一個白皙豐腴的女性笑盈盈的照片。

「原來狗也會失智啊，我都不知道。一定是尊夫人的過世對牠造成很大的打擊吧。」

早樹朝狗消失的客廳深處看。右彎之後的地方變得昏暗。

看樣子，狗是消失在拉上窗簾的昏暗房間裡。

「是啊，狗也知道大難臨頭了。主人突然死了，這個男人又一點都不可靠，牠一定很無助吧。」

塩崎喝著咖啡笑了。

「狗狗之前一定很依賴尊夫人吧。」

「是啊。因為我總是不在家。就被牠蓋章認定這傢伙沒用、不及格。」

狗也知道什麼叫無依無靠嗎？早樹為狗狗失去唯一能夠依靠的飼主難過。

在一小段沉默之後，早樹照例出示數位錄音機，徵求錄音許可。

「訪談內容可以錄音嗎？」

「可以的，請。」

塩崎看看數位錄音機，點頭。

早樹從透明資料夾取出網站印出來的頁面給塩崎看。

「我想請您談三十分鐘左右，將內容刊載在這個網站上。」

塩崎不感興趣地朝全國連鎖折扣酒行社長的照片瞄了一眼：

「這類報導，是不是都要先說座右銘之類的？」

早樹微笑著搖頭：

「也可以，不過我每次都會先請教受訪者為什麼願意上我們的網站。」

「這位社長是怎麼說的？」

塩崎指著連鎖酒行的社長照片問。才三十出頭的社長露出充滿自信的笑容。

「他明白表示因為可以幫公司宣傳。」

早樹打開筆記，一邊抬頭看塩崎。

「原來如此，非得說這種話不可啊。我倒是完全沒有想到可以宣傳。」

塩崎自言自語般低聲說，朝庭院望。

早樹也跟著看過去，相模灣映入眼簾。秋日的海顯得比夏日更閃亮，光到底施了什麼魔法？早樹瞬間閃神想到毫無關連的事。

「加野小姐，妳相信靈魂嗎？」

突然被這麼問，儘管困惑，早樹仍搖頭說：

「不相信。」

可能是早樹回答得太快，塩崎笑了笑：

「秒答啊。我也不相信。我認為人死了就結束了。只是啊，也有人有不同的看法。」說完，停頓一下。「我的小女兒有點特別，從小就會說一些奇怪的話。」

塩崎的女兒會說些什麼呢？早樹等著他繼續說下去，意識到自己已準備就緒。

「我小女兒年紀和妳差不多。現在大概三十六吧。她從小就常對身邊的人說自己看得見鬼魂。內人告訴我時，我還真的擔心過她的心智有沒有問題，怕她是為了想出鋒頭才這麼說。不是常有這種人嗎？說一些子虛烏有的，想引人注意。」

塩崎徵求同意般看早樹的眼睛。

但是，事關塩崎的女兒。早樹斟酌用詞，小聲說：

「是嗎？」

「她很早就離開父母生活，所以我一直以為她這個毛病都好了。結果，內人走的時候，她來這裡果然就說了：媽媽還在這個家裡。還會指著寢室的暗處說，看，就在那裡。」

雖然能理解塩崎的女兒的悲傷，但早樹很怕所謂的超自然現象。她曾因為所謂的靈異人士而吃了不少苦頭。

早樹不禁閉上眼睛，塩崎見此道歉：

「不好意思，是不是嚇到妳了？」

「不會的，我沒事。」

早樹平靜下來回視塩崎的臉。她不怕。倒是思索著塩崎與那位與自己年紀相當的女兒之間，是不是有什麼心結。

塩崎繼續說道：

「我明白對女兒說，如果媽媽還在這個家，那我很高興，因為我必須向她道歉。但女兒卻說這裡很可怕，就不回來了。那時候我很吃驚，沒想到她到現在還真的相信有靈魂。」

「令千金一定是一直相信靈魂真的存在吧。」

「嗯，是啊。」塩崎說。

「塩崎先生不相信嗎？」

「當然不信。我最討厭不科學的事。看得見靈魂這種事，根本是一種信仰了。」

塩崎說得斬釘截鐵。

「只不過，聽了女兒的話，我的想法有所改變也是事實。如果說內人的靈魂真的還在這邊，那我要告訴她我的決定。我要跟她說，我不工作了，相信我，我已經對外宣布了。我以後會一直待在家裡，妳也安心長眠吧。明明不信鬼神卻被女兒影響，說來矛盾，但我就是這樣想了。」

「塩崎先生要從優尼索德的社長卸任？」

早樹很驚訝，望著塩崎的臉想試探他的真意。

塩崎應該才六十六、七歲。

「是的，我正考慮近期就讓兒子接班。」

「那是因為令千金說看見靈魂的關係嗎？這是關鍵？」

「所以我不是說，這是原因之一嗎？」

這時的塩崎顯得有些煩躁。

「塩崎先生對卸任之後有什麼打算？」

早樹不氣餒繼續發問。

「應該會擔任董事長，不過只是名義上而已。我想就是退休，弄弄庭院。」

塩崎的視線再度轉向庭院。兩隻老鷹在秋日的天空中盤旋。

「您還年輕，為什麼呢？是為了您剛才說的，安慰尊夫人的靈魂嗎？」

雖覺得死纏爛打，但她無論如何就是想問。塩崎沉穩下來。他平靜地答道：

「不不不，我說過好幾次，我並不相信。只是這件事成為我考慮的契機。大概是我突然厭倦工作了吧。開始想我真的要這樣過一生嗎？然後就厭倦了。據說人老了，就會發現還有什麼事沒做，我也想來找找我的。一說這種話，別人大概會說這傢伙也終於服老了。不過沒關係，老就老。我要走我的路，就這樣。」

塩崎說得乾脆灑脫，然後看了看咖啡杯，一副「沒了啊」的樣子。

早樹大膽再問：

「塩崎先生，您說您不相信，我卻覺得您是想把您的決心告訴尊夫人的靈魂。」

塩崎微微一笑，看著早樹：

「妳的話真有趣。」

「會嗎？」早樹偏著頭。「很有趣嗎？我問的時候覺得很哀傷。」

「哀傷嗎？原來如此，妳很有吸收能力呢。」

所謂的吸收能力，是吸收別人的悲傷嗎？還是同理心呢？早樹確實是對塩崎的話很感興趣。

塩崎心中，多半有人不斷地耳語，對他說：這樣你真的甘願嗎？

早樹覺得彷彿能聽見那些耳語。

「不，我不明白。」

但是，早樹含糊回答。

因為，自己竟然與採訪對象聊得興起，她覺得很丟臉。

「不好意思，一直說些逾越的話，請見諒。」

「沒關係。」塩崎揮揮手。「有個人可以聊聊這些，心情上也會比較輕鬆。」

「那就好。」

早樹假裝確認數位錄音機的狀況，瞄了一下手錶。她進屋來已經過了三十分鐘。

「我內人啊，是去年底在這個家走的。」

塩崎忽然主動說起來。

「就在這屋裡？」

早樹不能不驚訝，這樣反問。

「就在這裡。」塩崎回想般眼望半空。「那天，再三天就是聖誕節。我去大阪出差。在那裡接到幫傭的電話，說內人在家變冷了。於是我匆匆趕回來。」

早樹趕緊停掉數位錄音機。塩崎注意到早樹的貼心，道謝般點點頭。

「幫傭每週一、四、六會來幫忙打掃和做家事。我離家出差是星期二。當時內人也好好的。我對她說的最後一句話是『那我走了』。接著是幫傭星期四來，在浴室的更衣處發現了已經冰冷的內人。」

塩崎說到這裡停頓了一下。

「內人病倒，恐怕是星期二晚上的事。洗完澡出來，要穿衣服的時候倒下的。是腦溢血。家裡沒有任何人，動不了、也無法跟任何人聯絡。據說狗一直蹲在她身邊，可是狗又不會打電話。都是因為我當晚不在，害內人走得可憐。」

在極度寒冷的季節一絲不掛地倒下，無法動彈地死去。就連要想像那個狀況都很痛苦。

「實在非常遺憾。」

早樹小聲說。

「她走得真的很意外。」塩崎說。「人沒有辦法選擇要怎麼離開。」

「可是，令千金為什麼說可怕呢？」

早樹鼓起勇氣問。塩崎歪著頭：

「這個，我也不明白她真正的意思，可能是生我的氣吧。我真的不是出去玩，所以只能認了運氣不好，可是或許是內人那樣無法動彈地死去，與她感情最好的女兒感受到她的不甘和遺憾，把那些轉化為對我的怒氣吧。」

早樹不知該說什麼，沉默著，塩崎卻像赫然從夢中驚醒一般，露出窘笑。

「不好意思。沒想到會對加野小姐說起這些。因為妳是一個人過來，我就忘形說起私事。害妳得聽這些，真抱歉。」

「哪裡，沒這回事。」

早樹搖搖頭。塩崎會答應刊出訪談嗎？她擔心的是這個。

「塩崎先生，今天的訪談怎麼辦呢？您願意刊登在網站上嗎？或者，先看了我整理好的內容，再決定是否刊登，您認為如何？」

「可以麻煩妳嗎？」

塩崎放心地呼了一口氣。

「那麼，請讓我拍個照。」

早樹以手機從塩崎的正面拍了幾張照，讓塩崎看。

「妳真會拍照。」

塩崎客套地說。

但是，意外聽了塩崎一番內心話，早樹的心情很沉重。

幾天後，早樹印在名片上的那個電子信箱收到了塩崎的來信。表示還是希望前幾天的訪談不要刊登。

也難怪。他是因為狗吵鬧才意外吐露了心情。一時不慎說出不好向任何人談起的事而後悔，是人之常情。

早樹回信表明理解後，收到了一封鄭重其事的道歉函和「補償金」名義的現金五萬圓。

早樹很為難，但又想退回去也很不懂事，便將裝有現金的信封直接收進了辦公桌的抽屜。

訪談半年後的初春。

早樹在銀座中央通六丁目的十字路口等紅燈。一輛黑頭公司車停在眼前，後座的車窗打開。

早樹花了一點時間才認出從車窗露臉的是塩崎。原因是，訪談時才半白的頭髮全部變白了。

早樹覺得那彷彿代表了塩崎受到了孤獨的責罰，心頭微驚。

「加野小姐？我是塩崎。」

塩崎打開車門，特地下了車。

一身剪裁極佳的西裝配上低調的領帶，儼然優良企業的社長風範。

「好久不見。上次非常謝謝您。」

見早樹了行禮，塩崎道歉道：

「哪裡，我才不好意思。害妳白跑了一趟。」

早樹正想為上次那筆錢道謝，但看燈號變了，反而是塩崎欠欠身：

「想必妳還有事，下次再聯絡吧。想請妳有空時吃個飯，方便嗎？」

早樹回答方便。看塩崎才短短半年就頭髮全白，實在可憐。

第二天，塩崎來信。

「今天的股東會已通過新舊交替。非常感謝加野小姐的關懷。」

幾週後，塩崎請她吃飯。

4

結果，早樹取消了美甲沙龍之約。

吃過中飯，又叫了計程車，與克典回到母衣山家中時，已是午後一點多了。

「兩位回來了。」

長谷川在玄關前等著。

應該是回去換過衣服了吧，本來的高領工作服換成白T恤，分趾鞋換成球鞋。

「不好意思讓你等了。照片帶來了嗎？」

克典問，長谷川便出示了手中的牛皮紙袋和iPad。

「帶來了，在這裡。」

克典開玄關的門時，早樹問長谷川：

「另外幾位呢？」

長谷川朝庭院一指，答「在工作」。午休應該早就結束了。

「本來想請各位喝個冰茶的。」

「不用費心，他們自己會喝水的。」這樣說完，長谷川想起什麼般補上一句：「啊，對了，太太。」

「什麼事？」早樹停下腳步。

「關於蛇，對不起，我們沒有找到。」

長谷川一臉正色地道歉。

早樹拍拍胸口。她雖然不想遇到蛇，但如果因為她害怕就要蛇的命，她也實在過意不去。

「找不到蛇了？」

先進屋的克典大概也聽到了，回頭問。

「是的，我們把那邊都找遍了，都沒看到影子。下次看到一定會處理，請不用擔心。」

「說得這麼威武，可是長谷川先生不是說自己怕蛇嗎？」

克典笑道。

「當然怕呀。看到蜷成一團的蛇，真的很噁心啊。」

長谷川假裝擦汗，把兩人逗笑了。

「好，那就請你們繼續找，我們先來看你說的那個藝術品還是雕塑什麼的吧。」

克典在客廳的椅子上坐下，這麼說。

大概是午餐喝了兩杯香檳，已經睏倦地半張著眼了。

看長谷川在沙發上坐下之後，早樹進了廚房，準備冰綠茶。

從窗戶可以看見見習的年輕人以生澀的腳步走進花壇，撿起枯萎的花丟進塑膠袋。

「早樹，來一下。」

克典在叫人。

「好，我這就來。」

早樹將冰茶倒進薄薄的清水燒茶杯，一邊回答。茶托則是選了黑色的漆器。

無論餐具、茶具、花器，日用品她幾乎都是直接使用克典的亡妻所收集的。

克典也曾向早樹提議把東西全部丟掉換新的，但一想到不光是克典，三個孩子一定有很多熟悉、捨不得的東西，早樹實在沒辦法丟。

反正，既然決定住母衣山的房子，再討厭還是會看到前妻所挑選、遺留的東西。家具、家飾品、餐具。

家中處處都有她生活過的痕跡。不僅如此，整間屋子、整座庭院，全都有她的喜好。

但，早樹並不排斥。一來是佩服去世前妻的卓越品味，也因為她與自己的母親幾乎同齡，使早樹產生了親近感。

還有就是，早樹從來沒有對任何人說過，但她就是撫拭不掉「這裡只是臨時居所」的意識。

她總覺得將來有一天克典走了，自己就會離開母衣山。

「久等了。」

早樹輕輕在長谷川和克典面前放下冰茶，在克典身旁的椅子上坐下。

克典一直看著牛皮紙袋裡拿出來的大張彩色照片。長谷川則是以曬黑的指尖滑著iPad螢幕。

「妳覺得這個怎麼樣？」

克典給早樹看幾張照片。

那是大理石雕刻的照片。使用的是暖色系的淡黃色大理石，表面打磨得發亮。

雕刻成一片吐司捲起來般柔和的圓筒形，卻是有開口的。

照片中一個身穿黑衣看似創作者的鬍子男，雙臂環胸站在雕刻旁。這樣不用量也看得出作品的大小。那座雕刻很大，約與男子同高。

「是這位先生做的嗎？」

早樹這麼問，長谷川加以說明：

「是的，這位是中神先生，得過很多國際獎項。」

長谷川也讓他們看了iPad，但克典似乎沒聽過藝術家的名字，歪著頭。

「比我想像的大呢。要去哪裡找這麼大的石頭呀？」

早樹邊說邊拿起其他作品的照片來看。

另一個作品是白色大理石做的，呈塔形，尾端像麥穗般尖尖的。這個看起來也很大。

「這個圓筒形的，放在庭院正中央很有迫力。」

長谷川指著露台過去的那片庭院。

「會嗎？」克典說。

似乎不怎麼起勁。

「整個形象不會混亂嗎？」

「不會，正好相反。現在沒有重點，感覺就是個看得到海的大庭院不是嗎？可是，一放上藝術品，就會有點不可思議的感覺。我想，這邊這個『焰』放在露台前正好。」

所以看起來像麥穗的東西叫「焰」。早樹拿起照片，重新端詳。

「圓筒形的那個作品，名為『海聲聽』。所以我想可以立在面向海那邊。」

「是什麼意涵？」

克典一臉訝異，長谷川拿iPad開始說明。畫面上已經點開了中神的網站。

「意思是傾聽海底傳來的聲音。上面說，這個形狀是為了接收來自大海的訊息。就是這一點讓我很感動。」

長谷川賣力推薦。

克典戴上老花眼鏡，接過iPad，開始滑。

「原來如此。作品的概念的確和庭院吻合。」

克典這樣說完，看著早樹的臉好像想問什麼。

「『焰』呢？」

早樹問，長谷川便看著螢幕回答：

「這個表現的是人活下去的力量。」

「所以主屋這邊放活下去的力量，庭院中央放聽海的耳朵，這樣嗎？」

看克典這樣接著說，長谷川開心地笑了：

「不愧是塩崎先生。您這麼一說，我也覺得那個形狀有點皺折，代表的是耳朵。」

「下次，你能不能幫忙問問中神先生？」

克典說，長谷川點點頭：

「當然好。那，這兩個，您怎麼決定？」

不知何時這兩個變成一組了。

「那，就擺擺看吧。」

聽到克典的回答，長谷川眉開眼笑：

「謝謝您。中神先生一定會很高興的。『海聲聽』和這個『焰』是成對的作品，他很希望能擺在像這樣可以看得到海的地方。」

「所以長谷川先生才向我推薦啊？」

「正是。我認為塩崎先生的庭院最適合了。」

長谷川邊把iPad收進保護套邊開心地說。

「對了，兩件多少錢？」

長谷川的聲音小了些。

「『海聲聽』七百萬，『焰』五百萬。不過，我們是要設置在中神先生希望的、看得到海的庭院，這是可遇而不可求的條件，我想他會願意減價的。」

「大概會是多少？」

克典再度看著照片說。

「兩件大約會是一千萬左右。我來問問確切到底是多少。」

「那，就請你朝這個方向辦。」

「謝謝您。」

長谷川以雀躍的聲音回答。

金額這麼大的購物竟然幾句話就決定了？早樹愣住了，但她當然沒有插嘴。克典年收入多少、可以自由支配的有多少，她都不知道。也沒有特別想知道。

「可以嗎？買這兩個。」

克典還是會徵求她的同意，所以早樹點點頭。

「嗯，我覺得很好。」

擔心地觀察早樹神色的長谷川也朝早樹說「謝謝」道謝。

「中神先生也常創作公共藝術。我是在他創作護岸藝術的時候認識他的。他是個很熱血的人，要是知道塩崎先生欣賞他的作品，一定會很高興的。」

早樹覺得克典也太好說話了。

看長谷川的面子，買了無法輕易拆除的大型藝術品也就算了，要是和庭院不合怎麼辦？

而且老實說，她也不認為那兩件作品是一直置身於嚴峻的遊戲產業的克典會想要的。

「那麼，我先失陪了。」

長谷川一回去進行園藝工作，克典就打了一個大哈欠站起來。

「我要午睡一下。」

「嗯，睡一下比較好。」

早樹收拾茶具洗好之後，去寢室看看狀況。

克典側躺著睡在加大雙人床的一端。

正在拉窗簾，以為睡著的克典睜開了眼睛。

「不用拉了。」

早樹停下來問：

「可是，不會太亮嗎？」

「沒關係。不然會睡過頭。」

「那，我叫你吧？」

「好。能不能三點叫我？」

「我知道了。」

正準備出去，克典以想睡而含糊的聲音說：

「剛才的藝術品啊，早樹不喜歡吧？」

「沒有，沒有不喜歡。只是很大，有點擔心適不適合庭院。」

早樹找了藉口。

「不，我知道的，早樹不喜歡那種的。不過，我喜歡『海聲聽』那個作品的名字。所以才買了。」

「名字？為什麼？」

「我在想，早樹應該很想一直聽著海聲。所以，我覺得放在庭院裡正好。就，一時高興啦。」

克典在早樹回答之前便發出睡著的鼻息，也就是早樹有好一會兒都說不出話來。

聽海聲的耳朵。這麼詩意的話無法表達早樹的心情。

活著是為了想知道真相，但後來發現終究無法知道於是死了心，努力不再放在心上。這才是她現在的心境。

但是，她非常了解克典顧慮自己的心意。而今後，每次看到放在庭院的雕刻，心都會被刺一下吧。

早樹想起與塩崎結婚的經過。回想起來，緣分真奇妙。

在銀座中央通巧遇後過了幾週，早樹再收到塩崎請她吃飯的電子郵件。

本來是想婉拒的，但信開頭的一句話讓早樹改變了主意。

「那隻狗終於死了。」

早樹認為「終於」這個詞代表的，多半是塩崎的解放感。

身為一隻狗卻幻想纏身，被一個自己不喜歡的飼主養著，一定很痛苦。

早樹雖然同情狗，但塩崎也承擔了與討厭自己的狗生活在一起的麻煩。這也很可憐。

早樹覺得塩崎是想與自己談這些，才決定赴約的。

塩崎請她去的，是摘下好幾顆星的法國料理名店。

她很怕那種要令人神經緊張的店，但塩崎雖退居董事長，畢竟是有頭有臉的企業名人。總不能去平價居酒屋吧。

「讓您久等了。」

被帶進後面包廂時，塩崎已經先喝起啤酒了。他穿著灰色的西裝，卻不是灰沉沉的顏色。

「不好意思，我先喝了。」

「哪裡，請用。」

這樣感覺比較輕鬆。早樹鬆了一口氣，把包包擱在旁邊的位子。

「上次接受了採訪，卻害妳作廢，實在抱歉。」

塩崎低頭行禮。

「哪裡，我才是讓您多破費，反而過意不去。也來不及向您道謝，實在是失禮了。」

一套禮儀性的寒暄說完，便是令人窒息的沉默。早樹受不了，便鼓起勇氣說：

「那隻狗去世了啊。」

塩崎點點頭：

「是的。我回到家不見牠的影子，到處找，結果牠在內人的床底下都冷了。」

「內人床底下」這幾個字讓早樹吃了一驚，臉上大概閃過怯色。

塩崎眼尖看了早樹的表情，然後苦笑。

「妳不覺得簡直像故意的？」

「我想那是巧合。」

早樹一本正經地回答。

「一點也沒錯，是巧合。不過，我也覺得，牠對我一點也不信任。」說完又停頓了。「其實有一件事我上次沒有提到，不，其實我沒有對任何人說過。」

早樹本來正要喝紅酒，聽了便放下酒杯看著塩崎。

「像內人的情形，據說在倒下整整一天後都還沒斷氣。所以，要是我星期三晚上回家，應該是來得及救的。然後，接下來才是重點。其實，並不是有什麼重要的事讓我回不去。可是，我就是不想回去。所以我就安排了一點事情，在大阪耗著，多住了一晚。」

套餐的菜送上來，塩崎靜默了。

「用餐吧。」

彼此無言地用餐，但片刻之後，早樹放下叉子小聲問道：

「塩崎先生為什麼不想回家？」

塩崎偏著頭苦笑：

「為什麼呢。大阪我不知去過多少次，該去的地方都去過了。所以不是我想久待的地方。可是我卻也沒那個心情走遠一點去京都觀光。大女兒雖然嫁到神戶，我也從來沒想過要去看她。我要先聲明，我在外面當然沒有女人。結果，我向飯店延了一晚，在街上走走，到地下街的咖啡店坐坐，就只是延後回家而已。我平常很忙，所以那時候就獨自享受一下在工作間的空檔偷閒的心情。偶爾去出差，就會有那種心情。我那時候根本沒有想起妻子。」

「您沒有打電話回家嗎？」

「打過一次。在決定多留一晚的時候。電話轉進語音信箱，我就留言說要晚一天回去。可是，也就只打了這一次。我一點也沒想到電話沒人接轉進語音信箱很奇怪。小女兒質問我都沒有想到回家看看媽媽怎麼了嗎？我還真的沒有想到。因為我向來如此。也就是說，我這個人都是以自己的工作為主軸，對別的事完全不感興趣。」

「您在自責嗎？」

塩崎思索片刻，搖搖頭。

「我沒自責過。不過，在別人看來，不能說毫無責任吧。我是這種人，但家人卻不是。想必是不巧的事都湊在一起了。像這樣一連串的不巧，就算說了他們也無法理解。可是，人生有時候不就是會這樣？就算痛苦，也只能忍耐。」

塩崎邊切牛排邊說。

早樹心想，這個人很受傷。只怕是被小女兒狠狠責怪了。

「所以，您才會想從職場上退下來的嗎？」

「嗯，是啊。說起來，是這把年紀才埋頭改造自己。」

塩崎看著早樹，微微一笑。

「不好意思，我一直問問題。像是沒採訪完似的。」

早樹道歉。

「沒關係。還有什麼想問的嗎？能夠說出來，我心裡也會比較清爽。」

塩崎的臉從牛排盤上抬起來。

「後來，您與您小女兒怎麼樣了？」

早樹問了她好奇的地方。塩崎搖搖頭。

「幾乎沒有聯絡。她完全不肯來我這裡。所以，狗的事我也沒跟她說。她也很疼那隻狗，我是認為應該早點告訴她，但也就算了。也許她也不想知道。」塩崎以爽快的語氣說。「我和老大工作在一起，常會見面，可是老大也有家人。大女兒嫁去神戶，很少回來。」

所以身為家庭重心的母親一死，一家人就四分五裂了。而且小女兒對父親極不信任。

見早樹不作聲，塩崎問：

「不好意思，加野小姐是不是跟我小女兒年紀差不多？」說完，又補充了女兒的出生年月日。

「我們同年。我大了兩個月。」

「那麼，妳也看得到鬼魂之類的嗎？」

塩崎開玩笑地問，早樹不禁笑了：

「很可惜，我看不到。」早樹這樣回答，猶豫之後又接著說：「可是，我見過號稱看得到的人。」

「所謂的通靈人士嗎？」

早樹點點頭，但沒有說出來。

那些人，是庸介的母親的朋友找來的。庸介是早樹的丈夫。

「我不相信他們。我認為那些人只是描述他們心中的幻想而已。有時候還會傷害別人。塩崎先生在訪談的時候說過，那是一種信仰。我認為您說的一點也沒錯。」

早樹一口氣說完，喝了紅酒。

「對了，加野小姐結婚了吧？」

塩崎看了早樹左手無名指的結婚戒指說。

「結婚了，但現在情況很複雜。」

早樹的回答，似乎讓塩崎以為是離婚問題。他急忙說：

「妳如果不想說就別提了。」

「不會，我不介意。」

說完這句話的那一瞬間，早樹才發現原來自己也想找人談談。

「其實，我先生失蹤了。」

塩崎的臉色大變。

「那可不得了。對不起，我不該亂問的。」

5

早樹的丈夫，加野庸介，在三年前的秋天，獨自去三浦半島海釣就沒有回來。

第二天早上，在海上尋獲了船，但釣具明明都在，卻不見庸介人影。

有好幾名漁夫和釣客都看到庸介在三崎港租船出港。

出港這件事，是因此而得到了證明，但當天是個風平浪靜的陰天，所以至今一直尚未證實遇難。

船有燃料，引擎和電池也沒有異常，唯獨庸介憑空自海上消失了。

聽說常有人在船上方便時落水，但庸介常去海釣，早樹認為他不可能會犯這種失誤。

早樹說完，只見塩崎一臉同情。

「妳一直都在等妳先生吧。」

「是啊，本來是的。」

過去式。這是早樹的真心話。頭一年她不知如何是好，在等待的同時，每天都不得不累積新的心理準備。

隨著日子一天天過去，再也見不到他的心理準備越來越強。

到了第二年，疑惑與悔恨漸增。莫非庸介是自殺而非遇難的懷疑佔據了心頭。

也許是我害的——後悔之念湧現，只覺得怎麼樣都不對，不知如何自處。回想起來，那是她心靈最脆弱的時候。

到了第三年，對於庸介生還已完全不抱希望的同時，開始強烈認為必須重建自己的生活。

無論庸介如何，都必須要養活自己。

本來一直是用存款來付公寓的房租的，但這也已經快到極限了。早樹想退掉公寓，搬到房租便宜的地方去時，庸介的母親介入了。

她說，這樣當庸介回來的時候，會無家可歸。得知婆婆還相信庸介會回來，早樹為之愕然。母子之間，確實有不同於夫妻的牽絆。

早樹以在死亡認定前不搬家為條件，接受了庸介父母的房租資助。

說是說資助，但領年金過日子的老夫婦能拿出來的錢也微乎其微。

但是，這筆微乎其微的小錢，卻綁住了早樹。

不久，婆婆便每天都會打一次電話來。問「今天怎麼樣啊」，回答「在想要不要去看個電影」，就追問要和誰去哪裡看什麼。令人窒息。

從此，她便拚命接工作，也開始了網路寫手的工作。

可是，早樹為自立所做的努力，對庸介的母親而言卻是無比失落，也曾經意有所指地責怪早樹簡直像是忘了兒子。於是，她與婆婆之間的距離與日俱增。

早樹陷入沉思，塩崎對她說：

「加野小姐，等也是有限度的吧。海難的死亡認定不是很快嗎？」

早樹心想著塩崎果然很實際，答道：

「好像是漁船遇難、遭遇海嘯等等明顯的海難才是。就算沒有任何人目擊災難發生，綜合一切客觀證據，例如：海相險惡、水溫低、有人看到沒穿救生背心落海等等，也可以認定。所以，像我先生這樣，既沒有目擊者，又是才剛入秋水溫並不低，就會遲遲無法認定。我想，大概就跟一般的失蹤案一樣，要等七年。」

「那麼，就是要妳不知生死等七年？」

早樹嘆著氣搖頭：

「不，生這方面我幾乎死心了。我已經等累了。」

「我想也是。」塩崎點點頭。「妳還年輕，一定要向前走。」

自己是個薄情的妻子嗎？不，早樹不認為。但是，她提議等過了三年就辦葬禮，卻被庸介的母親痛罵一頓。

我們都還沒有失去希望，早樹妳卻想趕快把葬禮辦一辦，忘了庸介是不是？

那麼，庸介跑到哪裡去了？

為什麼不回到我身邊？

早樹很想這樣質問庸介的母親。

但是，由於庸介的父親病重，她讓步了，結果要等認定死亡之後再辦葬禮。

「這種事需要一個期限。否則精神上會受不了。」

早樹忍不住把想法說出來，塩崎也同意。

「是啊。我能理解。像我，是來得太突然，很希望能有一點緩衝時間，而妳卻是思考的時間太長了。」

然而，庸介的母親卻不想定期限。沒有期限成了她活下去的支柱。該怎麼辦才好？

「我以前覺得同病相憐這個詞很討厭，但也許也有幾分道理。」

「是嗎？」

早樹偏頭說。

「是我失禮了。只有我自己覺得我們有相同的處境吧。」

他們兩人唯一的共通點，就是他們受過沉重的打擊。

然而，塩崎繼續說道：

「如果妳願意，我們以後再見面聊聊吧。請到母衣山來玩。」

早樹明白自己不主動說要去，是對年齡差距有所顧慮。

「啊，真是抱歉。」

塩崎忽然想到什麼，突然這麼說。

「怎麼了？」

早樹吃了一驚，把紅酒杯放回桌上。

「我家看得到相模灣。而我卻要妳到母衣山來，實在太沒神經了。」

「怎麼會，我一點也沒這麼想。」

不不不——塩崎說著搖頭，

「妳到我家時，開口第一句話便是『這裡看得見海』。我還以為妳喜歡海，隨口應了一下，現在想來可能很失禮。」

「不會的。」早樹對塩崎的用心苦笑。「真的沒有，請您別介意。」

「可是，妳先生就是在相模灣遇難的吧？妳不會討厭看到海嗎？」

早樹偏著頭，尋思要怎麼表達。

「不會。我看到海，會有一種非常不可思議、難以形容的心情。我會想，他是在那個無邊無際又可怕的地方不見的，也難怪會找不到。所以，多看一下海也許比較好。」

塩崎苦笑著嘆了一口氣。

「原來如此。海的確是無邊無際又可怕。」

想接著說「但也很美」嗎。早樹緩緩搖頭：

「已經夠了。我一等再等，他就是不回來。」

心想，也許人家會覺得我這個做妻子的怎麼這麼快就死心，但早樹還是說了實話。

「我能理解。對了，」塩崎頓了一下，改變了話題，「不好意思，妳先生從事哪方面的工作？」

「他在大學任教。」早樹說了一所位於神奈川縣的私立大學，「他是文學院的副教授。」

早樹和丈夫庸介，是在東京一所私立大學認識的。當時早樹是碩士生，大她三歲的庸介正攻讀博士學位。

以現狀而言，即使取得博士學位也很難找到工作，但庸介研究的是比較文學，因此很快便謀得教職。

然而，他在任教的大學裡，除了日本近代文學，還必須教法文，一週有多達十二個小時的課。

不但如此，到了考季還必須出試題，『就是因為比較文學一人多工，人家才願意給工作的』——庸介平時就常向早樹這樣抱怨。

「妳先生的專業領域是？」

塩崎問起。

「日本近代文學和法國的比較文學。近代文學是研究谷崎潤一郎。」

「哦，很優秀呢。」

塩崎不知想起什麼，做出呆望半空的樣子。

是啊。庸介是公公婆婆自豪的兒子。

『從小就很會念書，大家都誇他聰明得不得了。還在念小學，就把他爸爸書架上的書全都看完了，我都不知道呢。後來聽他說他全都看完的時候，我從來沒那麼驚訝過。』

這段話早樹不知聽婆婆眉飛色舞地說過多少次。

「既然妳也從事寫作的工作，學的也是這方面的吧？」

塩崎邊接過甜點菜單邊看著早樹的臉。

「是啊，我和加野是在大學裡認識的。我研究所畢業之後，一直找不到工作，就進了一家為銀行編輯公關刊物的公司。工作非常有趣，但後來那家銀行決定停辦實體刊物改為電子雜誌。公司被IT公司併購了，但不是我想要的，便辭職了。所以才成為自由撰稿人。塩崎先生的訪談，也是這方面的工作之一。」

「妳也是研究谷崎嗎？」

不是——早樹低下頭，遲疑著要不要說。因為她感到塩崎對自己有強烈的興趣，有點害怕。

「我研究的是美國文學。」

本想接著說楚門・卡波提，但又覺得要是話題意外熱絡也麻煩，便沒說了。

她對塩崎喪妻的經歷深感同情，雖有好感，卻完全沒有想到要與他有特別的關係。不，當時的早樹與任何人都不想有特別的關係。

「美國文學啊。我對這方面一竅不通。」

塩崎這麼說，笑了笑，就沒作聲了。早樹心想，也許他感覺到自己封鎖了資訊，很欣賞塩崎的敏銳。

入秋時，塩崎又要請她吃飯，但時間協調不來，那一年就沒有再見面了。

第二年春天，庸介的父親在長久以來反覆多次住院出院後，終於死於肺癌。

早樹為了探望情緒不穩的婆婆，每週都要在中目黑的公寓與大泉學園的婆家之間來回好幾次。不，如果只是來回還算好。獨生子行蹤不明，又失去丈夫，婆婆惶惶不安想和早樹同住。

『我們都寂寞，要互相幫助呀。再說，一起住，也省房租不是嗎？』

這是早樹絕對想避免的，於是她更加投入工作，減少到婆家的次數。但是，即使她賣命工作，少了丈夫六百八十萬的年薪，缺口太大了。

早樹搬離中目黑租的公寓，在高井戶租了兩房的木造公寓。當時，婆婆又重複了同樣的話。

『庸介回來的時候，會找不到家呀。求求妳，不要搬家。』

話雖如此，沒有錢就活不下去。早樹瞞著婆婆搬了家。反正，她每天都會打電話來。

後來，庸介消失過了五年。那一年，早樹與退居董事長的塩崎每幾個月見一次面，共進晚餐。

早樹過膩了每天只能與女性朋友與工作對象說話的日子，對她而言，塩崎是個很好的談話對象。所以，年底被求婚的時候，她並不感到意外。

「妳說過，妳先生失蹤過了七年，就會被認定為死亡。在那之後，妳願意與我結婚嗎？妳比我年輕三十歲，我無意束縛妳。我沒有任何要求。只是覺得如果我們能一起生活，談天說地，一定很開心。而且，妳過得太辛苦了。我希望無論在金錢上還是精神上，都能讓妳輕鬆一點。」

聽到他這麼說，早樹才發現原來自己早已疲憊不堪。

第二章 來自海的聲音

1

正面承受盛夏的陽光，庭院的樹木彷彿停止了所有活動般悄然無聲。相模海的海面上，帆船朝葉山方向行駛。看來只有豆子大小，但碧海與白帆對比鮮明，從這裡也能看得一清二楚。

令人昏昏欲睡的盛夏午後，克典的長男一家來開遊艇，順便上了母衣山。他們上次來是過年的時候。

「那是什麼？」

智典毫不客氣地大聲說。

在他所指的方向，一個淺黃色巨大物體正反射著陽光發亮。

克典買下的藝術品，在庭院正中央展現出異樣的存在感。

「上上個禮拜放的。」

早樹回答，仍坐在椅子上不動。

「哦，這樣呀。真驚人。優子，妳來看一下。」

智典叫了妻子優子。

優子正要吃淋了紅酒的西瓜丁，聞言放下甜點匙站了起來。

「哎呀，什麼時候有的呀。挺大的呢。」

優子站在智典身旁，伸手在眼睛上方擋陽光，看著庭院說。

「就像那個箱根的美術館，就那個啊，叫什麼來著？」

「雕塑之森美術館？」

優子回答之後，不知想起什麼笑了。

但智典一臉嚴肅地凝視著那座雕塑。

「真驚人。」

智典又喃喃說了同樣的話，轉向坐在沙發上的兒子們。

夫婦倆的兒子，直典和悠人雙雙專注於電玩，一張臉緊貼著雙手緊握的遊戲機。恐怕連父母的話都沒聽見。

老大直典小學三年級，名字有塩崎家長男代代繼承的「典」字。

老二悠人讀小一。因為身為次男可以不用「典」子，所以名字是優子取的。可能是這個緣故，優子看來特別疼小兒子。

「早樹，那是老爸的消遣嗎？妳怎麼沒阻止？」

智典對早樹說。語氣似乎有所不滿，但眼睛在笑。

「有那麼怪嗎？」

早樹知道智典想說什麼，卻一副意外的樣子故作吃驚。

「很怪啊。」

智典邊說邊朝後面瞄了一眼。

克典午餐吃鰻魚餐盒時喝了不少冷酒，正在寢室裡午睡。

「到底是怎麼了啊。以前又不喜歡那些。」

智典一再歪頭納悶。

「早樹，那種的應該很貴吧？」

優子悄聲問。

「我不知道確實的數字，不過聽說不便宜。」

早樹選擇了避重就輕的說法。

加上安裝費和運費，應該給了中神一千二百萬。

「傷腦筋欸。這個庭院就是好在什麼都沒有。正中央擺了那麼大一個東西，感覺不是很怪嗎？」

克典不在場，智典也就直言不諱。尋求同意般看了優子，然後轉向早樹。

智典在體型方面，例如身形偏瘦等等，像極了克典，只是不知像了誰，他的頭髮已經開始變少了。但，穿著水洗藍的T恤和白色短褲在窗邊一站，全然便是公子哥兒樣，架勢十足。

優子則是將頭髮盤起來，穿著流行的長裙和白色背心。耳朵上戴著大圈圈耳環，一切與曬成小麥色的肌膚完美搭配，看來年輕了十歲。

「聽說和露台上的雕塑是成對的。」

聽到早樹的說明，智典一臉驚訝。

「這也是買的吧。兩個加起來多少？看起來很貴。」

外面很熱，所以智典沒有打開通往露台的玻璃門，朝「焰」指。

「價錢就要問克典了。」

早樹微笑著說。

「可是，不好意思，露台那邊那個不會有點擋路嗎？」

優子小聲表達異議，然後去看智典。

「嗯，會擋住視野。而且啊，那個大小就算想拆也沒那麼容易。」

決定要買之後，創作者中神來看了庭院選好設置地點，然後進行製作水泥地基的工程，等一個月水泥乾透了才安裝的，所以前前後後耗時二個多月才全部完成。安裝也必須出動起重機，來了一大群作業員，勞師動眾，相當於一起小工程。

「早樹，等爸走了以後，這個怎麼辦？就這樣放著？」

兒子智典似乎認為買藝術品完全是父親的消遣。

早樹雖然很想解釋不是這樣，是克典顧及她的心情才買的，但她不曾向智典他們詳細說明庸介的意外。克典好像也只告訴他們早樹的前夫去世了。

「嗯，我覺得就放著。」

早樹站在克典那邊。

「好吧，早樹覺得好就好。」

智典看著優子的臉說。

他大概是認為克典死後，母衣山的房子會給早樹吧。

但是，一想到要一個人住在這個擁有廣大庭院的家，每天看著相模灣和雕塑，早樹的心情就很沉重。

智典不知想到什麼，突然叫兩個兒子。

「直，悠，過來，跟爸爸一起去看庭院那個怪東西。」

聽到「怪東西」，只有老二訝異地抬起頭。老大還是一臉聽而不聞繼續打電動。

「小直，爸爸約你一起去庭院。」

優子一出聲，直典臉上閃現嫌麻煩的表情，倒也乖乖放下遊戲機站起來。

「來，直也過來。我們去看那個。」

「外面很熱吧？」

直典抬頭求救般看優子，但智典已經帶著弟弟打開了露台的玻璃門，也只好無奈地跟著出去。

「喔喔，好熱。」

優子趕緊關上露台的門。

房子位於山頂上，所以風大，但室外氣溫高達三十五度，吹進來的是熱風。

優子在早樹對面坐下，拿起剛才吃西瓜的湯匙。

「早樹小姐，我在碼頭問了一下，你們好像都沒有去開船呢。」

「不好意思，我很怕船。」

早樹並沒有道歉的必要，但優子的說法聽起來有質問的意味。

「爸爸真體貼。」優子小聲繼續說。「他以前那麼喜歡開船的，所以是配合早樹的吧。」

「我想應該不是。」

「說到這，妳也不打高爾夫球喔。」

「嗯，我沒打過。」

一點興趣也沒有。

「所以爸爸也是因為這樣不打高爾夫球的嗎？那也是配合妳了。」

「這我就不曉得了。」

早樹繼續裝傻，優子的上身卻向前靠過來。

「那，你們兩個每天都在做什麼？這裡很無聊吧？」

優子這種先入為主的說法，早樹雖然不是不反感，但還是老實答道：

「是啊，在做些什麼呢？和克典說說話，想想要吃什麼，打掃一下露台，看看庭院，一天就過了。」

這是真的。克典常說，年紀大了就覺得日子過得很快，早樹好像也被克典感染，覺得時光飛逝。

「早樹是不是也變老成了？」

優子突然變回同齡人的語氣笑了。

「可能哦。」

早樹也跟著笑了。

「早樹要老還太早了。妳不是跟我同年嗎？」

「是沒錯。」

「我說呀，下次要不要一起去夏威夷？」

「真不錯。」早樹配合地說。

「很好玩哦。早上早點去打高爾夫球，下午坐帆船。然後再去血拚。這次我要跟一群媽媽朋友一起去，妳也一起來吧？一直跟爸在一起，也會累積一些壓力吧？畢竟，妳等於是扮演照顧者的角色嘛。」

早樹心想，優子誤會了。

當然，她要預約餐廳、安排座車、為收到的禮寫謝函等等，有很多秘書性的雜務。

但是，克典是個不用人照顧的丈夫。早樹幾乎沒有為照克典做過什麼。

書房永遠都乾乾淨淨、整整齊齊，服裝儀容也是自己打理。而且品味卓越，打扮出眾。外出和出差也都是克典自己準備。其實克典是不喜歡別人插手的那種人。

「我一點也沒有照顧呀。克典什麼都自己做。」

見早樹故意說笑，優子似乎就發現自己說得太過分了。

「哎呀，不好意思。這就跟我老公不一樣了。」

她笑著敷衍過去。「他在家什麼都不做。一般不是常說丈夫會幫忙倒垃圾嗎？他卻一次都沒倒過。不管我怎麼唸，衣服脫下來就隨便亂丟，馬桶蓋永遠都不會放下來。一回到家，就整個邋遢起來。兒子又會學他，實在頭痛。」

「可見在外面情緒都很緊繃。」

「才沒有呢。他是吃定我了。」

優子揮揮手。聊著聊著，就越來越不客套了。

「會嗎？我看智典和他爸爸不太像呢。」

優子皺起畫得很漂亮的眉毛：

「就是啊。不過呀，讓我很意外的是，煮火鍋的時候我老公就會管很多。烤肉的時候也都要聽他的，偶爾也會做俄式酸奶燉牛肉之類，很費工的料理。好像滿喜歡做菜的。爸爸完全不進廚房吧？」

「是啊。」早樹點點頭。

克典就只不擅長做菜。早樹曾問過他在妻子過世後到底都怎麼解決民生問題。

幫傭是上午九點來。所以早上只喝自己煮的咖啡，就去上班了。

中餐、晚餐都在外面吃，假日一早就到碼頭去吃飯，再一個人出海。

克典現在會喜歡和早樹兩個人一起用餐，也許是當時寂寞的反彈。

「我想我先生是像過世的媽媽。長得也像，媽媽很會做菜也很愛做菜。」

說完，優子又一副「糟了」的樣子閉上嘴。大概又是覺得在繼室面前不該這麼說，儘管大家同齡。

優子是莽撞了些，想到什麼說什麼，但發現自己說錯話的反應又很誠實直接，令人無法討厭。

「是啊，一定是的。」

早樹柔聲表示同意，然後朝庭院看。

大太陽底下，智典與兩個年幼的孩子正在雕塑前玩鬧。

悠人做出爬雕塑的動作搞笑，智典和直典笑著，表情神似。

「喏，剛才說的夏威夷，妳不會去對不對？」

優子邊問邊將泡足了紅酒的西瓜放進嘴裡。

「如果克典一起的話，我是很想去。」

我自己就很難了——早樹把這句話按下沒說。因為她認為，不說優子也懂。

「那可不行。就是要全部都女生才好玩呀。」

「是啊。那，就很遺憾了。」

「早樹你們總是形影不離嘛。感情真的好好喔。」

早樹不置可否地笑了。克典的確是個溫柔的丈夫。比誰都精準看出早樹的心思，盡可能減輕她的負擔。

可是，總是被先看透，有時候也很累。所以，那難道不也叫作束縛嗎？

束縛？貿然出現的這個詞，讓早樹內心暗驚。趕緊轉念：沒這回事。

「喏喏，」優子的語氣突然變得親暱，「我們兩個同年不是嗎？可是我們卻分別嫁給父親和兒子，想想真是不可思議。」

「嗯，的確。」

「說真的，是什麼感覺？」

優子探身過來問道。

「什麼什麼感覺？」

「你們年代也差很遠呀。我很好奇你們都聊些什麼？」

早樹心想，又來了。

兩個人都做些什麼？

聊些什麼？

不會無聊嗎？

優子的好奇心沒完沒了。

「就一般夫妻的對話吧。天氣啦，櫻花開啦，報紙頭版的新聞啦，沒什麼特別的。」

早樹微偏著頭，邊想邊答。

然而，優子卻嚴正搖頭：

「一般夫妻才不會說那些呢。先是孩子學校的事，討論補習班。然後是晚飯要吃什麼、冰箱舊了要不要換新的，幾乎都是些生活必須事項。早樹這邊果然很悠閒。真叫人羨慕。」

「因為，克典已經退休了呀。」

輪到早樹笑了。

原來夫妻的對話會因為有沒有孩子而如此不同？原來自己所沒有的孩子，會改變夫妻的形態？克典是在有三個孩子的情況下再婚的，自己卻沒有。

早樹妳想不想要孩子？——克典口中從未出現過這個問題。

大概是因為克典不需要孩子了。而且他又和小女兒決裂，要是又有了孩子，遺產繼承也很麻煩。

克典擅長讀早樹的心，唯獨對此視而不見。所以，早樹就不去想「想要孩子」這些。

因為，她不能連根推翻互相體貼的賢伉儷形象。

但卻想起她和庸介之間倒是口無遮攔。

對大學的不滿、說教授的不是、與合不來的學生之間的摩擦等等，這些牢騷庸介一股腦兒全往早樹這裡倒。

早樹也不遑多讓，一結婚就為了分擔家事和公婆的事對庸介滿口怨言。

婚前兩個人明明會談電影、分享閱讀的感想，愉快得多了。

早樹正怔怔回想這些時，優子說道：

「喏，妳認識真矢嗎？」

「真矢，妳是說小女兒？」

「對，智典的小妹。和我們同年的那個。」

優子朝庭院瞟了一眼，掩嘴低聲說。

每當優子要說一些早樹不知情的塩崎家的事時，就會出現這個習慣動作。

「我沒見過她。婚禮她也不肯來。」

「就是啊。實在很失禮。」

優子回想起來，聳聳肩。

他們在麻布十番一家小教堂舉行婚禮，只有智典一家和神戶的亞矢一家，以及早樹的雙親和弟弟、弟妹出席。

禮成後在餐廳吃個飯就結束了，只有最親的近親與會，真矢卻缺席。

『大概是因為和妳同年，排斥妳跟她爸爸結婚吧？』

這話是早樹的母親說的。早樹的雙親對小女兒的缺席表示擔心。

但是，早樹事先便聽說了克典與真矢之間的對立，認為無可奈何早就死心，也無意介入丈夫和他女兒之間的爭執。

「妳結婚以後，真矢一次都沒來過？一次都沒有？」

優子怕吵到在寢室睡午覺的克典，以耳語般的聲音問。

「一次都沒有。她是個什麼樣的人？」

「怪人。」優子損人不留餘地。「她等於是用不來見妳宣告她有多不爽嘛。幼稚。」

早樹從優子的說法感覺到忿恨，便不作聲。一定是有什麼事惹到她了。

「其實，我跟她國高中都同校。不過這純屬巧合。我們從來沒同班過，所以不熟。可是她啊，好像人緣很差。」

「比如說？」

早樹來了興趣，看著優子的眼睛。

「算是不會看氣氛吧。她好像是那種人。而且，聽說她會說『剛才在你旁邊的人是誰』之類的話來嚇人。聽到這種話，就算不信心裡也會毛毛的呀。

所以，她好像都沒朋友，很孤立。智典跟我說，我上電視的時候他喜歡上我，要真矢幫忙牽線，可是被拒絕了。她就是這種人。我聽說這件事的時候，心想，哦，原來智典是那個塩崎真矢的哥哥，還有點想閃人。不過呢，人家是塩崎家的繼承人嘛。」

優子這麼說，自嘲地笑了。

真是個坦率老實的人——早樹心想，覺得優子好耀眼。

「真矢現在也還在上班嗎？」

「好像是在當稅務會計師的秘書。我反而很佩服她，不會看氣氛虧她當得了秘書。我想她現在是住在父母買給她的麻布的高級大樓，過著優雅的單身生活。」

優子自己應該也是被人說是「嫁入豪門」，卻還是一臉羨慕。

「優子更優雅不是嗎？」

「哪有。早樹最優雅了。在這裡看日出看夕陽喝紅酒的，而且爸爸又溫柔。」

「才不像妳說的那樣。」

原來在別人眼裡顯得很優雅啊——早樹苦笑。

「跟妳說哦，我發現了真矢的部落格。」

優子狡黠一笑。

「她在寫部落格？」

「對。我很會找這個哦。從真矢她同學的臉書裡挖，收集對話，終於讓我找到了。」

早樹聽得往前傾。

「她都寫些什麼？」

「爸爸的壞話。還有，也寫了妳的事。我跟我老公提了一下，他就生氣了，叫我不准告訴任何人，可是我覺得早樹還是知道一下比較好。所以，我就跟妳說嘍。」

「是不是告訴克典比較好？」

「這個，就由當太太的判斷了。」

會不會是寫了很負面的事？早樹心生不安。

早樹自己不玩臉書也不玩推特。她不太想回顧過去，也不願讓過去的朋友知道現在的自己。

如果是好奇心強的庸介，可能會立刻迷上臉書。但，在他失蹤的八年前，臉書還不流行。

「我用LINE傳連結給妳，妳有空的時候看看。」

優子邊說邊站起來。

因為孩子們從庭院回來了，外面變吵了。

廚房裡響起開冰箱的聲響。大概是克典睡醒了，在喝水吧。

孩子們一定也會很想喝冷飲，於是早樹站起來走進廚房。

果然，克典正拿著冰箱裡的寶特瓶裝礦泉水往玻璃杯裡倒。

「我好渴。不該喝日本酒的。」說完，一口氣喝光整杯水。

「是因為天氣熱，酒卻喝太多了。」

早樹為了給滿頭大汗的孩子們喝麥茶，在兩個玻璃杯裡放了冰塊。

「不好意思，也給我一杯。」

智典進了廚房。

「也有啤酒呢？」

「不行，他要開車。」

被克典這一提醒，早樹微驚。

她以為智典一家人會在母衣山待到晚上，一起吃晚飯的。所以智典應該是預定待會兒就要開車回東京了。

智典喝著麥茶問父親：

「爸，那雕塑是什麼？嚇我一跳。」

「長谷川園拿來的，我就買了。」

克典一副懶得回的樣子，智典便作傻眼狀。

「沒有被敲竹槓吧？」

克典不答，悠哉對早樹說：

「啊啊，對了，我想起來了。剛才，早樹的手機響了，我這才起來的。幸好手機響了，不然我可能一覺睡到傍晚。」

手機好像一直丟在寢室裡。大概是優子立刻就傳了真矢的部落格的連結吧。

「是Line的聲音嗎？」

克典搖頭：

「不是，是電話。」

「電話？」

智典說他會幫忙把麥茶端過去，早樹便去寢室看手機。

拿起丟在床頭邊桌的手機，滑出通話紀錄。來電的是庸介的母親，加野菊美。

和克典再婚之後，早樹每個月還是會和菊美通

一、兩次電話，偶爾也會去大泉學園那邊探望。獨生子因海難失蹤，丈夫也已去世，菊美孤單又不安，早樹不能不管。

她以幾不可聞的聲音留了留言。聲音一年比一年小，又像是有所困惑般說得很慢，令人擔心。

「喂，這是早樹的電話嗎？我是大泉學園的加野。最近沒通電話，妳好嗎？那個，我有點事情要跟妳說。一些複雜的事不好用電話說，可以的話，妳能不能來一趟？我知道妳很忙，又已經當人家的太太了，要妳過來實在太麻煩妳，可是，這件事我只能跟妳說。不好意思，麻煩妳了。」

到底發生了什麼事？

她住的公寓已經很老舊，一直為有人提出的改建案而不安。會是錢方面的事嗎？

早樹擔心起來，便回了電話。

「喂，喂？」

聲音一如往常地畏縮。菊美的手機是銀髮族手機，她會用手機生澀地發簡訊、打電話給早樹。有時候早樹也會覺得煩，但總會憶起菊美看畫面時瞇起眼睛的表情，想到她的寂寞，便心酸不忍。

「喂，我是早樹，不好意思好久沒來問候您。」

「早樹？對不起呀，打擾妳了。妳先生那邊，沒關係嗎？」

菊美講話總是顧慮重重。

「嗯，沒關係。怎麼了？」

「見面再說哦。不好意思，妳能不能找時間過來？」

「好，最近都沒有過去，我正想著要找時間過去。不好意思。」

她並沒有忘記菊美。不如說，總是很掛念她。

但是，或許是庸介失蹤之後，有一段時間來往得比娘家還頻繁造成的反彈，最近就很少過去了。

「不會的，我沒有怪早樹的意思，妳不要誤會哦。」

「不會的。」本來想接著說我明白，卻打住了。因為她感覺到菊美還有話要說。

「這件事只有妳才會懂，所以我一定要告訴妳。要是跟別人說了，他們一定會懷疑我是得了阿茲海默症。」

菊美的聲音雖微弱，語氣卻不由分說的強勢。

正巧在這時候，客廳傳來孩子們大叫「哇——」的吵鬧聲。

早樹回頭看了一眼，準備掛電話。

「我知道了。那麼，下週或下下週我會找時間過去。」

「下週或下下週？」

大失所望般顫顫的語尾之後，傳來一聲大大的嘆息。

「不好意思，我臨時走不開。」

「說的也是。妳已經結婚了啊，而且嫁的又是大財主。」

雖然知道她是直腸直肚的真心話，絕非譏諷，但這些也可視為毫無心機的話，卻讓早樹頹然無力。心想，又要聽她叨唸那些了嗎。

自己認定她說的話是叨唸，早樹也覺得自己無情，但菊美說話有時候會一直無限迴圈，沒完沒了。聽她說話需要耐性。

「不好意思，」

雖感覺到菊美要開口，早樹還是硬生生切斷。

「我有點忙，再跟您聯絡哦。那我先掛了。」

早樹在苦苦的餘味中走向客廳。

然而，原以為在那裡喝冰麥茶的孩子們不在，連智典和優子都去了庭園，早樹吃了一驚。

「大家是怎麼了？」

問隔著玻璃門望著庭院的克典，他一臉愉快地答道：

「沒事，我跟兩個孩子說了，那個藤架下有蛇。結果他們就嚷嚷著說要找蛇，跑出去了。」

「這麼熱，蛇會出來嗎？」

早樹喃喃地說，克典笑了。

「悠人一副硬拖也要拖出來的架勢呢。男孩子嘛。」

克典愉快地說。

「蛇也真可憐。」

「就是啊。」

克典笑了。

優子說克典在前妻過世之前，對孫子毫不關心，但最近克典很疼孫子。這也是再婚後的變化嗎？

「克典，你有沒有給小直他們零用錢？」

早樹問，克典一臉意外。這時候的他顯得很年輕。

「不是都有給壓歲錢嗎？我記得是一人一萬。」

「可是，久久見一次，再給也不為過呀。小直也已經三年級了。」

克典有些不諳人情世故的地方。早樹笑著這麼說。

「那，兩個各給五千可以嗎？會不會太少？早樹，妳準備一下。」

早樹轉身要去拿錢包時，克典問起：

「對了，剛才是誰打來的？」

「加野的婆婆。說有話要跟我說，叫我過去。」

「什麼事？」

「她堅持不能在電話裡說，讓人有點擔心呢。」

「一定是心裡不安吧。妳去看看她。」

克典和加野菊美同齡。

早樹告知要再婚時，菊美當面說的話令她難忘。

『妳要跟一個跟我們家爸爸一樣老的人結婚？妳老是把錢的事掛在嘴上，可是也不能為了錢結婚呀。』

讓早樹不憤慨也難，但菊美毫無惡意。

2

或許是因為離海很近的關係，夏天母衣山來客很多。

繼幾天前的智典一家，早樹的弟弟妹妹也來玩。還有克典公司方面的人來海水浴和釣魚順道拜訪。早樹忙著招呼客人，不知不覺中元就過了。

在一個初秋般涼爽得令人不敢相信是八月的雨天，菊美來電催促：

「早樹，不好意思這樣催妳，可是妳什麼時候可以過來？」

「不好意思，夏天客人很多，一直忙東忙西的。」

早樹還沒解釋完，就被菊美著急地蓋過：

「這我知道。早樹是現任的主婦，忙是一定的。可是，我很害怕呀。所以很想趕快找個人說。我想了很多，可是這種事就只能跟妳說了。我知道妳已經嫁到別人家，不能老是賴著妳。要是爸爸還在，一定會罵我、要我想想早樹的立場。可是，要是跟別人講了，人家只會懷疑我，說這人一定是得了阿茲海默症。」

儘管心急迫切，說起話來還是一長串。

但即使如此，畢竟菊美這個人不懂人情世故又沒心機，所以早樹心下訝異，心想會不會是什麼不切實際的煩惱。

「到底是怎麼了？」

早樹一再追問，菊美就是頑固不說。

「電話裡不方便。等見到早樹再說。」

這樣拖下去也不是辦法，早樹便說「那，您先別掛，等我一下」，按住手機，決定當場與克典討論時間。

因為克典以前說過，早樹去加野家的時候，盡可能配合他去公司的日子一起去東京，找地方會合吃過飯再回家。

「是加野的婆婆打來的，她想知道我什麼時候過去。能不能跟我說你什麼時候方便？」

最近，早樹都這樣稱呼菊美。

「星期五的話，這週比較好。」

克典當下這樣回答，早樹便急匆匆地說：

「我這個星期五一點左右過去。我買吃的過去，一起吃午飯吧。」

「太好了，謝謝妳呀。」

菊美一副打從心底鬆了一口氣的樣子，語氣也一下子柔和起來。

約好的日子是八月的最後一個星期五，那天一早便下著雨。

菊美的那通電話彷彿開啟了漫長的秋雨，一連都是雨天。

庭院裡的雕塑也濕答答的，好似裸體的巨人背對著屋子低著頭。

雨天的相模灣也像籠罩在灰色的煙霧裡。

快八點時早樹送克典搭公司車出門，慢慢收拾整理好，再搭計程車前往逗子站。

搭乘十一點出頭的湘南新宿線。

就在她對號車廂的座位坐下的那一刻，有人

LINE她。一看，是優子。

早樹好。前幾天謝謝妳的款待。

我現在每天都巴不得學校早點開學。

只要再忍耐一下下就好了（笑）。

我忘了給妳真矢部落格的連結，現在貼給妳。

妳看了可能會嚇到，不過她那個人有點怪怪的，妳不用太在意。

我以前也曾經被她弄得很煩。

最後，這個季節容易生病，請保重。

最後還不忘揹上問候。想起優子說「老實說」時樂不可支的表情，早樹笑了。

她們同齡，同為人妻，所以優子也才敢和早樹沒有顧忌地談笑吧。

但是，她提不起勁來看真矢的部落格。

克典那個未曾謀面的小女兒在部落格裡寫了什麼，她實在不想現在看。

然而，在抵達池袋車站前還有時間。

早樹決定先點開連結再說。

「深夜麥雅」的文字與白色貴賓狗的照片一同出現，讓早樹一陣心驚。

她不會分辨狗狗的長相，但從項圈和滿是淚痕的眼周看來，應該是早樹第一次見到克典那天，用前腳抓玻璃門要進來的那隻狗。

克典也說真矢很疼那隻狗，所以應該就是了。

部落格名稱「麥雅」，指的是真矢自己嗎？但是，從頭讀起，上面說是貴賓狗的名字。

麥雅，是我心愛的狗狗的名字。她是白貴賓，女生。

其實，她真正的名字不叫麥雅。

因為取名的時候，我說我想叫她麥雅，但母親反對。

母親說，那和我的名字太像了，不行。

所以，麥雅是我自己私底下叫她的。

麥雅是我在寵物店裡選中的。到現在，我還是認為她是我的狗狗。

可是，因為我從家裡搬出來，只好和麥雅分開。

因為我一個人住的公寓禁養寵物。

雖然難過，但那時候母親還在，所以我常回去看麥雅。

我不惜留下麥雅也要搬出去，原因只有一個。

因為我太討厭父親，連看都不想看到他。

從小，我就不討父親歡心。父親明明很疼哥哥姊姊，看我的眼神卻既嚴厲又冷漠。

在我成長的過程中，他總是拿我跟大我三歲的姊姊比，說我愛出鋒頭、不夠穩重、說謊騙人、功課不好，用種種負面的事來數落我，吹毛求疵。

小時候我會很難過，不懂為什麼父親只責怪我、罵我。

無論我再怎麼努力，父親都不認同。

不過，上了國中之後的某一天，我開竅了。

原來問題不在我，是父親。

然後我們就開戰了。我和父親只要一靠近一碰面就吵架。

父親不是暴君，但永遠滿口工作，一副他最偉大的樣子，在家裡什麼都不做，全丟給母親。

假日就算偶爾在家，也關在書房裡做他自己愛做的事。

父親在家的日子我會很憂鬱，所以無論颳大風還是下大雨，我都會出門。

從家裡搬出去時，我抱緊麥雅對她說，妳要代替我保護媽媽哦。

我一心想著，等哪天父親死了，我就可以回這個家，從此和麥雅和母親過著幸福快樂的日子。

可是，我做夢也沒想到母親竟然突然去世了。

母親獨自在空無一人的家裡昏倒。父親出差不在。

我沒想過母親會那樣走，好一段時間都無法接受母親的死。

那已經是六年前的事了，但直到現在，一想到母親僵硬的遺體眼淚還是會掉下來。

母親在地上趴了很久，所以雙手是彎曲的，嘴巴也張得好大。

據說麥雅一直蹲在母親身邊。我想，她是聽了我的話，依約幫我保護母親。

母親死後大約一年，麥雅也死了。

可是，父親卻沒有告訴我，我是聽姊姊說的。

就在我搬到可以養寵物的公寓，正想把麥雅接過來的時候。

父親沒有告訴我麥雅死了。

我知道為什麼。

因為他對母親見死不救，被我知道了。

所以，他也把跟我一國的麥雅當作眼中釘。

我聽說，麥雅被那些把寵物屍體當垃圾處理的業者帶走了。

要是跟我說一聲，我明明可以買墓地安葬她的。

一想到這裡，就覺得火化後不知道被丟在哪裡的麥雅好可憐。

母親死後，麥雅一定也感到無比寂寞。

而且，父親偏偏和一個跟我同齡的女人再婚了。

搞不好那女人和父親在母親在世時就在一起了。

一想到這裡，就覺得被父親欺騙的母親好可憐，絕對不能原諒父親。

這個部落格，是為了安慰母親和麥雅的靈魂而開的。

但願能以此和大家交流，分享意見。

早樹無法繼續看「深夜的麥雅」，看到一半就轉移視線。

眼睛一直注視著手機的小螢幕，視線都模糊了。

早樹按了按眼頭，然後眺望窗外的風景。池袋就快到了。

克典與真矢之間的摩擦，是一再誤會所造成的不幸的例子。然而，嚴重到這種程度，關係恐怕很難修復。

而且，看來真矢是個思想偏激又幼稚的人。

『搞不好那女人和父親在母親在世時就在一起了』

真矢的胡亂猜測，傷害了克典，傷害了早樹，向外散播扭曲的惡意。早樹很沮喪，大大嘆了一口氣。

重振精神去看留言欄，「我也討厭我爸」「我一直巴不得他趕快去死一死」「那種人絕對不能原諒」「那女人好差勁」這類的留言很多。

真矢便是這樣吸收他人的怨恨和惡意，給她對克典的怒火加油的吧。

要不要把這個部落格告訴克典？早樹猶豫不決。克典知道了一定很不舒服，但兒子媳婦知道，當事人卻不知道，這樣不公平。

電車抵達池袋站。早樹為了轉乘西武池袋線，在這裡下車。

在西武百貨公司的地下樓買了柿葉壽司、沙拉，又為獨自吃晚餐的菊美買了生魚片等現成的菜色，上了西武線。

考慮到菊美要談的或許是生活窮困，早樹事先在信封袋裡準備了五萬圓現金。

不必做到這種程度。可以不必再來往了吧？

甚至有人這麼說。好比早樹的雙親，尤其是母親就說過，既然妳已經和塩崎克典再婚了，應該不用再和加野家來往了。最好是只寄寄賀年明信片就好。

早樹的母親認為女兒在與庸介的婚姻中受了傷害。即使是意外事故，也使女兒備受婚姻失敗之苦。

早樹贊成母親的想法。

對於她與克典的再婚，菊美不知多少次說了刺耳的話，也曾經鬧脾氣般的碎唸。

即使如此，早樹還是繼續保持來往，一方面當然是不能置如今已孑然一身的菊美於不顧，再者也是無法完全放下。

或許，說她是無法接受與庸介這段婚姻的結束方式，才是最精確的。

明明根本沒有結論，關係並不會因為認定死亡、辦了葬禮就結束。那麼，該怎麼辦才好？

菊美所住的公寓，從車站搭公車約十分鐘。在車站前的公車總站沒看到公車，早樹便上了計程車。

在前身應該是農路的窄窄馬路上，早樹望著車窗外撐著塑膠傘走在路上的學生。

和庸介結婚時，這裡大多都是田，現在卻漸漸被零碎雜亂的住宅填滿。

菊美說過，他們之所以會在大泉學園買公寓，是因為庸介上的是附近國立大學的附屬國小。

那棟公寓出現了。十層樓的白色建築物牆面已發黑，明顯老舊。

公寓的大門散落著傳單、紙屑等垃圾。或許是打掃不夠徹底，或者是下雨的關係，看起來老舊陰森。

以前應該常駐的管理員現在好像沒有了，管理室的玻璃窗拉上了綠色的窗簾，不見人影。

早樹進了電梯，按了八樓的按鈕。或許是心理作用，電梯的牆也顯得泛黃。

這是她今年第一次來訪，像這樣久久來一次，就會發現一切都慢慢在變化。

驀地裡，她想起庸介說要介紹她給父母認識，第一次帶她到這裡來的時候。

那是一月很冷的某一天。早樹心想穿著大衣走進加野家的玄關很失禮，便在這座電梯裡拿下圍巾，脫掉大衣。

結果，「很有心嘛。妳平常又不會這樣」被庸介這樣奚落。早樹害臊了，再次穿上大衣，庸介就吻

上來。

就在這時候，電梯在中間的樓層停頓。明明沒有人，兩人卻匆匆分開，同時爆出笑聲。

當時庸介的聲音和嘴唇的觸感栩栩如生，早樹屏住氣。每次來看菊美，就會被拉回過去。而且，是突然被切斷、由不得自己不放手的過去。

但是，想起過去就痛苦的時期已經過去了。現在只要不是來到這種地方，也不會想起來。

八樓到了。開放式的走廊長長地延伸到後方。家家戶戶門前，不是三輪車就是生協的塑膠箱，甚至連腳踏車都有。

管理員常駐的時候明明都沒有這些的——早樹邊想邊走到走廊的盡頭。

有好幾戶人家不畏濕氣，將門開了一小縫透風。早樹心想好像連棟屋，一邊按下八一三號的門鈴。

「來了。」裡面傳來菊美懶洋洋的聲音。

「我是早樹。您好。」

「來了來了，等一下喔。」

早樹在開放式的走廊上等著，不久，鐵門沉沉地開了。

門縫裡透出了菊美往這邊窺看的臉。她穿著一件用浴衣的布做的夏季洋裝，早樹對這件衣服有印象。

「歡迎。不好意思，要妳特地跑一趟。」

不知是不是有點水腫，她的臉比以前來得大，頭髮也變少了。動作也很緩慢，比實際年齡七十二歲看起來老了十歲。

早樹猜想菊美會不會是身體不好才找她來的。

「打擾了。」

加野家的味道沒變。是那種滲透了整個家的高湯和味噌味。今天，這個味道又加上了吐司和線香味。

「媽，妳身體怎麼樣？」

早樹一問，菊美緩緩搖頭：

「我很好。早樹呢？」

菊美邊做手勢要她快進屋，邊反問。

「我還是老樣子。」

早樹脫掉涼鞋，穿上菊美拿出來的室內拖鞋。室內拖鞋似乎都沒有換過，髒髒的，要赤腳穿令人卻步。

先緩緩啟步的菊美回頭問：

「還沒有喜啊？」

「沒有啊。」早樹苦笑。

「說的也是。」

早樹笑著應聲是啊，但考慮到克典的年齡，便無法坦然接受這個問題。

菊美絕不是個壞心眼的人，卻有冒失的地方。而且還把自己當成「加野家的媳婦」，這一點讓早樹很不滿。

話雖如此，過去有好幾年她們互相安慰，有一段時間她也頻繁造訪這個家。叫她不理菊美，當她們彼此無關，早樹做不到。

客廳裡和以前一樣，擺著一張大餐桌。

一半的桌面堆著報紙、傳單那些，以及藥袋和收據等雜物。早樹看了很擔心，因為以前還會收拾得乾淨些，但她什麼都沒說，將買來的食物整包放在餐桌的空位上。

「我買了壽司和熟食，一起吃吧。」

「謝謝。」

菊美從冰箱裡拿出了寶特瓶裝的烏龍茶。

早樹將買來的生魚片、涼拌小菜放進冰箱。順便巡視冰箱內部，看裡面沒什麼東西，又擔心起來。

「媽，您有沒有好好吃飯？」

正將烏龍茶倒進玻璃杯的菊美抬起水腫的臉：

「有呀。最近都吃超商鮮食就是了。很方便呢。」說著笑了。

早樹沒想到會從菊美口中聽到超商鮮食這種字眼，吃了一驚。

「如果附近有，吃那個也好。總之，三餐一定要好好吃。」

早樹順著菊美接話，但庸介的父親去世之後，菊美顯然整個人都鬆掉了。

在餐桌上面對面坐好，菊美感嘆地說：

「早樹，妳變漂亮了呢。顯得非常從容大方。」

早樹正往小碟子裡倒醬油，被她說得害羞起來，喃喃地說：

「有嗎？從來沒有人這麼說。」

「真的，變漂亮了。妳再婚真是太好了。」

說是這麼說，菊美徒手剝開柿葉，卻嘆了一口大氣：

「妳先生很健康吧？」

「是啊，託您的福。」

「真是太好了，真的。妳再婚真是太好了。」又重複了一次。

兩人默默吃了早樹買來的壽司和沙拉。

菊美一直不開口，早樹不耐煩了，便大膽問。

「那，您要跟我說什麼？」

「嗯，我覺得我跟妳說了，妳也不會信的。」

早樹沒作聲，等菊美說下去。

但，想起菊美說的『這種事跟別人說了，人家會懷疑我得了阿滋海默症』，她確實不太想面對。現在的自己，實在不太有能量承受菊美的煩惱，不，是沒有那個熱情。

菊美一副下定決心似地開始說：

「車站靠這邊不是開了一家超市嗎？妳知道吧？」然後，說了超市的名稱。

說開了一家超市，也已經開了好幾年了，所以早樹點點頭：

「對，我知道。」

「大概是中元之前吧。家裡的殺蟲劑什麼的都沒了，我就去那家超市買。他們一樓不止有食品，也有日用品，我就連肥皂、線香那些本來沒打算要買的都買了。正想著，啊啊，買這麼多，有菜籃車裝也是好重，好懶得拉回家啊，一邊搭手扶梯上了二樓。他們二樓也有賣熟食，妳知道嗎？我是打算去他們那裡買串燒的，買幾串雞肉回家。就算懶得吃晚飯，還是不能沒有動物性蛋白質呀。」

菊美的敘事很長。講電話也是這樣，早樹點頭點累了，便望著絮絮不休的菊美的臉。

「所以我就搭手扶梯上樓，然後就覺得有人在看我，我就回頭看了一下。結果，有個男的從一樓抬頭看我。那個人啊，好像是庸介。」

「怎麼可能。」

早樹全身起了雞皮疙瘩。她萬萬沒想到會是這種事。

「就是啊，會覺得怎麼可能，對不對？」

菊美也一臉寒毛直豎的神情，雙手按住兩頰。

「那是不可能的。」

「我知道，我知道。我也是嚇了一跳。我想折回去，可是我在手扶梯上，沒辦法折回去呀。我還在那裡想下去下不去的時候，就到二樓了，所以我趕緊繞到另一邊，搭往下的手扶梯，可是他已經不在一樓了。然後我就一直在超市裡到處找，甚至還跑去問店員說，那邊有個男人你們有沒有看見。那個店員一副很噁心的樣子看著我，我才想到，啊啊，他覺得我是個腦袋有問題的怪婆婆。」

菊美大概是說累了，停下來嘆氣。

「我想，媽您是看錯了。只是很像而已，我也有這種經驗。」

早樹靜靜地說。

她不止一次在人群雜沓中看到身形神似庸介的男子，當場呆住。也曾經追著那個背影，繞到前面去看他的長相。

每每看到不是庸介便大失所望，卻也鬆了一口氣。

希望他活著的同時，也有失落——既然活著為什麼不回到自己身邊？這種複雜的心境，沒有經歷過的人是不會了解的。

「是啊，我也希望是我看錯了。」

意思是寧可不是庸介嗎？

聽到菊美這個意外的回答，早樹吃驚地問：

「您真的這麼想？」

「嗯。」菊美應聲點頭，回避早樹的視線般，望向陽台。

陽台上擺滿了種菜的種植箱和盆栽，但有一半像是反應菊美的心境般，死的死枯的枯。

「那當然了，早樹。我當然希望庸介活著。可是想歸想，時間實在過太久了。我就快七十三歲了。這八年來，我沒有一天不想起那孩子。每天每天，都想著他現在在做什麼呢？他爸爸還在的時候，我還比較有膽氣，相信庸介一定還活著，就住在哪個島上。有一天，他會回來的，所以我絕對不能搬走，也常買庸介愛吃的冰在冰箱裡。妳也知道，他喜歡涼粉和豆腐嘛。想說隨時準備著，他回來就可以吃。」

菊美看了冰箱一眼，這麼說。

那台冰箱，從早樹第一次來訪時就在廚房。冰箱門上，依舊貼著早樹和庸介在西西里買的磁鐵。

那個三腿標記，是西西里的象徵，據說叫作「特里納克里亞」，代表三角形。

早樹想起當時菊美看到三條腿喊「哎喲，好噁心」，庸介笑了。

「可是，等到剩我一個人，就覺得又累又膽小。我最近已經死心了。有時候會想，庸介是不是已經沉在海底被魚吃掉了，還是化成白骨變得跟珊瑚一樣，還是隨著海流飄到遙遠的外海，還在海浪裡載浮載沉的。以前，還會想說，萬一已經死了，起碼也要留一塊骨頭回來，可是現在想像著他回歸大海，心就安了。覺得他不回來也沒關係了。反正，我遲早也要去的。難過歸難過，但換個角度看，也算平靜下來了吧。」

早樹可以理解。

庸介不是在戰場上失蹤的。在廣大的海洋失去蹤影的丈夫，恐怕早就沒命了，卻因為沒有證據，家人只能永遠等下去。等某種通知？死亡的證據？就連母親菊美也等累了。

「我也是。」早樹小聲說道。「我想過各種可能，可是現在已經死心了。」

配偶失蹤長達三年，便能以「三年以上生死不明」為由申請離婚。這是高中時的朋友木村美波告訴她的。

早樹再婚後，兩人便少有聯絡，但庸介失蹤那時，美波很擔心她，兩人經常見面。

早樹沒有照美波說的去申請離婚，是因為她認為沒有人能夠代替庸介。

同時也是認為，要是自己單方面離婚了，萬一庸介回來，該有多感傷。

「可是呀，好不容易平靜下來了，卻像那樣跑出一個跟庸介很像的人，我就不知道該怎麼辦了。」

菊美迷惘地說，扔也似地放下本來一直緊握的免洗筷。

早樹被菊美的激動嚇了一跳，努力保持冷靜。

「那個人是什麼樣的打扮？」

「穿著黑色T恤。就像庸介常穿的。」菊美喃喃地說。「下身是牛仔褲。」

這種打扮的男人多的是。再怎麼想，都還是覺得菊美看錯了。

「很多人都會那樣穿。您為什麼會覺得是庸介呢？」

菊美偏著頭思索，然後低聲喃喃地說：

「還是因為表情吧。」

「他是什麼表情？」

「視線對上以後，就衝著妳笑。」

雞皮疙瘩又來了。

「他笑了嗎？可是，媽您只有看到一眼而已吧？」

「一眼？是嗎。手扶梯往上的時候，我們一直互看。所以感覺沒有那麼短。」

「那真的是庸介嗎？那是不是應該報警比較好？」

菊美不答，又將頭一歪。

「我覺得那個表情和庸介難為情的時候笑起來一模一樣。那時候，我心臟都快跳出來了。」

「可是，光是那樣沒辦法確定呀。」

「是沒錯啦。」菊美說著，可憐兮兮地垂下眉頭，眼神茫然。

「我就覺得那是庸介。也許是母親的直覺吧。」

又來了。早樹把視線從菊美身上移開。

菊美常常堅稱自己身為母親，無論庸介變成什麼模樣她都認得。

她曾說，就算他變成魚、變成海底的石頭、變成被打上沙灘乾掉的水草，自己身為母親，就是認得兒子。

然而，早樹卻覺得，要是庸介變成其他東西的模樣，她既認不得，也不愛。因為庸介是庸介的樣子，她才會愛上他的。

「您在電話裡也說過您會怕，為什麼呢？」

這回菊美立刻回答了：

「就是呢，不知道是不是因為已經死心了，感覺很像死人復活。很可怕。」

自己的兒子也會怕？——早樹吞下了這句話。

「那，媽您是相信那個人就是庸介了？」

菊美默默折起免洗筷的袋子。好一會兒才抬起頭來，點頭道：

「對。」

「怎麼會，那是不可能的。一定是看錯了。」

「我就知道早樹會這麼說。」

菊美淡淡地笑了。

「怎麼說？」

菊美臉上出現了前所未見的神情。

「因為，妳已經再婚了啊。妳已經走上新的人生，一定想讓過去成為過去吧。」

「我沒有這麼想。」

「那就好。妳不相信我的話吧。」

早樹不敢說：因為那太荒唐無稽了。就算她覺得，這等於是蠻橫地叫她把花了好長的時間才好不容易在心裡收拾好的東西趕快翻出來，但她不敢說。

「反正，妳還不是覺得我有失智的傾向。獨居老人發病了什麼的。是啦，我是常常會忘記人名，不寫下來就會忘記要買什麼。可是，我腦袋還靈光得很。好歹認得出自己的兒子。早樹，我告訴妳，那是庸介。」

「請別再說了。都已經認定死亡，也立了墓不是嗎？」

「那，為什麼他看到我就笑了？不就是因為很久沒看到母親了嗎？」

早樹搖搖頭：

「那，他為什麼不回這個家？」

「因為他難為情呀。」

早樹忍不住笑了。

但，菊美仍一臉正經嚴肅，看著陽台那邊的天空。

早樹假裝看看錶，然後說：

「我也該走了。如果有什麼事，請您再跟我聯絡。」

3

從菊美那裡看天空時雨下得很大，但走出公寓時已經變成小雨了。西方天空變亮了，應該很快就會放晴。

早樹隔著折傘，回頭看菊美的公寓。走出那個陰鬱的家，她打從心裡鬆了一口氣。

菊美看到貌似庸介的人這件事，再怎麼想都是菊美看錯了。

庸介是三十六歲時失蹤的，要是還活著，應該已經四十四歲了。

菊美看到的那個人，是什麼樣貌呢？早樹忘了細問。

早樹無法想像邁入中年的庸介會是什麼樣子。

公公是一頭白髮，那麼他應該也長出許多白髮了吧。

而且，庸介喜歡吃吃喝喝，肯定會有啤酒肚。

在公車站牌等著公車想著這些時，手機響了。

一看，是剛剛才道別的菊美打來的。

有東西忘了拿嗎？——早樹趕緊接了電話。

「喂，怎麼了嗎？」

「我剛才忘了說。」

菊美連聲招呼也沒有，猛咳一陣後說。

「什麼事呢？」

「就是，為什麼覺得是庸介呀。剛才，我說他笑起來好像很難為情，卻忘了說最重要的一點。因為他的笑容啊，和年輕時的爸爸一模一樣。」

一聽這話，早樹一陣哆嗦。

因為她剛剛才想像著八年後庸介是什麼模樣，正回想起公公的臉而已。

「就這樣，沒事了。」

菊美沒頭沒腦就掛了。

早樹沒來由感到怕怕的，朝公車行駛的狹窄馬路看。覺得最好儘快離開公寓。

但是，公車不來，連計程車的影子也沒有。

這時，雨停了。

早樹甩掉折傘上的水，專心把傘仔細收好。不做點事情，會很浮躁。

她想離開這裡，去一個能安心的地方。然而，那並不是母衣山的住家。自從看了真矢的部落格，她就突然討厭母衣山了。

這時候她特別感覺到，那裡是一個已經死去的人，以及深愛那個人的人的家。

而自己竟然一副若無其事的樣子生活在那個家裡，也難怪真矢會痛恨自己。

由於克典去世的前妻與自己的母親年紀相近，自己沒有多想就住進克典家裡。然而，在真矢看來，一定覺得這女人沒神經。

話雖如此，埼玉的娘家現在有弟弟、弟妹同住，不方便去，和庸介兩人住的中目黑的公寓早就退租了。獨居時住的高井戶的兩房公寓，只是暫居而已。

早樹不知何去何從，仰望雨停的天空。天空已恢復了夏日的面孔，氣溫節節上升。

她和克典六點約在麻布一家義大利餐廳。預定一起吃飯，然後坐公司的車回母衣山。

在那之前還有時間，她本來是打算去新宿或銀座的百貨公司購物的，現在早就沒那個心情了。

今天看了真矢的部落格，再加上菊美說看到貌似庸介的男人，這兩件事把她擊沉了。

突然好想找人說說話，早樹便發了LINE給木村美波。

美波在苦讀之後，於前年第四度挑戰終於通過司律考試，現在在虎之門一家擅長辦理離婚調停的律師事務所上班。

好久不見，我是早樹。

妳好嗎？

我來到東京，如果妳方便，四點左右要不要見個面？

我五點半就得離開，時間不多，不過還是想見個面聊聊。

美波立刻便回覆，說四點她可以出來，指定在東京中城一家咖啡廳碰面。

意外能與好友碰面，早樹的心情才好不容易振奮起來。

姍姍來遲的公車擠滿了參加完社團活動的高中生。擠得連吊環都抓不到，早樹便在這種狀態下總算回到了大泉學園站。

為求安心，早樹進了菊美說她看到疑似庸介的人的那家超市，搭了那座手扶梯。

在中途回頭，模擬從手扶梯上看站在一樓的男子。應該可以看上好幾秒，不止是一眼。

一到二樓，立刻繞到另一邊下一樓。時間只不過一、兩分鐘，男子卻消失了。

早樹還是覺得是菊美看錯了。一想到自己竟然為了這種異想天開的事被叫出來，不禁嘆氣。

早樹發現忘了將準備好的現金拿給菊美，但想起菊美高聲堅持自己絕對沒有失智的表情，很慶幸自己沒有把錢給她。

在練馬轉乘大江戶線，前往六本木。

她也很久沒來中城了，不清楚路徑，幾乎是被外國觀光團擠進去的。她和美波約在一樓深處的咖啡店。

明明比約好的時間還早到了一點，卻見美波在面對庭園的座位朝她揮手。

美波一身白上衣深綠合身裙的樸素穿著。

一頭沒有染的黑髮剪成隨興的短髮，臉上脂粉未施。

身上也沒有任何飾品，連錶戴的都是高中時那支，看得早樹好驚訝。

從沒有哪個朋友這麼不事修飾。不，這不是不修飾，如此徹底的忽略打扮，甚至可以視為一種主張了。和以前相比，更是變本加厲。是不是心境上發生了什麼變化？

「美波，謝謝妳今天出來陪我。」

「嗯，幸好妳LINE我。我今天很閒。」

美波邊說邊掃視早樹全身。

這銳利的視線，是她最近養成的職業態度嗎？

早樹怯怯地指指美波的錶。

「那支錶，真令人懷念。妳還戴著呀。」

很有年代感的咖啡色錶帶，很多地方都磨得白白的。

「早樹，妳上次也說了同樣的話。」美波一本正經地說。「而我也要回一樣的話：我東西都用很久。」

美波面前，有一個裝有透明液體的玻璃杯。

「妳在喝什麼？」

「琴通尼。」

「妳可以收工了？」

「可以，我累了。今天不用回事務所了。」美波總算笑了。

美波喝酒，也抽菸。

早樹也點了白酒，從正面看許久不見的朋友的臉。看起來不像她說的那麼累。

「美波，好久不見了。妳看起來精神不錯呢。」

讓不知不覺緊張僵硬的心和身體，因為見到知心好友的喜悅開始放鬆。

「精神是不好，不過好歹還活著。」

美波聳聳肩。

「上次見面是早樹結婚前，所以我們兩年沒見了吧。那次是慶祝我考上律師喔。」

「嗯，對呀。」早樹點點頭。「工作如何？順利嗎？」

美波撇撇嘴，回答：

「不好玩。我大概不該走離婚這個方向。沒幾個案子是好的。一直看到那些爛事，就會很佩服竟然有人想結婚，男的女的都是。到最後大家都是要錢。為了錢在吵。」

「不是為了小孩的監護權嗎？」

「養小孩也要錢啊。」

美波明快地高談闊論。

「對喔，有道理。」

「妳呢？和塩崎老爺子處得不錯吧？」

美波並不是尖牙利嘴，而是一句話切中要害的高手。

早樹沒出聲，輕輕點頭。

「塩崎先生嚐過酸甜苦辣，懂得人情世故的嘛。我們當然比不上。不過，早樹不用出來工作嗎？妳不是很想出來工作嗎？」

「現在還不用。我之前也累了，算是先休息一陣子吧。」

早樹拿服務生送上來的白酒與朋友的玻璃杯輕碰乾杯。

「也對。早樹之前是一般人的兩倍累呀。」

美波喝了一口琴通尼，瞪大眼看早樹包包裡露出來的折傘。

「對了，妳怎麼挑天氣這麼差的日子出來？不窩在逗子的豪宅裡。」

「就是庸介他媽媽說有事情要跟我說，把我叫出來的。」

「哦，什麼事？要分妳錢嗎？啊，她沒錢喔。」

「不是啦。」

早樹苦笑著，說了菊美告訴她的那些。美波瞇眼皺眉，露出難以置信的表情。

「她說庸介還活著？真假？不可能啦。她一定是弄錯了。」

美波聲音高了好幾度，搖搖頭。

「我也這麼認為。可是，我婆婆就是很有把握。她這樣反而讓我覺得毛毛的。」

「她腦筋清楚嗎？沒失智吧？」

看到美波出現菊美預期的反應，早樹笑了笑：

「婆婆也說了同樣的話。她說，跟別人講，八成會被懷疑。」

「哦，很冷靜嘛。不過，是讓人很毛沒錯。」

美波不知想到什麼，表情忽然平靜下來。

「就是說啊。回來的時候我去了那家超市，總覺得好像有人躲在哪裡偷看我，害我覺得很恐怖。」

美波正色問道：

「我問妳，庸介有保壽險嗎？」

「沒有。那時候我們正考慮。只有教職員團保而已。認定死亡以後，給了二十萬左右。」

「二十萬。是很少，不過團保嘛。」

「好像也有家屬年金。不過那時候我已經確定要結婚，就沒有去申請了。」

其實，早樹與克典舉行婚禮、登記，是正式認定死亡之後，但在那之前他們便住在一起，因此是事實婚（事實上夫妻）狀態。

「是喔。雖然時間很短，妳還是應該去領呀。多可惜。」

「可是……」

也要顧慮到塩崎的社會地位——這句話早樹沒說出來。

敏銳的美波點點頭：

「要是在事實婚的狀態下領了家屬年金，就會變成社會問題了。這對塩崎先生來說，會是很大的醜聞。」

「對。所以，公司的律師叫我不要申請。」

「沒叫妳不要申請妳就會去申請？」

美波問了一個很壞心的問題。但早樹搖頭：

「不會。因為不缺錢。」

給付額應該是一年五十六萬圓左右，但手續很麻煩。

「那當然了。在塩崎夫人眼裡，九牛一毛呀。」

美波看著剪得很短的指甲喃喃地說。

「話是這麼說，又不是讓我隨便用的。」

「五十六萬這點錢，尊貴的塩崎夫人一天就花完了。」

美波說話總是很毒，但早樹覺得她今天特別不饒人。

「我又沒有受過那種教育。我們都是讀公立高中不是嗎？」

早樹開玩笑地說，美波瞪她一眼：

「是沒錯啦。可是妳畢竟是班上嫁得最好的呀。」

一瞬間，真矢在部落格中的惡意閃過腦海。早樹皺了一下眉，但美波沒有注意到。

「大學有給慰問金嗎？」

「有啊，不過才五萬。還有一點點退職金。」

「大學也就這樣啊。」美波嘆了一口氣。

「對呀，杯水車薪。現在想起來，很後悔當初沒買保險。不過買了要一直繳就是了。」

「不，從結論來說啊，幸好沒買。因為，有一段時間庸介家有幫妳出房租對吧？」

「嗯。不過，一個月就兩、三萬。中目黑的公寓租金太貴了。我實在負擔不起，可是跟他們說我要搬到便宜一點的地方，他們就拜託我說，我們給妳錢，請妳一定要住在那裡，不然萬一庸介回來卻無家可歸就太可憐了。」

早樹憶起當時麻煩的狀況，眉頭自然就皺在一起。

想想，庸介的父母很多地方實在令人頭痛。

「可是，像那種情況呀，要是他們聽說妳拿了他們的錢，卻還一直付保險費，心裡會很不舒服哦。糾紛都是從感覺，也就是情緒來的。法律這種東西，為的就是整理情感上的糾結。」

「原來如此。妳說的對。」

早樹很佩服，望著多年的老朋友。

美波大概是洗完臉連化妝水、乳液都沒擦吧。或許是年過四十的關係，美波脂粉未施的臉上暗沉和雀斑明顯，甚至令人感到苛刻。

「早樹是妻子，將來也會繼承塩崎先生的遺產吧？」

「沒有，我想，大概就只有母衣山那個房子吧。」

這是她從克典的語氣聽出來的。克典應該已經寫好遺書了。

「就算只有母衣山的房子，也很值錢呀。幾十億吧？而且還有特留分。」

「不知道呢。孩子就有三個，而且這也不是我能決定的。」

說完以後又想起真矢的部落格，心情好差。

然後又想，怎麼會扯到遺產去呢？

「別提這些了。總之，我今天想起很多事，心情很低落。所以才會想找美波傾訴的。」

「也對。感覺妳前婆婆有點像在威脅妳。」

美波續了一杯琴通尼。她喝酒的速度比以前快。

「美波，問妳喔，萬一庸介活著的話，會怎麼樣？」
早樹鼓起勇氣問，只見美波緩緩換腿翹腳，然後將頭一偏：
「我覺得這個可能性真的微乎其微，但就算他活著，早樹在法律上已經和他『死別』了，應該沒有問題。」
自己最麻煩的地方，就是聽別人說沒有問題會心生排斥。
早上送他出門時那些細碎的口角爭執。後悔得無法成眠的夜晚。大學職員說『請把研究室裡的遺物帶回去』時，她曾經哭著抗議『還不確定他死了』。
正回想著過去種種時，只見美波故作遺憾：
「哎呀，夫人，我是不是多嘴啦？」
「沒有，不是多嘴，可是好無情呀。」
聽早樹這麼回答，美波笑了。

「我看妳消沉得很，這是刺激療法。反正，事後都會傳出這種無中生有的流言蜚語，妳就別放在心上了。」
「可是，就是有點毛毛的。」
「是啊。那時候庸介的手機和錢包都放在船上？」
「沒有。大概是放在口袋裡，船上都沒有。」
「咦，奇了。可是，他是在近海失蹤的吧？」
美波邊滑手機邊問。探頭過去一看，是三浦半島的地圖。
「他們說釣點是在近海。」
「都跑到海中央去釣魚了，還會把東西全部放在口袋裡嗎？」
對此，早樹也有同感。
「可是，船上就是找不到呀。」
整套新買的釣具就這樣留在船上。

然而，釣友看了之後表示訝異不解：「他平常都用更好的釣具的」。但，庸介真正的用意最終還是無人能解。

「船是在哪裡找到的？」

「聽說是距離三崎二十公里的海上。他說要去釣馬頭魚，所以那邊大概有釣點吧。」

「大概有，是嗎？早樹還真是什麼都不知道呢。」

美波的說法有笑意。

「對啊。因為我完全不感興趣。」

庸介喜歡釣魚，自己卻一點都不感興趣。也從來沒有主動說想去。

庸介總是和釣友前往各個海域，興匆匆嚷著要釣比目魚、黑鯛什麼的，喜歡和釣友殺釣來的魚下酒。

這些釣友也很擔心，幾度幫忙搜索，卻沒有找到任何線索。

「反正，要是妳婆婆鬧得太厲害，我想還是跟警察聯絡一下比較好。」

美波撩起短短的髮這麼說。髮際露出了白髮。

「要是還活著呢？失去記憶什麼的。」

「我是覺得不可能，不過他在戶籍上已經是個被視為『死亡』的人了。」

美波滑出手機的記事本，在裡面打字。

她說要把飲料喝完再走，所以早樹與她告別，在中城前上了計程車。

本來也想和美波商量真矢的部落格的，但時間不夠。

雖然也考慮過是不是讓克典等一下，但克典每次都會提早抵達等自己，還是不要遲到比較好。

發現自己把和克典用餐當作公事般繃緊神經，早樹暗自吃驚。

果然，一到餐廳，就看到克典舉手招呼她。

「對不起，我來晚了。」

「還不到六點呢。」

話是這麼說，克典面前卻有一杯半空的生啤酒。他肯定是五點半就開始等了。

「怎麼了？看妳一臉很累的樣子。」

被他眼尖發現，早樹嘆了一口氣：

「我剛才和木村小姐碰面，喝了白酒，所以有點醉。」

「哦，難怪。」克典笑了。「妳臉有點紅。」

因為要進公司，克典穿著亮灰色的夏季羊毛西裝。與黃色系的領帶十分協調，顯得很年輕。相對的，自己卻是土氣的上衣和黑長褲，幾乎是家常便服的樣子便出門了，又沒有氣勢，看起來不像妻子。

服務生先服務克典，被克典糾正了：

「先給女士。」

「對不起，失禮了。」

克典不理惶恐的服務生，問道：

「加野太太有什麼事？」

「就是身體不舒服那些的。還有就是公寓外牆的工程。」

不知為何，早樹不敢將菊美看到疑似庸介的人而心神不寧這件事老實告訴克典。

過一會兒，才發現這是因為自己心神不寧。

「啊，是嗎？那就好，不過，為了這點事就把早樹叫去，她一定是很寂寞吧。」

克典不掩同情地說。

「是啊。她和鄰居好像也沒有來往，一直窩在家裡，家裡也亂亂的，害我都憂鬱了。」

早樹想起陽台的花草都枯了，但沒有提起。

「有沒有經濟上有困難的樣子？」

克典不經意般問起。這恐怕是他第一個想問的吧。

「沒有，她什麼都沒說，我反而不好意思問。」早樹苦笑。「不過，倒是沒有窮困的感覺，我看純粹是寂寞吧。」

「大概是吧。她得的是孤單這種病。所以會突然感到不安。」

「所以，我去的時候準備了一點現金，卻沒有機會拿出來。是不是該寄過去？」

克典溫柔地笑了：

「我看不用了吧。妳不用幫她多做什麼，她要是找妳去，妳就稍微應付她一下就好。早樹人太好了，我覺得加野太太有點吃定妳的好心。」

「會嗎？」

早樹悶悶地回答。

看來今天的事，開啟了她和菊美之間的一個管道。以後她一定會時常打電話來。

沒把事情告訴克典，早樹覺得好像因庸介跟菊美成了共犯。一這麼想，就沒有食欲。

看早樹將刀叉擱在盤子上，克典望著她的臉，低聲說：

「妳很沒精神呢。」

早樹豁出去說：

「今天早上，我在湘南新宿線上，收到優子的LINE，內容讓我有點震驚。」

「什麼內容，我看看。」

早樹以手機打開真矢的部落格拿給克典看。

克典戴上老花眼鏡，默默看起來。臉色立刻變得很難看。

「真矢的嗎？她誤會早樹了。」

「是啊。」

「抱歉。真對不起妳。這孩子真的很蠢。」克典罵也似地說。「雖然是自己的女兒，一想到竟然這麼離心，我也很震驚。」

「我本來很猶豫，不知該不該告訴你，可是這是我們夫妻的事，我覺得還是應該告訴你。」

克典一臉忿忿地點頭：

「一定要說的，早樹。幸好妳告訴我了。因為，看了這個，如果有心想查出到底是哪一家不是辦不到。妳看，這不就是優子告訴妳的嗎？得趕快警告真矢，叫她刪掉。這裡面寫的不是事實就算了，要是傳開來了，還會造成莫大的傷害。」

企業領導人也可能被週刊雜誌盯上。更何況，克典雖已經退休，卻是創業者。

而且部落格中寫有年輕的妻子，又故意將前妻的死寫得很感傷。想都不用想，就知道是那種謊話連篇的中傷。

「優子怎麼會知道的？」

「她說她自己查出來的。」

「智典怎麼不告訴我？他以為這不是什麼大問題嗎？」

克典顧不得吃飯，用自己的手機搜尋起來。似乎很快便找到真矢的部落格，默默看起來。

義式香草冰淇淋澆義式濃縮咖啡的甜點上桌了，克典仍無心飲食，專注看手機。

「克典，上甜點了。」

早樹出聲招呼，克典才摘下老花眼鏡抬起頭來，不滿地低聲說：

「實在太糟了。再看下去太痛苦了。」

克典雖拿起湯匙，但看來並不想吃，隨即便又放回餐桌上。

「嗯，就是啊。」

早樹小聲表示同意，但她的聲音似乎沒有傳進克典耳中。

克典忿忿地說：

「妹妹亂寫這種幼稚的東西，智典為什麼沒有制止她？身為經營者，他的警覺性太低了。」

早樹不知所措地望著氣呼呼的克典。只見他眼色陰沉，眉頭打結。她很驚訝，原來他會有這麼嚇人的表情？

克典平常溫和敦厚，早樹沒看過他真的動氣。

不，她看過。克典開車，就會變得氣量狹小，滿口怨言。

她看過他在塞車時，對一輛厚著臉皮試圖插進來的車子嘖舌大罵。那時候，早樹曾想過也許克典其實是個很難相處的人。或許是因為這個關係，克典就不開車了。

「不必這麼生氣啦。」

早樹出言相勸，但克典似乎打算打電話。

只見他沉著臉，拿手機貼住耳朵。

「你要打電話給真矢？」

「不，我打給智典。」

早樹趕緊拿餐巾擦擦嘴，說：

「直接跟真矢說比較好吧？」

因為她想起優子告訴她，智典很生氣地警告『不許告訴任何人』。

但，克典嚴正搖頭：

「我不知道真矢的電話。」

早樹不知道他們關係差到這種程度。

「那，你知道亞矢的嗎？」

「不知道。女的我沒問。」

「女的？那是你女兒呀。不必說得這麼冷漠吧。」

見她傻眼這麼說，克典苦笑：

「因為有什麼要聯絡的，透過智典就行了，亞矢的話，可以打她神戶家裡的電話啊。」

「是沒錯啦。」

克典竟與女兒如此疏遠，早樹很吃驚。這樣看來，也許他與前妻的關係也很差。

克典說過，前妻昏倒那天，他去大阪出差臨時多留一天，卻只是在自己家的電話答錄機留言而已。

沒有再確認對方是不是聽到留言，讓早樹很驚訝，但如果當時關係不太好，就能解釋了。

「喂，是我，現在方便嗎？」電話打通了。「是這樣，我剛看了真矢寫的部落格了。對，沒錯。我聽我老婆說的。內容很糟，我在想，你能不能去說說她。」

然後討論了一陣子，克典只點點頭，便掛了電話。

克典把早就融化的甜點移到旁邊，一邊說：

「智典說，最好不要跟真矢說，別管她。」

「為什麼？」

「會造成反效果。真矢一生氣，一定又會把這件事寫到部落格裡，放著別去管她還比較沒事。」

連小女兒都搞不定，克典臉色依舊很難看，扔也似地把手機放在餐桌上。

見早樹什麼都沒說，克典低頭行了一禮。

「抱歉。」

「不用道歉啦。」

「應該的吧？我女兒把怨氣都出在妳身上，妳也不好受吧？」

比起被當成洩憤的對象，真矢鑽牛角尖相信那些根本沒有的事才更令早樹痛苦。

但是，沒提庸介反而拿真矢的部落格向丈夫告狀，自己這麼做的心情便已讓早樹應付不過來了。

第三章　怪異的夢

1

天亮時，早樹被雨聲吵醒。房子位於山頂，一下雨，雨便從四面八方打下來，令人有遺世獨立之感。

豪雨時更加令人不安，海陸相連，有時會覺得這個家成了一艘飄流的船。

微光中，可以看見克典正背向她睡著。

加大雙人床若是雙方都靠邊睡，其實是會感覺到距離的。但，也太遠了。

那時候，早樹發現一件奇妙的事。

克典都是穿藍色睡衣就寢的，但背影看起來卻像穿著白T恤。早樹覺得奇怪，便凝目細看，這一看卻嚇到了。

因為，克典的頭髮又黑又密。而且，規律起伏的肩頭有點方，像極了庸介。

庸介終於回到自己身邊了。早樹心中沒有一絲恐怖，滿心懷念。

好想見上一面卻不肯入夢的庸介，總算回到自己身邊了。

不，這或許是夢。

早樹分不清是夢是真，便輕輕伸手要去碰庸介的肩。就在這時，庸介翻了身。

為了看清他的臉，準備抬起上身時，她真的醒了。

是夢。以為自己失控大叫，但睡在身旁的克典卻一動也不動。

心口的悸動遲遲不平息，早樹大口吐氣，一邊伸手去按枕邊的按鈕。床腳燈淡淡地照亮了寢室。

結果，克典背對著她問：

「怎麼了？」

「吵醒你了？」

「沒關係。沒事吧？」

「嗯，我要去廁所。」

「嗯。」

克典以睡意很濃的聲音喃喃這麼說，仍然背對著這邊。

克典一定是堅持閉著眼，試著再度入睡。因為他是那種早上只要一睜眼便無法再入眠的人。

既然都說要去上廁所，早樹便下床進了寢室隔壁的廁所。

聽著外面的雨聲上了廁所。隔壁是浴室。克典的前妻就是倒在浴室更衣處死去的。

想起這件事，早樹覺得有點怕。她就是倒在那裡動彈不得，和狗一起等人來救。

漫長的夜過去了，天又黑了，身體冷透了，卻沒有人來。她懷著什麼心情呢？

突然間，耳邊彷彿聽到了她痛苦的喘息，早樹的悸動又加快了。

之前沒有任何感覺，現在卻覺得母衣山捲起了黑暗感情的漩渦。像是，敵意或惡意之類的感情。

她早就隱約察覺自己對克典的兩個女兒而言，是不速之客。

小女兒真矢缺席婚禮，全家出席的亞矢則是對早樹所表達的感謝之意只給了簡略冷漠的回應。

儘管從她們的態度早已心知肚明，卻沒想到真矢竟那麼討厭她。

真矢的敵意，像後勁很強的毒素般，作用在神經上。

驀地裡，早樹覺得好像有人躲在隔壁浴室想要自己的命。

這前所未有的恐懼，會是真矢充滿誤會的部落格，以及菊美聲稱看到庸介的那件事引起的嗎？

早樹絕不是膽小如鼠的人，但這恐懼到底從何而來？

正如她與菊美之間開通了「庸介」這條線路，塩崎家只怕也開通了「敵意」這條線路。

在那裡，即便發生的是誤會，也足以擊垮現在的早樹。

逃也似地回到寢室，只見克典靠坐在床頭片上。

「你要起床了？」

早樹一問，克典大大點了一下頭。

白髮橫七豎八，看起比平常蒼老，所以早樹別過臉。

「對不起，吵醒你了。」

早樹邊上床邊道歉，克典搖搖頭：

「沒關係。我都是天亮的時候醒來。」

「這麼早？」

往床頭的鐘一看，清晨四點半。雨聲越發緊湊了。

「是啊，差不多。有時候更早。」

「那麼早醒來的時候，你都做些什麼？」

「想很多事。也會用手機看影片、看電影。妳都沒發現？」

「沒有。」早樹搖頭。

「老人家可不容易呢，看不出來吧。」克典笑了。「難得早樹這麼早醒來。是不是做惡夢了？」

早樹微微點頭，並不想提內容。克典也不會問「做了什麼樣的夢」。

早樹睡意全消，仰躺在床上，看著天花板。

「可以問你一個問題嗎？」

「可以啊。要問什麼？」

克典也仰躺著閉上眼睛，聽早樹說話。

「你和前面的太太感情好嗎？」

早樹從來沒有這麼直接地問過，但克典平靜地回答：

「我知道妳為什麼會這麼問，是因為看了真矢的部落格吧？」

「嗯。我覺得真矢和她媽媽感情很好。所以才會猜想，會不會是她們總是兩個人共同作戰，跟你的感情不太好。」

感覺得到克典點頭。

「可以這麼說。美佐子特別疼真矢。她們總是結伴一起去國外旅遊、一起逛街購物。」

美佐子是克典前妻的名字。

「一定很開心。」

眼前彷彿出現一對要好母女的身影。只怕任誰都無法介入。

「可是，我有點不知道怎麼和美佐子相處。她不會說自己的意見，所以我不知道她在想什麼。有時候多方揣測，結果她什麼都沒想。可是以為她沒想，卻用意想不到的事攻擊我。我們是不太合。」

早樹卻認為合不來的夫妻一定很多，但克典與前妻之間不止這個問題。

早樹總覺得不太對勁，雖無意多作揣測，還是忍不住猜想而沒作聲。

結果，克典改變了話題：

「早樹的父母呢？」

克典一定是不想再談自己了。

「我爸媽感情沒有特別好，不過應該也不差吧。我想算是不好不壞，普普通通。」

早樹邊想邊答。

她沒想過父母的感情是好是壞。因為她不認識其他年紀相近的夫妻。

像這種時候，她就會實際感受到克典與自己的父母屬於同一世代。

「真好。」克典也隨口附和。

早樹的父母年紀都比克典小。

他們都是退休的高中老師，教生物的父親剛滿六十九歲，教英文的母親大父親二歲，所以快七十一了。

早樹向兩人報告要與克典結婚時，他們都很吃驚，再三確認克典的歲數。

「我家是媽媽年紀比較大，以前又都是老師，所以完全對等。也常會大吵。」

連現在回娘家，也會看到夫妻倆從分擔家事吵到電影感想、政治的場面。

早樹從來沒有與克典爭執過，所以都不禁佩服他們精力旺盛。

「不過，他們兩個常一起出門，所以也許算是滿好的吧。」

連吵架起因的電影、國外旅遊，結果還是兩個人一起去。

「早樹的媽媽有點凶。和美佐子相反，有什麼都會說清楚。」

克典笑著說。

的確，母親比父親實際，習慣有話直說。

早樹說要與克典結婚時，母親也是一臉嚴肅地把話說得很直白：

『可能會有人用貪圖財產來中傷妳。社會就是這樣。妳已經失去庸介了，受得了這樣的中傷嗎？』

早樹生氣回嘴。

說就算妳是母親，也應該知道有些話能說、有些話不能說。

可是，正如母親說的，很多人拿好奇的眼光來看早樹。不僅如此，甚至有人像真矢那樣，對她有明顯的敵意。

她想找母親商量真矢的事，但又遲疑著不敢對年過七十的母親訴苦說「媽媽擔心的成真了，怎麼辦」。

又想起真矢那些帶刺的話，早樹情緒好低落。

但，克典大概是說話說累了，懶洋洋地打著哈欠：

「說一說話，又睏了。」

「太好了，那，我關燈嘍。」

「嗯。」

早樹關掉腳燈，克典便把夏季薄毯拉到肩頭，翻身背對她。

早樹也聽著雨聲，緊閉雙眼。

下了整個週末的雨在星期一放晴，夏天又回來了。相模灣今天也是美麗的深藍色。

庭院裡那座有如巨人俯首的背影的雕塑，在豔陽下熠熠生輝。

早樹要去逗子的超市購物，正為出門做準備時，優子來電。

克典正好在庭院裡，與長谷川園來整理花木的長谷川和見習園藝師談得起勁。

早樹看著克典的背影說：

「喂，我是早樹。」

「早樹，上星期五真是對不起。我好像多事了。」

優子很惶恐。

「我才不好意思。克典說要打電話給智典，我就慌了，卻又攔不住。」

「沒關係、沒關係。」優子發出共犯忍笑的聲音。「反正，遲早都瞞不住的。我本來就覺得我老公不會一直放著不管的。」

優子似乎很享受這場好戲。

「喏，早樹，妳看了那些，有沒有覺得不舒服？」

「有。」老實回答之後，早樹問了一直很擔心的事。「倒是優子妳，智典有沒有說妳什麼？」

「沒有，妳放心。」

「是嗎？因為克典好像對智典發脾氣，說他怎麼不管管真矢。」

「真矢要是挨罵，只會讓她的妄想變本加厲。她就是想當家裡的老鼠屎。」

「為什麼呢？」

早樹自然而然這麼問，話說出口才發現問了也是白問。這件事，恐怕會牽扯到克典和前妻美佐子之間的問題。

既然與早樹無關，最好不要過問。

「不知。這就意味著真矢和爸的衝突就是這麼麻煩吧。只能隨她去了。沒我們的事、沒我們的事。」

優子說得乾脆。

「也好。」

「真矢也真是的，明知道要是太過火，很可能只能拿到特留分的說。」

優子指的是遺產吧。的確，要是克典大怒，或許是有可能將真矢排除在繼承名單外。

「就算買了間公寓給她，也只是麻布的中古屋。她大概很不滿吧。」

優子不屑地說。

有錢人呀——早樹嘆了一口氣。以前自己和庸介可是要付一輩子房貸才勉強買得起中古屋。

驀地裡想起過去的自己，早樹有點厭惡習於富裕生活的現在。覺得自己好像和隨口提起遺產繼承也不以為意的優子同化了。

優子自然不知道早樹的心情，忽然想起般說：

「啊，對了。我打電話是要跟妳說，真矢的部落格更新了。她都是週末更新。我是想跟妳說這個。」

「謝謝妳特地告訴我。」

光是聽到部落格這三個字，心就一陣亂跳。以散播惡意為手段的人，會醞釀更多惡意，變得越來越醜惡。她不願意看到那種醜惡。

「那，不好意思，我要帶小孩去游泳，就先失陪了。」

優子最後總是要做足禮數，只聽她裝模作樣地這麼說，掛了電話。

早樹往庭院那邊看，克典正與長谷川一同巡視樹木。

大概是在談種樹計畫吧，好比下次要加上什麼樹、在哪裡種什麼花的。看來十分愉快。

早樹進了廚房，在餐桌前坐下。打開釘了標籤的真矢的部落格。

光是看到以「深夜的麥雅」這個標題，就害怕得呼吸困難，不敢讀。

夏天要是雨下個不停，就會令人心情鬱悶。這個時候，我常會想起我的家。

我的家，位於可以看海的高台。山丘頂上就只有我們家這一戶，所以下大雨的日子，我會非常不安。

聽著嘩啦啦的雨聲，就會擔心海水是不是會淹上來，整幢房子會不會晃一晃就像諾亞方舟般開始航海。

想著想著，突然好想家，星期六就回去看了。

因為父親和那個女人在，當然只是從外面看看而已。

明明是自己家卻不能回去，心情好失落。

早樹說不出話來。

並不是因為真矢偷偷回來看自己的家，而是她對雨天彷彿整幢房子都在航海般的不安，竟然與自己不謀而合。

而且，星期六就是早樹做了那個討厭的夢的那天。是因為同齡，才與真矢有些相似、相通之處嗎？

早樹忍不住也看了留言。

「哎呦，妳家被搶走了。」

「麥雅，別輸給不要臉的女人。」

「要把自己的家搶回來哦。」

在這些失焦的留言中，也有「家在看得到海的高台上，原來麥雅家是有錢人啊」這類刺探般的留言，讓早樹很擔心。真矢的毫無警覺令人不安。

要是像克典所擔心的，被肉搜出父親就是克典，不知會發生什麼事。實在是給人製造麻煩。

不知不覺便皺起眉頭，神情不悅。

「怎麼了？」

從庭院裡回來的克典訝異地端詳著早樹的臉。

「沒事。」早樹趕緊關掉手機畫面，站起來。

「我在想要買什麼。」

打開冰箱，裝作查看裡面的食材。其實告訴克典真矢的部落格更新了也沒什麼，但她不太想看到爆怒的丈夫。

「那就好。」

克典幫忙整理庭院，心情大好，一副為了確認真偽般凝視早樹，早樹不禁別過臉。

「今天天氣很好，中飯我想去碼頭吃，妳覺得呢？」

在碼頭的餐廳悠閒吃中飯的話，免不了要喝紅酒。因為克典不喜歡一個人喝。

這麼一來，自己就不能開車去買菜了。但今天就是想自己一個人自由自在地購物。

「我想去逗子或鎌倉買菜。蛋啦，還有很多東西都快沒了。」

「那我也一起去，我們去吃蕎麥麵吧。我陪妳去買菜。」

早樹突然覺得克典很煩。

「我自己去就好了。」

「為什麼？」克典不滿地皺起眉頭。「那我要吃什麼？」

「是喔，也對。」

早樹裝作恍然大悟，笑了，其實心下煩躁，覺得難道我連自己去買東西的自由都沒有嗎？這是她頭一次有這種感覺。

假日獨自上街，看看電影，逛逛街，到書店翻

翻新書，或是和朋友吃個飯，隨興消磨時間。

自從與克典結婚住到湘南之後，這些樂趣就離她遠去了。

偶爾回埼玉娘家，或是去探望菊美，也一定都要配合克典的時間。

然後，都是相約一起吃飯再回來，所以可以說她幾乎沒有單獨行動的時候。

當然，她已是實業家塩崎克典的繼室，也明白生活多少要配合丈夫、自由會受限。

不如說，她是不願再感到突然被放逐的寂寞才結婚的，一直以來對於自由受限也覺得不過就是加諸於自己身上的義務。

然而現在，連一些生活瑣事都不能照自己的意思來做，一切都必須配合克典，這讓她感到痛苦。

克典換下在庭院裡流了一身汗的T恤，以白色

馬球衫現身。

下身則是維持灰色五分褲和沙灘涼鞋的休閒裝扮。

「叫個車吧？」

「我來開車。」

「那就不能喝啤酒了。」克典笑著說。

「沒關係。不然讓計程車等，都匆匆忙忙的，就不能好好買東西了。」

「讓他等有什麼關係，沒什麼好在意的。」

克典聳聳肩。

「那不是重點。」

她不由自主地反駁，克典一臉驚訝。

因為平常早樹都會順著他說「對呀」。

「不然什麼才是重點？」

「會覺得過意不去，心裡就會著急呀。」

「可是，那就是他的工作啊？」

克典很習慣讓別人等。那是因為你一出生就一直以自己為中心——早樹嚥下這句話。

相對的，自己生於雙薪的公教家庭。自己的事自己做好是天經地義，不麻煩別人為最高指導原則。也許這就是小家子氣吧。

「克典和我，什麼都不一樣呢。」

早樹嘆著氣說，克典一臉理所當然：

「又沒有人跟我用同樣的方式長大。」

說得還真是堂而皇之。意思是不願花力氣去配合別人嗎？

早樹卻還在消化這陣子感覺到的與克典之間的不合呢。

「我去開車。車裡很熱，你在這裡等車子冷氣涼了再出來。」

「拜託妳了。」

克典從玻璃門俯視著庭院說。

庭院裡不見長谷川他們的身影，大概是進入休息時間了。

早樹走向位於玄關旁的車庫。

長谷川園的小卡車停在馬路對面，只見長谷川和助手，以及見習的，三個人正坐在樹蔭下抽菸。

「我去拿點冷飲過來吧？」

早樹對他們說，長谷川便指指車斗上的保溫桶說：

「不用了，我們自己有。」

早樹揮手表示了解，用遙控器打開了車庫的自動門，剛才站起來的長谷川從馬路那邊走過來。

「要出門呀？」

「是啊，去買菜。」

回話後，早樹抬頭看長谷川被曬黑的臉。臉上一如既往地露出開朗無憂的愉快神情。

車庫和車上都很悶熱。發動引擎把冷氣開到強之後，早樹趕緊下了車。

長谷川還站在那裡。

「好熱呀。」

「車上最可怕了。夏天又回來了。」

「是呀，你們在外面工作一定很累吧？」

於是等車內變涼的期間，兩個人站著閒聊。

「塩崎太太，您想不想養狗？」

長谷川突然問。

「狗嗎？」

早樹吃驚反問。

「是啊，我有個朋友是專門培育邊境牧羊犬的。聽說生了幾隻很好的幼犬。有很多人在等，一下子就會被買走。不過，他說可以讓塩崎先生先選，不知道您覺得怎麼樣？」

早樹並不討厭狗，但想起那隻貴賓狗就憂鬱。

見她猶豫，長谷川繼續說道：

「剛才我問過塩崎先生，感覺他好像有這個意思。我覺得這個庭院養邊境牧羊犬正好。真想看看狗狗在這裡奔跑的樣子。」

繼雕塑之後是狗嗎。早樹不禁笑出來。

「我倒是沒想過，滿驚訝的。」

「不像是弄園藝的人的提議喔。」

長谷川不以為意地回答。也許長谷川有他自己的庭園美學，但早樹有種被利用的感覺。

但是，如果克典說想養，早樹也只能點頭。

「我先生事先拜託你的嗎？」

「不，是我個人的意見。」

「我和我先生討論看看。」

「哎，只要是您想要的，塩崎先生沒有不答應的。」

事情絕對不是這樣，但在別人眼裡或許是吧。

「我們該出門了。」

早樹笑著應付過去。

「不好意思，耽誤您的時間。」

早樹看了長谷川走回小卡車的背影，才去叫克典。

克典似乎是等累了，已經戴起老花眼鏡在看報。

「冷氣涼了。」

「謝謝。」

早樹開車載克典前往鎌倉的超市，在路上問起養狗的事。

「剛才，長谷川先生問我要不要養邊境牧羊犬。好突然，嚇我一跳。」

克典正悠哉地看著窗外：

「哦，他也有問我。他很愛推銷東西呢，以前他爸爸也不像他這樣。」

克典一副不感興趣的樣子笑著說。

「你沒打算養吧？」

早樹想起頭一次來母衣山的時候，被克典趕到庭院的貴賓狗拚命抓玻璃門的事。

那時，早樹大著膽子問頭一次見面的克典是不是不喜歡狗。當時的情景就是那麼異樣。

「邊境牧羊犬是大狗吧？我覺得好像也不錯。畢竟我們庭院很大，如果真的想闖，誰都進得來。早樹獨自在家的時候也看不了那麼多的地方。」

「我沒什麼機會獨自在家就是了。」

早樹小聲說，免得聽起來像譏諷。

實際上，克典也只有星期五上午會外出。

但那天會有兩名女性來打掃，所以早樹幾乎沒有落單過。

「可是，又不知道我什麼時候會怎麼樣。」

七十二歲的克典說。

「放心，克典身體很好。」

既無宿疾，又比一般人加倍注重健康。退休後

沒有壓力，又有錢。只要不出事，多半會很長壽。

若說克典有什麼煩惱，頂多就是真矢吧。早樹一想到這，臉色閃過一陣陰影，克典感覺到了。

「怎麼了？」

「沒事。」

早樹結束談話，專心開車。開進超市的停車場，抽了票卡找個適當的車位停車。

克典去了酒類賣場，早樹便從容選好食材放進推車。可以獨處片刻，真叫人開心。

如果她說要去百貨公司買衣服，克典一定會跟來。他會在一旁管東管西，諸如不要黑的，藍色才高雅、不要太跟流行等等。

有一段期間，早樹覺得是花他的錢買昂貴的東西，便也接受了，但還是想自由買自己喜歡的東西。

克典的推車裡，紅酒日本酒加起來大約有十瓶。每一瓶都是高檔貨，價格一定很驚人。

克典查驗般看了早樹買的食材，一副還可以的樣子點了點頭，早樹便走向收銀台。

買好東西，他們前往克典想去的蕎麥麵店。

「養狗的事，我覺得可以考慮一下。」

克典喝著蕎麥燒酎，自言自語般喃喃地說。

「邊境牧羊犬很可愛呢。」

「也是很聰明的狗。」

不知何時搜尋的，克典讓早樹看了手機。頁面上寫著邊境牧羊犬的照片和特色。

「可是，你不太喜歡之前的狗吧？」

早樹刻意避免說貴賓狗。她不知道那隻狗的名字，真矢自己給牠取名為「麥雅」。

「是啊。」

克典大概也想起真矢的部落格吧，神情苦澀。

「克典想養的話，沒有人會阻止的。」

克典抬起頭，看來有點生氣，讓早樹略感吃驚。

「為什麼每次都看我的意見？早樹大可說出自己的意見啊。」

忽然間，她想起克典談過前妻。

『可是，我有點不知道怎麼和美佐子相處。她不會說自己的意見，所以我不知道她在想什麼。有時候多方揣測，結果她什麼都沒想。可是以為她沒想，卻用意想不到的事攻擊我。我們是不太合。』

前妻會不會是因為克典太強勢而不敢說呢？就和自己一樣。

要是自己也提出什麼意見，會不會也被當成「意想不到的攻擊」？

克典不知道別人要對他發表意見是一件多麼困難的事。該怎麼辦？這輩子只能就這樣，一直唯唯諾諾地順著他嗎？

早樹心情好低落，望著蕎麥麵店窗外的夏日天空。

2

還以為盛夏回來了，下一週便一連好幾天都是陰天，涼得好像秋天到了。氣溫降低，穿短袖太涼，會想再加一件外套。

「明明才九月，夏天卻好像完全結束了。今年秋天來得真早。」

苦夏的克典高興地說。

「本來還想多穿一會兒無袖的衣服的。」

「真年輕。」

「是比你年輕沒錯。」

笑著回答之後，早樹心頭一凜。以前她和庸介也有過同樣的對話。

念著忘了吧、好想忘掉而勉強封存起來的記憶，自從聽了菊美那些話之後，又時不時被喚醒。

明明不相信庸介還活著，內心還是經常波濤起伏。

是因為「萬一庸介還活著」這個假設復甦的關係嗎？

中午，彷彿被涼爽的天氣所誘，早樹做了克典愛吃的高麗菜捲。克典很高興，喝了兩杯紅酒醉了，說要去睡午覺，便窩在寢室裡。

這個夏天，飯後的午睡似乎已成為克典的習慣。倒不是克典體力衰退了，而是因為養成了午餐必定佐酒的習慣。

也因此，除非外食，不然在家裡吃的晚餐就越來越簡略。

酒類，除非特別想喝或是有客人來訪才會喝。夏天期間，克典常會說沒有食欲，對早樹準備好的餐點不屑一顧，吃個素麵或在冷飯上加點鹽昆布泡麥茶就算數。然後，早早上床。

因此，早樹在用心準備好午餐後便無事可做。

於是她鼓起勇氣，拿起手機準備看每週末更新的真矢的部落格。

她想盡可能遠離令人厭惡的、醜陋的事物，所以有一陣子沒看真矢的部落格了，但又不能全然不管。

懷著七上八下的心情一看，還是以前的樣子。看來並非每週更新。

早樹鬆了一口氣，拿起電視遙控器。

這時，手機響了。早樹看了來電顯示，然後反射性地朝寢室看。是菊美打來的。

她不願讓克典聽到，便拿著手機來到庭院。

雖認為克典應該還在睡，但有時候他午覺睡得很短，也可能聽到了來電鈴聲。

只要有人打電話給早樹，克典都會不著痕跡地問是誰打來的。

如果是菊美，就會想知道是為了什麼事。克典雖絕口不提，但他似乎認為早樹大可與菊美斷了來往。

早樹很清楚他是為了儘量減少她的負擔，但與前夫的母親之間的往來，並不是說斷就能斷的。

早樹朝著藤架的長椅，走下庭院。走到一半，在鈴聲響完七下的時候，接起電話。

「喂，我是早樹。」

海風很冷。早樹身上穿著T恤，所以摩挲著露在外面的上臂，將手機貼在耳朵上。

「早樹，現在方便說話嗎？」

菊美惶恐地皺起眉頭的表情彷彿就在眼前。

「嗯，方便。」

「那就好。妳都嫁出去了，我還打電話給妳，真是對不起呀。不過，我有事要跟妳說。現在方便嗎？不行的話就說不行，別客氣哦。我會再打。」

菊美一開始的姿態都會低到卑微的程度，但漸漸會轉變成面對加野家媳婦的態度，所以要特別小心。

早樹在藤架下的長椅坐下。花崗石的長椅冰涼。

她忽地想起有蛇棲息在藤架的石塊裡。

但此刻，她覺得就算蛇在眼前冒出來，也沒什麼好怕的。

反而是想像那個疑似庸介的男人跑到母衣山來，或是真矢在雨中瞪著母衣山上的家，才更叫人害怕。

「嗯，現在不會不方便，請不要那麼在意。怎麼了？」

「就是庸介呀。」

果然，我就知道。還沒問心裡就有不好的預感。菊美這次到底又看到什麼了？

聽了之後，一方面「萬一庸介還活著」的假設會增強，同時也會更加懷疑事情是菊美編出來的，實在吃不消。

「我跟妳說，昨天又出現了。」

「好像鬼魂喔。」

菊美的說法誇張得像說出什麼大秘密似的，早樹不禁苦笑。她怕事情終究是菊美編出來的。

「早樹，妳不相信我的話對不對？我是因為覺得妳一定最掛念，想早點告訴妳才打電話給妳的。」

菊美說得一副給了天大的人情的樣子，話中卻透著怒氣。

「對不起。」早樹老實道歉。「那，這次是在哪裡看到的？又在同一個超市嗎？」

「才不是呢。我跟妳說，他到我們公寓來了。」

菊美壓低聲音。

「到家門口？」

一想到那可能真的是庸介，就恐怖得寒毛直豎，但菊美急吼吼地否定了。

「不是、不是。我要去買東西，就搭電梯下樓。

結果就看到有個男人站在信箱前。他背對我，可是我馬上就認出他是我在超市看到的那個人，心臟抖了好大一下。」

公寓的電梯到信箱至少有五公尺遠，信箱在管理室旁，而管理室又關著，所以大白天也光線昏暗。更何況那個人是背對著，肯定是菊美認錯了。

「那，看不到他的臉？」

「是啊，看不到。」

「您和那個人說話了嗎？」

「沒有。怎麼說呢，我很緊張還在想的時候，他就跑出去了。我去追，可是我膝蓋不好啊。所以根本追不上。可是啊，他的背影和庸介一模一樣。我想一定不會錯的。」

「可是，光是這樣，不能確定他就是庸介吧。」

為了不讓菊美太激動，早樹冷靜地說。但是，菊美不耐煩地打斷她。

「對啦、對啦，照妳這樣說，是不能啦。可是，妳又何必說得像在審犯人似的。」

看來是掃了她的興。

早樹不作聲了，等菊美說話。

「可是呀，他在看的，就是我家的信箱呀。所以我覺得一定沒錯。」

「會不會是在發傳單？」

早樹忍不住插嘴，「才不是！」菊美突然大叫。

「那個人跑掉了，所以我趕緊打開信箱來看，想說他會不會放了信進去。可是，什麼都沒有。我從來沒那麼失望過。他都在跟前了，我本來想跟他說爸爸去世了。」

菊美發出吸鼻涕的聲音。可能泛淚了吧。看來她是深信不疑了。

早樹力持平靜，問道：

「那個人是什麼樣子？」

「昨天天氣很涼，他穿著淡藍色的襯衫。那個叫什麼來著？就是那個呀，很像牛仔褲的布料，可是比那個更薄。」

「丹寧襯衫嗎？」

「對，好像就是那個。八成是。」

菊美猶豫著回答。早樹簡直可以看見她歪著頭的樣子。

如果是丹寧襯衫，庸介穿著也不足為奇。他經常在T恤上面隨手套一件。不會吧？早樹感到不安，再次確認：

「您沒看到他的臉吧？」

「我剛不是說過了嗎？」菊美很不耐煩。「我沒看到，因為他背對著我，就這樣跑走了，我看不見。不過，那一定是庸介。」

菊美很堅持。

「就是呢，肩膀的角度啦，後腦勺的感覺很熟悉。那孩子終於回來了，一定是有什麼苦衷讓他不敢露面。」

「苦衷？他到底會有什麼苦衷？」

早樹突然差點頂嘴。等到回過神時，發現自己說出的話有責怪菊美的意味。

她認為，自己身為妻子什麼都不知道，菊美不應該用苦衷這個字眼。

萬一真的有什麼苦衷，那麼尋找他的人不就等於白白折騰了嗎？

「天曉得是什麼苦衷呢。我可不知道。妳是他太太卻也不知道嗎？」

菊美以勝利者的姿態挑釁地回答，讓早樹更加煩躁。

「我什麼都不知道。而且，我認為這次的事，全都是媽媽您弄錯了。要是那個人真的是庸介，一定會跟媽媽您說話，而且也會更早就出現的。都已經八年了。」

或許是早樹的說法太衝，對話中斷了一下。

「話是沒錯，可是他一定是有什麼苦衷。」

「沒有，絕對沒有。」

早樹一口否認。她實在受夠這類猜測了。那種疑心暗鬼又要重來一次嗎？早樹深感厭煩，暗自嘆氣。

「妳當然是巴不得那樣。」菊美的語氣突然變得很冷酷。「妳已經再婚了嘛。妳的心情我懂。要是我有機會跟庸介說話，我也絕對不會告訴他妳的事的，妳放心。才三年妳就提議趕快辦喪事，早早就從中目黑搬走讓人家找不到妳，順利釣到金龜婿再婚，這些我絕對不會說的，放妳一百二十個心。」

聽到如此傷人的說法，早樹又驚又氣。

「我相信您這些話不是出自真心。」

「是真心的。妳以為我在說謊是不是？以為都是我編出來的。可是，並不是。庸介沒有死。」

「媽媽，您充滿誤會和偏見。之前我一直忍耐，但我不想再聽到有關庸介的事了。請您不要再因為這件事跟我聯絡。」

「好好好，我知道了。我絕對不會跟庸介說妳的事的，妳放心。」

菊美撂話。

「我已經說過好幾次了，請您不要再說這些了。庸介八年前就死了。媽，您為什麼就是不明白呢？」

早樹不假辭色地說，這回換菊美翻臉了：

「這輩子都不要再叫我媽，妳沒這個資格。」

「我知道了。再見。」

掛了電話一看時間，竟講了超過二十分鐘。

剛才激動得忘了，現在突然覺得冷，打了一個寒顫。雙手抱住自己的身體，望著與灰色天空融為一體的相模灣近海。深深感到庸介是因為那片海而離開了自己。

驀地裡，早樹心裡冒出一個主意：不如聯絡庸介的朋友，商量一下菊美的事。

早樹並不是想和菊美斷絕關係才把話說得那麼嚴厲的。要是菊美因為這通電話意氣用事而有個萬一，難過的會是自己。

和庸介最要好的是一個大學時代的朋友，叫小山田潤，他們是釣友。

他和早樹也是同門，但長她三歲的小山田沒有進研究所，而是去汽車經銷公司上班，所以他們學生時代相處時間不多。

庸介失蹤時，小山田很擔心，還請假趕來幫忙。但不久他就被調往福岡分公司，從此便失去聯絡。

早樹沒有他的電子信箱，電話簿裡只有他的手機號碼，不知道還聯不聯絡得到？

如果要打電話給小山田，就只能趁現在克典午睡的時候了。

早樹鼓起勇氣打了電話。所幸，響了幾聲後電話通了。

「喂，我是小山田。請問哪位？」

他似乎早就沒有早樹的電話號碼，語帶訝異。

「好久不見，我是加野早樹。」

或許是大吃一驚，小山田的聲音高了好幾度：

「早樹？啊，好久不見了。對啊，真的好久了。」

「現在方便說話嗎？」

「可以，沒問題。不過，我先換個地方，稍等我一下。」

聽來小山田是換到一個方便說話的地方，只聽他高興地說：

「早樹，多少年不見了啊。妳好不好？」

「我很好，我去年再婚了。因為過了七年，終於認定死亡了。」

「是嗎。哎，花了七年嗎？真是辛苦妳了。我前年就回東京了，可是庸介不在了，我也就沒去釣魚了。好寂寞啊。」

「嗯，是呀。」

儘管表示同意，早樹卻想著這八年的心痛該如何形容。

「當太太的一定最寂寞了。」

小山田體貼地說。

「哪裡，言重了。那麼，學長現在都在東京？」

「是啊，我住川崎。庸介走了以後，我的生活有了很大的變化。我在福岡匆匆忙忙辦了婚禮，孩子都兩個了。」

早樹自己也和克典再婚了。只有菊美沒變，和庸介的幻影一起活著。

可是，她和菊美已形同斷絕關係，不如乾脆就這樣算了？——早樹心中出現這個想法。

把庸介的事告訴別人，會不會反而讓人懷疑菊美的精神狀態？

她突然覺得自己打電話給小山田真是多此一舉。

「那，怎麼了嗎？是不是有什麼煩心事？」

「沒有，沒事。和學長聊了兩句，就覺得實在沒什麼。所以，請當作沒這回事。」

早樹很快地說完，小山田困惑地沉默了。

「不好意思。打擾你上班了。學長聽起來滿好的，真是太好了。」

正要掛電話時，被一句「請等一下」拉住。「難得聯絡，再多聊一下吧。」

小山田開朗的聲音讓早樹鬆了一口氣，便附和道：

「說的也是。」

「早樹聽起來精神不錯，我就放心了，不過庸介的父母怎麼樣？他們都好嗎？」

「嗯，公公三年前往生了。婆婆很好，還是住在大泉學園。」

想起剛剛才被菊美罵『這輩子都不要再叫我媽』，早樹滿心苦澀。

「是嗎。太久沒聯絡，真的很抱歉。早樹妳那時候一個人一定很不容易啊。」

早樹想起小山田是個很細心體貼的人。

「也沒有啦。」

聽早樹含糊回答，小山田便問道：

「發生了什麼事？如果不嫌棄，請告訴我。」

「好。」早樹豁出去了。「八月的時候，婆婆打電話給我，說她看到一個和庸介一模一樣的人，在超市裡盯著她看。」

「咦！這是大事啊！」

小山田打從心底吃驚地叫道。

「是啊。我聽了也很震驚。可是，因為實在不太可能，我也就覺得會不會是婆婆編出來的。」

「八成是。不好意思，她年紀滿大了吧？」

「還好，才七十二歲。」

「不過，還是有可能。」

聽到小山田果然也懷疑菊美可能有失智症，雖然鬆了一口氣，但他們彼此都無法完全否定庸介仍在世的可能。

「不過，這就麻煩了。現在已經被認定死亡，早樹也都再婚了。要是庸介媽媽鬧起來會很麻煩，畢竟也不是完全不可能。」

「是啊，會很在意。」

我也不敢告訴我先生——這句話早樹沒說。要是跟克典說了，只怕他會一笑置之，然後禁止她和菊美來往吧。

而，不敢告訴克典的最大的原因，是她很清楚萬一菊美說的是真的，自己的心情肯定會劇烈震盪。

「我明白了。我想妳一定很困擾，我會去加野家看看。我回東京以後，還沒有去打過招呼。我以前會去他們大泉學園的公寓玩，在庸介房間喝酒，所以地點我都記得。還會去附近的便利商店買燒酎呢。」

小山田不勝懷念地說。

「庸介也常提起。」

早樹也被自己脫口而出的話嚇了一跳。庸介。最近幾乎都沒有以庸介為主詞和別人說話了。

「好懷念啊。他人真的很好。那，我這個週末去看看好了。結果如何用電子信箱聯絡比較方便，等等我把我的信箱用簡訊傳過去。早樹可不可以回信到那個信箱呢？麻煩妳了。」

「謝謝學長。」

早樹鬆了一口氣，掛了電話。覺得肩上的重擔暫時放下了。

一想起下次再聊的時候，小山田多少會幫忙，就覺得好像窺見了菊美的孤獨，後悔對她說了重話。

一直在外面講電話，好冷，早樹匆匆走進屋裡想泡個紅茶。

正在燒水的時候，小山田便傳來了寫了電子信箱的簡訊。

在工作的人做事就是又快又好，令人開心。

我是小山田。剛才失禮了。
久疏問候，真的非常抱歉。
不過，看早樹過得很好，讓我鬆了一口氣。
我和早樹一樣，從來沒有忘記庸介。
早樹到現在還要為庸介勞心，真的很可憐。
我會儘快去加野家看看的。

小山田潤

早樹將電子信箱加入通訊錄，用手機發信向小山田打招呼。小山田立刻就回信了。這樣一來，就不必每次聽到電話響就神經緊張。

早樹拿著紅茶杯到客廳。打開電視選了網路節目，想看洋片。

如果說克典午睡的期間是自己的時間，那麼，克典清晨醒來的時間算是他自己的時間嗎？

忽然間，早樹想起了克典說他清晨醒來睡不著，用手機看電影、影片時那神清氣爽的臉。

就像自己會感到疲累，與早樹的共同生活一定也讓克典覺得累吧。也許兩個人根本不需要在一起，但一個人太寂寞，只好將就。早樹覺得結婚真是件神奇的事。

聽到聲響，克典出現在客廳。或許是因為喝醉了去睡的關係，臉有點腫。

「啊啊，睡得好飽。今天睡了快兩個鐘頭啊。」

「會不會就是因為午睡睡太久，才會大清早就醒來的？」

克典揉著自己的肩，同意早樹的說法：

「很有可能。不過，午睡很舒服，實在戒不掉。大概就是所謂的白日夢吧，會做很多奇怪的夢。」

克典示意他也想喝紅茶，早樹便幫克典泡了紅茶。

「什麼樣的夢？」

克典喝了一口紅茶，然後想到什麼笑了。

「什麼事這麼好笑？」

「不是啦，夢不是很快就會忘記嗎？所以我正努力在想。而且夢都不合邏輯。」

「就是啊。」

早樹想起了那天做的可怕的夢：睡在身邊的丈夫不知何時不是克典，竟換成了庸介。

「我剛才做的夢啊，是我和早樹在一家餐廳吃飯。結果，早樹不知道在任性什麼，看著菜單，說討厭這個不想吃那個，又嫌餐廳不怎麼樣，一直抱怨。實在很討罵，我就唸了妳幾句，店裡的人問這是您夫人嗎，我回答說不是，是我女兒，正在奇怪我怎麼會這麼說的時候就醒了。」

「大概是因為我和真矢同年的關係吧？」

克典一副沒注意到早樹的心思的樣子：

「大概吧。不過，真的不能小看夢啊。裡面會出現一些意想不到的事來嚇人。」

「午睡時做的夢，常會遇到鬼壓床或是做惡夢。有人就是怕這樣，所以絕對不睡回籠覺也不睡午覺呢。」

這些是聽誰說的呢？

自己提起卻想不出是誰說的，讓早樹感到煩躁。

「是嗎？我晚上都不做夢的。偶爾做個夢，就覺得很有意思。夢境可以了解自己的深層心理，這是

佛洛依德說的嗎？」

克典說完，朝電視畫面的洋片看了一眼。

「這個我進電影院看過了。」說著，百無聊賴地伸了一個懶腰。「後半情節鬆散。算普普通通吧。」

早樹沒了看電視的興致，把音量調低。

「克典，你最近有沒有看真矢的部落格？」

反正都提到真矢了，為保險起見一問，只見克典苦著臉點頭：

「有，看了。最近好像沒有更新。」

克典是生意人，自有精明之處。恐怕從知道女兒有這個部落格之後，便週週勤加查看。

「最近的一篇，是上次下雨的星期六跑來看房子那篇對不對？那個我有點吃驚。」

「是啊。」克典當即皺起眉頭。「來就來，進來就好了啊，這是她家。真不知道她在想些什麼，讓人很不舒服。」

「我也這麼覺得。不過，真矢會不會是因為我才不進來的？」

克典猛搖手：

「沒的事，又不知道她是不是真的來了。也可能只是寫一寫而已。搞不好是假的。」

「假的？為什麼要故意寫這種謊話？」

「大概是認為我們都會看吧。」

換句話說，是故意作怪嗎？早樹正在擔心要是庸介或真矢出現該怎麼辦，所以完全中了真矢的圈套。

雖然令人惱火，但她是克典的女兒，早樹不能說。

「早樹不用放在心上，是那孩子自己想歪了。」

克典沉著地說。可是，真矢四十一歲，都這麼大的人了，已經不是「那孩子」了。

「所以是要隨她去了？」

克典似乎吃了一驚，往早樹看。

「抱歉。她那樣寫，我覺得對早樹很過意不去。可是，就像智典說的，要是跟她說了什麼，不知道她會有什麼反應。只能隨她去了。」

「我倒是認為真矢不是小孩子了。她也在工作，應該能為自己的行為負責。」

早樹很難不憋氣。真矢的部落格與剛才菊美的話一起出現。

『我絕對不會跟他說妳釣到金龜婿再婚了，妳放心吧。』

心存惡意來看人，什麼難聽的話都說得出來。可是，被中傷的人卻不明白別人為什麼對自己有惡意。防不勝防，令人無奈。

「我去院子裡繞一圈。」

克典大概不想再繼續真矢的話題了。只見他打開玻璃門，走進庭院。

「今天很涼，小心別感冒了。」

早樹朝克典的背影喊，也不知道克典有沒有聽見，穿著短袖T恤就往相模灣那邊走。

今天的相模灣，因為海和天都是灰色的，色階相近，水平線模糊。這種淒冷蒼茫的日子讓人提不起勁來。

早樹重振精神想看電影，但因為中途和克典說話，看不懂劇情了。她關掉電視，收拾紅茶杯。

在廚房洗著茶杯，不經意地從窗戶朝在庭院散步的克典那邊看。

克典停在曼珠沙華盛開的地方。看花的臉上露出柔和的笑容。

克典由衷滿意現在的生活。早樹心想，不能破壞克典的靜好。

得把菊美那通電話告訴美波才行——早樹想著，拿起手機。

美波和小山田。要不是有這兩人的支持，自己一定會崩潰。

3

隔週，早樹收到小山田的長信。

早樹料想用手機看大概會很累，便在廚房邊的小角落，打開了好久沒開的筆記型電腦。

自菊美那通電話以來，漫長的秋雨就一直沒停過，今天難得放晴，克典便出門到附近漁港散步了。

他找早樹一起去，但早樹說有事要做，婉拒了，也許是有預感會收到這封信。

早樹打開信箱，先整理信箱裡還沒處理的信。

要是看到她在這種地方用電腦，克典八成會說何不把真矢的房間整理出來當自己房間。但是，早樹就是不願意這麼做。

母衣山的房子是洗練的平房。其中客廳和餐廳廚房面對庭院，後面是寢室和克典的書房，另有一個房間。那個房間就是真矢的房間。

母衣山的房子是大約二十年前蓋的，在那之前，克典一家人據說是住在四谷的老日式大宅。因母衣山開始出售，克典便趁機蓋了靠海的房子。

而這背後的條件，當然是因為克典以一介老牌玩具公司老闆，在電玩軟體大獲成功之故。

鎌倉、箱根、輕井澤。即使在這些地方擁有別墅，也沒有時間去。既然如此，就每天都看著心愛的海吧——克典曾這樣告訴早樹。

但是，老大智典以遲早會結婚為由，早已決定在東京獨居，而長女亞矢當時也已經準備嫁給神戶的牙醫了。

與雙親一起住在母衣山的，只有真矢一人。

然而，後來真矢也因為和克典處不好，要家裡在東京給她買了公寓，搬了出去。因此，真矢真正住在母衣山的時間不到兩年。

真矢的房間在後方，約有四坪。早樹幾乎沒有踏進去過。因為美佐子過世後，遺物也搬進那個房間，那裡變得像儲藏室，連腳踩的地方都沒有。

早樹的娘家還保留著早樹的房間。雖然只是個兩坪出頭的小房間，但偶爾回家還有一塊留給自己的地方，心情就很放鬆。

然而，真矢生長的四谷的家已經拆掉了。真矢就算回到母衣山，自己的房間卻已形同儲藏室，連睡覺的地方都沒有。

美佐子死後，真矢的心一定也失去了依歸。也許這是她寫那充滿恨意的部落格的原因。

真矢在部落格中寫她在下雨的週六，不進家門卻在外面看，克典認定是作假，早樹卻認為未必見得。

儘管早樹認為在部落格中公開內心的怨恨這件事本身是很幼稚，但她也不是不能理解真矢的心情。

早樹想著這些，讀起小山田的長信。

由於內容很多，恕我用電腦寫。

塩崎早樹小姐：

看了早樹的信，得知妳再婚，改姓塩崎，住在湘南，我便由衷安心了。

我被調到福岡之後，時不時想起早樹不知道怎麼樣了，很是擔心。

然而這許多年卻還不聞不問，請接受我誠心的道歉。

若早樹一直傷心難過，身邊的人也不好受，所以我真心希望這次妳一定要幸福。

那麼，就像上次電話裡說的，我週六下午就去了加野家。當時的情形如下：

庸介出事後我就沒見過伯母，所以我先致電後才去拜訪，但在電話中，伯母似乎不記得我。

畢竟好些年沒有聯絡，也難怪不記得，但我其實很震驚。

總之，我帶了伴手禮作，前往大泉學園的公寓，準備為自己久疏問候道歉。

等我當面自報姓名，伯母看到我的臉好像才總算想起來，說「哦，小山田呀。真令人懷念」。

我首先為伯父上香。

神龕前擺著伯父的照片，但庸介的照片卻放在旁邊的抽屜櫃上。當時，我覺得奇怪，但不敢問。

和伯母隔著餐桌面對面坐下，伯母便立刻開口說「其實啊，上次發生了這麼一件事」說起那件事。

看來伯母也很想跟人談這件事。

「我跟早樹說了，可是她根本不信。」伯母這樣嘆氣，恕我失禮，我覺得她的記憶應該沒問題。

屋裡多少有點髒亂，但由於是一個人任性自在的生活，我認為那種程度還不到有失智症的傾向。話雖如此，伯母只看到一個神似庸介的人就深信他沒有死，這一點讓我很擔心。

伯母表示，自從看到那個人，她便確定庸介一定還活著，所以把以前擺在神龕的照片移到別的地方去了。

她說：「他還活著呀，怎麼能跟牌位擺在一起。」

我就老實說吧，我認為伯母並沒有編造故事。

事情就像早樹告訴我的一樣，我想細節部分多半也一樣。

伯母條理清楚，沒有重複描述，時間序列也很明確。換句話說，我沒有感到任何異常。

關於頭一次與「庸介」「不期而遇」，她說是在車站前的超市，通往二樓的手扶梯上，感覺到視線回頭，一個神似庸介的男子正看著她，因為與已故的伯父一模一樣，所以她認為一定是遇難後過了八年的庸介沒錯。敘述得很寫實。

第二次因為是背對著她，並沒有看到臉，但背影的特徵與庸介像極了，一定是他沒錯——這一點她很有自信地重複了好幾遍。

又說：「那孩子啊，一定是因為太想家，才會跑到家門口的。可是，他還沒有勇氣跟我說話。」

我問：「萬一，庸介真的活著，那他為什麼沒有早點現身呢？」她說：「一定是有什麼苦衷。而且一定是夫妻之間的問題，他沒讓我知道，但早樹一定知道的。」

言下之意，是在責怪早樹，我很意外，便直言：「夫妻之間有很多不為外人所知的問題。畢竟是來自兩個不同家庭的人生活在一起，不可能都沒有問題的。可是，庸介應該不會因為這樣就長期失蹤，他不是那種人，我想您應該是誤會了。」

這其實算是叮囑了，雖然非常唐突失禮，但一想到早樹的心痛，我不能不說。

我其實很不願意這麼寫，但我覺得伯母的「誤會」，是建立在對早樹的反感上。

順帶一提，我在福岡分公司的時候，與當地聘用的女性相識、結婚，生長於關東的我每天都親身體會到妻子與我生長於不同的文化。尤其是料理的調味不同，老實說，我也不是沒有「早知道就該找個同鄉的女性結婚」的想法。

我向家母說起這件事，家母卻一臉「看吧，我就說嘛」的表情，我才想到萬一這造成婆媳間的摩擦就糟了，深自反省。

但是，事實上我也覺得搞不好「苦衷」就是從這些演變來的。

無論如何，我想早樹不太需要擔心。

這次的事，我敢說，是巧合再加上伯母的「誤會」造成的。

我對伯母說，如果有什麼我能幫得上忙的，請跟我聯絡，留了我的電話。

這件事如果還有後續，我也會馬上和早樹聯絡的。

最後再說一次，希望早樹能夠無憂無慮，幸福快樂。

小山田潤　上

看完小山田的信，早樹嘆了一口長氣。

如果菊美的「誤會」源自於對自己的反感，那麼真矢的事也一樣，不在意是不可能的。畢竟要叫自己不去在意擔心的事，才是最耗費精力的。

最讓早樹受傷的，是菊美心態的改變。

海難當時，菊美和自己同心祈求庸介平安。她們都為最糟的狀況做好心理準備，一起去看海，互相安慰。明明有那段堪稱蜜月期的時光，是什麼時候開始產生摩擦的呢？

是在公公加野武志去世之後，菊美形單影隻，早樹向她報告要和克典結婚之後開始的嗎？

庸介的父親武志，是服務於大型機械製造商的技術人員，退休後於子公司擔任顧問。

然而，開始去子公司上班後發現了肺癌，便離職專心治療。

好不容易過了五年，正高興病情穩定時，卻突然惡化過世了。才六十八歲。

正因為一度安心了，菊美的失落想必更大。

當時早樹聽到消息立刻趕到醫院，菊美崩潰大哭，什麼都做不了。

將武志的遺體送回大泉學園，向各方聯絡安排葬禮的，都是早樹。有一段時間，早樹每天都到大泉學園的家安慰菊美。獨生子遭遇海難失蹤，丈夫又先撒手人寰，菊美的境遇實在令人同情。

早樹與菊美的關係本來因為她說想搬離中目黑而有些尷尬，由於公公的死，兩人又再次沒有隔閡。

然而，去年，庸介的死亡正式認定後，早樹前去報告要與克典結婚一事，菊美的臉色就變了。當時的對話和菊美的表情，早樹至今無法忘懷。

『妳要跟一個年紀和爸爸差不多的人結婚？妳老是把錢的事掛在嘴上，也不能為了錢就這樣呀。』

一開始語氣淡淡的，似乎沒有任何惡意。

『不，塩崎還大了一歲。』

『這麼老。竟然比爸爸還大，也太糟了吧？』

菊美半開玩笑地說，但語氣越來越激動。

『早樹，妳真的喜歡他嗎？』

早樹一心以為菊美會為她再婚開心，因此對這意想不到的話大吃一驚。

『不喜歡就不會結婚了。』

『妳們在一起很久了？』

菊美看著早樹的眼睛。

『有一陣子了。』

『有一陣子？』

早樹覺得菊美怎麼一直問，還是老實回答：

『大概兩年吧。』

『那，不就爸爸死後沒多久嗎？』

菊美本來吃著早樹帶來的伴手禮瓶裝布丁，突然把湯匙插進布丁。

哐！金屬湯匙撞到了瓶底，發出了尖銳的聲音。

『妳本來就喜歡比妳大很多的人？』

菊美質問，顯得很氣憤。嘴唇發抖，感覺得出嘴角滲出怒意。

早樹料想菊美若是生氣，應該是因為覺得早樹與庸介的關係會就此完全斷絕。從菊美過去的言行可以預期到這樣的反彈。所以，早樹盡可能笑容可掬地回答：

『不，要看人。』

『那，爸爸也可以，不是嗎？』

還以為是開玩笑，但看來菊美並沒有發現她的話很可笑。早樹笑了，想把話帶過去。

『討厭，不是有媽媽在嗎？』

『我又沒有說一定要結婚。』

菊美惡狠狠地說，早樹倒抽一口氣。她不明白這是什麼意思。

一結婚，她就注意到武志很喜歡自己。直誇庸介娶了個可愛的老婆，很高興終於有了女兒。

去婆家玩時，早樹很常與笑咪咪的武志對上視線。每次都會得到柔和的微笑。

每當那種時候，她都會實際感受到自己深受武志喜愛。但也就僅止於此。

提到搬離中目黑的事時，菊美堅稱庸介會沒有地方回去，但武志是這麼說的：

『要是早樹離開我們，我會很擔心。』

她一直以為那是憐惜悲情的媳婦才這麼說的，但也許他指的是菊美。

『媽，真的很抱歉。』

早樹不禁道歉，因為菊美看來非常不高興。

自己再婚後，就會完全離開加野家。這對孤伶的菊美而言，一定是難熬的寂寞。

『真的很抱歉。可是，我並不想就此告別，以後我也可以來嗎？』

『可以、可以，歡迎妳來。不然他也會很寂寞的。』

菊美說得像是要做個了結。

『他？』

『爸爸呀。』菊美朝神龕看了一眼，這麼說。

終究沒能聽到菊美說一聲「恭禧」。

如果庸介是死於海難，早樹也好、菊美和武志也好，應該都會慢慢接受他的死。但就因為他是失蹤，至今做母親的仍相信兒子還活著，責怪展開新生活的媳婦。

而媳婦則是拿這樣的婆婆沒辦法。婆婆？不，不對。是前婆婆才對。

早樹邊想著這邊，邊回信向小山田道謝。

小山田潤先生：

真的非常謝謝學長百忙之中還去了加野家。

庸介遇難已經八年了。

在我好不容易習慣新生活時，婆婆卻突然來了這樣的消息，令我大吃一驚。

老實說，我不敢與外子商量，不知如何是好。

不過，看了學長的信，我打從心底放心了。

我想婆婆一定也因為小山田學長特地去探望而安心。

真的非常感謝。

今後，加野的母親也麻煩學長多加關照。

塩崎早樹

寫完「多加關照」，早樹覺得自己簡直像把重擔丟給了小山田，不禁感到內疚。

但是，想起菊美那通有如最後通牒的電話，她知道自己已經應付不了了。

把信寄出去之後，早樹鬆了一口氣，逛起好久沒逛的購物網。逛了一會兒，發現小山田回信了。

小山田在公司裡一定是經常巡信箱。

塩崎早樹小姐：

謝謝妳迅速的回信。

這點小事若是能讓早樹心情開朗一點，那真是太好了。

其實，有一件事前一封信我不敢寫，就是，我從加野伯母那裡聽說早樹成了「優尼索德」的會長夫人。

我先前一無所知所以很驚訝，說「那真是太好了」，伯母卻沉著臉，說起早樹的壞話。

那些內容實在不好寫出來，就恕我省略了。

上一封信裡我寫這次的「誤會」可能是基於伯

母對早樹的「反彈」。但是，那是委婉的說法。真要寫的話，我認為那恐怕更接近「惡意」。或許她越來越濃的惡意才更有失智的傾向。這樣看來，她可能會有一些陰濕的言行，早樹最好還是小心一點。

恕我多事，但我認為今後伯母的話，早樹最好一概不理。早樹寬大為懷，容忍庸介的母親，和以前一樣關懷、照顧她，我們都看在眼裡。

但是，我認為妳不妨趁這個機會與庸介的母親斷了關係。

早樹溫柔善良，也許不願意這麼做。

但恕我僭越，我認為這樣對妳們雙方都好。

我想庸介也會希望如此。

往後無論發生什麼事，都有我處理，早樹儘管放心。

最後，天氣多變，請多保重。

小山田潤 上

早樹與菊美早已因上次那通電話形同決裂了。

然而，真的可以把菊美託付給小山田嗎？

早樹想著要再回信給小山田，但不知如何寫這當中的前因後果，手指一直停在鍵盤上。

這時候，只聽克典喊道：

「早樹，妳在哪裡？」

「這裡，廚房。」

早樹關掉信箱，打開剛才的購物網站。

「我回來了。鍵盤購物嗎？這位太太。」

克典從背後探頭看電腦，開她玩笑。

「偶爾啦。」

「儘管買、儘管買。看是鑽戒還是什麼都儘管買。」

克典心情很好。他是明知早樹沒有這些物欲，才故意這麼說的。

克典翻了冰箱，拿出還沒喝完的氣泡水瓶打開瓶蓋。早樹也聽到了咻的洩氣聲。

「今天天氣很好，外面很熱吧？」

早樹關掉電腦，一邊問正在喝氣泡水的克典。

「不會，涼涼的，很舒服。我順便巡了一圈院子，雞冠花和曼珠沙華開得很漂亮。很有味道，很不錯。曼珠沙華還有另一個名字，叫什麼來著？」

「彼岸花？」早樹回道。

「對對對，彼岸花。以前都說那會開在有死人的地方，很不吉利。不知道是不是種在墳墓旁的關係。可能是因為有生物鹼，種來避免動物靠近。來查一下好了。不過，它的花型很奇妙，我很喜歡。」

克典滔滔不絕。

「哦？是喔，不吉利嗎？」

早樹不知道有這種說法，便簡短地回應。

「妳不知道嗎？我家太太真年輕。」克典笑了。

「對啊。以前小孩子要是摘回家會被爸媽罵，說是觸霉頭要拿去丟。」

「我都不知道呢。」

「還有，東側不是也種了帝王大理花嗎。那個要再一陣子才會開，好期待啊。」

克典一股腦兒說完，轉身背對早樹，隔窗看庭院。

因為想起了與菊美的談話，早樹忽然發現自己正拿公公武志和克典比較。

武志與清瘦型的克典相反，有點發福，體格壯碩。一頭白髮梳整得平平順順，也很注重儀容，所以顯得氣派大方。為人也一如外表給人的印象，開朗健談，是個好公公。

他熱愛杯中物，要是中午與庸介兩人開喝就停不下來。觀念傳統，時不時吐出「早樹別工作了，早點讓我抱孫吧」這種話，每次都被庸介罵。

相對的，克典好奇心強，像個喜歡獨自玩耍的少年。早樹相信他之前是真的完全不關心前妻，熱衷於工作。

他也不太喜歡無謂的談話和交際，曾經和朋友見了面，打過招呼就不再開口。想法公平，愛好新事物。

克典的好奇心與愛新鮮，也曾是吸引早樹的地方。

但他又接受長谷川的建議買下雕塑、考慮買狗，可見得只要是合得來的人就什麼都好商量，會護短。就這方面而言，克典更為複雜有意思。

「好難得啊，早樹竟然會開電腦。」

克典轉過身，邊說邊旋緊瓶蓋，將氣泡水放回冰箱。看樣子並沒有喝完。

「手機都可以處理，可是還是用電腦看比較舒服。」

「那當然了。」

克典一副有話要話的樣子，站在旁邊。這樣早樹無法看電腦，便焦灼地等著。

「那個啊，上次的事啊，我剛才散步的時候想過了。」

沒頭沒腦的，早樹納悶道：

「上次什麼事？」

「就是真矢的事啊。要不要叫真矢不要在部落格亂寫一些離譜的謊話的事。」

克典雙手按住早樹坐的椅子的椅背。

「哦，那件事啊。」早樹嘆氣道。

一想到真矢的事，便不由得想起菊美的問題。這兩件事如影隨形，雙雙折磨著早樹。

「剛才啊，我在院子裡考慮這件事。早樹說的對。這樣放著不處理不妥當。第一個就對不起早樹，而且如果被肉搜，肯定會掀起論戰。所以，我想跟智典再談談。然後，和真矢見個面。」

「你要見真矢？」

早樹吃驚地反問。

「嗯，正好遇到美佐子的七回忌[1]，我打算提議家人聚個餐。智典和優子和真矢。我也會問問亞矢一家。這麼一來，真矢也許會解開誤會。」

「好是好，可是真矢會來嗎？」

「叫智典或優子去勸她。」

克典說得很輕鬆，彷彿這件事很簡單。看來，他去漁港、在庭院裡晃時，都在考慮真矢的事。

「如果能見到她，我是很高興，可是她願意來嗎？」

「妳是這個家的主婦，來見妳是禮貌吧。就算逼她，也要她跟妳見面。」

克典開玩笑地說。

「要是真矢不願意，怎麼辦？」

早樹還是半信半疑。

她認為，真矢都會寫那種部落格了，一定把心關得緊緊的。

「我不會讓她說不的。她散播明顯對家裡、公司不利的假消息，在社會上和道義上都有責任。我想為此而取消繼承權的父母也大有人在。」

早樹驚訝得說不出話來。心想何必對親生女兒說這種形同威脅的話。她覺得看到了克典的另一面。

「這也太……」

早樹的話還沒說完，克典便打斷她：

「這是當然的。誰叫她一點也不明白人情世故。」

「可是，真矢是在稅務會計師事務所工作吧。那她應該有這方面的知識呀。」

「不，她好像早就辭職了。」

儘管對真矢的情況一無所知，被親生父親說得這麼不堪也很值得同情。

「你怎麼知道的？」
「智典聽亞矢說的。」
「那，真矢對亞矢無話不談了？」
克典聳聳肩：
「不知道，不過我看不見得是無話不談。」
「那她現在靠什麼過日子？」
「天曉得。誰叫她要辭掉工作。自己要為自己負責。」
話是沒錯，可是竟然狠得下心對親生女兒說這麼無情的話。
早樹與父母關係良好又沒有孩子，實在無法理解克典父女之間的心結。
「我打個電話給智典。」
克典這麼說，走向書房。不久便傳來關門聲。
早樹又打開電腦，想完成給小山田的回信。

小山田潤先生：
謝謝學長迅速的回信。
加野的母親的事，我也一直都這麼認為。
就算不到失智的程度，但我懷疑她會不會是基於某些原因不喜歡我，以至於這份反感產生了幻想。
但是，幻想庸介可能還活著，也許是婆婆活下去的希望，所以不由分說地加以否定，或許也不太好。
無論如何，我想先稍微保持距離，遠遠關心就好。
雖然我已經再婚，和她沒有關係了，但她畢竟是庸介的母親，我無法完全不聞不問。

寫到這裡，早樹一驚，停下來。因為她發現，

1. 指忌日，以死亡當日為第一回，滿二週年為第三回，以此類推，七回忌為去世六週年的忌日。日本通常會在故人去世的一週年、二週年、六週年忌日舉辦法事。

菊美的希望也是自己的希望。

庸介可能還在世——這件事雖然令人難以置信，但其實萬分誘人。

她不知做過多少次夢，夢見庸介失蹤後過了一陣子，突然門一開庸介站在那裡。

有的時候，甚至會夢見全身濕淋淋的庸介站在床邊。那時的庸介以一如往常的語氣說「妳看我做的蠢事」，從口袋裡拿出泡水的手機給她看。說得簡直就像掉進浴盆似的，夢中的早樹在床上單肘支起上身，又是好氣又是好笑。

那時候，她設想過各種萬一的可能性。

就算落海了，會不會被經過的船隻所救，被帶到遙遠的國外？或者，游到了地圖上也沒有的小小孤島，在那裡生活？

又或者，庸介其實是特務，因為身分快要敗露便回國去了？還是他背著早樹借錢，必須躲起來，所以佯裝遇難偷偷在哪登陸？

諸如此類，什麼可能性她都想過了。不管有多荒唐無稽，就是希望庸介活著。早樹和菊美都一樣。

假如，庸介真的沒死，去找了菊美。但，菊美沒有告訴他早樹的所在，所以早樹無法見到庸介。

不，不可能，他不可能還活著的。要是還活著，應該早就現身了。

這樣的自問自答來來回回重複過無數次，但只要有萬分之一的可能性，她都不願意只有自己被蒙在鼓裡，一無所知。這樣的心情，小山田肯定不懂。

所以，要是加野的母親說了什麼，麻煩你再告訴我。

非常非常感謝。

小山田學長也要多保重身體。

塩崎早樹

寫完給小山田的信，早樹也寫了一封信給美波。

前幾天在庭院裡LINE的時候，只得到「我現在騰不出手來。不好意思晚點再說」的冷漠回答。之後，美波沒有後續的信也沒有LINE，早樹也就擱著了。

早樹自己也是幾乎整天都和克典在一起，沒有多少能夠自由運用的時間。對於美波自我中心的回答，雖然多少有點不滿，但看美波最近突然忙起來，也覺得對她說什麼都沒用而不抱期望。

對美波，她簡單說了最近發生的事和小山田潤居中幫忙。因為那次海難，美波和小山田也認識。結果，美波回了一封親暱的信。

早樹：

謝謝妳的信。上次真抱歉。

因為有麻煩的案件，忙死我了。

妳那個加野婆婆也太麻煩了。妳就別再理她了吧？我是覺得早樹不用在意。說是這麼說，我覺得妳大概放不下心吧。

既然小山田先生肯接手妳婆婆的事，那不是很好嗎。

我還記得他那時候好擔心，出海了好幾次。可是一去福岡，就對早樹不聞不問，有點無情喔（笑）。這我倒是很意外。

以後怎樣再告訴我。

下次我們再出來喝。

美波

第四章　父母心

1

克典每年會與財經界好友到宮崎進行二次高爾夫球之旅，春秋各一次。

早樹不愛高爾夫球，所以克典幾乎不打高爾夫球了，唯獨對這項旅行暗自期待。他會在庭院裡揮桿，用心準備。

預定週六一早出發，週日晚間回來，所以早樹決定回好久沒回的娘家。

週六早上六點，克典在前來迎接的車上，搖下車窗，突然握住送他出門的早樹的手。

「代我問候笹田爸媽。」

笹田是早樹娘家的姓。

「謝謝。我會的。」

克典還是沒有放開早樹的手，一臉擔心地說：

「那，我出門了，開車要小心哦。」

「嗯，我知道。那，小心慢走。」

早樹感覺著克典留在手上的溫度，目送車子離去。

然後心想，也許剛才那一握，是克典的歉意。

克典提出的美佐子七回忌聚餐，因兩個女兒的拒絕而難產。

住在神戶的亞子，以正值孩子備考無法上東京、就近在神戶祈求冥福為由拒絕。真矢則是智典跟她聯絡也完全不回應，顯然是峻拒。

結果，真矢那沒有許久更新的部落格「深夜的麥雅」又寫了克典與早樹的壞話。

麥雅來了。大家一切都好？

由於身心失調，好久沒更新了。

前幾天，父親跟我聯絡（而且不是直接跟我聯絡，是透過哥哥），說母親的七回忌大家一起吃飯。

他以前從來沒說過這種話，怎麼突然興起？害我忍不住思索起來。

結論是，父親想籠絡我。

原因一定是我在寫這個部落格吧。

我想父親一定是透過某些管道得知了這個部落格。

然後，肯定膽顫心驚，不知道我下次會寫什麼。

活該。

父親以前開公司當老闆，所以非常在乎一般社會大眾的評價。

我可不原諒對母親見死不救的父親，也不原諒

為了他的錢跟他結婚的蠢婦，所以當然當作沒聽見。

可是，父親這種自我中心沒原則的做法，惹毛了我，害我睡不著。

大家覺得呢？

留言欄中，理所當然的，有很多支持真矢的意見。

「爆料！爆料！全部給他爆出來！」有這樣火上加油的，「他怕難堪，所以想要妳閉嘴。妳爸爸真的很賊」也有這種自以為很懂的，「全都是那個愛錢的女人的錯」也有這樣武斷的，讓早樹看不下去。

只有一則正常的意見「令尊是擔心麥雅。所謂兒女不知父母心，真的就是這樣」，但立刻就被偏激的反駁意見批鬥得不敢作聲了。

克典想透過見面要真矢不再寫部落格的計畫，完全失敗了。而且還暴露出父女之間的鴻溝已深得

難以彌補。

不過，部落格裡真矢那句「身心失調」倒是讓早樹擔心。真矢連工作都辭了，現在是不是處於什麼危險狀態中？

但她不敢向克典提。因為她深知，以自己的立場要讓這對父女和解，根本是不可能的。

早樹的娘家在埼玉縣的浦和。

浦和市與大宮、與野合併，後來再加上岩槻，成為「埼玉市」。

從逗子過去，距離正好約一百公里，開車回去的話，走首都高速橫羽線，路程約一個半小時。

早樹平常只有在附近購物時會開車，但回娘家時都會開車。

原因之一是母親會塞東西給她，回程時東西變多，但主要是她喜歡一個人開車，在路上放飛思緒。

早樹送克典出門後，簡單用過早餐，做好過夜的準備後出發。

像這種時候能夠想出門就出門，就很慶幸沒有養長谷川推銷的狗。聽說，邊境牧羊犬在他們遲遲未決的期間有人要了。

早樹等一家位於鎌倉的蛋糕店開門，買好伴手禮，駛向回娘家的路時，關於真矢的憂鬱也稍微減輕了。

近午時，抵達娘家。

父親不開車了，所以車庫空著。因此，平常裡面都隨意停放著大家的腳踏車等等，但早樹事先說要開車回去，東西都已經移到一邊好方便她停車。

倒車入庫時，母親笹田忍聽到聲響從門口出現。

母親身穿白T恤、藍運動外套加上牛仔褲，一身青春活力的打扮。體態好，又苗條，只要忽略臉上的皺紋便看不出年紀。

母親神色嚴肅地看左右來車，俐落地引導早樹倒車入庫。

「高速公路塞不塞？」

母親開口就問路況，十足以往的教師作風。半年不見，看到母親健旺如昔，早樹就放心了。

「爸呢？」

「去打網球。應該快回來了。」

母親邊答邊往早樹給她的伴手禮袋裡看。

「悠太他們在學校？」

弟弟悠太夫婦住在娘家二樓。雖然獨立出入，但彼此的生活情況無所遁形，對於兩個人住大房子的早樹而言，人際關係未免太過緊密。

「對。里奈星期六大多要上班。不過偶爾會輪休的樣子。」

悠太受雙親影響也當了老師，在國中教數學。妻子里奈則是幼教老師。笹田家全家都從事教職。

「悠太他們會很快回來嗎？」

「這就不知道了。他們兩個星期六好像有時候會約去池袋看電影，看完大概會去逛街吧。不過，我有跟他們說妳要來，叫他們回來一起吃晚飯。」

母親繼續說道。原來如此。住母衣山，就會遠離這類都會的娛樂活動。稍微走遠一點到橫濱，一樣可以逛街看電影，但就連這樣早樹也覺得麻煩。

「妳是不是瘦了點？」

母親打量著早樹全身擔心地說。

「還好吧？我都過得很悠閒，應該沒什麼變。」

早樹偏著頭這麼說，但有時還是會對母親檢查般的視線感到厭煩。

「克典先生好不好？」

母親將咖啡機裡的咖啡倒進杯子。父母都喜歡喝咖啡，家裡總是備有好咖啡豆。早樹聞著咖啡香回答：

「很好，都沒變。今天坐八點的飛機去宮崎了，有高爾夫球賽。現在應該在打球吧。」

「哦，真好。」

母親隨口應道。

父親打網球，母親做瑜伽。自己的父母滿足於從事這些不花大錢的餘興。

而他們的女兒卻成為與他們從未有交集的富豪之妻，也難怪他們會困惑、擔憂。

早樹與母親面對面，悠閒地喝了咖啡。

「中午我想煮個烏龍麵，都準備好了。烏龍麵可以嗎？」

母親回頭看了一眼瓦斯爐上的鍋子。

「謝謝媽。我愛烏龍麵。」

「看妳臉色不太開朗的樣子。」

早樹心想真不愧是母親，卻聳聳肩。

「沒有啊。」

「早樹啊，妳不去工作嗎？」

跟美波說一樣的話。母親自己一直任教到退休，才會擔心明明沒有孩子卻什麼都不做的早樹吧。

「嗯，還沒有考慮。」

再婚第二年。其實也有點想去工作了。可是，克典就是喜歡兩個人在一起，所以恐怕很難。

「克典先生不准？」

早樹拿咖啡匙照著自己的臉回答母親的問題：

「他從來沒說過不准。所以，要是我說我想去應該也沒問題，可是住在那裡，就很難到市中心來。所以要上班是不可能的。」

母親顯然不服氣：

「不上班，自由撰稿呢？應該可以吧？之前妳也做過，也還有點人脈吧？」

話雖如此，若是為了取材東奔西跑，克典八成不會有好臉色。

早樹認為自己是克典娶來退休後作伴的。

「自由撰稿，其實很花時間，人際關係也不簡單。拒絕過一次，就不會有第二次了。」

「這我知道。」母親小聲說。「只是覺得妳都念到研究所，實在太可惜了。」

「也是啦。」

父母以老師的雙薪家庭，供自己念完私立大學的研究所。對辛苦栽培女兒的父母而言，或許確實有幾分遺憾。

然而，目前她也無能為力。不，如果她說無論如何都想工作，克典應該會答應吧。

但是，她會感到克典無言的壓力。這是她結了婚之後才知道的，很難向局外人解釋。

「媽，對不起呀。」

「幹麼啦，有什麼好道歉的。」

母親微微一笑，早樹也跟著笑了。回到娘家的安心與放鬆終於傳遍全身。

「來吃午飯吧。妳爸大概會在網球俱樂部跟球友吃了再回來。」

天婦羅烏龍麵和涼拌小黃瓜海帶芽、甜不辣上桌了。

「早樹，加野太太還好嗎？」

母親突然問。

「嗯，滿好的，怎麼了？」

「上次她打電話來在答錄機裡留言，我想說不知道是不是怎麼了。」

早樹心頭一驚。吃著烏龍麵，問母親：

「在答錄機裡留言？說了什麼？」

「沒有說。只說，我是加野，好久沒有聯絡了，大家都好嗎？沒什麼重要的事，只是打電話來問候一下，我會再打來，請不用特地回電。說得很客氣。」

「那是什麼時候的事？」

母親回頭看著室內電話思索，彷彿那裡有答案似的。

「好像，八月底吧？我和妳爸正好去北海道玩，聽到答錄機已經是三天後的事了。所以我們也就什麼都沒做。沒關係吧？」

母親將為甜不辣準備的薑泥醬油小碟移到早樹旁，一邊確認。

就時期而言，果然與菊美吵著說庸介出現的時間一致。

早樹不知該不該將庸介的事告訴母親。正猶豫時，母親主動問起：

「妳和加野太太現在還有聯絡嗎？」

「嗯，因為她一個人住呀。」早樹點頭。「我會擔心，之前每個月都打電話，不過最近沒怎麼打了。」

聽早樹垂眼這麼說，母親放下筷子看著她。

「是不是她跟妳說了什麼？她是因為妳再婚覺得孤單啦。不必放在心上。」

母親知道菊美不滿早樹再婚。

猶豫的結果，早樹決定說出庸介的事。

「差不多就是打電話來媽這邊的時候吧？加野的婆婆說有事要我過去。我還以為是什麼事，結果她說她看到很像庸介的人，很害怕，不，應該不算害怕，是覺得不可思議，不知道怎麼辦。」

母親很感興趣地把上身湊過來：

「那，妳怎麼反應？」

「很難跟克典開口，所以回家的時候，我去找美波。」

「哦，妳那個考上律師、很優秀的同學對吧？」

因為是就讀附近縣立高中時的同學，母親也記得很清楚。

「美波首先懷疑加野的婆婆失智。然後她說，她覺得不可能，不過就算他本人真的出現了，也已經被認定死亡，跟我沒有關係。」

母親生氣般反駁：

「沒有關係這說法也太過分了吧？我看是事不關己才能說得這麼乾脆。美波現在是法務人員了，才能往決絕的方向說，可是早樹的心情怎麼可能那麼單純。」

母親果然理解自己複雜的心情——早樹心想。

「就是啊。實在沒辦法說斷就斷呀。聽別人說他活著覺得不可能，但反過來又認為可能性不是零，可是就算活著，現在出現在我面前，我也不知道怎麼辦。而且，那也許是加野的婆婆看錯了，也許是她失智了，這些都有可能，所以我就混亂了。」

早樹也說了小山田潤去看菊美、聽了她的說法的前後經過，但沒有提到菊美中傷早樹結婚的事。

因為那也是母親最擔心的。

母親停下進食默默聽著，但一等早樹說完，便憂鬱地開口：

「其實，有件事，我本來覺得不必跟妳說的。」

早樹拿起寶特瓶冰綠茶，倒進玻璃杯裡。她有不好的預感。

「什麼事？怎麼了嗎？」

「那是什麼時候呀？妳爸去了某個聚會很晚回來，說有個男人站在家門口。其實也不是站著，搞不好只是剛好經過，在我們家門口講電話也說不定，反正就是有人站在那裡。說那個人的背影跟庸介很像。」

「媽，別說了，很毛欸。」

為什麼會起了陣陣雞皮疙瘩？早樹伸手按住雙頰。

「哎喲，我聽妳講的，也覺得很毛。」

母親也不適地皺起眉頭。

「那，爸怎麼做？」

「笑著說一定是他看錯了，晚上嘛。又說，只是身形像而已，又沒有仔細看到臉。」

「雖然是晚上看不清楚，可是巧合也太多了吧？」

「那，加野太太會不會是想商量這件事，才打電話到家裡來的？」

「應該是。她說她看到兩次。第一次是在大泉學園的超市手扶梯上。第二次是在公寓信箱前背對著她。她說那一定是庸介沒錯，我一定想第一個知道，所以跟我聯絡。」

「好討厭哦，都多少年了。」

母親打了個冷顫。真的，聽到這種事只會令人發抖。

之所以聽起來很像靈異故事，是因為事情不但已經過了八年，而且庸介是在海上失蹤的。

但是，早樹發抖的原因不單單是這樣。

「媽，怎麼辦？」

「沒什麼好怎麼辦的，一定是哪裡弄錯了。當時找成那樣，就算沒有找到遺體，生還的可能性也不到萬分之一。妳也只能照常過日子呀。」

照常過日子。一點也沒錯。但是，自從接了菊美的電話，早樹的心早已大亂。

早樹突然沒了食欲，勉強吃完了天婦羅烏龍麵，配菜卻沒吃完。

不久，響起父親回來的聲音。

「我回來了。」

父親打完球大概是喝了啤酒，臉紅紅的。

「早樹，好久不見。塩崎先生都好吧？」

克典年紀比早樹的父母還大。父親的心情想必很複雜，但他絕口不提。只是，父親都是以姓氏稱呼克典，不會說名字。

「很好，謝謝爸。」

「塩崎先生保養得真好。長相也很年輕，是不是有什麼秘訣啊？」

「有錢唄。」

開黑色玩笑的，總是母親。

父親苦笑，一身網球裝便在餐桌邊坐下。母親將咖啡壺裡剩下的咖啡倒進杯裡，放在父親面前。看父親喝了咖啡，早樹才開口：

「爸，聽說你看到很像庸介的人？」

「妳跟早樹說了？」

父親責怪地看母親。母親大大點個頭，催父親道：

「先別管這個，你趕快跟早樹說那件事。」

父親為難地伸手摸額頭。

「哎，沒什麼大不了的。又是晚上，我覺得是我看錯了。只不過，很少會遇到很像的人，所以我才會留下印象，跟這人講了一下，就這樣而已。」

父親指指母親，彷彿這是母親的錯似的。

「可是，加野太太那邊，也出現了很像的人呢。」

母親一說，父親便心頭一震般往早樹看。臉上浮現的表情，果然是恐懼——早樹心想。

簡直像濕淋淋的庸介從海中現身。這番想像果然很駭人。但，父親擠出笑容：

「不會吧。」

「大家都說，一定是認錯了，不然就是加野太太的妄想。」

聽母親這樣代為解釋，父親喝了一口咖啡才開始說：

「那是九月初吧？」

徵求同意般看母親。「應該是。」見母親點頭，父親繼續說下去。

「我當網球社指導老師時的隊長結婚，他們續攤也找我去，就是那天回來的時候。所以應該超過十點了。我回到家，就看到有人站在大門前。因為是男的，一開始我以為是悠太，本來要喊他的。可是，悠太沒那麼高，如果是有事找我們也太晚了，想說難道是闖空門的？一靠過去，那個男的就逃也似地匆匆走了。那時候沒看清楚，可是我覺得感覺很像庸介。所以，難得想起庸介來。想說，啊啊，要是他還在，不知道會是什麼樣子。因為這樣，才會跟這人說的。」說著，又指指母親。

「所以沒有看得很清楚。」

母親一副放了心似地說。

「當然。不過，庸介不是很高嗎，快一百八吧。個子這麼高的人，其實真的不多。大概是因為這樣，我才會覺得像的吧。」

「而且，那個人很年輕對吧？」

母親求保證般問。

「嗯，三十幾吧。所以，不可能是庸介的。」

父親沉著地回答。

「本來就絕對不可能還活著的。」

母親一下定論，父親便顯得有些傻眼：

「也不能說絕對啦。」

「可是，幾乎是不可能的吧。那時候都找成那樣了。」母親斷言。

「是啦。」

有時候，父親會露出幾近死心的表情。或許是受不了母親的明確和愛下定論的毛病。

父親會以「這人」稱呼母親來增加距離感，也會在母親準備高談闊論的時候以「好啦好啦」的動作加以制止。像現在，看母親打算繼續說，父親便打斷母親般看看早樹的臉，說：

「早樹沒什麼好擔心的。」

「我是沒有擔心，可是這種事一再發生，就像靈異事件似的，很討厭。頭一次聽到的時候，感覺好像鬧鬼了似的，我全身都發毛了。」

事實上，自從上次去看了菊美，就好像被什麼無形的影子纏上一般，不但不舒服，而且更不安。

「是巧合啦，巧合。而且，早樹已經展開新的生活了，和妳無關的。」

「怎麼會無關呢。」

見母親嘟起嘴，父親便不耐煩地站起來：

「我去沖個澡。」

看父親離開，母親低聲耳語道：

「說說回來，好久沒聽到庸介的名字了。庸介要是還在，現在幾歲？」

「他大我三歲，所以四十四吧。」

早樹回答後，母親嘆了一口氣，朝置物架上的

一個相框看。

相框裡是早樹和庸介去西西里島蜜月旅行的照片。

兩人以藍天白牆為背景笑得燦爛。庸介身穿黑T恤和牛仔褲，戴著太陽眼鏡。早樹是白襯衫和短褲，戴著寬邊草帽。

聽到他們是蜜月旅行，紀念品店的老闆娘很高興，幫他們拍的。

早樹早就把會讓她想起庸介的東西全都收起來了，娘家卻像什麼事都沒發生過般，照樣把照片擺在那裡。

「四十四歲啊。正值盛年啊。」

「是啊。」早樹也點點頭，仰望照片。

蜜月是十一年前的事，所以當時早樹三十歲，庸介三十三歲。兩人顯得耀眼，想必西西里的陽光並不是唯一的原因。那時早樹很年輕，能夠與庸介

共同生活，很幸福。

「是庸介提議去西西里的？」

「對呀。他說他大學時去自助旅行過，覺得很棒，想再去一次。」

那時庸介說的是『也很想讓早樹看看。非洲大陸就在短短一百五十公里之外，也可以從巴勒莫搭渡輪去突尼西亞』。

早樹很期待首次踏上非洲大陸，卻沒去成突尼西亞。因為庸介感冒發燒，他們幾乎都窩在巴勒莫的旅館。

好像就是那時候，在旅行中頭一次吵架。原因是庸介明言不要孩子，不生。

『我想是因為我是獨子的關係，我不想要小孩。』

『為什麼獨子就不想要小孩？』

早樹很不滿，這樣質問，庸介一臉苦澀，一副

不小心說漏嘴的樣子。

『我喜歡只有大人的環境。最好是安靜又有條理，不會有任何人打擾。而且，我本來就討厭小孩。』

早樹雖然沒有馬上就要生的念頭，卻也沒想過未來也不生。她心裡模模糊糊有個將來會生小孩的願景，被庸介斬釘截鐵一說，有種吃了閉門羹的衝擊。

『像這樣事先就決定好，不會太侷限了嗎？』

早樹以她的方式提出異議，但好辯的庸介反應激烈：

『妳是說要順其自然？』

『嗯，算是吧。』

於是，庸介偏著頭說：

『我不喜歡那樣。這種事，難道不應該事先決定好嗎？我可不要在沒有預期的情況下生出小孩，再不得不妥協來改變生活。』

『我沒有要你不得不妥協，只是有些看法會隨著時間而改變不是嗎？』

『我不會。』

早樹反駁，說要不要有孩子應該是生孩子的早樹來決定，而庸介則說這件事妻子能決定，丈夫應該也能決定。她記得這番爭論持續了好一陣子。

庸介明明不想要孩子，但面對忽然說出「想趕快抱孫」這種話的父親，卻沒有表明他所堅持的意見，而是生氣地說「那是早樹決定的，不要亂講」。

那時候，早樹也曾經忿忿地想：你幹麼不跟你爸爸說清楚，我們，不，尤其是你，不想要小孩。

正回想著這些時，母親打開早樹帶來的蛋糕盒說：

「假如啊，庸介躲在哪裡，現在又跑出來了。我是覺得這種可能性不到萬分之一啦。」

母親現在又在說什麼了？明明剛剛才反駁父親，否定了這種可能性的。

看出母親動搖的心情，早樹望著她的臉。

「那我呀，會很生氣，而且是非常生氣。因為，早樹就為了這個虛度了七年。」

「說虛度會不會太誇張了？」

「一點也不誇張。妳想想，明明過了三年就可以離婚，妳還乖乖陪著加野家耗了那麼久。」

「那時候，公公生病嘛。覺得要離開加野家太無情，我做不到。」

事實上，當時菊美也很依賴她。

「這個我能理解，也覺得妳很了不起，可是我就是有點不滿。」

「哪裡不滿？」早樹問。

「因為，要是妳跟別人再婚的話，搞不好已經生小孩了呀。總覺得很可惜。早樹妳今年已經滿四十一了啊！」

「對。」

「我覺得妳浪費了快十年。」

「浪費喔！」

「嗯。」母親正色點頭。

原來如此，天底下的母親都是以自己的孩子為中心來思考的啊。

「媽，妳是頭一次跟我說這些呢。」

早樹笑著說，母親也跟著苦笑。

「我是不敢公開說，其實心裡急得要命。有一陣子還有點生氣，怪加野親家怎麼都沒有為早樹的將來考慮。」

「天下父母心啊。」

早樹半開玩笑地說，但心裡認為母親搞錯了。早樹並不是不顧對象只要能有小孩就好。

「可是，那也許只是當爸媽的自己因為事情不如意心急吧。而且，哪知道妳會跟塩崎先生再婚。真不曉得妳的人生怎麼會有這麼多波瀾。」

這時候，換上灰色運動衫和牛仔褲的父親來了。頭髮有點濕，但一臉清爽。

「妳們在說什麼？」父親悠哉地往早樹看。

「在說，早樹的人生真是波瀾萬丈。」

母親將蛋糕盛盤，附上叉子，放在父親面前。

「嗯。誰會想到庸介竟然會遇到那種意外呢。」

「那真的是意外嗎？」

「不是意外，那會是什麼？」

母親這麼說，父親又「喂喂」兩聲，意在警告。

早樹問母親，母親卻看著別的地方搖頭：

「不知道。我只知道，一直到現在，感覺都很差。怎麼說呀，就好像事情一直沒個了斷。還有就是啊……」說到這裡中斷了。

「就是什麼？」早樹催促，母親才繼續說道：

「我們早樹吃了好多苦。」

父親默默點頭。

見父親點頭，早樹心想，有父母的孩子真的是寶。

都已經四十一歲了，又再嫁在外的女兒，還是視為「我們早樹」無條件支持。

若是將克典的女兒真矢對自己懷有敵意一事告訴這樣的雙親，他們會有什麼反應？一定會很擔心。

所以早樹無意將真矢的事告訴他們。做女兒的，一樣會擔心逐漸老去的雙親，希望他們的心情平順安穩。

「說到靈異啊，庸介的媽媽請過算命師嘛。說什麼能通靈之類的。妳記得嗎？」

母親邊用叉子側面切起司塔，邊自言自語般說。

「當然記得。」

早樹一答，母親便罵也似地說：

「那次真的很讓人傻眼。」

「哎，大概是沒辦法裡的辦法，姑且一試吧。」

父親往往持公平公正的看法。

「就是啊。加野的婆婆那時候什麼都信。什麼都顧不得了。」

「這我知道，我是心疼早樹。為了算根本不準的命，還要妳拿庸介的內衣褲、手錶那些身上穿戴的東西去大泉，不是嗎？」

「媽妳記得好清楚喔。」

早樹很吃驚。

「怎麼忘得了！」母親憤慨地說。「那時候，早樹都憔悴不堪了，還要妳帶庸介的東西過去，我看了都不忍心。而且是為了給算命師看，我聽了真是大傻眼。是有多不科學！」

早樹知道母親對菊美沒有好感，但看來算命師那件事也是原因之一。

也不知道是怎麼打聽到的，菊美託朋友請來了據說很準的算命師。那是個看似五十多歲的中年女子，塗了玫瑰粉的口紅，化著濃妝。

她很有名的是，可以藉由觸碰失蹤的人用過的東西，感應出人現在在哪裡。

「結果，那個算命師怎麼說？」

父親問母親，但回答的是早樹：

「說在東南方。」

「東南方，範圍也未免太大了。」母親不屑地說。

早樹依照吩咐，帶了庸介的T恤和訂婚時早樹送他的勞力士手錶過去，那個號稱算命師的女子，雙手摸著T恤和手錶，閉上眼睛什麼都沒說。好一陣子之後才緩緩睜眼，以莊嚴的聲音指著方位說『在東南方』。菊美似乎很心急，發出吞口水的聲音。

『活著嗎？』

算命師偏著頭，做出思索的模樣，半晌才回答：

『不知道。因為，這不是他平常戴的錶。』

的確，早樹送的這支錶算是訂婚鑽戒的回禮，庸介說捨不得，所以很少戴。

庸介平常戴的是方便釣魚的潛水錶，遇難時他也是戴著那支錶出門的。

所以，算命師的話讓早樹心頭一跳，但菊美對勞力士平常極少使用這件事並沒有多加注意。

「結果，公公說東南不就是太平洋嗎，婆婆就洩了氣。因為那就代表死在海裡了。好像是因為這樣才沒有再找人算命。」

「原來如此。東京的東南的確就是太平洋。不過，這樣加野太太就接受了？」

父親平靜地問。

「怎麼可能接受。最心愛的兒子遇難了呀。」

聽早樹這麼說，母親便斷定：

「所以她才會看到幻影。」

「嗯，小山田先生也這麼說。他還說，多半也是對我再婚有一些針對的情緒。」

早樹以為自己的說法已經盡可能和緩了，不料母親還是很不高興，看著父親說：

「既然這樣，早樹根本沒什麼好在意的。早樹畢竟有她自己的人生。」

「嗯，沒什麼好在意的。」

父親難得同意母親，然後兩人互瞄一眼。

2

弟弟、弟妹好像回來了。母親發LINE跟悠太聯絡。

「悠太他們說這就下來。我叫了壽司，可以嗎？」

「當然可以。謝謝媽。」

娘家太舒服，早樹甚至想繼續待下去。不想回母衣山，終究是因為真矢的部落格。

平常不會見到亞矢和真矢，所以她幾乎不曾在意，但自從知道有那個部落格，就覺得有如黑影纏身，感覺糟透了。

出於好意使用美佐子的家具和餐具，在真矢姊妹眼中多半也是不愉快、驕傲蠻橫的行為吧。

一想到她們以為自己是不識相的厚臉皮，就覺得如坐針氈。

「欸，在里奈面前不要提生小孩的事哦。」

母親提醒。

「知道了。」

弟妹既然會當幼保老師，想必很喜歡小孩，但結婚都四年多了，卻還沒有喜信。

「她去年流產了。現在好像是在備孕，所以在我們家小孩是禁忌話題。」

母親壓低聲音說。原來如此。家家都有說不得的事。

即使是輕鬆愉快的娘家，在弟妹里奈看來，要是有個不懂分寸的大姑，一定很沒意思吧。

趁悠太夫妻還沒來，早樹整理了一下儀容。

不久，熱鬧的話聲響起，悠太夫妻出現了。悠太頭髮理得短短的，一身牛仔褲和格子襯衫的年輕打扮，看起來實在不像三十八歲。在他教數學的公立國中，想必是和學生們打成一片。

妻子里奈三十五歲，也穿著流行的裙裝，顯得很年輕。是很登對的小兩口。

「夏天真是打擾了。好一幢大豪宅，嚇了我一跳。」

悠太一看到早樹就無聲一笑。

八月，悠太他們到逗子海岸玩水，順便繞到母衣山，和克典吃過飯才回去。

早樹一說弟弟妹想來打個招呼，克典便歡歡喜喜地請兩人到鎌倉吃日本料理。過了愉快暢談的一晚。

「上次讓姊姊、姊夫破費了。」

里奈也以開朗的笑容招呼。她體型略偏圓潤，有一口潔白漂亮的牙齒。就是讓人感到很適合小朋友圍繞的那種相貌。

「看塩崎先生人滿好的，我就放心了。」

悠太邊拉餐桌的椅子邊說，里奈便以責怪的視線掃了丈夫一眼。

也許悠太夫妻也有關於早樹的禁忌話題。

「說得好像沒見過似的，在婚禮上明明見過不是嗎？」

悠太坐下來，才瞄了早樹一眼。

「見是見過，可是婚禮的時候根本沒機會說話，我可是有點擔心。怕早樹不習慣有錢人的生活，會不會被他們家的女兒欺負什麼的。」

全都被說中，早樹內心反而好笑。這個小她三歲的弟弟總是直呼姊姊的名字，有什麼話都直言不諱。

「你怎麼會這麼想？」

「他小女兒不是沒去婚禮嗎？而且，她跟早樹同年吧？又不是小孩子了，也未免太失禮，我可是火大了我。我們家可是全員到齊，她對我們家也太沒禮貌了。平常只有生病或是脫不了身的工作這類不得已的情況，才會缺席父母的典禮的，不是嗎？」

「是嗎？不過，反正我們都是再婚，我是覺得無所謂啦。」

早樹不想提真矢，便含糊帶過。

「妳說反了。就因為是再婚，更要家人一起祝福。」

看樣子，弟弟也憤憤不平。

「他小女兒是什麼樣的人？」

里奈問，一臉十分感興趣的樣子。

「我沒見過，不太清楚。好像沒結婚，在稅務會計師事務所上過班。」

往餐桌上布菜的母親吃驚回頭：

「妳到現在都還沒見過她？」

早樹無奈點頭：

「沒見過小女兒真矢。大女兒亞矢在神戶，也就婚禮的時候見過一次。只有老大智典一家會來家裡。」

克典提議聚餐被拒的痛楚又有點回來了。

「那，連長什麼樣子都不知道？」

「因為連照片都沒看過啊。也不會特別想看。」

這倒是真的。克典從來沒讓她看過全家福照，家裡也都沒有。

「感覺好冷漠喔。」

母親或許是一心為女兒，嘆了一口氣。

「也不算是啦，我想是因為不在意我。」

不，才不是。根本是太在意。

早樹內心有什麼在大叫。因莫名不被歡迎而生的怒氣突然往上衝。然而，她拚命壓抑，不讓怒氣爆發。她就是不願讓父母擔心。

「那個女兒，一定很討厭塩崎先生再婚。」悠太說道。說得一切了然於心、鐵口直斷的樣子，跟母親一模一樣。「我們學校也有因為父母離婚或再婚學壞的孩子。」

「你那是國中生呀。人家可是如假包換的大人了。」

母親傻眼大聲道。

「媽，那跟年紀沒有關係啦。我看大人的反應比國中生還激烈吧。妳想想看，那就像咱家老爸跟早樹差不多大的女人結婚欸。很寫實吧。」

「喂，說得太過分了。」

父親警告，悠太聳聳肩，喝了冷酒。

不久壽司送到了，大家吃了晚飯。

「上次，老爸說看到很像庸介哥的人，大驚小怪的。」

悠太拿著裝有冷酒的玻璃杯，面向早樹說。

「這我聽說了。不過，只是很像而已吧？」

早樹邊倒氣泡酒邊答。

「八成是啦，不過感覺有點噁心。」

悠太的話還沒說完，母親便默默看著早樹的臉，早樹便去看父親。父親則是去看母親。

或許是敏感地察覺三人視線交錯，悠太問道：

「怎麼了嗎？」

「就是呢，庸介的媽媽說她也在家附近看到和庸介一模一樣的人。」

母親一說，悠太便欺身過來：

「什麼！怎麼會有這種事？」

「巧合啦。」父親故作平靜地說。

「可是，就算是巧合也太巧了。如果只出現在加野家就算了，可是又跑到我們家來。那一定是庸介哥還活著，在找早樹。因為早樹從中目黑搬走了，他不知道早樹到哪裡去了。」

「別說了，不可能的。」

早樹打斷悠太的話，但悠太有點抬槓的樣子。

「怎麼不可能。只要假裝遇難，找個地方偷偷上岸就行了。然後，改名換姓過日子，卻又很寂寞，才會在加野家和早樹身邊出沒。」

「出沒？說得跟熊一樣。那為什麼一直躲到現在？這才是我最不能接受的。」

忍不住說出了真心話。

然而，面對姊姊，悠太一點也不客氣。以開玩笑的語氣說：

「八成是改變心意了啊。」

「別鬧了，我已經跟塩崎先生再婚了。」

聽早樹大聲這麼說，悠太道歉了：

「說的也是，抱歉。」

「就是啊，去年才好不容易認定死亡，塵埃落定，現在冒出來只是來亂的。悠太，你也差不多一點。」

受到母親警告，悠太重振旗鼓般說道：

「不過，庸介哥這個人很有魅力。要是他還活著，我會很高興的。」

「哦，他是個什麼樣的人？」

因喝了冷酒而紅了臉的里奈小聲問。

「這個嘛，庸介哥這個人啊，都看不出他在想什麼，有點可怕。」

「可怕？會嗎？」

早樹很意外。她從來不覺得庸介可怕。是因為同性的感覺不同嗎？

「庸介哥不像我話這麼多，像這種場合也只是靜靜地聽，然後再說一、兩句很有趣的話。他說的都很妙，很好笑。所以我一直覺得他很酷。」

「那一點都不可怕好不好。」

早樹反唇相稽，但悠太搖搖頭：

「不是，有時候往庸介哥看，會看到他一臉很無聊的樣子。可是，一察覺我的視線，就會對我笑。就是這樣讓我覺得有點可怕。因為你會知道他覺得待在這裡很無聊。這麼一來，就會覺得在那裡笑鬧的自己很蠢，好像被否定了。」

「原來悠太是這麼想的啊。」

母親驚訝地說。母親和早樹喝同一款氣泡酒。家人各自喝自己喜歡的酒。

「嗯。那時候我才二十幾，有點嚮往大哥哥型的人。早樹結婚的時候，我才二十七嘛。所以對庸介哥很有興趣。不過，他很難接近。」

「早樹，庸介在大學裡是不是有什麼煩惱啊？」

默默喝著燒酎兌綠茶的父親終於開口。

「應該沒有。」

早樹向來認為要是承認庸介有煩惱，就等於在說庸介選擇了自我了斷。

所以，無論誰來問，她都堅稱沒這回事。但是，是不是真的沒有，她並沒有把握。

就算以夫妻之親，也無法了解丈夫的內心。更何況庸介出事之前不久，他們之間一直口角不斷。

他們是在吵什麼呢？

意外的衝擊太大，連之前那些小口角的原因她都想不起來了。

早樹懷念起西西里的蜜月旅行，又去看擺在置物架上的照片。隨著她看過去的里奈低聲問：

「你們是在哪裡認識的？」

「我們同一所大學。他比我大三歲。進研究所的時候，都是他帶我的。」

早樹回想起在校園裡不期而遇時的心動。

庸介常和同性朋友結伴走在一起。他那時候就和他們一起去釣魚了嗎？

不，庸介熱衷釣魚是和早樹結了婚、升上副教授以後的事吧？是應小山田之邀嗎？

早樹對釣魚不感興趣，對這方面只有模糊的記憶。

庸介之所以頻頻去釣魚，會不會是想逃離他與早樹的生活？想到這裡，早樹心中起了雞皮疙瘩。

不，不可能的——她加以否定。

庸介不是常說，和早樹在一起改變了他的世界。還說，能和早樹攜手共度未來好幸福。那麼，他們為什麼會有那些口角？

「早樹，多喝點。」

她大概想出了神，被悠太推過來的氣泡酒瓶嚇得倒仰。反射性地遞出酒杯，被倒了滿滿的一杯酒。

「住那麼大的房子，一定覺得我們家很小吧。」悠太改變了話題。

「那當然了。」早樹笑道。

「一整——面都是海，心曠神怡啊。」

悠太豪邁地張開雙臂。

「就是啊，好棒的房子，好羨慕喔。」

里奈也以可愛的聲音附和。

「她們家跟公園一樣，真的很嚇人。不過，住在那麼大的地方，沒事的時候會不會很無聊？」

「那倒不會。其實挺忙的，每週有園藝師會來，星期五打掃的人會來，總是有事要忙。」

「先生整天都在家，其實是很累人的。而且每餐都得煮。」

見母親附議，悠太反駁道：

「人家塩崎先生不像會強制那些事的人啊。位高權重但很體貼。」

早樹忽然想：不如把真矢的部落格的事告訴悠太吧。但，看著悠太為妻子添冷酒的側臉，又認為他們一定也有他們的煩惱，還是算了。

「嗯，克典人很好。對吃飯也從來沒有怨言。中午我們常兩個人出去吃，晚上他就不太吃了，所以做飯也很輕鬆。打掃也是由專業的人來，我沒什麼家事好做。」

真要細數是有很多事情，但早樹略為誇大地捧了丈夫。

結果，悠太調侃道：

「少奶奶啊？」

「拜託，那什麼年代的詞啊！」

里奈當下吐槽，兩人笑成一團。

「不管是不是少奶奶，只要早樹輕鬆就好。」

母親自言自語。

「早樹，塩崎先生平時有什麼愛好？」父親悠悠問起。

「現在算是弄庭院吧。他知道庸介的事，所以也不開遊艇了，又因為我沒興趣，也幾乎不去打高爾夫球了。」

父親喝著熱綠茶兌的燒酎，自顧自地點頭。

「喏，遊艇就是大的帆船吧？」

聽母親問，早樹將頭一歪：

「好像是。我也不清楚。」

「那，現在那艘船呢？」

「好像就停在碼頭。有時候智典他們會來開。」

「光是停在碼頭也要錢吧？好浪費啊。光聽妳說的，你們過的真的是富豪的生活呢。我們連想像都無法想像。早樹真的當得了那種人的太太嗎？」

被母親毫不客氣地問起，早樹苦笑說「我也不知道」。

「爸，塩崎先生家很可觀的，你也去看看嘛。值得一看的。」

悠太向父親說：父親不答。女兒嫁了一個比自己年長的人。早樹也明白父親的尷尬，所以從來沒邀請過父親。

克典的父親早就過世，母親高齡九十六歲還在世，但在小田原的醫院幾乎是癱瘓的。雖然這不是主要原因，但對於自己的父母比克典還年輕這一點，早樹也是有所顧忌的。

「下次，我們行吟要去鎌倉。到時候再大家一起去。」

母親也加入了俳句的社團。瑜伽、旅行、看電影、俳句。過著悠然自得的生活。

「嗯，歡迎歡迎。」

但是，母親多半沒有和社團的人提早樹的事吧。因為她比誰都擔心女兒被當成八卦的對象而受到傷害。

三兩下就吃完壽司的悠太對母親說：

「那裡，叫母衣山對吧。早樹家就在山頂，面海那邊是一片緩坡。整片海就在眼前。媽，那真的很壯觀，簡直就像一座視野好風景佳的公園。」

「哦，這樣啊。爸爸，你覺得呢？」

母親看著父親的臉，父親一副不怎麼起勁的樣子。

「下次，你們兩個一起來嘛。克典也會很高興的。」

見早樹邀約，父親偏著頭不置可否地答道：

「下次吧。」

「不過啊，庭院裡有很大的雕塑，還是叫作藝術品？跟風景一點也不搭調，很怪。我剛說很像公園，也是因為這個東西的關係。早樹，怎麼會有那個啊？」

「是克典跟園藝師買的。」

「是園藝師做的嗎？」

里奈一臉不可思議地插嘴問道。

「不是啦，是園藝師認識的有名的雕塑家做的。那位園藝師大力推薦，克典就買了。」

「雕塑？」母親一臉訝異，「什麼雕塑？」

「就像箱根雕塑森林美術館那樣啊。就藝術吧。」

悠太這麼說，里奈也附和：

「那個滿大的呢。」

「多少錢啊？」

說出金額他們肯定會吃驚，早樹便沒應聲。母親也不在意，問道：

「在自己家裡放雕塑？真想看看是什麼樣子。」

「等一下，我給妳看照片。」

早樹站起來，從椅子上的包包裡拿出手機。這便注意到克典發了LINE來。

顯然是因為和大家聊天沒聽到信號聲。

久久沒打，竟然贏了。

前四三後四二，八十五桿。

連我自己都嚇到了。

獎品據說是宮崎牛。

還附手握大獎杯的照片和宮崎牛的照片。克典笑得很開心。

「克典說打贏了高爾夫球賽。」早樹告訴眾人。

「很厲害嘛。」

對高爾夫球完全不感興趣的母親隨口應著站起來。為的是去拿別的葡萄酒，因為氣泡酒沒了。

「塩崎先生好厲害喔。竟然會用LINE？」

里奈吃驚地說，站在流理台前的母親笑著回頭。

「哎喲，就算我們這些老人，也不至於學不會啦。」

「可是，塩崎先生年紀更大吧？」

「七十二。」早樹說。

像里奈這樣的年輕女子，會對七十二歲的老人會發電子郵件和用LINE感到驚訝。克典明明和早樹的父母年紀差不多，但顯然她覺得克典更年長。

「塩崎先生以前是開發電玩的，對IT很熟悉。」

悠太這麼說，里奈這才一臉「難怪」地點頭。

「原來是這樣啊，好厲害。」

「沒有啦，也沒有多熟。而且他主要是經營管理。」

早樹才剛對里奈說完，克典又發LINE來了。

獎品據說是五公斤的壽喜燒牛肉。

我在想，不如趁這個機會重拾高爾夫好了（笑）。

有三分顏色就要開染房？

「說贏了五公斤的壽喜燒牛肉。」

「五公斤啊。那就送我們啊。反正早樹家又吃不完。」

悠太半認真地說。

五公斤的牛肉確實是吃不完。

早樹也認為，不如乾脆送給智典，他家有兩個正會吃的男孩，收到應該會很高興，但克典不喜歡將獲贈的東西轉送他人。

五公斤的牛肉，冷凍庫也放不下，可能只能白白讓肉壞掉了。一想到這裡，早樹就很憂鬱。

她不敢告訴任何人，中元和歲末收到兩人吃不完的禮時，她不但得忙著寫謝函，還要丟東西。可是，早樹卻這樣回覆克典：

恭禧恭禧。

重拾高爾夫球桿，多贏點獎品回來哦。

她知道克典與她再婚之後，封印了種種娛樂。

然而，高爾夫球也好，乘船也好，早樹是希望克典盡情享受自己的愛好。

因為那樣自己心情比較輕鬆，也能夠外出。待在娘家有多放鬆，早樹就感到在母衣山的生活有多苦悶。

母親悄悄觀察早樹那些表情。這視線令人感到前所未有的厭煩是為什麼呢？

「早樹，讓爸他們看雕塑的照片啊。」

在悠太的催促下，早樹回過神來。

早樹立刻讓大家看了手機裡的「海聲聽」和「焰」的照片。

母親仔細看了之後，喃喃道：

「說是雕塑，我看更像紀念碑吧？好像墳墓。」

早樹倒是沒有聯想過墳墓。注意到早樹的表情，父親糾正母親：

「哪裡像墳墓了。人家是立在庭院裡的。」

「墳墓就墳墓，有什麼關係。我又不是覺得陰森不吉利才這麼說的，是因為好看漂亮才說的。」

怎麼想都是硬拗，但母親是有話直說的人，大家早就死心，不再勸母親了。

「媽，來句俳句吧！」

被悠太這一消遣，母親終於苦笑了。

然而，早樹卻沉思起如果是墳墓，會是誰的。

美佐子？貴賓狗？不，也許是庸介的墓。想到這裡，早樹彷彿明白了克典真正的用意。

克典買那座雕塑時，說他很喜歡「海聲聽」這個作品名稱。

『我想，早樹大概想隨時都聽著海的聲音吧。』

那時，早樹認為那種詩意的話語無法表達自己的心緒，還有點反感。

但是，如果克典所說的「海的聲音」意味著死訊，那麼或許那是在訓斥無法徹底死心的自己，要她接受庸介的死。

「原來如此，我完全沒想到墳墓。那座雕塑的名稱叫『海聲聽』。意思是聽海的聲音。所以是一個大耳朵的形狀。克典說他就是喜歡這一點。

早樹這一說明，看著手機的母親訝異地說：

「這是耳朵？我看不出來。」

「我看看。」父親從旁探頭看。「看起來像拉開的卷軸。不過，藝術嘛。」

聽了父親的話，母親戴上老花眼鏡重看照片。

「如果直接做成耳朵的形狀，一定很噁心。」

母親的話讓大家笑了。

「早樹姊，主屋那裡不是還有一個嗎？喏，就是這個形狀的。」

里奈邊說邊比出雕塑的形狀。

「對呀，那個叫作『焰』。」

「是嗎。那個就一點也不突兀了。感覺很像南法或地中海之類的房子會有的，很協調。」

「哦，是嗎？謝謝。」

早樹感覺到里奈的貼心，微微一笑。

想必是因為「墳墓」這個字眼不吉利，想幫忙平衡一下吧。

「他們說，『焰』是生的象徵，代表人活著的能量。」

「那，庭院裡的這個果然是死的象徵嘛。」

悠太斷言，被里奈用手肘捅了一下。

「你說得太過分了。」

「不不不，成對的作品，通常意象也是成對的。不過，一個叫『焰』一個叫『海聲聽』，什麼意思我不懂。」

早樹納悶道：

「好像也不見得是成對的。雕塑家只說是活著的能量和聽來自海的聲音的耳朵而已。」

「他想賣東西，當然不會說負面的話啊。」

悠太越說越不討喜，里奈噘起嘴，一副你不要亂講的樣子。

「死是負面嗎？」

早樹低聲這麼說，所有人全都安靜下來。彷彿屏息等待早樹的下一句話。

但是，自己到底想說什麼，早樹也無法整理出一個頭緒，默不作聲。如果克典真正的用意，是要她接受死亡，那麼她感覺反而是正面的，但她無法解釋清楚。

「我來泡個茶吧？有誰想喝？」

母親站起來，但沒有人舉手。

「我還不用，我還想再喝一下。」

聽悠太這麼說，母親又坐回餐桌旁。大家本來毫無顧忌地聊得開心，氣氛又突然沉悶了。

「早樹姊，關於剛才的事。」

里奈突然開了個頭。集眾人視線於一身，她顯得很不好意思，但語氣清晰。

「什麼事？」

「就是看到很像庸介哥的事。」

從沒見過本人的弟妹口中聽到庸介的名字，感覺很奇特。彷彿庸介這個人還活著似的。

「嗯，怎麼了？」

「不好意思又老話重提，不過他去過大泉的家，也來過我們家吧。那，他沒有出現在母衣山那邊？」

「對。」早樹點點頭。她是想像過要是很像庸介的人出現在母衣山，一定恐怖大於喜悅。

「要是那個人真的是庸介，」嘴上雖然這麼說，但實在太不真實了，早樹不禁苦笑，「那他確實不會知道我現在的住處和現況。」

「就是啊。所以，不如去問問跟庸介哥比較要好的朋友，早樹姊覺得呢？」

去問庸介的朋友他是否曾出現？里奈的提議讓早樹很吃驚。

「要問什麼啊？」

「問有沒有很像庸介哥的人來找過他們。」

里奈以認真的神情直視早樹。

「可是，我把這件事告訴過他最要好的一個朋友小山田先生，他卻完全沒有提到有這種事。」

「那個人一直住在他學生時代住的地方嗎？」

悠太代替里奈問。早樹搖頭：

「沒有。他被調派到福岡，在那裡結了婚。我也一直不知道，所以很驚訝。」

庸介的朋友當時才三十多歲，工作異動、結婚等都可能造成遷移。

「那就不知道他在哪裡了。可以問問其他人呀？如果是我，就會這麼做。」

里奈篤定地說。看來，她的個性意外強勢。

「這樣妥當嗎？」母親唱反調。「爸爸明白說他是看錯了，而加野的親家，我想她是加入了希望兒子活著的願望在內。所以，是巧合啦。就算萬一真的活著，鬧出來早樹反而困擾，我倒覺得不如就別管它，讓它去吧。」

「這我能理解。可是，早樹姊不想知道真相嗎？」里奈不讓步。「如果我是早樹姊，我一定會想知道。畢竟，還是活著比較好呀。」

「就是啊。死太負面了啦，早樹。」

悠太也給妻子撐腰。

「不過，我想我看到的應該不是庸介。只是碰巧身形很像，一時覺得是他而已，因為那個人很年輕。庸介要是還在，應該已經四十四歲了，所以不可能是他的。」

父親平靜地居中協調。

「我知道。我也覺得八成是弄錯了。畢竟，因為沒打撈到屍體就覺得可能還活著，這種想法十之八九都只是樂觀的觀測。不過，在短期間裡都出現這麼多目擊資料了，我覺得查一查也沒什麼不好的。」

悠太這麼說。

「可是啊，悠太，加野太太說她看到，這件事有點可疑哦。有一位小山田先生也去見過她，是他這麼說的。」

「什麼意思？失智嗎？」

或許是那麼說就太過分了，母親搖頭不願明言。

是早樹代替她說：

「應該是有很多原因，像是因為我再婚對我反感。」

「可是，這也太奇怪了吧？弄清楚絕對比較好。不然早樹就太可憐了。妳都已經再婚安定下來了。」

悠太的話還沒說完，里奈便按捺不住好奇心般問：

「對了，塩崎先生怎麼說？」

「我沒告訴他。」

母親似乎很滿意早樹的回答，點點頭，對悠太夫妻斬釘截鐵地說：

「這樣才好。千萬別說。」

早樹想起此時應該和高爾夫球球友們愉快用餐的克典。

克典完全不知道早樹為這些事情煩惱，說不定正因為與一個年輕女子再婚而被許久不見的朋友取笑。

『他們問我為什麼不打高爾夫球了，我藉口說怕老婆無聊，他們就說，那簡單，拉太太一起來打就好了。』

克典曾經這麼說過，這時候大概正在聽同樣的話吧。

「海聲聽」。是活著，還是死了？再度置身於曖昧不明的狀況之下，自己是在等庸介還在世的消息嗎？的確，內心騷動著，想再見他一面。

然而，有一部分等著他確實已死的消息也是事實。都是庸介害自己處於這種情況，早樹對他的感情很複雜。

就連這舒適愉快的娘家，等悠太夫妻生下孩子、父母離世之後，也就不再有早樹的立足之地了。

而，克典走了之後，自己一個人在母衣山的家住得下去嗎？

不，在那之前，可能得和亞矢、真矢她們大戰一場。一想到這裡，雖然過了這麼多年，仍不禁為庸介的遇難改變了自己的命運而黯然。

3

星期天早上，早樹醒來，一時之間不知道自己身在何處，朝著窗簾、白色天花板看了好一陣子。

與克典再婚之後雖回過幾次娘家，但留下來過夜卻是頭一次。

不過昨晚和悠太夫妻他們聊到很晚，許久未有的解放讓她很痛快。

這份充實的餘韻還在身上尚未消退，早樹伸長手腳，把羽毛被拉到下巴，想享受一下回籠覺。

與克典的生活，雖然沒有被迫忍耐任何事，但自己作為妻子努力配合丈夫，心中的壓力大得出乎意料。早樹自問，是不是太在意了？

克典是個聰明人，鮮少情緒激動，也不會大小聲。這就意味著他也要求早樹有同樣的態度，要求兩人獨享的平靜生活。

也許早樹也因為與克典結婚，放棄了人生中的一些事物，提早退休了。

與庸介在一起時，常有摩擦碰撞，兩人都會真的動氣對吼吵架。但是，就算會吵架，也是什麼話都敢說、什麼要求都能提。

但，原來只有自己是那樣，庸介卻忍耐著沒有全說出來？早樹的思緒總是會往那個方向偏。

昨晚，悠太描述的庸介雖令早樹感到意外，但過後卻越來越覺得或許真是那樣。

庸介在聽早樹說話的時候，確實有時會無聊地忍著呵欠，也會心不在焉。

如今看來，或許自己是對庸介那樣的態度感到煩躁，才會每天一再上演小口角。這樣的話，庸介到底是個什麼樣的人？

思考一個從研究所起交往了好幾年才結婚的對象是個什麼樣的人是很可笑，但，若問起他是什麼樣的人，卻是一言難盡。

早樹忽然想，不如就照里奈說的，去找庸介的朋友吧。

在客廳低低作響的咖啡機聲隱約傳入耳中。大概是父親或母親在煮他們喜歡的咖啡吧。

早樹的房間位於玄關旁，兩坪多一點。因悠太結婚，父母將老房子改建為二代宅。

那時候，早樹本來的房間沒了，但爸媽留下了她學生時代的書桌和床，讓她在這個房間使用。

要是庸介沒有遇難，書桌和床一定早就被處理掉，這個房間也早就成了儲藏室。

在慶幸自己有地方可回的同時，不知為何卻想起真矢，她無家可歸了。

想著這些，整個人都清醒了。早樹伸手拿起擱在床邊書桌上的手機。就這麼躺著，隨意瀏覽新聞網站、追蹤的IG等等。

滑著滑著，實在很介意，便看了真矢的部落格「深夜的麥雅」。因為週末會更新。果然，更新了。

謝謝大家總是鼓勵我、支持我。

T，原來您也和我有同樣的心境啊。不過，T的經驗太辛酸了。

我衷心希望您能早點忘記過去，邁向新的人生。

S，您溫暖的建議，真的讓我很開心。可是，我不能不介懷。

我對T寫早點忘記，但其實，我自己也還是被

很多事情綁著。

我父親之所以試圖懷柔我，我想是因為他老婆和我同年。

一定是擔心要是他有什麼萬一，我會加害他老婆。

可是，這種想法讓我很受傷。為什麼這麼簡單的事父親都不明白呢？換句話說，我們父女之間的信任已經蕩然無存了。一個無法與親生女兒建立互信關係的父親，怎麼可能會愛一個與女兒一樣大的妻子。

所以我父親和他老婆，是一對互謀其利而苟合的醜陋夫妻。

看到「互謀其利而苟合的醜陋夫妻」這句話，早樹簡直無法呼吸。為什麼要被說得這麼不堪？她有一股衝動，好想現在立刻找到真矢的所在，當面

痛罵她。

雖然克典說不要刺激她、不要理她，但都這麼離譜了還能視而不見嗎？克典也太奇怪了。如果是庸介，應該早就吵翻了。

早樹忽然厭惡起一切，把手機扔在床腳。

埋在棉被裡的手機傳出LINE的聲響。想著會不會是克典傳來的，撈起一看，果然是他。

當地人說要招待我們，我會晚一天回去。

大家決定再打一場，所以我要明晚才回東京。

不好意思，擅自更改了計畫。

雖然覺得就克典而言還真難得，但能夠在娘家多輕鬆一陣子，她求之不得。於是她回了LINE，說既然這樣，自己也在娘家多住一晚，同一時刻回母衣山。

客廳裡，母親正悠閒地喝著咖啡看報紙。

早樹一進去，母親便抬頭隔著老花眼鏡看她。這個動作很有老人味，早樹忽然想起了克典。

「早。」

早樹打招呼，母親不悅道：

「早。妳剛才覺得我是個老人家對不對？」

「嗯，有點。媽，咖啡我可以喝嗎？」

老實回答之後，便自行將咖啡往馬克杯裡倒。

「先去把臉洗一洗啦。妳平常在家都這樣？」

偶爾散漫一下有什麼關係。早樹不答，在餐桌旁坐下。

「要吃吐司嗎？」

母親問道，早樹搖頭：

「還不餓，不用。」

「妳平常都這樣？」

同樣的話問了兩次，早樹不禁苦笑。

「怎麼可能。是因為現在在家，才懶散一下而已。媽，我今晚也住家裡，可以吧？克典說要再住一晚打球。」

母親高興地抬起頭：

「哦，是嗎？太好了。那，今晚要吃什麼？」

「跟平常一樣就好了。爸呢？」

「去散步了。」

「好健康喔。」

「想說好歹要再撐個十年。不想拖累悠太他們。」

「萬一怎麼了，我會照顧你們的。」

「不了，妳……」

母親沒把話說完。是啊，她得先照顧克典。還要跟他兩個女兒鬥。一想到以後的事就憂鬱，早樹便站起來好轉換心情：

「還是吃片吐司好了。」

上午，早樹臨時起意聯絡了美波。美波與體弱多病的母親住老家。同樣是埼玉市，但在與野，不過也就在早樹娘家北浦和的下一站。

「我現在在娘家，要不要找個地方一起吃中飯？」早樹這樣邀約，貌似在家工作的美波很高興。

「那，要不要來我家？不好意思，麻煩妳買吃的過來。我正好在工作出不了門，妳能來真是太好了。」

「伯母呢？」

「剛才自己出去了，暫時不會回來。」

雖覺得讓體弱多病的母親單獨外出妥當嗎？但美波是個理性思考的人，早樹約束自己不要多嘴。

早樹在北浦和買了三明治和西式熟食。下午一點過後，抵達了美波位於國宅的家。

美波家位於十層樓國宅的十樓。視野很好，從開放式走廊可以看到遠處聳立的富士山。

按了門鈴，戴著眼鏡的美波幫她開了門。

「妳回來這邊啊。」

見她一臉冷漠地這麼說，早樹有點怕。

「妳在工作，不會打擾妳嗎？」

「不會。正好可以轉換一下心情。」

臉上雖是笑容，話卻沒什麼溫度。美波總是這樣。

上次見到美波，是八月底那個雨天，去菊美家的回程。

當時美波雖然在虎之門的律師事務所工作，卻頂著一張素淨得像剛洗過似的臉現身，讓早樹為她的不事修飾大吃一驚。

然而，今天她是牛仔褲運動衫的家常打扮，戴著高中就沒換過的紅框眼鏡，顯得很年輕，也柔和許多。

「伯母去哪裡了？」

早樹在玄關邊脫鞋邊問。

「圖書館。她常去，說那裡看雜誌不用錢。又說看完要去圖書館旁邊的朋友家，我看大概傍晚才會回來。」

美波為早樹拿出一雙客用室內拖鞋。大概是她母親自己做的吧，上面有粉紅色的毛氈花。

鞋櫃上也裝飾著看似她母親做的仿真花。那是一束豔紫色的玫瑰，所以一看就知道是假的。

擺在花旁邊的芳香劑味道很強，大概是為了消除美波的菸味吧。

美波與母親兩人住的是兩房兩廳的格局。這裡是老國宅，玄關進去沒有走廊，馬上就會看到客廳。客廳入口掛著遮蔽視線的布簾。

「好懷念喔，那塊布簾。跟以前一樣呢。」

美波家和早樹高中來玩時幾乎沒變。但，以前到處擺滿了女鞋。

「嗯，沒換。」

美波一副這才注意到有布簾似地回頭看。

「大家都好嗎？」

「大家是指誰？」

美波冷冷反問。

「妳在說什麼呀。當然是妳姊姊和香織呀。」

香織是美波的妹妹。

「沒跟她們住一起，一時沒想到。應該都好吧。是說，我也不知道她們最近怎麼樣。她們好像都忙著討生活，顧不得別的。大概是看我考上律師，覺得媽媽交給美波照顧就好，安心了吧。完全都沒聯絡。」

早樹傻了：

「姊妹都是這樣的嗎？」

「都是這樣的。」美波眼睛眨也不眨地說得乾脆。

美波是三姊妹中的老二，大她六歲的姊姊和小她三歲的妹妹各自結婚離家。只有單身的美波和母親住在一起。

父親在美波小學時就與母親離婚，聽說已另有家室。

美波的母親獨力撫育她們三姊妹。可能是因為這樣，美波高中時就很講求實際，很成熟。

「妳姊她們為什麼會忙著討生活，不是結婚了嗎？像香織，不是生了小孩嗎？」

美波突然一臉淘氣，難得顯得很樂：

「她們都帶著孩子離婚了。」

「不會吧！兩個人都是？」早樹大吃一驚。「為什麼？」

「遺傳吧？」

美波冷冷一笑。然後去看早樹遞給她的紙袋內容。

「妳買了好多喔。謝謝。」

在那張早樹也有印象的餐桌上，筆記型電腦開著，六法全書和資料攤著。菸灰缸裡有好幾根菸蒂。

「對不起呀，打擾妳工作。」

「不會啦。我本來就想休息一下，也想和早樹好好聊聊。」

「伯母身體怎麼樣？」

早樹知道美波的母親因風濕全身到處都會痛。所以才擔心她這樣還出門。

「嗯，算是小康狀態吧。今天大概是因為我在這裡工作，體貼我才出去的吧。」

的確，難以取悅的美波板著一張凶巴巴的臉佔領客廳，母親即使有病在身也會想出門吧。早樹暗自同情。

美波迅速收拾了餐桌桌面，將筆電和資料移到沙發。這段時間，早樹將買來的三明治和熟食擺在餐桌上。

「早知道也應該買葡萄酒的。」

「不用了，我還要工作。不過，喝個啤酒好了。」

美波從冰箱裡拿出兩罐發泡酒，連同玻璃杯一起拿來。

「這不算啤酒吧。」早樹笑道。

「差不多啦。」

兩個女人展開隨興自在的午餐。互碰玻璃杯敬酒。

「對不起喔，上次突然找妳出來。久久見一次，卻匆匆忙忙的。」

「沒關係啦，我也很掛念，不知道早樹怎麼樣了。妳來的很是時候。」

美波擺擺手，要早樹別介意。

美波的手很白，手指又長又漂亮。正看得入迷，那雙手卻粗魯地扯開了沙拉盒。彷彿不好意思被盯著看。

「工作怎麼樣？」

「嗯，很忙。還是一樣得發包找人調查外遇，煩死了。想到律師的工作難道就是這樣就很悲哀。」

「調查外遇是外包的呀？」

「當然。挺貴的呢。不過，需求量很大。」

「哦，怎麼調查？」

「首先，要太太提供情報。要她去偷看LINE之類的拍照傳過來。然後，查先生的時間表，跟蹤他。太太的直覺可是準得嚇人呢。」

「好可怕喔。」

「對啊，尊嚴被傷害的怨恨是很可怕的。」

美波吃著開放式三明治，吃得零零落落，酸豆、白煮蛋的碎屑紛紛掉在餐桌上。

「那個，很不方便吃嗎？」

「還好。」照樣回得又冷又硬。早樹遞上店家附的濕紙巾。

用濕紙巾擦了手，擦了嘴，順便擦掉滴在桌上的美奶滋後，美波以開玩笑的語氣說：

「真是貼心周到。早樹是很會照顧男人的那種女生吧？這樣倒是可能跟塩老很合。」

塩崎老爺子變成塩老了。這不重要，她在意的是那個「倒是」。

「倒是，是什麼意思？」她正色問。

「就是呢，庸介大概不是很喜歡被人照顧的意思。」

為什麼要拿克典和庸介比較，她不懂。

「我沒有很照顧庸介啊。我又不是那種女生。」

「是嗎？」美波大聲說。「妳明明很照顧他啊。雖然不到幫忙斟酒的地步，可是幫忙打點很多小地方，隨時都顧到庸介的面子。我都記得。」

「哪有。」

她覺得失落，別人就是會說一些令人意想不到的事。

在早樹心裡，卻記得庸介才會照顧人，又溫柔，什麼事都幫她弄得好好的。

在自助式的餐廳裡，庸介都是讓早樹坐著，他去幫忙拿早樹的餐點飲料，甚至會幫她拆免洗筷的包裝。

飲料沒了就立刻加點，選餐廳都以早樹的喜好為優先。

就這方面而言，她也一直認為失去了一個無可取代的伴侶。

「我才是一點都不貼心。」

「會嗎？早樹是個很細心的人呀。庸介每次在早樹面前都像個木頭人似的。」

早樹納悶：

「有嗎？」

「有。早樹總是早一步把事情想好做好。」

「早一步喔。有嗎？」

早樹覺得美波話裡有刺，心想自己做了什麼惹她不高興了嗎？便去看她的臉。因為近視很深的關係，紅框眼鏡之後的眼睛看起來很小。

美波像抗拒早樹的視線般別過臉，繼續說道：

「對塩老來說，這樣反而好吧。一天二十四小時都在一起，早樹就像在當他的秘書吧？」

「那當然了，我畢竟年輕得多。」

美波喝了倒在玻璃杯裡的發泡酒。

「妳就是這樣被選上的嘛。」

看她緊接著就要說嫁入豪門，早樹也忍不住火大了。

「妳今天是吃了火藥嗎？」

早樹半開玩笑地說。

「抱歉。」對方老實道歉，早樹也只能苦笑。

不知在想些什麼，只見低頭扶額的美波抬起頭來。

「抱歉。我沒有攻擊的意思，可是我實在不明白早樹為什麼要和塩老再婚。不過，也輪不到我管就是了。」

「沒錯。」

有時候早樹會想，如果有魔法，真想把別人對自己夫妻的好奇全部統統去掉。因為，那些好奇都不懷好意。但是，她明白美波身為朋友會想直接問，所以沒有生氣。

「妳喜歡塩老吧？」

「當然喜歡啊，不然不會跟他結婚。他頭腦好，沉著穩重，跟他說話很愉快，相處起來很輕鬆。我從來沒有意識到年紀什麼的。」

「可是，曾經和那個庸介結婚的早樹，怎麼會和年紀大那麼多的塩崎先生再婚，真的很謎呀。」

「妳很沒禮貌欸。」

早樹雖然是笑著說的，但也很驚訝自己的再婚竟如此激起美波的好奇。

「因為庸介很帥呀。所以我一直以為早樹會再找一個很帥的男人。」

「那種人又不多。」

早樹本來叉起沙拉想放進嘴裡的，卻突然沒了食欲。

美波會不會是認為她用克典的財產取代了庸介的年輕帥勁？明知道這是自己亂猜，早樹還是想探一探美波真正的想法。

「喏，塩老不是有孩子嗎？妳跟那些人處得好嗎？」

「很好啊。」早樹說了謊。

「塩老有幾個孩子來著？」

「一個兒子，兩個女兒。」

中斷了用餐的美波，問也不問就點了菸，高高噴起煙。

但，或許是顧慮早樹，她去開了窗。外面新鮮的空氣流進來的同時，也聞到濃濃的菸味，早樹便把臉側到另一邊。

美波似乎沒有注意到早樹的不快，又繼續問：

「他們都接受早樹了嗎？我只是以朋友的身分擔心妳而已，不要不高興哦。」

早樹則是因為想起了真矢的部落格，無法立刻點頭。

「怎麼了嗎？」

美波立刻就問，於是早樹決定老實回答：

「其實，小女兒在寫部落格，裡面寫了我們的壞話。她本來就和她父親處不好，又和我同年，所以好像很恨我。」

「因為妳會搶財產？」

果然是眼中只有官司的律師會講的話，早樹很快就後悔說出部落格的事了。所以，她搖搖頭：

「好像不是這樣。大概是哪裡踩到她的雷了。」

「不對，就是這樣。人人都是錢、錢、錢。」

這完全就是現實主義者美波的論調，但早樹知道不止如此，所以反駁道：

「我不是。」

「我知道啦，早樹是好人呀。」

莫名其妙被誇，早樹不禁想酸上幾句：

「很細心又很會照顧男人？這樣就是好人？」

「我是說妳因為人很好，才很細心。因為這是我沒有的美德。沒有人認為早樹是為了錢再婚的。」

說什麼美德也太誇張了。早樹不禁笑了，但想起真矢的事，又憂鬱起來。

「可是，他女兒就是這麼想的。」

「我來看看那個部落格。給我連結？」

無奈，早樹只好告訴美波「深夜的麥雅」這個部落格名。

「我晚點再看。」

「要是有解決辦法要跟我說。」

「了解。」美波一臉正經。

杯子空了，美波又從冰箱裡取出發泡酒。

「對了，那件事怎麼樣了？」

一定是很好奇吧，美波主動提起。

「哪件事？」

「庸介生存論。」

原來是這件事啊。早樹點點頭，才緩緩開口：

「我回娘家才知道，原來我爸也看到很像庸介的人。」

美波吃驚地抬起頭來：

「真假？」

「可是啊，我爸說是他看錯了。說雖然身形和庸介很像，可是人家很年輕。」

「越來越像老掉牙的推理故事了。」

美波一副沒當真的樣子，甚至還露出笑容。

「後來加野的婆婆又打電話來，說她在公寓的信箱前又看到，這個我有跟妳講過了吧？」

「嗯，不過真的是那樣嗎？」美波質疑。「不是心裡認定庸介還活著，所以看誰都像庸介？」

「也許吧。」

早樹說了她跟小山田聯絡，請他去看菊美的事。

「小山田潤，我記得。」美波高興地說。「就是那個戴眼鏡、瘦瘦的人對吧。他酒量很好，我還很驚訝呢。」

婚前，美波身為早樹的閨密，也曾跟著和庸介及庸介的朋友吃過好幾次飯。

「我也還記得丹吳。他的姓很特別，忘不了。」

又出現了令人懷念的名字。丹吳和小山田一樣是同門，也是庸介的釣友。遇難當時，幾乎每天都出海幫忙搜索，但八年後的今天，也和小山田一樣沒有保持聯絡。

小山田和丹吳都是同學，早樹也認識，但她和丹吳沒有小山田那麼熟。小山田經常來早樹他們在中目黑的公寓玩，但丹吳是研究所才來的學生，話少又沉靜，也沒有到家裡來玩過。

「小山田和丹吳，還有另一個嘛？長得還挺帥的。」

早樹歪著頭，美波伸手摸下巴。

「誰呀？如果是釣友的話，應該見過幾次。」

說起來，早樹對於認識庸介的朋友不太熱衷。甚至會覺得庸介愛和朋友玩在一起這件事本身，便代表自己可有可無。

所以，自然而然地，庸介也漸漸不找早樹了。

雖然不認為是不愛她了，但庸介一到週末就和釣友出海，確實讓早樹產生了強烈的不滿。

「我知道另一個人的名字了。我有記在通訊錄裡。」

美波看著自己的手機說。

「誰？」

「佐藤。」

姓佐藤的人很多。早樹不記得是哪個佐藤。

「全名是？」

「佐藤幹太。」

幹太。聽到名字就想起來了。

記得幹太比庸介小，和早樹同齡。他不是大學裡的，也不知庸介是在哪裡認識的，當時應該是在當釣魚雜誌的編輯之類的。

雖然年紀較小，庸介卻稱幹太為「我的釣魚老師」。

「妳怎麼會有幹太的電話？」

「聚餐的時候交換的啊。」

早樹差點就要開玩笑說「沒想到美波也滿會把握機會的嘛」，趕緊把話吞回來。

美波的個性有種近乎偏激的潔癖，從來都沒提過曾經交往的對象。一開口便是痛罵這年頭的男人有多渣，早樹都懷疑她厭男了。

所以，她很意外美波竟然與幹太交換了電話。

「不知道幹太現在在做什麼喔？」

「老樣子吧？」

釣魚雜誌的編輯。也就是說，從事釣魚相關的工作？

「妳跟他還有聯絡？」

「怎麼可能。」冷冰冰的回答。

「可以把幹太的電話告訴我嗎？」

早樹認為不妨照里奈建議的去問問庸介的朋友，所以先問起來，美波卻警戒地聳起肩：

「可以啊，但妳要這幹麼？」

「我想去問問他有沒有看到很像庸介的人。」

「還是不要吧？人家只會覺得妳很奇怪。」

被美波自信滿滿地這麼說，早樹心頭陡然淋了一盆冷水。眼中會不會出現迷惘之色了？美波像是

要完全打消早樹的念頭般，說道：

「我知道妳在意，可是都這麼久了再到處去問，人家只會懷疑早樹腦筋有問題。」

懷疑腦筋有問題，說得好不客氣。上次也有同樣的感覺，幾年沒見美波說話好毒。

早樹不高興地不作聲，美波彷彿害怕沉默般說道：

「我只是提出公平公正的意見而已。」

「妳是大律師嘛。」

早樹盡全力酸回去，其實卻萬分空虛。從什麼時候開始，也與這個好友漸行漸遠了？也一樣是從她和克典再婚開始嗎？早樹想到就嘆氣。

或許感覺到自己惹早樹不快，美波打圓場般說：

「不過，庸介以前不是逃家少年嗎？也難怪加野伯母會深信那是庸介。」

突然冒出「逃家少年」這個詞，早樹很吃驚。

「什麼？我沒聽說過。」

「早樹不知道嗎？庸介國中的時候曾經逃家一個月。」

「美波怎麼知道的？」

「聽他本人說的。」

早樹從來沒聽庸介提起過，菊美也隻字未提。

「什麼時候聽說的？」

「就有一次啊。喝酒，還是什麼聚會的時候剛好坐在旁邊。」

美波摘下眼鏡，用面紙擦拭。

「喝酒聚餐會說這麼重要的事？」

「是因為他現在不在了，才會顯得重要吧。那時候只是說說往事而已。用不著這麼激動。」

美波竟然知道身為妻子的自己不知道的事，這個事實令早樹極度不快。然而，美波卻以歪理硬拗。

「逃家一個月去做什麼？」

「我不清楚。妳應該要問加野伯母啊？」

就算想問，早樹和菊美已經形同斷絕關係。一想起當時屈辱的對話，早樹就好鬱悶。

「為什麼這麼重要的事現在才說？我都不知道。」

「小時候離家出走，有這麼重要嗎？」

美波吃驚地頂回來。

「很重要吧？這就代表，庸介小時候是遇到不順心的事就會離家出走的小孩呀？」

但是，國中生不算小孩了。而且，離家出走一個月並不尋常。

逃家期間，庸介到底在哪裡做些什麼？

這樣的體驗，是否會對往後的人格形成造成影響？

「我一點都不知道。」

早樹自言自語，伸手按住雙頰。

庸介和庸介的父母，又為什麼不提？
「國中幾年級的時候？」
「這就好笑了。說是國二，因為他知道一上國三就要準備考試，功課不輕鬆。他們附屬中學看起來輕鬆，其實要升上去好像也不容易。每一屆好像都有不少同學會去外面的學校。」
美波回憶著說。
「這些我從來都沒聽說過。」
早樹的聲音自然而然嚴厲起來。
「妳想說什麼？」
強悍的美波也露出應戰之意。
「為什麼之前都沒說？」
「就一直覺得這不重要啊。」
早樹傻眼站起來：
「那就算了，沒想到美波是這種人。在我們拚命搜索的時候，如果知道了逃家的事，也許會有所不

同。雖然可能無關，但庸介竟然沒有把這件事告訴我，我真的不懂他了。」
早樹突然覺得一切都無所謂了。美波表情生硬地叼起菸。
「那我問妳。為什麼庸介的媽媽沒有把逃家的事告訴妳？這不是很奇怪嗎？早樹剛剛說『我們拚命搜索的時候』用的是複數形，指的是妳公公婆婆他們吧？」
美波不看站起來的早樹，而是面向旁邊很快地說。
早樹為了解釋，再度坐下來。
「我說的是公公婆婆和朋友，還有我們全家人，就是所有人。」
啊啊，我為什麼要對美波發脾氣？——早樹心想。
這莫名其妙的情緒很危險，好像會讓她對美波說出什麼不該說的話。
「我是聽庸介親口說的。而我們為什麼會談到

那些，我記得是因為我說起以前曾經和我姊大吵一架，一整晚都沒回家，可是又不知道怎麼殺時間，晚上又恐怖得要命。」

這件事早樹也沒聽說過。

早樹對美波和庸介互相吐露自己不知道的往事感到很不愉快，美波卻氣她為什麼不懂。

「美波這件事我也不知道。」

「那當然了。因為我沒有告訴過任何人。」

感覺美波語帶誇耀。

「可是，妳卻跟庸介說了。」早樹說。

「對啊。就是突然想說了。」美波點點頭，將變長的菸灰抖進菸灰缸。「結果庸介就說，我也逃過家。說他小時候，一遇到不如意的事就不想回家。那時候也是因為不想回家，就在放學時打電話給媽媽，說『我今天不回家，我要去爺爺家』之類的。」

「他爺爺住在哪裡？」

「我怎麼知道。不過，很奇怪的是，他說他其實沒有去爺爺家，而是去一個不認識的女人家白吃白住。」

「那時候庸介國二吧？卻去一個不認識的女人家待很久，這種事可能嗎？」

一切的一切都令人無法接受。然而，美波卻答得不以為意：

「我也嚇一跳。」

「庸介逃家的原因是什麼？」

「我記得他是說他很討厭他媽媽之類的話。像是爸爸媽媽感情不好，會吵得很凶，讓他受不了。」

「那是真的嗎？」

早樹很懷疑。

她不認為美波在編故事，但庸介既沒有跟她說過這些，菊美也只會誇兒子，從來沒提過逃家的事。

而且，她實在不相信庸介的父母感情不好。雖然曾聽庸介說他父親年輕的時候很愛玩，但應該不至於嚴重到大吵。

「應該是真的吧。」

「反正，我都沒聽說過。既然我不知道，就代表有可能是庸介說謊。」

美波突然笑了：

「他為什麼要說謊？」

「我才想問呢。」早樹也苦笑。一切都不合理。

庸介曾經逃家。

他把這件事告訴了關係說不上親近的美波。

美波瞞著他曾逃家的事實。

而且，菊美也絕口不提。

「也不知庸介那一個月都在做些什麼。」

「他說他和那個陌生女人住在一起，後來膩了就回家了。」

「那事情一定鬧得很大吧。」

她完全可以想像菊美歇斯底里大吵大鬧的樣子。

忽然間，她發現自己心中對菊美也有強烈的反感。

「他逃家好像不止一次兩次，好像有很多次哦。」

「妳是說慣犯?那就非問不可了。」

「問誰？」

「只能問婆婆了。本來以為已經絕緣了，結果還是切不斷啊。」

早樹憂鬱地說。

「我回來了。」

玄關響起開門聲的同時，也傳來美波母親的聲音。

早樹站起來打招呼，而美波卻掃興地望著香菸的煙。

第五章 朋友們

1

美波的母親回來了，庸介逃家的話題便戛然而止。

與久違的美波的母親閒話家常之後，早樹走出美波家時已是下午四點多。

日落的時間越發早了。走在沒有陽光的站前超高住宅大樓底下，寒意自人行道悄然逼近，連心都感到微涼。

早樹喝了近兩罐發泡酒有些醉，但感覺與幸福的微醺相距十萬八千里，無法擺脫令人不快的餘味。

為什麼庸介沒有告訴自己呢？庸介於國中時代逃家的事，一直在腦海中縈繞。

她站定，認為不如乾脆去向菊美問個仔細。

在與野站前，早樹鼓起勇氣打電話到大泉學園的加野家。她怕菊美拒接，所以沒打手機。

「喂，加野家您好。」

鈴聲響了很久之後，傳來菊美爽脆的聲音。

九月斷絕往來以來，早樹一直擔心菊美會不會憔悴萎頓，所以很意外。

早樹只怕一報上名字會被掛電話，遲疑著打了招呼。

「我是早樹。好久沒聯絡了。」

「哎呀，早樹。妳好不好呀？」

菊美彷彿忘了九月在電話裡的不愉快，聲音很開朗。

「很好，媽您呢？」

菊美心情很愉快，似乎忘了她撂過『這輩子都不再叫我媽，妳沒這個資格』這種狠話。

「很好呀。每次說我七十二歲，大家都很驚訝說完全看不出來。」

雖覺得有點答非所問，但早樹不去追究。

「那真是太好了。今天打電話來，是有點事想請教。」

「好啊，妳說？」

「是庸介的事。」

「庸介怎麼啦？」

那口吻彷彿庸介還活著似的，一時令早樹語塞。

「那個，我聽說庸介國中的時候曾經離家出走，有點驚訝。所以打電話來，看能不能請媽詳細告訴我。」

「妳問這個做什麼？」

對方不解地反問。

「因為我不曉得有這件事，想知道是不是真的。」

「真的啊。」菊美答得不以為意。「國中的時候，那孩子常常不見。有時候一去好幾天，有時候當天來回。」

「當天來回」，大概是被自己的說法逗笑了，菊美發出一串清脆的笑聲。

「我聽說他離家出走整整一個月。」

「就是啊。那次我好擔心。他放學的時候打電話回來說要去爺爺家，後來知道他沒去，到處找也找不到人，就在我準備去報警的時候，又接到電話。」

「是庸介打來的嗎？」

「對，他本人打的。說他現在在別人家裡叨擾，不用擔心。」

「所以您就只是默默等他回家？」

好個樂天的母親——早樹內心暗自傻眼。

「是啊。我擔心他功課落後。不過，他在別人家裡好像有乖乖繼續念書，也就還好。」

菊美只擔心他的功課？早樹又無言了。

「他去什麼人家叨擾？」

「我記得，好像是個上班族的女人的公寓。去接他的爸爸說的。」

「是不認識的人的家嗎？」

「就是啊。那時候我也嚇了一跳，沒想到那孩子膽子這麼大。」

這是膽大膽小的問題嗎？等等，那名女子會不會是他父親的情婦？懷疑突然湧上心頭，但菊美一副不覺得有任何疑點的樣子，早樹也就不敢說。

「那個女人很年輕嗎？」

「沒有哦，好像四十來歲吧？對了，跟妳現在差不多。」

菊美回憶著說。

「她住在哪裡？」

「我記得是小田急線，是我不知道的站名。」

「庸介是在哪裡遇見她的呀？」

「不知道呢，他是有提到是對方主動跟他講話什麼的。多問幾句他就生氣，我就不敢多問了。」

庸介從小學上的就是住家附近的國立一貫中小學。所以，活動範圍不大。他是在哪裡被那名女子搭話的呢？早樹覺得很奇怪。如果是現在，那樣的事很可能會以誘拐被問罪。

「好奇怪喔。」

「就是啊。那孩子很特別吧？」

菊美愉快地笑了。早樹也跟著一起笑，一顆心卻是涼的。

「我完全不知道這件事。」

「哎呀，庸介沒說嗎？會不會是不好意思？」

為什麼會不好意思呢？難道，他和那名女子發生了關係嗎？早樹趕緊打消這個想像。

再怎麼樣，當時的庸介是個國二的少年。但是，庸介曾讓她看過相簿，國中時的庸介個子很高，很老成。所以並非不可能。

「早樹，所以妳覺得庸介這次可能也是離家出走吧？對不對？」

菊美腦子突然靈光起來，連問這幾句話的聲音都變了。

「有一點。」

早樹雖吃驚，還是老實回答。

「不過呀，後來他就好像清醒過來似的，再也沒有離家出走了。國中那個年紀的孩子，就是多愁善感嘛。所以才會做出那種事的。」

菊美說得篤定，一副那不是什麼大問題的樣子。

「請問，那時候媽您和爸常吵架嗎？我是說，庸介國中的時候，家裡的氣氛是不是讓他不想待在家裡？」

雖然是個令人難以啟齒的問題，早樹還是豁出去問了。

「妳什麼意思？絕對沒有這回事。」

結果好像還是惹惱了菊美，電話裡傳來不悅的聲音。變化之快，就好像太陽西沉而突然變暗的大樓陰影。

可能說中了。

「沒有，我沒有特別的意思，只是想了解一下這件事而已。」

對於早樹的回答，菊美一個字都沒應。

早樹想進一步問後來有沒有又看到像庸介的人，但又想如果有菊美應該會主動說起，便只道了謝。

「謝謝您。那麼，請保重。」

或許是臨時想起了對早樹的怒氣，菊美無言地掛了電話。

早樹為了立刻釐清疑點，打電話給美波。

「喔，剛才謝謝妳的午餐。吃得很開心。」

美波以親暱的口吻接了電話。

「我也是。好久沒見到伯母了，見到她真好。」

「我媽也說同樣的話，說她很開心。妳到家了？」

在電話和信裡明明都很溫柔體貼，為什麼面對面說話氣氛就會變得很差呢？早樹邊想邊對美波說：

「還沒，我還在車站這邊。有點事想問妳。就是庸介離家出走，跑去別人家住一個月的事。」

「蛤啊？」

美波發出不耐煩的聲音，一副「有完沒完」的樣子。

早樹不管她，一股腦兒問：

「庸介是不是跟那個女人有男女關係？這是我自己亂猜的。」

結果，美波起勁地回答：

「嗯，我也問過同樣的問題。結果庸介什麼都沒說，所以我覺得很可疑。畢竟國中生也已經發育了啊。」

聽美波好像還想繼續講，早樹打斷她：

「是嗎，謝謝。那我再發LINE或Mail給妳哦。」

「了解。先這樣。」

她覺得很不舒服，為什麼美波敢問庸介那方面的事？

早樹覺得以前菊美曾掛在嘴上的「苦衷」，或許是在身為妻子的自己也不知道的部分。

等等回到娘家，她也不打算將此事告訴母親他們。既然如此，不如去找小山田吧？

早樹想好了，雖然不知道小山田家位於何處，但只要他方便，就到他家附近去。

打了小山田的手機，小山田口齒清晰的好聲音立刻回應。

「喂，小山田您好。」

「我是塩崎早樹。對不起，假日打擾你。現在方便說話嗎？」

「方便。怎麼了嗎？」

小山田關切地問。

「我現在回到娘家，如果方便的話，今天能不能見個面？」

「好啊，沒問題。我今天在銀座的展示廳，只要妳願意裝成客戶，上班時間也沒問題。」

小山田答應見面，早樹便約好稍後在銀座的展示廳。

早樹表示會五點多抵達，小山田便說他會在展示廳入口等。

然而，早樹完全沒認出在入口附近那個身穿西裝的男人就是小山田。

「好久不見，我是小山田。」

美波形容為『戴眼鏡瘦瘦的人』，或許是換成隱形眼鏡了，臉上沒戴眼鏡，學生時代清瘦的體型也變得富泰。西裝胸口掛著類似入館證的卡片，上面的照片臉也是圓的。

「小山田學長，真的好久不見了。不好意思，今天突然找你出來。」

或許是看到早樹的吃驚，小山田自己主動提起：

「我胖很多對不對。我結婚之後胖了十五公斤。早樹要是在街上跟我擦身而過，也絕對認不出我的。」

在信中，他曾說過妻子做的菜不合口味之類的話，看來也不見得。

「你以前是太瘦了，現在剛剛好。」

早樹忍不住笑著說。

「會說我現在剛好的，也就只有早樹了。像我老婆，都直接叫我胖子。那，我們去喝個茶吧。」

只見他若無其事地走出展示廳，前往附近的咖啡店。看來他事先已經預約好了，他們被帶到靠窗的位子。

「你還預約了呀，不好意思。」

「我當業務的嘛。不過，尊夫不考慮買國產車嗎？」

小山田打開菜單，以開玩笑的語氣說。

「那，要點什麼？」

早樹回答「咖啡」，小山田便點了兩杯，然後打量著早樹的臉。

「早樹一點都沒變呢。」

「哪有。我都過四十了。」

「是嗎？已經八年了啊。時間過得真快。」

好久沒見到庸介的朋友，在驚訝於他外表變化的同時，也實實在在感受到時間的流逝。

「好久沒聯絡，真的很抱歉。」

小山田又正式道歉，早樹反而不好意思。

「哪裡，我才是。連葬禮也是家人簡單辦完，沒有通知你，之前真的很謝謝你。」

「哪裡，很抱歉沒幫上忙。那時候真的無能為力啊。」

小山田喝著咖啡，望著窗外要黑不黑的街頭。街燈早已亮起，並不冷清。

「後來，加野伯母有沒有又說什麼？」

小山田轉回來面向早樹問。

「沒有。不過，今天我跟她通了一下電話，感覺不太安定。」

「老人家很孤獨啦。」

小山田悠悠地說。

「是啊。」

她自認很了解菊美的孤獨。正因如此，才認為自己必須與菊美保持聯絡，但菊美的情況一不對勁，卻也馬上就覺得麻煩。

她寧願相信，讓獨自在那陳舊的屋子裡老去的菊美夢想著兒子還活著，反而還比較好。

「所以，庸介還活著，想必是伯母真正的心願。」

小山田似乎也有同樣的想法。

「我也這麼想。」

「後來怎麼樣？」

「我爸爸也說他看到很像的人。不過那個人很年輕，年紀不對。所以，我才會想到今天來找學長，因為我想了解一下，庸介的朋友當中，有沒有人看到很像庸介的人去找他們。」

她沒有說她打算一個個去問，免得嚇到小山田。

「早樹的爸爸說的嗎？那可信度就很高了。」

小山田一臉驚愕，差點站起來。

「我爸說，有一個很像的人站在我家前面。差不多就是大泉的婆婆看到的那個時期。只是，就像剛才說的，那個人和庸介出事時一樣年輕，所以我爸說應該是他看錯了。」

「這樣很討厭欸。」說著小山田看著早樹的臉。

「妳不覺得很討厭嗎？」

「很討厭。」早樹明白回答。「我討厭鬼故事，更討厭連死了還是活著都不清不楚的。」

「我想也是。」

小山田表示同意，看著手機：

「我來問問朋友吧。」

「問什麼？」

「是不是有看到很像庸介的人。」

這樣說完之後，或許是覺得很沒有真實感，只見他露齒一笑，繼續說道：

「要是有的話，大家一定嚇得腿軟吧。」

「不過，大家應該都像學長這樣，調動的調動、搬家的搬家，不在原來的地方了吧？」

「是啊。不過，我想也有人沒有變動，晚點我來問問看，再發信給早樹。」

「謝謝。」

早樹道謝之後，喝了咖啡。

「不過，就算庸介是真的躲起來，這時候再現身早樹也很困擾吧？妳都再婚了。」

「嗯。」早樹點頭，簡短應了一聲。即使如此，她還是想見見庸介——她不知道該如何向別人解釋自己心裡的感覺。

「我記得丹吳和佐藤幹太兩位，其他還有比較熟的釣友嗎？」

「有啊。我們笑稱我們是釣魚社。有個大學的職員也常常來。他叫什麼名字啊？以前都是庸介在聯繫，我連他的電話都沒有。」

小山田沉吟著，像美波之前那樣，看了手機的通訊錄之後這麼說。

「我查到了再跟妳說。」

「謝謝。丹吳先生的住址也沒變嗎？」

「丹吳啊，他是從山形來的。我記得他是在出版社上班，當學術類叢書的編輯。薪水很好，我想應該搬出便宜公寓了。」

丹吳任職的出版社，以前早樹在當自由撰稿人的時候，也認識幾個裡面的人。她想透過他們和丹吳取得聯繫。

「那，小山田學長都沒有和大家一起去釣魚了嗎？」

「沒有了。」小山田嘆氣道。「因為以前都是庸介帶頭的。」

「在福岡也沒有嗎？」

「沒有。有了孩子之後，老婆就禁止我釣魚，一直是停工狀態。好寂寞啊。」

但是，語氣卻不見得。

「那，佐藤幹太在什麼雜誌社上班？」

「那個啊，是《釣魚痴》吧。是本滿冷門的雜誌，也不知道他還在不在那裡。」

「我來聯絡看看。」

聽早樹這麼說，小山田一臉不可思議地看著她。

「早樹，妳是認真的？」

聽他的語氣，好像是很想說妳把菊美的胡言亂語當真了。

「也不是認真，而是心裡毛毛的，所以想確認一下而已。」

「我想也是。」

這大概是小山田的口頭禪吧，只聽他又重複了一次。

「對了，小山田學長聽說過庸介說過他逃家的事嗎？」

「逃家？怎麼會蹦出這個？」小山田陷入沉思。

「我想應該沒有。」

「我也沒有聽他說過。」

「連早樹這個作太太的都沒聽說？」

「對。」

早樹苦笑。

「那傢伙曾經逃過家？」

「是啊，聽說國中的時候還滿頻繁的。最長的時候一個月沒回家。」

「一個月？」小山田驚叫道。「那很久耶。國中生的一個月，到底都在做些什麼？而且，沒錢根本逃不了啊。他哪來的錢？」

逃？的確，綜合美波所說的，庸介是在逃離父母的爭吵。

「據加野的媽媽說，他是待在一個四十歲左右的上班族女子那裡。」

「在一個女人家裡？真叫人吃驚。會不會是被女人監禁了？畢竟他很帥。」

小山田歪著頭說。

「搞不好是呢。」

早樹冷靜地點頭。看來小山田也懷疑與男女關係有關。

「不管是怎麼樣，這些庸介都沒有跟我說過。我這才頭一次聽說，真的大吃一驚。」

「我也是。」

早樹喝了水杯裡的水。融化變小的冰塊流進嘴裡，她便咬碎了，發出聲響。

「我覺得這和庸介遇難應該沒有直接的關係，不過倒是能看到庸介不為人知的一面。」

但是，現在知道這些又如何？——自己心中有個聲音大叫。早樹垂下眼。

「去挖那些是不是也沒有意義？」

小山田將雙手盤在胸前。西裝的肩頭繃得很緊。

「不會，我覺得很好啊。因為，真的就有人看到庸介。雖然早樹的爸爸說那不是，可是就時間而言是一致的。庸介雖然被視為死於海難，但實際狀況不明。也許是上了別的船，也許悄悄登陸了。只要之後讓船自己開走就行了。如果他還活著，那他這麼做一定是有什麼原因，妳是他太太，當然會想知道真相。就連身為朋友的我都想知道了。」

早樹對小山田的意見深深點頭，心底想著，但有一部分也是想確定庸介已死。

「所以，我才會想去找好久沒見的釣友。」

「我明白了。我會全力協助的。」

小山田收起最初開玩笑的調調，換上一本正經的神色。

「謝謝。」

早樹覺得終於找到盟友了。

「對了，逃家的事，早樹是聽誰說的？」

早樹費了好大的勁才壓下滾滾而上的黑色懷疑。

「我朋友，一個叫木村美波的女生，你認識嗎？」

「美波。就是那個臉很臭的女生吧。不過身材不錯。我們之中有人說想請妳介紹女生，早樹就找了她來。」

早樹也想起來了，點點頭：

「對，就是那個木村美波。她兩年前考上律師，現在在執業了。」

「律師？好厲害啊。不過，也是啦，她是給人那種感覺。應該說是很努力，還是很想求肯定啊？我還滿怕她的。不好意思。」

「我今天去找她，她突然說起逃家的事，我大吃一驚。問她怎麼知道的，她說聚餐的時候剛好坐庸介旁邊聊到的。連我都不知道說。」

「那樣真的很討厭。要是從朋友嘴裡聽到連我都不知道的我太太的往事，感覺一定很不舒服。」

小山田皺起眉頭。

「所以，我才會覺得逃家或許和海難有關。我會不會想太多了？」

「這很微妙。我本來認為生存論很可能是加野伯母的幻想，可是現在就有點難說了。看樣子最好查一下。」

「小山田學長這麼說，真叫人高興。我自己一個人實在沒辦法。」

「那位美波呢？既然是律師，應該會有什麼好建議吧？」

早樹雖然也有同感，卻不得不偏頭。

「她好像很忙。」只能含糊回答。

「我記得美波以前跟幹太在一起嘛？」

又是不知道的事實。所以她才知道電話啊，早樹恍然大悟。

「我真的是什麼都不知道。」她苦笑道。

「那是出事以後的事了。那時候，大家不是常聚在一起嗎？我想他們就是那樣搞上的。啊，對不起，我說話太粗了。」

小山田之所以正色道歉，應該是因為發生在搜索庸介的時候吧。

「別這麼說，什麼時候在一起的不重要，只是美波為什麼不告訴我呢？」

早樹不禁自言自語。

早樹明白，美波要和誰交往，不需要向自己報備。但是，她一直當美波是好友，才會覺得無法釋懷。

而且，幹太是自己前夫庸介的朋友。說起來，是透過自己夫妻認識的，好歹該說一聲吧。

正因為高中時代很要好，早樹覺得美波很見外。

「美波會不會是在戀愛方面持秘密主義啊？」

看了早樹消沉的表情，小山田有點慌張地說。一定是後悔自己說溜嘴了。

「這個，就不知道了。這樣算是秘密主義嗎？重要的事她都不肯告訴我，我覺得很失落。」

「妳是說庸介逃家的事？」

「對。」

早樹憂鬱地點頭。這何止是秘密主義，美波根本想糊弄她。她想起在美波家的對話。

早樹列出庸介的釣友的名字時，她一下就說出丹吳，卻想不起幹太。

美波先是歪頭說『誰啊，釣友的話，應該見過幾次才對』，然後才一副想起來的樣子說出幹太，解釋『聚餐的時候交換的』。

「大概是不想把她和幹太的事告訴我吧。」

聽早樹這麼說，小山田歪著頭說：

「會嗎？不過，美波那個人是有點特別。」

「特別？」

高中時代的美波，因為家裡的關係只能上公立大學，是個拚命用功的好學生。

「嗯，對很多事都深謀遠慮。很適合當律師。」

「原來如此。」早樹笑道。

「哎，不重要啦，都過去的事了。」

「是啊。」

小山田也許很想結束這個話題。大概是因為他不小心透露了美波和幹太曾經交往這件早樹不知道的事。

但是，早樹不想就此打住。

「這樣好像炒冷飯，可是雖然小山田學長剛才說美波是在庸介出事之後才開始和幹太交往的，但他們會不會在那之前就在一起了？」

「這個我就不知道了。」

小山田視線游移，像在回想。隨著他一起望向窗外，外面天色已經全黑，霓虹燈閃爍。

「我們在堤防釣魚，美波的確來過好幾次。可能都是幹太在幫她的。那是哪裡啊？是不是館山呢？」

理所當然的，庸介應該也在。早樹覺得只有自己被蒙在鼓裡。

「我都不知道。」

「因為，早樹對釣魚完全不感興趣啊？庸介說的，早樹討厭釣魚。」

小山田有點慌張地補充。

「是沒錯，可是原來我是個什麼都不知道的太太。」

她正要說我對釣魚的認識還談不上討不討厭，卻發現自己沒來由地賭氣，便不說了。

就算對釣魚本身沒有興趣，但有美波同行，就是另一回事了。而且，美波和庸介對自己都隻字未提。這一點，從剛才早樹就一直很介意。

「美波也買了很多釣具那些嗎？」

「應該吧。畢竟幹太是專家。也許她問了幹太很多，買了釣具兩個人去釣魚也不一定。我們也都是聽他的建議買的。」

「是嗎？那就是玩得很認真了，我再去問美波好了。」

美波一定會嫌她煩，但她很想現在立刻就問清楚這件事。早樹受到的衝擊就是這麼大。

「美波會不會只是怕早樹太震驚，又過這麼久了不敢說而已？我是說，她錯過了說的時機。」

小山田急著想補救。

「有可能。」

早樹表示同意，卻覺得美波的態度少了作為朋友的坦誠。

「因為，庸介都遇難了，早樹一定很不想聽到關於釣魚的事吧？對不對？」

「是有一點。」

聽小山田說得篤定，早樹便含糊回答。然而，自己是一直很希望能多了解釣魚這個奪走庸介性命的嗜好和狀況的。當時的心境，無論向誰吐露，也沒有人會明白吧。

突然間，早樹發現庸介出事後，自己一直獨自徬徨不知所措。進而想到，也許是因為這樣，才會答應了克典的求婚。一定是因為內心與因妻子之死而受傷的克典有相通之處。

結果，小山田彷彿有讀心術般，端起咖啡杯以開朗的聲音說：
「對了，可以請教一些妳先生的事嗎？」
「嗯，當然可以。」說著早樹抬起頭來。
小山田一副看到耀眼之物般瞇著眼看早樹的臉，崇拜地說：
「早樹是在哪裡認識塩崎先生的啊？」
「我在自由撰稿的時候，去逗子的家訪問他。那時候，塩崎提到他喪偶。」
「這麼說，你們彼此都是再婚了。」說完，又趕緊道歉。「對不起，問起這麼私人的事。因為我實在不敢相信我認識的早樹竟然成了塩崎先生的妻子。每次去找庸介玩，早樹都幫我們準備火鍋什麼的不是嗎？直接就在你們家開起宴會，真的很不好意思。那時候你們明明新婚，我卻不識相去打擾，現在想起來都會冒冷汗呢。而早樹竟成了塩崎太太，人生真的難以預料。」
「就是啊。」
早樹附和著，心中暗想她想和小山田談的不是這些。
那麼，自己到底想和小山田談些什麼？
早樹看了看小山田變圓的臉。四十多歲的小山田工作家庭都一帆風順，大談克典的公司做了如何有趣的嘗試。
「你好清楚啊。」
見早樹苦笑，小山田對克典讚不絕口。
「塩崎先生就是很了不起啊。」
「可是，在家裡就是個普通的老頭啊。」
早樹謙遜道。
「怎麼說老頭呢，這是哪裡的話。雖然是急流勇退，權力還是隱然在手啊。在我們這種一般上班族眼裡，就是高高在上的人物。畢竟是創業者一族啊。」

「可是，股票上市是最近的事，我聽說在遊戲軟體大紅之前也只是一般的玩具公司而已。」

「那肯定是塩崎先生的功勞。」

在上班族小山田看來，或許真是「高高在上的人物」，但對早樹而言，家人的問題例如真矢的部落格，卻令她煩惱不已。現實並沒有那麼美好。

「要是庸介還活著，看到現在的我不知道會怎麼想。」

早樹脫口而出。

「妳是說，要是庸介還活著，知道妳再婚的話嗎？」

小山田似乎吃了一驚，倒抽一口氣。

「嗯，是啊。」

話雖然是自己說的，但如果庸介是詐死，那該有多可怕。自從知道庸介國中時頻繁逃家的事實之後，她就越來越不了解庸介這個人了。覺得繼遇難之後，她又再次失去了他。

「大概會很扼腕吧。」小山田笑道。

會嗎？早樹在心中嘀咕，庸介會這麼說嗎？她總覺得庸介會以可怕的神色責怪她。

『早樹妳啊，就是個偷懶安耽的人。選好走的路走。為什麼放棄研究？』

他不就對自己說過這種話嗎？早樹雙手按住雙頰，閉上眼睛。

剛好這時候，旁邊的四人座來了一群看似主婦的中年婦人，開始大聲說話。咖啡店一下子變吵了。小山田嫌棄地朝那邊看了一眼，繼續說道：

「不過啊，早樹，我覺得庸介已經不在了。」

早樹朝小山田看。

「為什麼？」

小山田朝早樹躬身，低聲說：

「我這麼說很對不起早樹，但我一直懷疑他是不是自殺的。」

早樹一驚，忘了呼吸。

「你為什麼會這麼想？」

「詳情如何我不知道，但他和學生之間好像有什麼糾紛不是嗎？會不會是因此而相當煩惱啊？」

庸介常抱怨授課的事。好比堂數很多無法從事自己的研究，明明很忙還要出入學考題，主要是抱怨工作煩雜和忙碌。雖然也聽說過他和處不來的學生之間有點問題，但有那麼嚴重嗎？

「有煩惱到要自殺嗎？我是沒有聽說，是什麼情況呢？」

「我也不是很清楚。只是庸介說過幾句。」

其實，早樹也懷疑過是不是自殺。從結婚第二年開始，庸介就變得暴躁易怒，常發洩在早樹身上。早樹也是工作累了一天回家，無法忍受枕邊人找她出氣，於是兩人爭吵不斷。

但是，雖然如此，她實在不認為庸介會因為那天早上的一點口角就去自殺。如果有其他可能的理由，她一定要知道。

「對不起，都怪我亂說。」

小山田鄭重道歉。

「不會的，沒關係。庸介的確是讓大家不得安寧。」

「就是啊。」小山田嘆了一口氣。「結果現在還鬧鬼呢。這傢伙真是太亂來了。」

與學生之間的問題，問那位大學職員的釣友應該就知道了吧。

「小山田學長，和你們一起去釣魚的那位大學職員是誰？」

「名字我忘了，我會去問丹吳的。我再跟妳聯絡。」

「不好意思，麻煩你了。」

於是又麻煩小山田了。

2

早樹從銀座回到浦和的娘家，餐桌上已經準備好壽喜燒了。父親坐在餐桌前，獨自喝著啤酒。

見早樹回來，父母一臉鬆了一口氣的樣子。看來兩人都焦急地等著自己回來。

「好晚啊。好歹打個電話啊。家裡都很擔心。」

父親抱怨幾句。是不是年紀大了，就會失去耐性？克典也是，事情一沒有照預定來，就會煩躁。早樹乖乖道歉：

「對不起。我跑到銀座，所以回來晚了。」

早樹一就座，在流理台前的母親便回頭，以責怪的語氣說：

「妳跟美波吃了才回來的？」

「不是啦。我去找庸介的朋友。那個人在銀座的展示廳，難得有機會，我就去找他了。」

父親在早樹面前擺了一個玻璃杯，舉起啤酒瓶：

「早樹也喝啤酒嗎？」

一點頭，父親便倒了酒，早樹便向父親舉杯，然後喝了一口。

「銀座的展示廳？誰啊？」

母親的好奇心很強。

「就是小山田學長呀，和庸介很要好。就是上次幫我去看加野的婆婆的那位。他在汽車經銷商上班。」

「哦，所以才有展示廳啊。」

母親原來如此般點點頭。

「別說那些了，快吃吧。」

父親似乎迫不及待，這一催大家都笑了。明天就必須回母衣山了，但娘家待起來就是舒服。話雖如此，要是待太久，雙方也都會累。

「聽說克典先生贏了牛肉，就突然想吃壽喜燒。」

母親笑著說，端來了盛著牛肉的大盤子。父親給桌上的卡式瓦斯爐開火。

「好高興喔。我好久沒吃壽喜燒了。因為最近他不太喜歡牛肉。」

克典在午餐時會喝酒、吃喜歡的東西，所以晚餐在家都只吃一點容易消化的東西。在家裡吃的晚餐早樹常覺得不夠飽足。

「那，那些肉就可惜了。」

早樹想起高爾夫球優勝獎品就是壽喜燒用的牛肉。究竟需要多少日子才能消耗多達五公斤的壽喜燒肉？

克典剛才LINE了她，寫了今天的成績，還附上這次一起打球的球友的團體照。看來宮崎天氣很好，很開心。

「悠太他們呢？」

母親將一塊牛脂放在鍋裡，聳聳肩：

「不知道他們今天做什麼去了。平常飯都是自己吃自己的。不然，里奈也會覺得喘不過氣來吧，畢竟囉嗦的婆婆就在身邊。我也不會端菜去給他們。」

「這是常識啊。」早樹點頭。

「他們夫妻剛才好像出去了。」

父親悠哉地說。

「哦，那就是吃外面了。就算他們兩個都在賺錢，像這樣一天到晚外食，是存不了錢的。」

早樹心生同情：如果一天到晚要聽這種話，里奈當然會喘不過氣來。

見母親將蔥下鍋，餓極了的父親便咕嘟一聲嚥了口水。然後，與早樹對望一眼，露出不好意思的笑容。

這種俏皮的動作，讓早樹想起克典。克典也經常露出這種俏皮的表情。

吃完飯幫忙收拾的時候，早樹的手機響起收到郵件的信號聲。

主旨是「我是丹吳。好久不見」。看來，是丹吳直接寫信來。內容似乎很多，早樹便向父母說一聲，回自己房間看。

塩崎早樹小姐　您好：

好久不見，我是丹吳陽一郎。剛才收到小山田的信，得知了早樹小姐最近的情形。

小山田說要居中幫忙傳話，但我想還是直接寫信給您比較快，便向他要了早樹小姐的信箱帳號。

還請原諒我突然來信的唐突之舉。

聽說早樹小姐已再婚，改姓塩崎了。

雖晚了些，請讓我說聲恭禧。

我由衷祝福早樹小姐能夠比以往更加幸福。

我依舊單身，現任職於文藝新報社的學藝書籍編輯部。最近的工作，是《秀吉的茶湯研究》一書。

話說，我已從小山田那裡聽說了至今的經過。

事情實在離奇，令我驚異萬分。

早樹小姐的心痛委實難以想像。若不嫌我人微力薄，有任何能效勞之處，還請儘管吩咐。

那麼，早樹小姐要問的是庸介所提倡的「釣魚社」的成員吧？

就我記憶所及，出入社團的有以下五人。有時也有其他人參加，我們稱之為訪客。

您所詢問的大學職員，應該是高橋先生。我記得他與庸介相熟。高橋先生並非固定參加，所以他應該不是正社員，算是準社員吧。

遺憾的是我沒有他的電話和電子信箱，但若打電話到大學總務部，應該聯絡得到。如果您不介意，我會試著聯絡。

順帶一提，早樹小姐的朋友木村美波小姐，我想她應該不算訪客，更接近準社員才對。

有●記號的為「社員」。

●加野庸介

●小山田潤

●佐藤幹太（《釣魚痴》編輯）

●丹吳陽一郎

○高橋直幸（大學職員）

○木村美波

我會再與您聯絡，還請多多指教。

丹吳陽一郎　敬上

丹吳在信末署名了出版社和單位。

早樹想起丹吳是研究所才來的學生，是個認真有禮的青年。即使邀請他和小山田一起來自己夫妻家裡，或許是客氣吧，他從來沒來過。

話說回來，「木村美波小姐更接近準社員」這句話，還是帶來了很大的衝擊。

早樹想著要是有電腦會輕鬆很多，一邊操作手機寫起長長的回信。

由於受惠於丹吳陽一郎這個人物頗多，讓她忍不住吐露了心境。

丹吳陽一郎先生　您好：

謝謝您的來信。

好久不見了，得知您清健活躍，十分欣喜。

很抱歉這次的事讓您擔心了。

老實說，關於婆婆所說的庸介出現一事，我個人認為極可能僅僅是看錯或誤認。

不過，我想我身為妻子，對庸介唯一的愛好釣魚及他當時的心境實在不夠關心。想來是因為當時結婚已三年，彼此都開始任性的關係吧。

雖已事隔多年，我仍希望能藉這個機會，一步步回溯當時的情況。

我想，一定有不少人會勸我，不如把這份心力用在現今的生活上。但是，庸介的海難事故，已成為我心中沉重的大石。

我一直無法除去這塊石頭，就這麼過了八年。

如今我已再嫁，不知情的人想必會對現在的我說，妳一定很幸福。是的，一點也沒有錯。

正因如此，我才更想丟掉心中這塊沉重的石頭。

丹吳先生，謝謝您告訴我這麼多。

佐藤先生我想我可以自己聯絡，但大學職員高橋先生我不認識，若您願意居中聯繫就太謝謝您了。

麻煩您了。

塩崎早樹

丹吳是山形縣人，自當地的國立大學畢業後才進入東京的私立大學研究所，學經歷比較特別。

早樹曾聽庸介說過，他以出版社的編輯為職志，為此他決心進一步深造，也認為必須了解東京的生活，於是進了研究所。所以，他大學時代打了很多份工。

丹吳較其他人都來得深思熟慮，顯得成熟穩重，多半也是因為他是進入穩定的青年期才展開東京生活的緣故。他沒有絲毫輕浮，偶爾開金口便吐出幽默逗趣的口音，備受眾人喜愛。

早樹回信給丹吳後，躺在床上想著明天的事。

明天只要回母衣山就好，不如下午去找丹吳見個面。

繼小山田之後是丹吳。再見到年輕時與庸介一同學習、一同找樂子的朋友，也很開心。

但是，能夠自由行動的日子只剩明天了。當然，只要說有事要辦，克典並不會追問內容。只是，自己還是會內疚。因為事情與庸介有關。

既然如此，不如向克典坦承這段時間發生的事吧。

告訴他事情從菊美的電話開始，擴及美波、小山田、丹吳等友人的事實。還有高橋、佐藤幹太，搞不好，連庸介國中逃家時去叨擾的女性等早樹不認識的人際關係也會浮現。

克典講求實際，或許會勸她「事情都過去了，不要再追究了」。

或者，也可能會溫柔地對她說「就查到早樹心裡舒服為止」。

再不然，也可能覺得「有意思」挺身而出，與她一起查個水落石出。

克典身上唯一不會出現的反應，就是一臉厭煩地默不作聲。他一定會給一個誠懇的、合理的回答。

忽然間，自己一直被庸介默然的態度傷害的感覺回來了。

庸介經常會突然陷入不悅的沉默。每次遇到這種情形，到底是什麼原因壞了庸介的心情早樹都完全沒有頭緒，總是大為困惑。

「你怎麼不說話？」要是早樹耐不住性子這樣大聲質問，庸介就會越發像犰狳般用堅固的鎧甲把自己縮成一個圓球，死不開口。

早樹回想起當時的火氣，忍不住大聲說：

「那樣真的很討厭。」

一說出來，就發現自己還有好多壓抑著沒有發洩的情緒。

那麼，庸介和克典，自己愛的是哪一個？

早樹自問之後，覺得頭痛。現在她兩個都不愛。

原以為自己愛的是克典，但是當眼前出現庸介或許還活著的「希望」，那份感情就變淡了也是事實。

那麼，如果問她愛庸介嗎？她肯定也答不上來。對一個生死不明的人縱使感到懷念，也很難說還愛著他。因為愛，是對還在世的人說的話。

有人敲門，響起母親的聲音：

「早樹，妳剛剛是不是說了什麼？我聽到有聲音。」

「抱歉，我自言自語。」

「那就好，浴室沒人了。妳快去洗澡。」

「好，我這就去。謝謝媽。」

父母親永遠掛念著孩子，但一旦走向不同的人生，就會慢慢各有焦點，開始覺得囉嗦。

想著這些一邊準備洗澡時，克典來電了。

「喂，現在方便說話嗎？」

克典悠哉地問。

「方便。我正準備要去洗澡。」

「那真是不好意思啊。」

「沒什麼好道歉的呀。」

早樹一說，心情很好的克典就笑了：

「不好意思。啊，我又道歉了。」

他身邊似乎有人，聽筒裡傳來男人談笑的聲音。多半是打完球，和球友一起喝酒吧。

「對了，笹田家的大家都好嗎？」

「嗯，託福，大家都好。對了，悠太他們為夏天的事道謝。說玩得很開心。」

「不客氣不客氣。幫我跟他們說下次再來玩。」

克典也愉快地笑了。

「對了，我是為了明天的事打電話的。我一直忘了明天是星期一。」

「啊，長谷川園。」

每週一是長谷川園來整理庭院的日子。

星期一他們幾乎沒有兩個人都不在家過，所以一直沒有意識到這一點。

「早樹，妳沒有把備鑰給長谷川他們吧？」

「沒有。」

母衣山的房子，進庭院的門是車庫旁一道堅固的鐵門，那個高度是跳不過去的。

克典曾經想把那道鐵門的鑰匙交給長谷川，但長谷川婉拒，說他們原則上是不拿客戶鑰匙的。

「本來想說空一個星期也沒關係，可是我已經請他們來定期剪枝了。」

早樹立刻明白克典的意思。

「我知道了。我剛喝了啤酒，沒辦法馬上走，我明天早上早點回去。」

「可以嗎？抱歉啊。」

「不會的，沒關係。克典就好好地玩。」

「被太太說好好地玩，反而不敢呢。」

大概是聽到克典的話吧，四周男人的笑聲驟然大聲起來。好像是有人出言調侃。

「開玩笑的啦。長谷川先生的事你不用擔心，我會趕在那之前回去的。」

「不好意思，妳在娘家正開心卻要妳提早回來。」

「啊，你又道歉了。」

「不好意思。」

一定是喝了酒故意說笑吧。對極少喝醉的克典而言實在難得。

「我搭六點的飛機，回到家大概快十點。那，代我向妳爸媽問好。」

「謝謝。打球要加油哦。」

「好，我會的。」

形同談公事的電話掛了。結果，明天一早就必須回母衣山。早樹有種驟然被拉回現實的感覺。

庸介國中時逃家的事、美波在釣友之間意外的份量這些讓早樹煩惱的事，也稍微拉開了距離。

所以她也認為，既然如此，就當心裡那塊大石頭不曾存在過才是最聰明的。

第二天一早，早樹說她臨時要趕回去，父親顯得很失望，做了握方向盤的動作，說「那妳要小心哦」。但，母親對早樹回家則像是鬆了一口氣，這樣唸道：

「妳昨天還特地去找小山田，可是，我看妳最好不要再去管以前的事了。」

里奈提議去問庸介的朋友有沒有看到他時，母親也反對。

「媽，妳說以前的事，可是那也是我自己現在的事。在我，那些全都是相關的。」

早樹反駁道。

「就算是好了，可是對妳來說，現在妳和克典先生的生活才重要吧？克典先生是成熟的大人，妳不當一個稱職的伴侶怎麼行呢？」

「媽的意思是我還不成熟？」

「不是不成熟，是還年輕。」

這不是廢話嗎？克典七十二歲，自己四十一歲。兩人之間有三十歲以上的年齡差距，價值觀自然不同，經驗和能力也不一樣。他們很清楚這個差距一生都無法弭平，並且在這個狀況下努力維繫婚姻。母親為什麼就是不明白呢？早樹好煩躁。

「媽，稱職的伴侶是什麼意思？是說我還不夠努力嗎？媽叫我不要管以前的事，我只是想要把事情弄清楚而已。庸介到底是死了，還是還活著。媽一開始還不是說，萬一庸介跑來了，妳要大罵他一頓。意見變來變去的，也太奇怪了。」

「沒變呀。我只是擔心妳的將來。妳現在已經決定和克典先生一起過了不是嗎？那是不是應該忘了過去，以現在的生活為優先？我覺得妳有點太追根究柢了。」

這時候，早樹赫然發現。母親都知道。她知道聽說庸介可能還活著，早樹內心是多麼動搖。母親的意思是，如果不把心定下來，會影響她和克典的生活嗎？

「媽好像很懂我的心情，其實不懂。沒有那麼單純。」

「我懂啊。」母親嘆了一口氣。「就是因為不單純，所以才會跟妳說單純一點比較好。我是擔心早樹。只是這樣而已。」

雖然能理解母親的心情，早樹卻低著頭不答。

早樹七點整走出玄關。拿出車鑰匙，走向車庫時，與從裡面牽腳踏車出來的里奈遇個正著。

里奈一身牛仔褲紅羽絨背心的輕裝。看來是要去她服務的幼兒園。

「啊，早樹姐。早。」

里奈微笑著打招呼。口齒伶俐、語音清脆，完全是典型的幼教老師。

「早。妳上班好早呀。」

「是啊。不過，悠太六點半就出門了呢。」

早樹想起雙雙任教職的父母以前也是很早就出門。高中時早樹的學校就在附近，她都是最後出門，要負責關門窗。

「早樹姐，妳要回去啦？今天不是待晚一點再走？」

里奈邊瞄早樹左手拎的那個裝有過夜物品的尼龍包邊說。

「是啊，可是我忘了今天早上園藝師要來。我得回去開門。」

早樹仰望清晨的天空。進入十一月後，天就亮得晚了。今天似乎也是好天氣，但陽光還很微弱。

「是喔。那個庭院那麼大，維護起來也很不容易喔。」

里奈說得悠哉。

「是啊，所以每週都固定請人來，也順便打掃。」

「那個庭院那麼漂亮，一定很花錢。真好，住在那種地方一定很開心。」

里奈可能是還有時間，樂於和早樹聊天。

「對了對了，克典說，要向里奈你們問好。」

「謝謝。我們才要請早樹姐幫我們向塩崎先生問好呢，下次再讓我們去玩。」

里奈露齒而笑。

「好，要再來哦。里奈，工作加油！」

早樹正打算開車門，里奈好像想起什麼似的，牽著腳踏車站在那裡，對她說：

「早樹姐，如果我那些話太逾越，還請妳見諒。」

「哪些話？」早樹吃了一驚回頭。

「關於庸介哥的事。前天，我說不如去問問其他人，媽不是反對嗎？後來我就一直擔心。」

早樹搖搖頭：

「不會，我覺得妳說的對。我現在正在和庸介的朋友聯絡。結果，聽到的都是我不知道的事，說真的，我正煩惱不知道該怎麼辦。」

「是嗎？」里奈的神色黯淡下來。「這種事真的很討厭喔，事後才跑出來。比如哪些事呢？」

「像是我一位姓木村的朋友以前會和庸介他們一起去釣魚。然後她還和庸介的釣友交往過。這些，我都不知道。」

「可是，她是早樹姐的朋友吧？」

對，而且是我介紹給庸介他們認識的——早樹沒把這句話說出來。

「是啊，是我高中的好友。」

「啊，我知道。就是後來當上律師的那個嘛。悠太也常提到，說她非常優秀又非常努力。」

「對，就是她。」

「真叫人不敢相信。」

里奈睜大了眼睛，捂住嘴。

「是我自己渾然不覺。看來我是個很遲鈍的太太。」

里奈歪著頭說：

「會嗎？會不會是大家聯合起來瞞著妳？」

「不會吧。」早樹心頭一凜。

里奈輕輕將手放在早樹肩頭：

「因為，早樹姐那時候工作很忙吧？悠太常說，那時候的早樹姐好可憐。大學假很多，卻只有早樹姐要上班很累。很抱歉我要這麼說，可是庸介哥會不會是瞞著太太，和大家一起開心玩社團？」

「我那時候的確沒什麼時間，一直到處忙。」

早樹放棄繼續攻讀博士而選擇了就職，庸介則是完成博士課程成為副教授。

留在學界以教授為目標的庸介，與成為編輯進入商界的早樹，兩人能夠相處的時間錯開了，也許心也因此而慢慢錯開了。

「啊，已經這麼晚了。不好意思，我得走了。」

里奈看了手機的時間，匆匆跨上腳踏車。

「對不起呀，還把妳攔下來。」

「是我攔了早樹姐。我又多話了，對不起。」

里奈以清脆的聲音連連道歉，早樹笑著說「沒關係啦」。

「那，路上小心哦。」

里奈行了一禮，猛力踩起腳踏車，在小巷中疾馳而去。

『會不會是大家聯合起來瞞著妳？』

里奈的話刺進早樹心頭。

她認為里奈的敏銳正是年輕的寫照。對他人殘酷的視線、傷人的話語非常敏感的那種年輕人的敏銳。父母和克典的心已經老成了、圓滑了，他們不在意的事，年輕人會在意。而自己還屬於年輕的那一方——早樹這麼想。

早樹開過灣岸線，沒有遇上塞車，再經由橫濱橫須賀道路，上午八點半抵達了母衣山。

小陽春的天氣，山上海風徐徐。早樹將車停進車庫後，打開主屋的鐵門，通風採光。才兩晚不在家，家裡就悶出陳舊的氣味。早樹覺得真矢的狗的味道還在，便把露台的玻璃門全部打開。

就這樣從露台俯瞰庭院緩坡盡頭寬廣的相模灣，做了一個深呼吸。深秋的海閃閃發亮，有種不同於夏日的透明之美。

朝放置於庭院中央的「海聲聽」看，早樹心頭一震。圓潤的奶油色石紋乍看好像女性的背影。

也許，克典其實是選這個雕塑來當作美佐子的墓的。

與克典再婚之後，早樹只去過美佐子的墓前一次，後來克典都說他自己去就好，叫早樹不用去。

是怕造成年輕妻子的心理負擔呢，還是想獨自去呢，或者是顧慮到幾個孩子的感受？

但是，早樹也沒有帶克典去過庸介位於多摩的墓。而克典也不曾說他想去。克典對庸介的死並不怎麼關心。

所以，「海聲聽」或許是克典為了聽美佐子的「聲」而買的。早樹望著圓滑的石頭背影這麼想。
「早安。我們是長谷川園。」
對講機響了，傳來長谷川活力充沛的聲音。
「早安。門沒有鎖，請進。」
「好的，謝謝。」
不一會兒，長谷川帶著助手和一個年輕人出現在庭前。早樹從露台向長谷川打招呼。
「塩崎現在不在。」
頭上綁著白毛巾的長谷川用力點一下頭：
「沒問題。塩崎先生已經給過指示了。」
「那就麻煩你們了。」
看長谷川俐落地開始工作，早樹便退回廚房。
在一角的桌上打開自己的電腦。果然便收到丹吳的回信。

塩崎早樹小姐：

展信愉快。回信謝謝。

好的。我會先與高橋先生取得聯絡。若早樹小姐想與高橋先生見面直接談，我也會問問他的意思。如果他願意，屆時還請讓我同席。

另，關於佐藤先生，《釣魚痴》這本雜誌已停刊。至於他是否仍在該出版社，我會透過同行打聽，還請稍待。

不好意思，方便的話，能否提供早樹小姐的聯絡方式，如手機號碼和LINE帳號？麻煩了。

丹吳陽一郎 上

小山田也好，丹吳也好，聯絡迅速又有行動力就是痛快。和他們密切保持聯絡，自己也想好好做點事。

好想脫離母衣山這有如困在繭中的生活去工

作。這或許是個危險的徵兆。母親的忠告在耳邊響起：

『克典先生是成熟的大人，妳不當一個稱職的伴侶怎麼行？』

什麼才是稱職的伴侶？達觀寡欲嗎？圓滑穩重嗎？可是，自己才四十一歲。耐得住往後的退休生活嗎？

早樹覺得，她終於撞上了之前曾經想像過、卻不曾實際感受過的牆。這道牆高聳厚實得出乎意料，無法輕易打破。該怎麼辦才好？

彷彿要將這份煩躁發洩出來般，早樹飛快地打了給丹吳的信。

丹吳陽一郎先生：

敬覆者。真的非常感謝您迅速的回應。

這次的事，我並沒有告訴塩崎。原因我自己也不清楚。多半是不希望影響他吧。

家母反對我向朋友們打聽庸介出事當時的事，認為最好不要這麼做。上一封信中我也寫過，身為塩崎的妻子，也許我應該只向前看。

但是，自從庸介的母親告訴我她看到貌似他的人，我的生活便為之一變。耳邊不斷響起「庸介可能還活著，妳要怎麼做？」的耳語。

而這耳語還發生了微妙的變化。

「庸介到底是什麼樣的人？妳真的愛過他嗎？」

是的。我原以為我想知道的是庸介的生死，但其實我想了解的是庸介是個什麼樣的人。也想了解曾與庸介結婚的我自己。

那時的我在想些什麼、煩惱些什麼，對未來懷著什麼樣的夢想？庸介遭遇海難之後，我總覺得我變了一個人。而變了一個人的我，藉著走上年輕時做夢也沒有想像過的人生，努力想忘掉那起意外。

不，或許正因為我努力想忘掉，才會選擇預料之外的人生。

丹吳先生在庸介主事的聚餐中，總是在一角，笑咪咪的，不怎麼開口。想必在「釣魚社」裡，也是退一步支持著社團吧。

我懇切地希望，丹吳先生能夠告訴我只有您才看得清的一切。

可是，如果您認為這是不必要的追問，請您直言，不要客氣。

關於佐藤幹太先生，我已從木村美波小姐那裡問到了編輯部的電話，本來是想自行聯絡的。但是，既然《釣魚痴》已停刊，那麼電話也有可能是空號了。

我會先等丹吳先生的消息，再與佐藤先生聯絡。

真的很不好意思，在您百忙之中還要勞煩您幫忙，萬事拜託了。

塩崎早樹

早樹附上了手機號碼和LINE的帳號，把信發給丹吳後，發了一陣子呆。因為她忍不住吐露了心聲。明明才短短兩天不在母衣山，卻忐忑得像是來到一個陌生的地方。

早樹進了寢室在床上躺下來。正在迷迷糊糊半睡半醒之間，手機響了。以為是克典趕緊跳起來，結果是木村美波打來的。

早樹猶豫著該不該接電話。對美波的不誠實，自己心裡是有氣的。可是，也有心想要直接問她，所以還是接了電話。

「喂，現在方便嗎？」

美波趕鴨子似地問得很急。

「嗯，方便。」

「妳在睡？」

「聽得出來？」

無論如何就是有些生硬。早樹自我反省，改用右手拿手機，重新說道：

「美波，昨天打擾妳了。工作都做完了？」

然而，性急的美波不答早樹的問題，劈頭就說她的事：

「那個不重要，我可以調查真矢的事嗎？」

從美波口中聽到「真矢」這個名字，早樹一時不知道她指的是誰，呆呆問：

「真矢？」

「妳在說什麼啊。就早樹的繼女啊。」美波笑了。

聽到「繼女」這個詞，早樹想著自己又沒有小孩，然後才發現指的是真矢，頓時想起部落格的惡意，起了雞皮疙瘩。

「啊啊，嚇我一跳。妳是說真矢啊，要幹嘛？」

「就是呢，要問妳可不可以找業者來調查。喏，我們這裡有各行各業的人出入，如果早樹有興趣的話我可以安排。我會請他們算便宜一點，不必太擔心費用。」

「要查什麼？」

「查她住在哪裡、跟誰走得近、現在在做什麼啊。」

「不用了啦。那些問就知道了。」

「問誰？」

美波追問。

「克典的長男，或是他老婆。」

這樣答完，又想起就算知道了真矢的近況，也無法讓她停掉部落格，便覺得好空虛。

然而，看來美波並沒有顧慮早樹的心情，有幾分看好戲的意味：

「那個長男，會知道妹妹的現況嗎？」

「畢竟是兄妹，應該知道吧。反正，我是不用了。那種事根本無所謂。」

自己想知道的不是真矢的狀況，而是真矢的心。結果，美波大概是不高興了，語氣變得像在談公事：

「啊，是嗎。我明白了。」

聽她要掛電話，早樹趕緊出聲：

「美波，等一下。我都不知道原來妳以前常和庸介他們去釣魚？」

「偶爾而已啦。」

聽她一口承認，反而是早樹吃了一驚。

「美波，我完全不知道。」

「哦，是嗎。應該只是妳老公沒說吧？」

「那為什麼妳也沒告訴我？」

「是早樹自己說沒興趣，我也覺得那沒什麼。」

但是，庸介幾乎每個週末都出去釣魚。事實是，身為妻子的早樹花了相當的時間，才當作「又要去了喔」，不再在意。

她應該向好友美波抱怨過這件事。然而，美波卻一聲招呼也沒有，就跟庸介他們一起去釣魚。再怎麼想都很奇怪不是嗎？是這一點讓早樹過不去。

「是嗎？我卻覺得無法釋懷呢。」

「我覺得早樹不知道才奇怪。一定是早樹不關心庸介吧。」

被美波這樣論斷，早樹火氣都上來了：

「我才沒有。」

「可是啊，很抱歉我要這麼說，但無論如何，那些都過去了啊。」

美波受不了似地說。

「是沒錯，可是都是些我不知道的事，我很困惑啊。」

「比如說？」

「比如說，美波和幹太交往過吧？那妳告訴我又有什麼關係？太見外了。」

「那是誰說的？」

換美波發火了。

「小山田學長。」

「他亂講的。我才沒有跟他交往。」

當事人否認，就說不下去了。

「可是，妳不是說妳跟幹太交換了聯絡方式？」

「只是拿了他的名片而已！」美波大叫道。

「是喔，那就算了。」

「好，那就這樣。」

電話被掛了，留下很糟的感覺。自己是不是說了什麼沒禮貌的話，冒犯了美波？早樹感到不安。

但，想起里奈那句『會不會是大家聯合起來瞞著早樹姐』又開始痛苦。然後，很希望有人能了解自己的痛苦。也許這種狀態就叫作孤獨。

快十二點了。早樹為了給長谷川他們泡茶，站起來走進廚房。邊燒開水邊往庭院看。幾個園藝師或是修剪樹木，或是掃落葉，各別分工。他們有時候自己帶便當來，有時候會開小卡車到附近去吃。早樹想問問今天是什麼情形，便打開了露台的玻璃門。

長谷川看見早樹，遠遠叫道：

「太太，不用費心！我們今天去外面吃！」

早樹舉起手表示了解。大概是因為克典不在，長谷川不想麻煩早樹吧。

回到廚房，早樹泡了花草茶。她沒有胃口，便拿著花草茶坐在電腦前。

結果，丹吳回信了。或許是呼應早樹的信，這封信真摯誠懇，少了生硬客套。

塩崎早樹小姐：

謝謝回信。

我能理解早樹小姐痛苦的心情。所以，我絲毫不認為這次的事是「不必要的追問」。

只是，若問我個人有沒有注意到什麼，我只能說沒有任何特別的發現。

一直到大學畢業，我都是生活在山形的鄉下人，所以東京長大的庸介和小山田對我來說很耀眼，他們肯讓我加入朋友圈，我由衷感到榮幸、欣喜。因此舉止才比較含蓄而已，完全沒有做任何您所說的「支持社團」之類的大事，我也沒有那個本事。

順道一提，自從庸介的海難意外以來，我就不再釣魚了。我猜想庸介可能是因為某種緣故不幸落水，一想像他的絕望，我至今仍恐怖不已，心中對他萬分同情。所以，我就完全不再釣魚了，也算是警惕自己。

我想，「釣魚社」的「社員」都一樣。昨天我接到小山田的聯絡，他也說他從那之後就沒有釣魚了。

庸介遇難當時，大家一起去找他，但後來就完全沒有再見面了。

所以，想像他或許還活著，對我來說反而也是一種救贖。

不，或許是我們「釣魚社」全體社員的心願和救贖。

當然，我們的心情與身為妻子的早樹小姐只怕不完全相同。

您現在已成為塩崎太太，建立了另一個家庭，不難想像您的心情更深更複雜。

接著，有兩件事要向您報告。

首先，是大學職員高橋先生。今天早上我打電話到大學，與高橋先生聯絡上了。他說他很樂意與早樹小姐見面。

只要您指定時間地點，我會安排場所，請容我同席。

再者，是佐藤幹太先生。

據說他在《釣魚痴》停刊時，便離開了發行該雜誌的「釣友社」。

據聞現在可能仍為類似的釣魚雜誌撰文。

只是，或許是用了筆名，無法確定。這件事，等我稍事調查後再與您聯絡。

那麼，請多指教。

丹吳陽一郎　上

早樹打了丹吳的手機。

為的是告訴他，如果高橋願意，今天下午就見面。

電話響了兩聲後，傳來丹吳令人懷念的聲音。偶爾出現不同的口音，聽起來很誠懇。

「妳好。早樹小姐，好久不見。」

「丹吳先生，好久不見。謝謝你的信。」

「哪裡，都寫些自己的事。妳一定很難過吧。」

眼淚差點掉下來。

「嗯，雖然不是相信他還活著，但就是心情衝擊很大。」

「我也是。希望他還活著。」

是嗎？早樹朝庭院看。

早樹將視線移到相模灣。上午明明很平靜的，不知何時起了風，掀起了白浪。

海很美。卻很可怕。出了海便一去不復返的人想必很多。被留下來的家人，該怎麼相信那個人不會再回來了？

庸介的死亡認定後，心裡一直覺得事情終於解決了，難道那時的痛苦又要捲土重來了嗎？

早樹已經不知道自己到底是希望庸介還活著，還是希望他的死明明白白擺在眼前。聽早樹語塞，丹吳關心地說道：

「對不起。我這麼說太不負責任了。」

「哪裡，怎麼會呢。」

早樹否定了，丹吳還是再次道歉：

「不，對不起。希望他活著用說的很簡單，但也許只是做夢罷了。想做夢的人是無所謂，但人無法活得這麼單純。早樹小姐是不是這種心情？」

「是啊，沒辦法看開。」

早樹回答，視線仍停留在相模灣上。頓了頓之後，丹吳問道：

「我聽說庸介的母親還沒有死心？」

「是啊。加野的婆婆說她看到很像庸介的人兩

次，所以對生存論更執著了。」

「那位伯母是會那樣沒錯。」丹吳回想著說。

「畢竟她當時非常傷心，一直站在防波堤上。我忘不了她當時的背影。」

「是啊。」

菊美溺愛庸介。所以，得知庸介遇難後非常震驚，悲傷得幾近發狂。不是早樹的擔心、難過可比的。

「對了，庸介的父親還健在嗎？」

「不在了，幾年前去世了。」

「是嗎？伯父沒找到庸介，一定很遺憾。那麼，伯母好不好？」

「嗯，身體方面是不錯。不過，我想她一個人很寂寞。」

早樹含糊答道。

「小山田也這麼說，說她身體是滿硬朗的。」

丹吳也語帶保留地說。也許他也透過小山田聽說了菊美對早樹的壞話。

「丹吳先生，不好意思在上班時打電話給你。因為我心裡急得很。」

「不會的，我沒關係。」

「是這樣的，如果今天下午高橋先生能夠出來的話，我想見個面。」

「這個，恐怕有點難。我才剛打電話給高橋先生而已，週一通常有很多事情要忙，我想還是避開星期一比較好。早樹小姐，不要急。」

丹吳好像笑了。

「對不起。我的確很急。因為家父也說他在我娘家前看到很像庸介的人，所以我心裡總覺得很不安穩。」

「我聽說了。的確是讓人毛毛的啊。」丹吳也贊成。

「嗯，就是啊。」

「我明白了。我這邊會儘快問高橋先生的時間。佐藤的事我也會去查，能不能請妳再等一下？我會儘快聯絡的。」

早樹道了謝，掛了電話。

被丹吳說她性急是很丟臉，但有人聽她說話，讓她心情輕鬆許多。

小山田很擔心，立刻幫忙去看菊美，卻想把事情當作是菊美失智的幻想。而且說起來，他對克典這個實業家的興趣還高過庸介的事。所以，早樹將希望寄託在丹吳身上。

「這什麼鬼？好怪。」

近處傳來一名男子的嘲笑，早樹一驚回頭。只見長谷川園見習的年輕人站在露台前，看著「焰」那座雕塑笑。看來長谷川他們已經回來，展開下午的工作了。

早樹走到客廳，打開露台的玻璃門，來到外面。那個年輕人看到早樹，微微行了一禮。

「風變冷了呢。」

早樹出聲招呼，他一臉不知所措地點頭。

3

當晚，克典依約於十點回到家。曬黑了一點，大概是玩得非常開心，心情極佳。

「笹田家的爸爸他們都好？」

但是，一開口便是關心早樹的家人，早樹心想他果真是個聰明世故的人。

「嗯，都好。說要向你問好。」

「是嗎？好久沒問候了，真是抱歉啊。」

「沒關係啦，彼此互相呀。」

父母與克典年紀相近，見面雙方都尷尬。

「來，禮物。」

克典遞給她一個紙袋，早樹邊往袋裡看邊問：

「咦，牛肉呢？」

「說會用低溫宅配送來。」

「五公斤的肉，冷凍庫也放不下，可以送給長谷川先生他們嗎？聽說他們那裡的年輕人常會去海邊烤肉。」

「哦，好啊。」

見克典輕輕點頭，早樹鬆了一口氣。

「那，下週給他們哦。」

「不過，用來烤肉，太浪費那些肉了。說是A5的呢。」

「那，要留在家裡吃嗎？」

「當然嘍。」

但是，克典說油花多的高級肉品對身體不好，很少吃。看來，牛肉要長期佔據冷凍庫了。

到頭來還是這樣啊——早樹不禁苦笑，結果被克典取笑：

「看妳很開心啊。有什麼好事嗎？」

「沒有啊。」

早樹拿起應該是克典在宮崎機場買來的伴手禮零食。

「長谷川送那個就好了。」

「沒想到克典這麼小氣。」

聽到早樹的話，克典笑了笑：

「我不在，很開心吧？覺得妳好像充飽電了，很有活力。」

早樹心中暗驚。和家人和老朋友見面談天，心靈受到刺激是真的。雖然被美波弄得很火。

與克典的日常生活，無非就是日復一日的完成既定事項，平穩規律。

「克典也是吧？連打三天高爾夫球。」

「是啊。好久沒連續打了，滿好玩的呢。也許以後會多打一點。」

「很好呀。不如也再開船吧？」

早樹乾脆說出來，只見克典點頭：

「也對，也不必當作禁忌。早樹也可以坐啊。」

「我就不必了。」

雖已習慣每天看海的日子，但她還是不想坐船進相模灣。

「隨妳。」克典大概是累了，打了一個呵欠。

「不用事先決定，看當下的心情再說，不用被綁得死死的，這樣很好。」

克典喜歡事先計劃好再按計劃行動，因此他這麼說早樹覺得很稀奇。正如早樹內心發生了變化，也許克典也遇到了什麼特別的事。但，早樹不想追問。

與庸介在一起時，早樹對彼此的變化很敏感。

早樹很怕庸介走進自己不知道的世界，她很嫉妒那個世界。對當時的早樹而言，那就是釣魚和那些釣友。

「我要睡了。」

看克典直接走向寢室，早樹便朝他的背影問：

「不洗澡嗎？」

「我在高爾夫球場洗過了。」

「那，晚安。」

克典大概會先睡著吧。早樹走到客廳，打開電視。轉到每晚都會看的新聞節目。

看看晚報又看看電視，大約一個小時之後洗好澡，走進寢室。

房內幽幽暗暗的，只亮著夜燈。從床緣鑽進特大雙人床，打開自己那一邊邊桌的閱讀燈。

克典大概是累了，輕輕打著鼾，睡得很熟。看著克典半張著嘴的睡臉，早樹就對自己在這裡感到不可思議。克典雖然比實際年齡年輕，終究是老人。

儘管覺得殘酷，自己還是沒辦法不拿他和庸介比較。

但是，選擇有克典的生活的不是別人，是她自己。而做這樣的選擇，不就是因為想要「日復一日的平穩規律」嗎？

『克典是成熟的大人，妳不當一個稱職的伴侶怎麼行呢？』

母親的話響起。早樹趕緊關掉閱讀燈，翻身面牆。

第二天，一早便斷斷續續下著小雨。氣象預報明明說傍晚才會開始下雨，但烏黑的雨雲已覆蓋天空。

「哎，已經在下雨了啊。幸好昨天有請長谷川園來。這雨好像要下上一陣子。」

克典打開報紙，看著氣象預報說。

「是嗎？又要一直下雨，真令人憂鬱。」

「都是雨天記號。」

「幸好昨天早上就回來了。」

「大清早出門一定很累吧？妳是幾點出發的？」

「七點吧。不過，高速公路車不多，開得很順。」

「妳該不會又飆車了吧？要小心警察伯伯哦。」

「我哪會呀。我都有遵守速限。」

兩人悠閒地聊著，早樹看著庭院後方那片大海。雨天的水平線模糊不清，讓人一顆心往下沉。甚至會想像起海裡一定很冷。

「早樹，一早就吃這麼多，中午會吃不下哦。最近中餐可是我唯一的樂趣啊。」

克典折起報紙，指指早樹準備的那盤吐司火腿蛋。克典把火腿放在吐司上，靈巧地用刀子切成對半。

「這樣就夠了。」

那幹麼不早說——想歸想，但早樹沒說出口。

「中午要吃什麼？」

早樹心想又回到日常了，望著克典啃切半吐司的側臉。

「嗯，去吃義大利菜吧，好久沒去了。」

克典說了一個他們常會去的一家義大利餐廳。

「我想念他們的蛤蠣。在高爾夫球場不是豬排就是蕎麥麵。好想來一盤好吃的義大利麵。」

也不知是什麼時候變成習慣的，中餐都是克典依當天的心情來決定。有時候明明是他說想吃什麼，都準備了，卻因為克典興之所致改成外食。而最近，他也不再問早樹想吃什麼了。

其實不能怪克典專橫，是要怪早樹不表達意見。即使明知再這樣下去就要一直聽別人的，但一旦成了習慣，就懶得改了。

年輕時萬萬沒有想到自己會對丈夫如此順從，是什麼時候變了？

要是看到這樣的自己，庸介一定會很吃驚。和庸介在一起時，早樹比克典還任性善變。

不，她是故意表現得任性善變的。因為她以為庸介比較喜歡那樣。

庸介常說「女人就是要顯得高傲才好」，喜歡早樹有強烈的自我主張。所以，在他們倆之間，早樹要任性幾乎成了一種遊戲。

可是，庸介會不會是厭倦了跟自己玩這個遊戲？會嗎？

曾經在心中問過無數次、無限迴圈的疑問蠢蠢欲動。早樹對心靈疲備的預兆有所警覺。

「那，要預約餐廳嗎？幾點？」

早樹打起精神，秘書般問道。

「是啊，預約一下比較好。那，約個十二點半。我們就十二點出門吧。」

「好的。」

克典大概會在餐廳喝上幾杯紅酒，回來午睡吧。然後說晚餐以蔬菜為主簡單吃。這樣對早樹而言有點不夠，但她會配合食量小的克典。

想起與庸介去吃飯時的自由和快樂，早樹有點憂鬱。然後，很快就對每個場面都要拿克典和庸介來比較的自己感到疲憊。

在七里濱的餐廳吃完午餐之後，或許是打高爾夫球的疲累發散出來了，克典想回家了。

「克典，我想順便去一下鎌倉的超市。」

因葡萄酒的醉意紅了臉的克典聳聳肩：

「不好意思，那我可以先回去嗎？」

「好好，我知道了。」

如果是平常，採買食材克典也會跟，但看來今天他想早點回去躺著。

送克典回母衣山之後，早樹獨自前往位於鎌倉的超市。將車停進超市的停車場，就坐在駕駛座上，看了手機。

小山田和丹吳分別來信。早樹先打開了小山田的。主旨是「前天辛苦了」。

塩崎早樹小姐：

謝謝早樹小姐前天特地來展示廳。

我想妳一定被我變化之大嚇到了。早樹小姐卻完全沒變，讓我好佩服。

因為見到太久沒見的早樹小姐太興奮，我又是告木村美波小姐的密，又是自以為是地大談庸介的自殺論，現在深切反省是不是對早樹小姐說了很多失禮的話。

如果讓妳不高興，我感到非常抱歉。對不起。

那麼，關於這次的事，我已詳細告訴丹吳。丹吳也告訴我，他已經和早樹小姐聯絡上了。

因為工作性質的關係，他的時間比較自由，我想或許會比我幫得上忙。如果有什麼擔心的，請儘管來找我，不要客氣。

加野伯母那邊，請放心交給我。

小山田潤　上

結了婚生了孩子，體重爆增十五公斤，小山田身上散發出滿足於現狀的幸福氣場。小山田是擔心庸介的陰鬱浪潮會打壞他的幸福氣場嗎？早樹覺得他態度似乎不太堅定。

另一方面，丹吳的信則是關於與高橋的碰面。

塩崎早樹小姐：

高橋先生與我聯絡了。

這週的話，星期三晚上或星期六下午他都可以。

早樹小姐住湘南，晚上不方便出門吧。那麼，約在這個週六下午二點，不知妳意下如何？

高橋先生說他去哪裡都可以，那麼，可以勞駕早樹小姐到橫濱或東京車站嗎？或者妳覺得哪個地方方便還請指定。我會尋找合適的店家。

麻煩妳了。

丹吳陽一郎　敬上

早樹回覆丹吳，表示週六下午兩點她可以到澀谷一帶。問題是，要怎麼跟克典說，不過她打算老實說要和以前的朋友見面。丹吳立刻便回信了。

敬覆。那麼，我會預約這週六下午兩點，澀谷東急藍塔飯店的交誼廳。確定之後會再通知。

丹吳

有種事情有所進展的爽快感。

早樹進了超市，決定今天晚餐吃湯豆腐。今天頗有寒意，克典一定會很高興。選好兩塊豆腐、山茼蒿、白菜、鱈魚切片、日本酒等，又補了家裡用完的食材。

就算現在回去，克典一定也還在午睡。早樹有獨自自由逛街的解放感。把東西放上車，去一直很想去的一家時髦的咖啡店。

喝著咖啡，給小山田寫簡單的回信時，突然有人叫她。

「不好意思，請問您是塩崎太太嗎？」

一個穿著牛仔褲的女子站在那裡，臉和身體都曬得很黑。彷彿要進一步強調小麥色肌膚似的，上身是領口開得很大的白T恤，肩上綁著一件米色毛線開襟衫。身材很好，戴起長長的串珠耳環好看極了。

早樹不認得她，不知所措。正支吾著，女子主動做了自我介紹：

「我是長谷川。謝謝您平日關照我先生的生意。」

是長谷川的妻子。之前就聽說她在教瑜伽和呼拉舞。也曾邀請早樹去教室，但當時剛結婚不久，早樹便拒絕了。

「哪裡，是我們麻煩長谷川先生了。」

早樹站起來行禮。

長谷川的妻子舉起雙手，一副不敢當的樣子：

「哪裡，該道謝的是我們。上次，您買了作品，中神先生高興極了。中神先生是我們夫妻的朋友。他花了很多時間創作那些作品，對它們很有感情，一直說他很感謝塩崎先生。真的很謝謝您。」

長谷川的妻子以活潑的聲音道謝。中神是創作了置於庭院的「海聲聽」與「焰」的雕塑家。

「是嗎？那真是太好了。坐吧？」

兩人都是站著說話，早樹便請她坐對面的椅子。

「要不要坐一下呢？」

長谷川的妻子猶豫地看了錶，「那麼，我就打擾一下。」說著坐下來。不愧是當教練的人，對素未謀面的人說起話來也不生澀。不驕不躁地介紹起自己。

「我在教瑜伽和呼拉舞，叫作長谷川菜穗子。請多指教。」

菜穗子翻了揹在肩上的尼龍製包包，遞出一張漂亮的名片。

名片上的頭銜是「瑜伽教練&呼拉舞者」，寫著教室的名稱和地點。

「我是塩崎早樹。長谷川先生真的幫了我們家很多忙。」

「哪裡，長谷川也很高興。他常說他很幸運，能夠受託整理那麼棒的庭院。」

「是嗎？規劃庭院是塩崎的愛好。不過，他都只是想，不太會自己動手。應該是說，園藝他做不來。」

「粗活就交給我們來做呀。」

兩人相視而笑。

「菜穗子小姐也衝浪嗎？」

早樹看著菜穗子曬黑的臉問。

「以前啦。現在只跳這個了。」

只見她靈巧地運用手部做了呼拉舞的動作。年紀大約三十四、五歲。聽說有兩個孩子，但她露出的小麥色肌膚年輕健康，看來只有二十多歲。

「好厲害哦。」

「好歹是老師嘛。」

菜穗子笑著說完，點了冰咖啡歐蕾。然後，開心地看著早樹。

「我一直很希望能有機會和早樹小姐聊聊。今天真是太巧了。」

「是嗎？」

「偶爾會在碼頭那邊看到妳，但塩崎先生也都在呀。長谷川也說你們感情很好。所以，就算想和早樹小姐說說話，也沒有機會。」

早樹很吃驚，但因為她在湘南這邊沒有朋友，所以也很高興。

「妳今天一個人吧？」

「是啊。塩崎最近午餐時都會喝點小酒，吃完飯常會午睡。所以今天我就留他在家了。」

「好優雅喔。好像義大利人。」

見早樹對自己的話深深點頭，菜穗子開心地笑了。

「對了，早樹小姐，下次要不要去我的瑜伽教室？可以交朋友，很好玩哦。」

「那是一定的。」

早樹環視咖啡店內部。一組全都是女性的客人正歡樂地談笑。看她們個個都帶著網球拍，應該都是網球俱樂部的會員吧。

想到自己連興趣相投的同好都沒有，早樹覺得有點落寞。與庸介結婚時她不覺得有這個必要，海難之後她根本無心培養興趣，而且又拚命工作。而現在，因為不想要別人打聽她與克典的婚姻，更是避之唯恐不及。

「對了，真矢小姐以前也會來呢。」

聽到意想不到的名字，早樹吃了一驚。

「真矢會去？」

「是啊。她現在還是偶爾會來玩。」

「去學瑜伽？」

「不是，好像是來找我的。真的很令人高興。」

這麼說，只要去菜穗子的瑜伽教室，也許有一天會見到真矢。若是面對面見到了，真矢會有什麼反應？

「真矢是個什麼樣的人？其實我還沒見過她。」

「非常可愛哦。」

菜穗子毫不猶豫地回答。

早樹是克典的繼室，她說沒見過克典的小女兒，那麼其中必有蹊蹺，但菜穗子卻裝作沒注意到。還是她是真的沒注意到？

「可愛，怎麼說呢？」

「要說是很直率，還是很純真呢？我覺得很少有那樣子的人。」

「菜穗子小姐，我也去妳那裡上課好了？」

早樹豁出去說。一直等，情況也不會有所改

變。真矢不會來找早樹，也不可能會原諒克典。

但是，一直這樣僵持下去，真矢的誤會和憎恨不僅解不開，反而可能越演越烈，令人害怕。既然克典不採取任何對策來制止部落格，那就自己來吧。

「好呀，請妳一定要來。早樹小姐願意來，好高興喔。」

菜穗子伸手在包包裡找東西，然後一臉抱歉地抬起頭來。

「我平常都帶著簡介的，偏偏今天換了包包，忘了帶。下次我叫長谷川送過去。可以嗎？」

「好啊，下週就可以了。」

「謝謝！」

菜穗子開心地雙手一拍。

「菜穗子小姐，」早樹對她說，「不好意思，我要去妳那裡的事，請妳不要跟真矢說哦。」

「當然。我不會說的。」菜穗子立即回答。「我們那裡的學生，大家都不會做自我介紹，都是自己進出的，所以也不會喊彼此的名字。應該都不知道誰叫什麼吧。不過，時間久了，還是會交到志同道合的朋友。請妳一定要來試試看。要是覺得不太適合，以後不來也完全沒關係的。」

菜穗子的話讓早樹輕鬆不少。

「是嗎？那，等我看過簡介再去哦。」

「好，謝謝。我等妳，一定要來哦。」

菜穗子留下自己冰咖啡歐蕾的錢，站起來。

「那，我先走了。」

她微一行禮，瀟灑地出去了。

有時候狀況真的會因為意外的方向吹來的一陣風而改變呢——早樹想著想著發了一陣呆。

驀地裡回過神，已經三點多了。早樹趕緊離開。

回到母衣山時，克典已經起床，正在書房看電腦。

「在工作？」

早樹從打開的門探頭進去，出聲問道。

「沒有，只是上上網而已。」克典邊回頭邊答。

「妳去好久啊。」

「我在鎌倉的咖啡店遇到長谷川先生的太太了。好漂亮。」

「我之前也見過，長谷川帶她來的。故意帶來炫耀。」

克典咧嘴一笑。

「我決定去她的瑜伽教室。可以嗎？」

「這不用徵求我的許可，妳想去就去。」

克典不感興趣地打了一個哈欠。

「謝謝。還有呀，這個星期六，我要去一下東京，找朋友。」

「哦，誰啊？」

克典揚起眉毛，顯得意外。

「研究所的朋友。」

「妳請妳請，和朋友好好聚一聚。」

「不好意思。」

「這有什麼好道歉的。這麼客氣就不像早樹了。」克典笑了。

4

星期六上午，早樹準備好克典的午餐。克典本來說，她不在時要自己叫車，依當天的心情去吃愛吃的。

然而，一早雨就下個不停，所以克典好像沒了出門的興致。開口說要待在家裡，於是早樹臨時做了豆腐鴨兒芹味噌湯、飯糰和厚蛋捲等。

做好了正在包保鮮膜時，對講機響了。

「我是長谷川園的長谷川。」

克典仍窩在書房沒出來。早樹猜想多半不是庭院的事，便獨自走向玄關。

「您好。」

長谷川不是平常園藝師的樣子，而是灰色運動衫和牛仔褲的年輕人打扮。

「今天放假嗎？」

「是的，這種天氣就是我們的假日。我正要帶孩子去橫濱的百貨公司。」

長谷川邊回頭看門邊說。

「小朋友呢？」

「在車上等。」

停在外面的車子，想必也不是平常的小卡車，而是自家開的四輪驅動車吧。早樹曾幾次看見長谷川穿著夏威夷花襯衫和短褲開那輛車。

「這個，是我老婆要我拿來的。」

長谷川有點害臊地，將裝在透明文件夾裡的瑜伽與呼拉教室簡介遞過來。

簡介上有彩色照片，多達四頁，做得相當漂亮。還附了菜穗子手寫的信，但早樹決定晚些再看，便向長谷川道了謝。

「隨時拿來都可以的，不好意思還讓你特地跑一趟。」

她以為長谷川會在來維護庭院的時候再順便帶簡介過來。

「哪裡，我有點事要到這邊，正好順路。而且氣象預報說下週也是雨天，也許有一陣子不會來。」

「菜穗子小姐也一起嗎？」

「沒有，她今天教室有課。」

「這樣啊。」

早樹很快翻了翻簡介，感嘆道：

「好漂亮的簡介喔。」

「哎，她就是愛面子，動不動就愛做這些。」長谷川苦笑著說。「對了，這是中神設計的哦。」

「那位雕塑家中神先生嗎？設計得好漂亮喔。」

所以長谷川也才會那麼熱心地推銷雕塑吧。早樹覺得長谷川夫妻與中神之間交情匪淺。

「看了這個，就會覺得一定要去上課呢。」

長谷川難為情地搖搖頭。

「哪裡哪裡，瑜伽教室很多，您不必特地跑到藤澤啦。一三四號線又常塞車。」

「可是，我早就想好如果要學，那我想向菜穗子小姐學。」

早樹這句話，讓長谷川開心地笑開了：

「那真是太感謝了，我老婆也會很高興的。」

「請幫我問好。謝謝。」

早樹道了謝，長谷川誠惶誠恐地走了。

「什麼事？剛才長谷川園來了吧？」

從書房出來的克典打著呵欠閒閒地問。

「是啊，長谷川先生幫忙拿他太太的瑜伽教室的簡介來給我。」

早樹讓克典看了簡介。克典「哦」了一聲接過去，頗感興趣地翻了翻。

「這年頭的年輕女生，一定要這麼漂亮的地方才肯去吧。藤澤的租金一定也不便宜。」

克典吃驚地對一起探頭看的早樹說：

「咦，這不是真矢嗎！」

克典指的地方，是一個穿著黑色練習服擺姿勢的女人。長髮紮成馬尾，一臉認真。

突出的額頭和眼角等都很像克典。看那張認真嚴肅的臉龐，真叫人不敢相信她會寫出部落格裡的那些咒詛。

「這就是真矢？」

「是啊。」

「很漂亮呢。」

早樹細看克典這個與自己同齡的女兒的臉。表情很複雜，看來很敏感，也很頑固。

「會嗎？」

「嗯，很有魅力。」

自從真矢拒絕聚餐，克典表示束手無策之後，「真矢」這個名字在兩人之間便形同禁忌。然而，現在兩人雙雙注視著真矢的照片。

「真沒想到。不過，我好像聽美佐子說過她在練瑜伽。原來是在長谷川的太太那裡啊。我都不知道。她有什麼從來都不會說。」

克典喃喃地說。話中大有父親與女兒處不來的遺憾。

中午過後，早樹在湘南新宿線上，回想著克典的表情，看了菜穗子附在簡介裡那封字跡端正的信。菜穗子也提到真矢的照片。

塩崎早樹小姐：

前幾天真是謝謝妳。很高興能見到妳。

說好的簡介，明明可以及早寄出，卻拖這麼久，真是抱歉。

都是長谷川堅持要在去府上時順便帶去，才會一延再延。不過，因為氣象預報說連日下雨，長谷川好像也認命了。

瑜伽課，初級班是星期二和星期六，中級班是星期三和星期五。星期日是進階課程。

後面那一頁的團體照裡有真矢小姐。第二排左邊，粉紅色瑜伽墊、黑色練習服的那位就是真矢小姐。

那麼，由衷等候早樹小姐的參加，還請多多指教。

長谷川菜穗子

如果報名星期六的課，見到真矢的機率應該比較高吧？

早樹在車上想著這些，看著真矢的照片。

優子說真矢『不識相』，這種壞話很常見，但有些人是欠缺對他人的同理心，有些人則是不屑配合當場氣氛。真矢是哪一種呢？早樹非常希望能見到真矢，和她談談。

湘南新宿線準時抵達，早樹得以在約定時間的前十分鐘抵達丹吳指定的藍塔飯店。

早樹本想在大廳殺時間，但正好有一群外國旅行團抵達，大廳內擠滿了人。因為沒看到地方可坐，時間雖然早了點，早樹還是決定去交誼廳等。

從交誼廳的入口往裡看，後面一個四人座的沙發座，有兩個穿西裝的男子，一看到早樹就站起來。看來就是丹吳和高橋了。

早樹趕緊脫下薄外套掛在手臂上，朝兩人走去。

「好久不見。妳一點都沒變呢。」

丹吳笑吟吟地哈腰招呼。

丹吳才是，只是黑框眼鏡換成金屬框而已，和八年前幾乎一模一樣。牛仔褲、白襯衫外加格紋外套的打扮也一樣樸實無華。

「丹吳先生也是。我一下子就認出來了。今天真是謝謝你。」

早樹行了禮，丹吳便介紹站在旁邊的男子：

「這位就是曾參加『釣魚社』的高橋先生。現在在文學系總務室上班。」

早樹感到意外。因為聽說他也在「釣魚社」和大家玩在一起，便以為與庸介他們年紀差不多，但高橋應該有五十來歲吧。

個子不高，但曬得很黑，體格很好。黑外套底下是白襯衫、灰長褲和球鞋，樣子頗像假日的體育老師。

「初次見面，我是高橋直幸。之前很受加野老師照顧。」

「加野老師」這個詞，勾起早樹的懷念。

高橋遞出的名片上，寫著「文學院總務室課長」。

早樹畢業的大學，學院的事務室部長大多由教員擔任。所以他以職員身份擔任課長，可能算是頗有成就。

而高橋身上的確有種企業能人的強勢。

「哪裡，我才要謝謝您對加野生前的照顧。」

「生前」這個詞不假思索地脫口而出。早樹立刻看出丹吳身子僵了一下。但是，既然在法律上已認定死亡，早樹認為這樣的招呼並沒有不妥。

打完招呼之後，分別點了飲料。早樹和丹吳點了絕對不會出錯的熱咖啡，高橋則是生啤酒。

「不好意思，我很渴。」高橋找了藉口。

「沒關係呀，高橋先生。就喝你喜歡喝的。」

丹吳笑著勸。

「謝謝。」高橋臉上還是沒有笑容。

丹吳沒有來家裡玩過，以前在聚會上也很少說話。但，或許是工作磨練出來的，只見他明快活潑地帶動話題。

「早樹小姐，不好意思天氣不好還要妳來澀谷。我們都在東京，去哪裡都方便，真是抱歉。」

丹吳周到地道歉。

「哪裡的話。大家是為了我的事情特地約出來，我才覺得過意不去。高橋先生更是，不好意思佔用您的假日。」

高橋彷彿要推開沉重的氣氛般，舉起曬黑的雙手。

「不會，星期六下午是我指定的，請不要客氣。

我星期六上午都會和喜歡足球的同事一起踢足球。今天下雨，本來就沒有練習，不然星期六我們踢完足球一定會喝啤酒開檢討會。然後，星期天陪家人。所以，星期六我最方便。反而是對丹吳先生不好意思。」

高橋低頭致歉，臉上卻帶著笑容。

「不會啦，我沒差。反正單身很閒。」

聽丹吳這麼說，高橋吃驚地看著他：

「後來你一直單身？」

語氣突然變得親暱。

「是的。」丹吳回答。

「你找到不錯的工作，我一直以為你早就結婚了。」

「沒有那麼容易啊。」

「會嗎？丹吳先生看來拙拙的，其實深藏不露吧？」

高橋半開玩笑的說法讓丹吳苦笑。

早樹覺得他是藉丹吳暗諷自己再婚。明知是自己想太多，但有時自己就是會出現對別人的言行反應過度的一面。

「我怎麼樣不重要啦。」

大概是要掩飾害羞，丹吳喝了咖啡。

「不過，都八年不見了，總要交換一下近況啊。」

高橋笑著看丹吳。

「高橋先生和加野是怎麼認識的呢？」

早樹為了改變氣氛問高橋。

「是我文學院教務課的時候認識的。我拜託加野老師當考試委員。他一口答應，實在是個好老師。無論去哪裡玩，都一定會買伴手禮給我們，非常細心。所以，他在教務課人緣很好。後來知道彼此都喜歡釣魚，就一起去了。」

高橋先乾杯似地舉起送上來的生啤酒才送到嘴邊。

聽他這麼說，早樹想起庸介曾抱怨被迫出入學考試題，累得要命。

庸介常說，職員知道很多教員的私生活，又喜歡八卦，要特別小心。會買伴手禮送他們，也是庸介的應對之道吧。

庸介出事時，職員曾對早樹說『請把遺物帶回去』，早樹還反彈說又還不確定人是不是死了。

「有很多老師讓人很頭痛。好比把我們當工友使喚的老師之類的。還有，最傷腦筋的是在處理行政事務方面異常低能的老師。像是提交文件，有人就是再怎麼拜託都不交。在社會上被人家教授、副教授的叫，好像多偉大似的，其實比沒規矩的小孩子還不如的大有人在。都已經是出了社會的成年人了，這點事都做不好怎麼行呢。這是社會人最起碼的程度不是嗎？在這方面，加野老師跟他們完全不同。都做得好好的。而且，從來不叫苦。入學考的試題也出得很用心，我們甚至還問過『老師，這樣對考生會不會太難了』呢。」

高橋不知想起什麼，自顧自地笑。

「不好意思，請問高橋先生是校友嗎？」

早樹總覺得高橋的說法有點怪怪的，於是這麼問。

「是的，我是。我們學校不是校友當不了課長。」

高橋的話裡有幾分鬱悶。

「高橋先生，你後來就沒釣魚了嗎？」

被丹吳一問，高橋一副難以作答的樣子微微偏頭。

「也沒有，還是會去。不過現在不去了。加野老師出事以後，大家不是都沒再釣魚了嗎？可是，我有時候會和幹太一起去，有時候自己去。我喜歡釣魚，一下子也戒不掉。不過，最近比較迷足球，就沒時間去釣魚了。」

「你和幹太一起去呀？」

丹吳高興地向高橋確認。想來是為可以取得聯絡方式而高興。

「是啊，佐藤幹太。他畢竟是靠釣魚吃飯的嘛。只要我說想去，他都很樂意陪我。不過，《釣魚痴》停刊以後，幹太變得很難約，我也就專心踢足球了。」

丹吳瞄了早樹一眼，一邊問高橋：

「那，你知道幹太的手機嗎？」

「知道啊。他應該沒換。」

高橋拿出手機，告訴他們號碼。

「謝謝。我再跟他聯絡。」

「不過，幹太離開釣友社了。」

高橋告訴丹吳。

「嗯，好像是。你知道他現在在做什麼嗎？」

「之前聽說在當自由撰稿人。現在不知道怎麼樣了。」

看來高橋只知道這些。

高橋歪著頭，拿起啤酒杯。談話一中斷，高橋便往早樹看。

「太太，妳現在的名字是塩崎早樹對吧？」

「是的，我去年再婚了。」

「接到丹吳先生的電話時，我聽他提了一下，聽說妳遇到怪事？」

高橋鬆開蹺起的腳，身子向前探。

「是的。加野的母親跟我聯絡，說她看見很像庸介的人，而且看到兩次。還有，上週六我回埼玉的娘家，我父親也說在那裡看到很像的人，也是在同一個時期。」

早樹解釋之後，丹吳補充：

「小山田受早樹小姐之託去了庸介在大泉學園的老家。加野伯母現在一個人住，但他說人是沒有痴呆，只是好像有點怪怪的。」

「有可能。」說完，高橋朝早樹看。「塩崎太太的父親說看到了，那麼他沒有問題嗎？」

見高橋指著頭部，早樹苦笑：

「家父才六十九歲，我想應該不用擔心。」

「恕我這麼直白，對塩崎太太不好意思，不過他們應該是看錯了。我認為加野老師已經不在了。」

高橋明白地說。

「小山田先生也這麼說，其實，我也這麼想。」

早樹表示相同意見。雖然覺得內心有個細微的聲音在說「妳真的這麼想嗎」，但她不予理會。

「我也認為不可能。但是，儘管嘴上說不可能，還是懷著一絲希望，很想相信是發生了奇蹟。」

丹吳推著下滑的眼鏡低聲說。

「可是啊，我聽說了這次的事，稍微查了一下，」說著，高橋從外套口袋裡拿出一張白色的紙。看似列印了網路的新聞。他不時瞄著那張紙說：

「到目前為止啊，遭遇海難被認定死亡，後來發現生還的例子，找遍全世界也沒看到。當然，有很多飄流之後生還的人。不過那是還沒有被認定死亡的時候。對了，海上保安廳認定死亡是遇難後多少年？」

「七年後。就是去年。」

「好長啊。是因為海上保安廳也有所懷疑嗎？」

高橋咧嘴一笑，早樹覺得被取笑了，心生反感。

「比起調查生死，早樹小姐想知道的是當時的狀況、庸介的心理狀態那些。」丹吳插嘴說。

「是的。」早樹接過話點點頭。「當時我太震驚，心很亂，無法思考，所以既沒有向『釣魚社』的各位道謝，也無法好好去想到底發生了什麼事。所以，我想趁這個機會，再一次重新思考一下那次的意外。」

「這我很能理解。這就代表時間就是過了那麼久。」

高橋頻頻點頭。

「有沒有可能一個人開船出海，其他人開另一艘船去接？」

對於早樹的提問，高橋在胸前盤起粗壯的手臂沉思。

「可以，有GPS就沒問題。如果是離岸二十公里以內手機也OK。要在海上會合應該不成問題。」

「是嗎？那麼，可以假裝出海，偷偷回來嗎？」

這次高橋對早樹的問題搖頭。

「那要怎麼把船開到海上？不可能的。而且，船不是自己的，是租的吧？」

「開兩艘船出去，開一艘回來呢？」

「為什麼要做這種事？要假死嗎？這樣有什麼好處？詐領保險金？還是他在哪裡還有另一房家室？」

「怎麼可能。」早樹很不高興。但高橋似乎沒有注意到人。

「而且，要死就死，只要自己跳進海裡就行了。很簡單不是嗎？」

空氣好像凍結了。丹吳不作聲，早樹便說：

「我聽小山田先生說，他懷疑庸介是自殺。原因是和學生的糾紛。這方面高橋先生知道嗎？」

「糾紛啊。」

高橋把手放在下巴上，望著半空，似乎在思考。早樹猜想，他會不會是在腦海中篩選哪些能說、哪些不能說。

「就我所知，倒是沒有這種事。」

高橋遲遲不語，丹吳便代為說道。

他語氣略顯慌張，是因為不願意早樹知道什麼嗎？他說他想同席，或許是為了想堵住高橋的嘴。

這時，高橋開口了：

「只有一件事勉強算得上。當時，加野老師在大學裡有八堂課。我記得是日本文學的專題小組，領獎學金的一個學生。那個學生打很多份工賺生活費。可是這樣還不夠，甚至跑去陪酒。老師好像很關心她，跟她談過。那個學生說打工太苦，撐不下去，要退學。可是，老師叫她再努力一下，勸住了。可是，結果那個學生因為過勞引發憂鬱症，退學了。後來就有傳聞說她自殺了。加野老師覺得自己有責任，很苦惱。我能想到的就只有這件事。」

「我都不知道。」

早樹無法掩飾憂鬱的心情，低聲說道。

「您知道那位學生的姓名嗎？」

「那是個人資料，恕我無法透露。」

高橋斷然拒絕。

「能不能通融一下？」

丹吳不死心，但高橋搖頭：

「為什麼非告訴丹吳先生和塩崎太太不可？有什麼理由？」

「因為我想去找那位學生的家人，打聽庸介的事。如果自殺是謠傳，她還在的話，就請教她本人。」

聽早樹這麼答，高橋臉色不善：

「問了又如何？誰也不知道她現在怎麼樣。大學裡有的只是她當時的姓名住址。塩崎太太，妳要知道，那是八年前的事了。事情過了這麼久，並不是人人都想勾起舊事。」

「可是，高橋先生，也請你體諒早樹小姐的心情。」丹吳替她說話。「生存論是現在才出現的。

這或許是惡質的玩笑，也可能是看錯了。身為遺族，在好不容易朝第二段人生邁出一步的時候遇上這種事，心情當然無法平靜。早樹小姐想趁這個機會了解庸介是個什麼樣的人，即使不在世了也想知道狀況，這我很能理解。」

高橋的神情變得認真：

「我認為丹吳先生說的很對。只是，我的意思是，你們又不是警察或司法單位，就不應該去找當時的學生或她的親友。我有保密義務，不能說出她的姓名。所以，無論加野老師是為當時的事心生愧疚而自殺，還是死於意外，或者還在世，都不應該把那位同學捲進來。」

早樹突然覺得好累，嘆了一口氣。

「我想高橋先生是對的。」

丹吳把咖啡杯放在咖啡碟上時，發出了撞擊聲。

「我想，高橋先生雖然說不知道那位同學的生死，但她是領獎學金入學的學生，學校應該有她的動向才對。可是，你無法把詳細資料告訴塩崎太太，是這個意思對吧？」

「是的。」

「看在釣魚社的交情上也不行？」

「釣魚社的交情嗎？」高橋複述，然後苦笑。

「活動又沒有那麼頻繁。」

「可是，庸介每週都去釣魚。」

早樹一這麼說，高橋便看著丹吳的臉：

「沒那麼常去啊。一個月頂多一、兩次。」

高橋一這麼說，丹吳便尷尬地低下頭，早樹總算發現，原來「釣魚社」的人早就串好供，說每週都去釣魚。

見早樹說不出話來，高橋打圓場般說：

「哎，我年紀比加野老師大，又有家庭。八、九年前，又是我家老二剛出生的時候。我不能一天到晚都去釣魚。釣魚畢竟是很花錢的。要是我每週都去釣魚，早就被離婚了。所以，我想加野老師也不敢每次都找我。」

「其實也不是不敢找高橋先生，我們本來就是有時間能去的去，是很鬆散的社團活動，所以很少人是每週都參加的。」丹吳也口徑一致。

「這麼說，每週都去釣魚的，只有庸介一個嗎？」

丹吳和高橋對望一眼。高橋因為啤酒的關係，眼周微紅。

「這個，幹太大概會作陪吧。他畢竟是釣魚雜誌的編輯，釣魚等於是他的工作。」

高橋偏著頭說。

「我想一定是的。其實，那時候我一個月也只能去個一次。研究所的時候是沒錢，上班以後是沒時間。」

「咦，丹吳先生也是嗎？我還以為你每週都跟庸介一起去。」

早樹感到意外。只見高橋笑著說：

「就算想去也不一定去得起啊，那真的是很花錢的。加野老師應該是太太也有工作，才能迷釣魚的吧。」

「這倒是。」

兩人又沒有小孩，庸介可以自由運用金錢。

「像釣竿就有好有壞，貴的一把十萬也有。而且還要配合想釣的魚來換。魚餌也一樣。魚餌、魚鉤那些可不便宜。像釣金目鯛，有時候魚餌就要一萬、魚鉤那些再一萬。然後還有船。這麼奢侈的嗜好也不多啊。」

聽高橋這麼說，丹吳也插嘴道：

「是啊，像我沒有那麼多釣具，常向幹太借，或是跟他要試用品。」

「我也是。所以，有幹太在方便很多。我想加野老師一定也一樣吧？」

早樹回想起當時。每個星期天庸介都會去釣魚，當時也有工作的早樹很不滿。偶爾想要兩個人一起外出，卻得一個人留在家裡，結果就是處理累積了一週的家事，像是洗一週的衣物、打掃、買日用品等。等家事做完了，在家裡工作時，到了傍晚心情一定會很消沉。會質疑起這樣當初何必結婚。因為就算想散散心，一個人去逛街看電影也沒什麼意思。

另外，其實她也很不喜歡庸介把釣到的魚帶回來。為了處理吃不完的魚，廚房一直被佔據，冰箱的冷藏冷凍也都是魚。

也曾因為菊美說要送給鄰居，而在當天之內把生魚片或切片送到大泉學園的庸介家。這時候，魚就必須切得很漂亮，所以早樹也會幫忙，而這也是件苦差事。

早樹一抱怨，庸介就不再帶魚回來了。他說回家前就在釣魚民宿和釣友吃掉，或是分給朋友了，但也許他其實沒有去釣魚。

「也許他說要去釣魚，其實去了別的地方。」

早樹一這麼說，丹吳便默默歪著頭，高橋卻不以為然：

「他應該是只有自己一個人也照樣去釣魚吧。就像丹吳先生剛才說的，社團活動很鬆散。不必每週都去，能去的人去，想參加再參加。像我，和丹吳先生就沒有見過幾次面。」

早樹鼓起勇氣問：

「您見過木村美波嗎？」

丹吳側眼看著高橋，吃起咖啡附的小餅乾。

「哦，是有一位姓木村的小姐會來，瘦瘦的。」

高橋回想起來般說。「我想應該見過幾次，不過不太有印象。她好像也上過釣船吧？對了，有一次，船上的廁所只有稍微圍起來而已，她就放棄上船在岸上等了。現在女釣客比較多了，船的設備也比較好了。」

早樹打斷還想繼續說的高橋：

「她是我高中時的朋友，是透過我認識庸介的。」

高橋或許是自知多嘴了，不再作聲。

早樹也不知道自己想說什麼。總之，就是很不愉快。

這時候才又跑出一大堆一點也不想知道的事，想必是因為除了高橋，釣魚社的人在早樹面前都只說一些她愛聽的吧。換句話說，他們早就料到早樹如果知道美波也加入社團會不愉快了。

「庸介是不是跟美波在一起？」

已經爬到嘴邊的話，自動脫口而出。

無論是丹吳還是高橋，往後會不會再見面都是未知數。搞不好，這輩子都不會再見了也不一定。想問的就問清楚——也許因為是這樣讓她大了膽子。

「沒有沒有，沒有這種事。」

丹吳慌張得令人同情，為了否認，右手在眼前猛搖。另一邊，高橋則是沉著地回答：

「這就是私事了。妳問我們，我們也不知道，無從回答起。更何況，加野老師已經是故人了。」

說完最後一句話，高橋直視早樹的雙眼。早樹一回視，他便立刻閃避。

丹吳乾咳幾聲，然後問早樹：

「早樹小姐，妳這麼在意美波小姐？」

「嗯。因為我完全不知道。」

「那麼，不是可以直接去問美波小姐嗎？」

不知何時起，丹吳眼中出現了好奇之色。

至於高橋，視線仍是落在他自己帶來的紙上。

「嗯，我會的。不過，就算我問了，我想她也什麼都不會說。」

上次問她是不是和佐藤幹太在一起過，美波就變臉發脾氣。

「那，這個問題就只能不要去碰了。因為他們兩人的事，其他人都不知道。」

高橋想大事化小。早樹小聲反對：

「高橋先生，我是配偶，不那麼想。」

「說的也是。」高橋點頭，一邊加強了語氣。

「不過，加野老師八年前就去世了。就算他當時與木村小姐有過什麼，事到如今木村小姐也一點都不想對他太太說吧。我想，還是體諒她，不要再去碰可能比較好。」

早樹並不是亂棒打草，想逼出什麼無關緊要的事來。她只是無法接受。

「事到如今，庸介是不是花心外遇，我都無所謂。都八年前的事了，我也不會嫉妒。」

這是真的。問題不是嫉妒，而是屈辱和失意。尊嚴被庸介和美波踐踏的屈辱和失意。被釣魚社的人妄加猜測而有所隱瞞的屈辱和失意。但是，卻又有事到如今說這些又有什麼用的無力感。

「比起這種不忠，我更想知道的只是庸介為什麼不惜裝死也要背叛我。對我而言，自殺也是背叛。」

這才是最大的屈辱和失意。

高橋的表情突然轉為同情：

「說的也是。妳的心情我明白。加野老師沒有裝。我認為加野老師是因為某種原因落水，無法爬上船而不幸死亡的。真的很遺憾。」

「我也這麼認為。」

丹吳一臉沉痛地說。

「那為什麼這時候才又跑出很像他的人來？很奇怪不是嗎。為什麼過了八年，還要折磨我？」

早樹大聲說，從旁經過的服務生吃驚地偷看她。

早樹看看高橋又看看丹吳，但他們都低著頭，她便轉而去看玻璃窗後的中庭。石砌的牆因為下不停的雨顯得又濕又黑。

「的確是很奇怪。當初聽小山田說的時候，我覺得不可能。可是，我也希望庸介活著。」

丹吳沉靜地說。

「我相信加野老師在意外中喪生了。對了，加野老師當時穿著救生衣嗎？」

高橋看著他帶來的那張紙問。

「船上沒有，我想多半是穿著。因為我聽說他釣魚的時候大都會穿。」

「如果是穿著救生衣，要是遇上相模灣那個時期的黑潮，有時候短短幾個小時就會飄到伊豆、平砂浦或洲崎那邊。搞不好他當時沒有穿？」

早樹偏著頭。這種事誰也不知道。

「也許吧。」

當時，腦海中不時浮現庸介在海中飄流的模樣，日日無法成眠。早樹回想起那段痛苦的時期，嘆了一口氣。

「我非常了解妳的心情，但過去的就讓它過去，人生只能向前看啊。」

高橋將拿在手上的紙捲成筒狀一邊說。

「是啊。」早樹也只能這樣回答。

高橋用手機看了時間，向早樹欠欠身：

「不好意思，我有事，可以先走了嗎？」

「好的，謝謝高橋先生。」

早樹道了謝，但其實還有事想問高橋。就是高橋說到一半便不願再說的那位生活窮困的專題小組學生。但是，從高橋頑固的態度看來，她知道他絕對不會說。

高橋想拿錢包出來，早樹和丹吳同時制止。

「那我就叨擾了。要是有什麼事，請跟我聯絡，不要客氣。」

高橋老大不客氣地道了謝，先行離開了交誼廳。

「高橋先生真是個現實主義者。滿口故人故人的，有沒有讓早樹小姐心情不好？以前一起去釣魚的時候都沒有注意到，不知道是不是在大學裡往上爬，爬著爬著神經就變粗了。」

丹吳看著高橋姿勢挺拔的寬濶背影說。

「說真的，一開始我是覺得他很沒禮貌。他直接說庸介是故人，又懷疑我爸爸失智。」早樹說到這裡停住，回想剛才笑出來。「不過，也許會這樣想的人，將來會活得比較輕鬆。」

「不，我看高橋先生是以學校的體面為重。因為跟學生自殺的事一樣，教員的自殺和偽裝意外都是醜聞。這是我自己亂猜的，但我想他應該是想把事情當作都解決了。」

早樹大為震驚。

「我都沒注意到。的確，教員的自殺和意外都是一樣的。」

丹吳雙手靠在嘴邊，若有所思。

「庸介有心事不會找我談，但也許他有什麼不為人知的煩惱。庸介有沒有找丹吳先生談過專題小組學生的事？」

丹吳又從鏡框的鼻子部分那裡推了眼鏡。

「這我也是頭一次聽說。我想釣魚社的人也都不知道。我們不是會談那類私事的社團。就是大家一起釣魚，吃魚喝酒然後回家，非常單純地玩。」

早樹突然感到不安。搞不好，庸介曾經向自己發出過求救信號，自己是不是錯過了？

「妳時間不要緊嗎？」

丹吳擔心地問，早樹看看錶。已經下午三點半了。晚餐約好要和克典一起吃，她得回家了。

「我差不多該走了。不好意思，剛才佐藤幹太先生的電話，可不可以告訴我？」

丹吳拿出手機，把從高橋那裡聽來的佐藤幹太的手機號碼告訴了早樹。早樹邊輸入，邊想要是見了佐藤幹太還是一無所獲，就放棄打聽這件事。

「早樹小姐，我想拜託妳一件事。」

聽丹吳這麼說，早樹又正面面對他。

「好的，什麼事？」

「這有點難以啟齒。」

丹吳遲遲不肯說。

早樹猜想可能與克典這個成功的實業家有關，便提高警覺。

「和塩崎有關嗎？」

「不，不是的。」

丹吳驚訝地抬起頭。

「妳要不要把這件事寫成書？」

真令人意外。早樹傻了，看著丹吳，丹吳探身過來。

「早樹小姐當過自由撰稿人吧。既然如此，身為編輯，我建議妳不妨把這件事寫出來。」

所以才這麼熱心幫忙？——早樹錯愕。

「有人看到因海難而失蹤的丈夫再次出現。妻子已經再婚，但為了了解當時的真相採取行動，回顧自己夫妻的過去——我認為這非常引人入勝。我能理解早樹小姐現在的幸福和難過，身為釣魚社的一員也有迷惘和責任。所以，我認為由當事人早樹小姐來寫手記是最好的。若妳不願意，我可以和妳一起到處採訪，再整理出書。妳覺得呢？」

早樹失望得說不出話來。

美波不誠實，小山田避重就輕，高橋是現實主義者。原以為丹吳是唯一的依靠，沒想到他竟然提議出版。

「不好意思，現在的我沒有那個心力，沒辦法。」

早樹驚愕不已，搖搖頭。

「我來寫也不行嗎？或是拜託非小說作家呢？」

早樹繼續搖頭。

「是嗎？真可惜。心愛的人突然消失，然後認為往後還可能再度出現。絕望與失望交織，這在社會學上也會是一個有趣的主題。」

越是聽丹吳高談闊論，心情越是鬱悶。

「對不起，我幫不上忙。」

早樹拿起桌上的帳單，丹吳便搶過去。

「不好意思，說這種話。這杯咖啡請讓我來。然後，請再考慮一下我的提議。」

誰都不了解我的心情——早樹藏起失望站起來。

第六章　丈夫的心境

1

早樹與克典在離海不遠的一家日本料理老店會合。

搭計程車從逗子站前去的路上，儘管終於快到家了，早樹卻消沉沮喪。

覺得丹吳比小山田更站在自己這邊，期待或許能從高橋那裡得到正面的回答，這一切只不過是自己一廂情願。

就像高橋說的，就當庸介已死，忘了他，專心過新生活才輕鬆。自己被莫名其妙的生存論所惑，

不知不覺只顧看著過去。一這麼想，就連去找佐藤幹太這件事也可有可無了。

更何況，想起美波好勝的個性，早樹實在不想去問她與庸介的關係。高橋說的對，『事到如今木村小姐也一點都不想對他太太說吧』。

不知道就不知道，只好把一切都忘了——早樹在車上閉上眼睛。

計程車來到餐廳附近時，早樹睜眼看窗外。白天的大雨變小了，外面一片漆黑，沒有行人。

寂寥得令人難以想像夏日的喧囂。然後，感覺得到海就在左近。夜晚的海又黑又靜，有如死亡的象徵。早樹覺得好像有什麼悄無聲息地爬上來，生生忍住才沒有發抖。

但是，由於是星期六，店內相當擁擠。這樣的人聲鼎沸令人開心，早樹向坐在後面桌位等自己的克典揮手。

克典戴著老花眼鏡，正在看菜單。深藍色的喀什米爾毛衣領口露出來襯衫的白領，顯得很年輕。

「早樹要喝什麼？」

大概是很早就來等累了，早樹一就座，克典劈頭便問。

「那，生啤酒。」

克典喃喃說聲「好難得啊」。因為他知道早樹不太喜歡生啤酒。

「我很渴嘛。」

早樹說著藉口，一邊想起高橋喝得津津有味的臉。

「今天又不像是會口渴的日子。」克典笑了。

「我要點冷酒。」

克典點好餐，再次端詳早樹的臉，擔心地說：

「妳看起來很累。」

「會嗎？」早樹翻包包，拿出粉盒照了鏡子。的

確，黑眼圈很明顯，神情黯然。早樹伸手摸摸臉，收起粉盒對早典微微一笑。

「跑到東京好累人。」

「結果找妳有什麼事？」

克典雙肘架在桌上，支起下巴。準備聽早樹說話。

「研究所的朋友在出版社工作，說想見個面我就去了，結果嚇我一跳。他說想把加野的意外出書。我當然拒絕了。」

早樹雖有所猶豫，還是老實說出了丹吳的提議。不盡然是謊話，也不盡然是事實。

「哦。」或許是頗為意外，克典也顯得非常吃驚。「不知道妳朋友要怎麼寫庸介的意外喔？」

「加野消失得很不尋常。雖然沒有找到屍體，但當時的狀況非常不樂觀，誰也不知道他是在哪裡怎麼死的。聽說，穿著救生衣的話，很多都會被沖到

千葉那邊。可是，那裡也沒有。」

「這我聽說過。」

克典一臉認真地點頭。這時候飲料送上來了，早樹便暫停。兩人乾了杯，克典便追問：

「然後呢？」

「雖然認定死亡，卻耗了七年這麼久的時間。所以，朋友就建議把當時的事和現在的心境寫下來。大概是因為我以前寫過東西，他覺得正好吧。還說，要是我不行的話，就找非小說的作家，甚至說他自己寫。」

「很有意思啊。」

克典身子向前探，早樹吃了一驚。

「會嗎？我最近懷疑加野會不會是自殺的，正有點憂鬱。」

「最近？怎麼說？」

克典很敏銳。早樹支吾起來：

「就是東想西想的。」

「原來如此。那個朋友是知道這個可能性才說的？」

「對。這個朋友姓丹吳，以前常跟加野一起去釣魚。所以，我想他也知道有意外和自殺兩種可能。」

差點加上「還有生存」，但這件事她並不打算告訴克典。

「所以，他是對早樹的心理感興趣了。」

「嗯，他有提到社會學的主題什麼的。我是覺得有點誇大啦。」

當著送來的料理，早樹提著筷子笑了笑。

「不會，一點也不誇大。家人失蹤生死不明時，留下來的家人的心理照護，和失蹤者的心理，這些都是很重要的主題。」

「可是，我遇到的狀況又不是失蹤。」

「哦，也是。」

喜歡議論的克典只點了頭什麼都沒說，早樹鬆了一口氣。一定是想到早樹的傷心才不再多說的吧。

忽然間，早樹想起庸介國中時逃家，整整一個月都沒有回家的事。這是從美波那裡得知的。

想到美波或許比自己還了解庸介的「心」時，突然湧現一股強烈的嫉妒。

正因以為自己早就沒有嫉妒這種情緒，早樹對毫無預期的情緒爆發不知所措。真想大醉一場，忘掉一切。喝完啤酒，她問克典：

「克典，我可不可以也喝點酒？」

「那，我們換另一款酒吧。」

克典看了菜單，點了另一款冷酒。雖然沒什麼食欲，早樹還是拚命吃。

「早樹，妳夏天不是去過加野家嗎？那次是為了什麼事去的？」

克典突然問起，早樹不知該如何回答。

「沒什麼事。就只是去看看狀況，怎麼了？」

「不是啦，我在想，加野太太會不會缺錢。妳之前說沒有機會把現金給她，不知道她是不是有困難。」

克典說起早樹完全沒料到的事。

「她完全沒有提錢的事。」

當時怕她缺錢，早樹準備了些現金帶過去，但又原封不動地帶回來了。

「是嗎？那就好。」

克典準備結束話題，所以早樹追問：

「怎麼了嗎？」

「我本來猶豫著該不該說。」

早樹一驚，看著克典的臉。克典視線游移，顯得難以啟齒。只見他從口袋裡拿出手機，查看時間表。

「我記得是我去公司的星期五，正好是一個月前吧。秘書來問說收到一封信，不知道怎麼處理。信是加野太太寄給我的。」

是說庸介還活著嗎？早樹吞了一口口水。

「加野的婆婆？她怎麼說？」

「簡單地說，就是來要錢。內容是說，庸介遭遇海難之後，早樹付不起中目黑公寓的房租，所以每個月她幫忙付近五萬。現在她靠年金生活，遲早都要動用存款，所以可以的話，能不能還那筆錢。」

「哪有！才沒有五萬那麼多。」

菊美的謊話讓早樹傻了。

「沒關係。」克典息事寧人般搖搖手。「沒關係的，不用在意金額。我想，加野太太大概是對早樹和我再婚有所不滿。所以，我就匯了錢到信上寫的銀行帳戶。」

「多少錢？」早樹怯怯地問。

「兩百萬。」

早樹大為憤慨：

「為什麼要給她錢？克典又沒有這個義務。」

「可是，早樹是我的妻子啊。」

「加野出事以後，我說房租太貴要搬家，他爸媽才說萬一加野回來無家可歸太可憐，幫忙出一點，要我在那裡撐下去，所以每個月給我兩萬，有時候三萬，可是真的不夠，不到三年我就搬了。根本不到兩百萬！」

早樹拚命解釋狀況，說著說著就感到徒勞，垂下雙肩。她萬萬沒有想到菊美竟然會來跟克典要錢。而且既然是寫信到公司去，那很有可能法務的人也看了。

「克典，你要是有先跟我說一聲就好了。」

可是，說了她又能怎麼回答呢？彷彿早就料到早樹的憂慮，克典拿起玻璃杯問：

「那早樹會怎麼做？不理她？妳也做不到吧。」

的確，她無法置之不理。

「要是我，應該會只還她當初給我的錢，用我自己的錢還。」

她鬧起意氣。

「早樹用不著這麼做。妳說付不起房租要搬家，是他們阻止妳的啊？那妳收他們的錢是應該的。加野太太就是那種人。因為現實不如意，就回到過去，越想越恨。信裡的文字也有點怪。」

「克典，給我看那封信。」

早樹懇求，但克典不答應：

「不，早樹不用看。」

那封信裡可能寫了不少自己的壞話。想到克典的秘書也看了，早樹便羞慚無已。

「對不起。」

見早樹道歉，克典困惑地放下筷子：

「早樹沒有道歉的必要。不用放在心上。加野太太是認為我有錢，多少佔點便宜。」

「那種程度不叫佔便宜了。竟然還寫信到你公司，太惡質了。早知道她會這樣，我就在再婚前還她了。」

「不是的，不是錢的問題。加野太太是看不得只有早樹一個人過得好。」

一點也沒錯。忽然間，早樹想到，美波會不會也是一樣？

「真討厭。我以後不要再跟婆婆聯絡了。」

「哎，她也是可憐人，只能應付了事。下次她再來，我會拿出對策的。」

老於世故的克典安慰般說，但早樹垂頭喪氣。

信裡一定寫著她經濟困難吧。但是，菊美是靠年金生活沒錯，但公寓是自己的，也另有私人年金。

夏天去看菊美的時候，她的生活環境之所以有股荒廢感，原因並不是經濟困難，而是來自於孤獨或焦躁等心情上的不平靜。

早樹當時在玄關看到髒拖鞋還心生同情，認為就是因為沒有客人，才會這麼髒還不管。

她說她看見庸介很可能也都是編的，只是碰巧和娘家爸爸看錯撞期而已。

那自己這段時間是在慌什麼？早樹好洩氣。

「妳不用這麼擔心。」

看早樹實在沮喪，克典加以安慰。

「可是，我太震驚了。加野的婆婆居然到最後都還是不喜歡我。」

克典小心翼翼地往早樹杯裡倒冷酒，一邊說：

「那不是喜不喜歡的問題。有些人年紀大了，就愛鑽牛角尖。加野太太也是變了吧。我說過好幾次，她現在跟早樹是沒有關係的人了，不用去在意她。我一直很佩服早樹，覺得妳對她真好。」

早樹喝了一口冷酒：

「是啊。本來總是放心不下，不能不去關心，但是算了，我以後不會再跟她聯絡了。」

儘管克典不缺錢，但就付給毫不相關的人的錢而言，兩百萬不是一筆小錢。對早樹來說，這件事令人痛恨。

「就這麼辦。要是她又來要，我也有想法。兩百萬是分手費。」

克典以不由分說的語氣說。

這種時候，平常溫柔又公正的丈夫顯得很冷酷。

「對不起，給你添麻煩了。」

早樹又低頭道歉。

「不會的，沒關係。」

與庸介的婚姻，為她帶來了一連串的考驗。海難、搜索、庸介的父母，以及生存論。每每帶來衝擊，在在令她身心俱疲。

「我受夠了。我要把一切都忘掉。」

說完之後，早樹大大嘆了一口氣。

她最想忘掉的，是庸介可能還活著的說法，但克典毫不知情地笑著。

「這樣才好。」

但是，有些事是忘不掉的。那就是現在正面臨的問題。

「克典，我可以問真矢的事嗎？」

早樹鼓起勇氣一提，克典便抬起頭來：

「可以啊。要問什麼？」

「你和真矢之間有過什麼嗎？」

又看起飲料單的克典眼也不抬地回答：

「什麼都沒有啊。就只是合不來而已。」

「明明是自己的孩子，也會這樣嗎？」

早樹和父母關係很好，所以無法想像。只見克典抬眼朝早樹看。

「可能是早樹沒有孩子，所以不知道，並不是自己的孩子就會無條件覺得可愛。不見得合得來，也不見得能容忍一切。那孩子從小就想引人注目，愛說一些有的沒的。我不是說過嗎？她會說有鬼魂跟著你之類的來嚇人。我討厭這種謊話，罵過她好幾次。後來，她就不跟我說話了。」

「可是，真矢和媽媽感情很好吧？」

「哦，是沒錯啊。」

克典突然不太願意開口了。

「克典，我不想讓人在部落格裡亂寫，我想直接去找真矢跟她說。」

「可是，她拒絕了不是嗎？她根本不想見我們啊。」

克典說的是找她聚餐她卻拒絕出席那件事。克典臉上難得閃過怒氣。

「克典，你不原諒真矢啊？」

「不原諒。竟然在網路上寫那種沒禮貌的東西，那孩子真的無腦。」

看來真矢是禁忌的話題。因為克典突然生氣，早樹便換成安全的話題，好歹吃完了這頓飯。

「能不能叫一下計程車？我睏了。」

克典似乎冷酒喝太多了。打著呵欠吩咐早樹。

「好好好。你中午沒喝？」

「因為吃了一頓活像遠足便當的午餐啊。」克典笑著說。

是克典說下雨不出去吃，早樹才特地做了飯糰和厚蛋捲才出門的。

我今天到底在忙什麼呀？——早樹滿心苦澀地回顧匆匆忙忙的一天。

接下來的一週仍繼續下著冷冷的雨。丹吳捎信來告罪，但早樹隻字不提執筆一事，只道了謝。

真矢的部落格從十天前那次之後便沒有更新了。

這週過了一半，優子來約「我要和朋友去葉山的美術館，要不要一起午餐」。繼夏天來訪後的頭一次約碰面。

早樹約了克典，但克典不發一語，只搖搖手表示「不去」。看來如果智典也去的話另當別論，只有媳婦優子他就連見都懶得見。

所以，早樹又準備好克典的午餐，獨自開車前往美術館的餐廳。

優子在可以看海的整面玻璃的座位等著。

「好久不見。都好吧？」

早樹一招呼，優子便微微一笑。身上的黃色毛衣顏色美如秋葉，與染過的髮色相得益彰。

「對不起，把妳叫來。」然後，指指外面灰濛濛的海。「這麼好的地點，可惜在下雨。」

「妳朋友呢？」

「說要去鎌倉，先走了。她要去畫廊，我就Pass

了。」

生活還是一樣優雅。

「是啊，可惜在下雨。」

「對啊。」說著優子聳聳肩。「這是夏威夷的禮物。就是上次我找妳一起去的，我跟朋友去打高爾夫球。很好玩哦。」

優子遞來了一盒巧克力。

「謝謝。」

兩人點好義大利麵，優子便突然對著早樹坐好行了一禮。

「早樹，對不起。」

「怎麼了？」

優子突然向自己道歉，早樹吃了一驚。

「就是真矢的事呀。我先生罵我，怪我多嘴告訴妳真矢的部落格。公公很在意，叫我先生去處理。所以就講到怎麼會知道有那個部落格，回來我就被罵了。」

優子一臉憂鬱地說。

「哎呀，我是不是不應該告訴克典呀？」

「哪裡的話。部落格裡寫的是公公和早樹呀。我覺得還是知道一下比較好。」

優子顯得很後悔，無精打彩。

「可是，也許不知道也好。」

聽早樹低聲這麼說，優子幽幽地看煙雨濛濛的海：

「可是，又不能放著不管，實在很煩喔。」

「就是啊。與其什麼都不知道，我寧願妳告訴我。所以，妳不要放在心上哦。」

彷彿被早樹的話壓住般，優子皺起眉頭：

「可是，那個部落格寫得好過分。早樹，妳一定很不開心吧？」

早樹不答，回想著克典生氣的臉。平時溫厚的克典，在知道有部落格時，難掩怒氣。他們父女間的不和多半不是輕易能解開的。

「我不清楚真矢是個什麼樣的人。」

早樹回想著真矢剛好被瑜伽簡介拍到時那認真的神情，一邊問優子。

「她是有點怪，但以前不是會那麼惡意相向的人。」

「那，我該怎麼辦才好？智典是說，去勸她反而會造成反效果，最好不要管她？」

早樹問優子。

「對啊。他是這樣跟公公說的，不過主要是因為公公啦。他們兩個本來關係就很差。如果公公去罵真矢，是會造成反效果。」

「上次我問克典，他和真矢之間是不是發生過什麼事。」

聽早樹這麼說，優子欺身靠過來。

「嗯，結果呢？」

「什麼都沒有。」

「是喔。」

優子一副大失所望的樣子，雙手盤胸。

「說他們就是合不來。」

「公公和亞矢也沒有那樣啊。長相是真矢跟公公比較像，不過是亞矢跟他比較親。」

早樹和亞矢也是只在婚禮上打過招呼而已。

「我跟他們兩位都沒有說過話。亞矢和真矢都不會來找我，我想她們一定是很討厭我。」

早樹想起菊美來要錢的事，不禁苦笑。自己才剛向克典抱怨過菊美是不是討厭自己。

「哪裡談得上討不討厭，她們兩個根本又還不認識妳呀？被討厭的是我。她們都高傲得要命，討厭像我這種上過電視的女人。」

優子一副我討人厭我驕傲的樣子挺起胸。

「亞矢是個什麼樣的人？」

既然和克典比較親，或許個性也很像。

「亞矢很注重教育，是會朝目標邁進的那種人。她現在一心一意就是想讓孩子繼承爸爸當牙醫。我想她只關心自己家人。真矢呢，我說過好幾次，就是個怪人。她以前迷過蔬食主義，說什麼不相信現在的醫學，不吃醫生開的藥什麼的。就是那種不讓小孩打預防針的人。她相信世間萬物是由某種意念驅動的。」

優子說得很誇張。

「由某種意念驅動？」早樹愣愣地重複。

「對呀。還有，她堅持自己有通靈能力。那叫靈性是不是？我實在受不了。」

早樹心想，既然真矢是那麼有靈性的人，不如向她問問庸介的事。出事那時，菊美找來的通靈師讓她吃盡了苦頭，讓她很想試試真矢的「能力」。想一想自己也變得有點壞心眼，早樹不禁苦笑。

「那樣的話，克典大概也不知道怎麼相處吧。」

克典是理性主義者，應該很討厭真矢那種思維。早樹想起他至今仍對真矢小時候的言行生氣。

「哦，不過呀，公公和婆婆聽說是因為算命結婚的。」

「算命？」

早樹實在太意外，不禁重複了一遍。

「對呀。現在住院的我先生的奶奶，也就是公公的媽媽，聽說很喜歡算命。我還聽說，相親的時候，公公其實是不喜歡婆婆的。說她嬌生慣養，一點都不有趣，不要結婚。可是，奶奶因為算命算出她是最好的對象，就叫他們結婚。」

早樹簡直可以看見克典一臉厭惡的神情。

「用這種方式來選結婚對象？」

「因為，公司本來是奶奶的爸爸的呀？」

優子一副「妳連這都不知道」的樣子看早樹。

「我都不知道。所以，克典才會討厭真矢說通靈能力那些的嗎？」

「有一部分是吧。不過，真矢也不是真的有通靈能力，純粹只是想出鋒頭而已呀。就是因為覺得自己沒有任何才華才會那樣。我覺得她那是對父親的叛逆。都這麼大了還在叛逆也很可笑就是了。」

優子吃著送上來的義大利麵，說得輕描淡寫。

「優子，我想見見真矢，不知道有沒有什麼辦法？」

「那就去埋伏她，威脅她呀？跟她說：妳的通靈能力看不出我是誰嗎？」

優子說著笑了。

早樹是認真的，但看來部落格對優子而言是別人家的事，便暗自輕輕嘆了一口氣。

「我沒有要那麼做，可是，我想請她不要再寫壞話了。畢竟……」

早樹感到難以措辭。因為她覺得，自己夫妻被侮辱了。屈辱與失意。她想起這兩個詞。

「說的也是，她那些壞話有點太超過了。我看了也很不開心。我先生也很生氣。」

優子立刻洩了氣。

「我是覺得有點不舒服。想不通她為什麼那麼敵視我們，那麼固執。」

早樹老實說。

「一定是因為太閒。」

「太閒？」

的確是聽說她把工作辭了。

「她除了恨公公沒別的事做。早樹如果真的想見她，也不是見不到。不過，真的很可能會造成反效果哦。這樣妳還要見嗎？」

早樹點頭。克典也許會反對，但自己想當面跟她談。

「好。我想我有朋友和她算是比較熟的，要不要我來問問她現在的狀況？」

優子的眼神認真起來。

「可以拜託妳嗎？不過，不要讓克典知道。因為，一提起真矢，克典就會生氣。」

雖然報名了長谷川菜穗子的瑜伽教室，也不能保證可以見到真矢。

「我聽說，公公要是真的生氣會很恐怖。」

優子會不會知道克典的什麼小故事呢？早樹想起克典說『不原諒真矢』時那嚴厲的神情。

早樹雖然還沒和克典吵過架，但克典也一定有年輕氣盛的時候吧。

她覺得自己在不滿即將爆發的時候，庸介消失了，於是她在燃燒不完全的狀況下，被穩重的克典同化了。

多麼無趣的人生啊。早樹突然覺得一切都失色了。

「我現在就LINE一下，看有沒有人知道真矢的近況。」

優子拿出手機，迅速發了LINE給同學。

「現在還沒有消息，有的話我再告訴妳。」

「謝謝。優子，真的很感謝妳。我明明和克典結了婚，兩位千金卻都不理我。」

心痛忽然捲土重來。優子同情地垂眼點頭道：

「小姑這種人真的很討厭。她們就是不喜歡別的女人進入她們家族。大概是會激起她們的敵意吧。」

優子皺起眉頭。

「因為沒有住一起呀。」

見早樹聳肩這麼說，優子忽然想到般說：

「會不會是因為這樣才去寫部落格？因為不敢當面抱怨或是損人。」

「原來如此。」

兩人相視笑了笑。

但是，有一件事早樹和優子就算心裡會想，也絕對不會說出來。真矢恐怕是無法原諒父親娶了一個和自己同齡的女人。早樹、優子、真矢。一家子裡竟然有三個同齡的女人，煩都煩死了。

早樹是優子的婆婆，也是真矢的繼母。突然來了一個陌生女人站上母親的位置就已經夠討厭了，更何況那個女人還跟自己同齡。就這一點，早樹是同情真矢的。早樹的心境很複雜。

「啊，有人回了。」優子看了LINE之後搖頭。「好像沒什麼人跟她比較熟，大家都說不知道。」

「謝謝。不用了啦。我要開始去上瑜伽，聽說真矢也會去。我打算耐心慢慢等。」

「等到以後呢？」

優子邊把手機收進包包邊問。

「就自我介紹，跟她作朋友。」

「不可能的。」優子一口斷定。「她反而會躲得遠遠的。」

「那，我該怎麼辦？部落格也繼續讓她寫？」早樹嘆了一口氣。她受得了那些謾罵嗎？「能不能拜託智典？」

「就算是當哥哥的，也不好對已經成年的妹妹說什麼，管不動的。真矢怎麼可能乖乖聽話。」

「說的也是。」

「哎呀，我得走了。」

優子瞄了手錶，迅速從錢包裡拿出自己的餐費。早樹早就想好要出錢，便要把優子的錢還給她，卻被優子拒絕了。

「各付各的吧。」

「可是，我剛想到我是妳婆婆，所以這一餐就由我來吧。」

早樹退還紙鈔這麼說，優子一聽大笑。

2

與優子碰面的第二天起，一連好幾天都是晴天，之前連綿多日的陰雨彷彿不曾發生過。

白天天氣穩定暖和，真正是小陽春。庭院裡，紅色橘色的雞冠花，白色粉色、甚至難得一見的黃色、巧克力色的波斯菊盛開怒放，美得如夢似幻。

神奇的是，天氣一好，心情也會變得開朗積極。早樹幾乎沒有想起庸介和真矢，與克典悠閒度日。

在早餐的餐桌上，克典難得說想去看看停在碼頭的船。

「天氣很好，早樹要不要也坐坐？」

早樹搖頭。

「我就算了。」

「是嗎，好失望啊。」

「別擔心我，你去坐呀。」

「沒有啦，也不是擔心，就是覺得一個人上船也沒什麼意思。」

克典將手上的吐司屑拍到盤子裡。

早樹將咖啡杯放在咖啡碟上，問了一直很想問的事。

「那，美佐子太太以前也會坐嗎？」

「沒有，完全不會。應該說是室內派的吧。她的興趣是做菜和書法，對戶外活動完全不感興趣。不過會去旅行就是了。」

「那，你再自己去就好了呀。」

早樹半開玩笑地說，克典苦笑道「話是沒錯

啦」。

他與早樹再婚的原因之一，便是想要一個一起消遣、一起吃飯的伴，所以一定覺得早樹都約不動吧。

「別在意我，你就去嘛。」

聽早樹重複同樣的話，克典朝海望過去。

「不過，因為庸介是在海上失蹤的，所以我之前的確會覺得駕船出海不太好。」

「嗯。」早樹也很清楚這一點。

結果，克典以豁達明理的語氣說：

「不過，給了加野太太錢之後，不知道為什麼就覺得可以不用在意了。錢真是很奇妙啊。那時候我不是說『分手費』嗎？可是，那不是早樹的分手費，是我對加野家的。我這個年紀，卻娶了一個丈夫還下落不明的年輕太太。一定是心裡有所虧欠吧。對早樹也是有些內疚。現在因為被要了錢，知道加野太太是什麼樣的人，也懂了早樹被束縛的痛苦了。所以，因為付了錢，就覺得有什麼結束了。」

儘管庸介已被認定死亡，早樹卻被過去拖磨著。克典雖然從來不說，但對他來說一定很沉重吧。

克典去宮崎打高爾夫球的時候，會臨時多留一天，又說要再開始打球，感覺與往常有所不同，原來是這個緣故呀。

「克典願意這麼想，我很感激，可是給錢那件事我還是很不開心。」

早樹對菊美的憤怒沒有消滅。竟然來跟克典要錢，不可原諒。菊美的改變，讓她和庸介的美好回憶也變質了。

如果，萬一，庸介還活著，那麼他就是把照顧菊美的事全都推給自己——早樹心中似乎又要冒出新的怒火。

「我知道。可是，庸介已經死了。都過去了，也沒有必要再理加野太太了。」

克典說得斬釘截鐵，早樹也點了好幾次頭。她也很懊惱自己被菊美主張的生存論耍得團團轉。

「也對，我要把不愉快的事全部忘記。」

「這樣才好。」

早樹為了給克典的杯子添咖啡而站起來。這時候，她的手機響了。拿起手機看了來電顯示。令人吃驚的是，竟然是菊美打來的。

才剛說到菊美她就來電，時機湊巧得讓人發毛。

「怎麼了，不接嗎？」

「不用接。是加野的婆婆打來的。」

「哦，簡直就像知道別人在說她呐。」

克典苦笑。

鈴響到一半，早樹就按了鍵把電話切掉了。菊美討厭在電話答錄裡留言。

當然，早樹也想質問她為什麼要說謊要錢。但是，她連話都不想跟菊美說了。

「所謂的說曹操曹操到啊。」

克典微微蹙眉說。他一定也覺得毛毛的吧。

吃過早餐，克典獨自去了碼頭，早樹收拾善後、洗完衣服，才打開電腦收信。

丹吳來信，她便寫了回信。

塩崎早樹小姐：

後來一切都好嗎？

和佐藤幹太先生聯絡上了嗎？

其實，我打過高橋先生給的手機號碼，但他已經換號碼了。

向同業打聽的結果，據說他結了婚，在太太的娘家幫忙。如果妳希望更進一步的調查，請告訴我不要客氣。

但是，我很擔心上次我厚顏拜託的事是不是有所冒犯。請把書的事忘了。那麼，希望能保持書信聯絡。

丹吳陽一郎　敬上

丹吳陽一郎先生：

您好。上次承蒙幫忙，非常感謝。

知道庸介熱愛釣魚，與大家一同度過愉快的時光，我就放心了。

多虧丹吳先生，我想雖然庸介丟了性命，但我終算能接受他熱愛的大海了。

我決定不再被過去那些事綁住，既然活著就向前看。

丹吳先生，謝謝你幫了這麼多忙。請多保重。

塩崎早樹

重讀一遍，雖然覺得很像訣別信，早樹還是毫不猶豫地寄出去了。

丹吳的請託讓她感到深受背叛，菊美要錢的事令她極其反感，讓她決定切斷所有與庸介有關的人的關係。

美波和釣魚社的人傷害了她，庸介本人也深深傷害了她。庸介當時可能為了與學生的糾紛而煩惱，卻沒有告訴她。這樣的話，那他讓美波跟他一起去釣魚，美波對他而言又是什麼？釣魚社的人為什麼不告訴她？

因為這樣，想再次探索庸介生死的氣力漸漸消退了。因為她對「假如庸介還活著」的假設不再感到悸動。

下午一點，她與克典在碼頭的餐廳會合。

在面海的陽台座位的陽傘底下，戴著太陽眼鏡的克典已經就座了。餐桌上有生啤酒杯。

早樹揮手。今天的克典顯得前所未有的可愛。現在的自己能夠依靠的只有克典。

一想到庸介或許還活著，就覺得克典很老，現在對庸介那邊的人幻滅了，克典就顯得可愛起來。早樹為自己的膚淺感到慚愧。

「船怎麼樣？」

克典先喝了一口生啤酒，才悠哉答道：

「嗯，我開到江之島去。很舒服哦。」

「天氣好嘛。」

早樹也戴上太陽眼鏡，朝閃耀的海面盡頭望。江之島在右手邊。在那之後是富士山。眺望著庸介斷了消息的相模灣，覺得很美。

雖是平常日，但因為天氣好，揚起白帆出海的帆船很多。

早樹看著菜單，包包裡的手機又響了。心想不會吧，一看果然是菊美打來的。早樹皺起眉頭。

「真討厭，又是加野的婆婆。」

早樹正要掛，克典突然伸手搶走了手機。

早樹還來不及阻止，克典便接起了電話：

「喂，我是塩崎。早樹不會接的。無聲電話？我們才不會做那種事。妳在胡說什麼。請妳不要再打給早樹了。」

見克典不悅地掛了電話，早樹壓低聲音問：

「她說什麼？」

「不知道。亂七八糟說什麼無聲電話怎樣的，莫名其妙。她是不是糊塗了？」

克典毫不留情地罵。

「婆婆說我打了無聲電話？」

早樹吃了一驚。

「管她呢。聽不懂她在說什麼。」

克典心情不佳，早樹便不再問了。但心頭留下疑點。菊美到底是為了什麼打了兩次電話來？她以為早樹打無聲電話給她？

吃完午餐回到母衣山，克典便進寢室午睡，現在午睡已成為他每天的慣例了。最近午睡有變長的傾向。尤其是今天，生啤酒之後又喝了兩杯白酒。沒有兩個小時恐怕不會出來。

早樹決定趁這個空檔去藤澤的購物中心買瑜伽服。她預定這個週六起去上課，卻還沒準備好。

開車行駛在沿海的國道時，忽然想到一件事。

菊美會不會是想來告訴自己，有人打無聲電話給她？如果是這樣，那麼那個人肯定是「庸介」。但是，真的嗎？難道不會又是她編的，或是妄想的？

朝著藤澤在國道上右轉，發現一座平常完全沒有注意的公共電話亭。

早樹一時衝動，停了車。掏出零錢，按了菊美家的電話號碼。響了幾聲之後，菊美接了。

「喂，加野家。」

菊美以極其慎重的聲音回答。一副怕惹對方不高興掛電話的樣子。

「喂，喂？」

早樹不作聲，菊美便開始說話：

「喂，阿庸？阿庸是你對不對？你說話呀，媽求你。」

一輛卡車從電話亭旁駛過，早樹趕緊按住通話口。

結果，菊美屏住氣，似乎是在注意聽這邊的聲響。聽筒裡只聽得到嘶——、嘶——的呼吸聲。

「阿庸，你說話呀，媽求你。好不好？說說話。媽好想聽你的聲音啊。你果然還活著。媽好高興啊，光是這樣就能長命百歲了。你說句話吧，媽不會罵你的。媽媽呀，一直相信你還活著。拜託，一句話就好，你出個聲呀。不過，這是第三次了吧。謝謝你打電話給媽。這就是你還活著的證明呀。謝謝，這樣媽就能活下去了，真的。沒事了。」

菊美以拚命的聲音邊哭邊說，早樹震驚得開始發抖。

可怕的事發生了。

再聽下去太痛苦，早樹把聽筒掛回去。

菊美一定正在大泉學園的家裡緊握著老電話，聲聲喊著「阿庸、阿庸」吧。

也許那不是惡作劇，而是庸介真的還活著，一心想聽母親的聲音而打過幾次無聲電話。

這樣的話，他也會打到自己的手機嗎？她從來沒接到過「公共電話」的來電，但要是黑暗中傳來庸介的聲音，她一定會嚇昏吧。

意外發生當時，自己明明為了再也見不到庸介每天以淚洗面。

早樹在電話亭裡呆站了半晌。她這輩子從來沒打過無聲電話。

她做了多麼罪過的事啊！內疚讓她差點大叫。

現在菊美一定更深信庸介還活著了。

然而，如果傷害自己的菊美在受苦，也沒什麼不好的——這樣醜陋的自己突然現身。早樹對這樣的自己感到疲憊，蹣跚地走出了電話亭。

回到閃著燈的車上，在駕駛座上毫無意義地望著手機。真希望有人能幫忙。

可是，她又不敢告訴克典，那就沒有人能幫忙了。

結果，雖然去了購物中心，卻只是漫無目的地在店裡晃，沒有買瑜伽服。本想買晚餐的食材，又覺得最好問過克典的意思再買，也就沒買了。

白天明明暖和得可以穿短袖，但陽光一減弱就突然變冷了。

勁急的冷風在上空呼呼作響。隨著天氣驟變，白天的活力也不知所終。

早樹空著手把車開出停車場。然而，她實在好奇美波有沒有接到無聲電話。

終究還是把車停在路肩，拿出手機，牙一咬便打了電話。

「喂，美波？是我。」

「啊，怎麼了？」

美波以沉穩的聲音回答。

「現在方便說話嗎？」

「嗯，我出辦公室了。現在來到走廊，可以說話。」

早樹想像著律師事務所所在的大樓走廊。脂粉未施的美波穿著素色套裝，拿手機貼著耳朵站在那裡的樣子。

「對不起，還讓妳特地出來講電話。我打來是有點事想問美波。上次，美波不是跟我說了佐藤幹太的名字嗎。可是，我一問丹吳先生，他說幹太好像已經不在出版社了。所以，如果妳知道他的手機電話，可不可以告訴我？」

或許是後悔打了無聲電話，自己有點刻意多話的傾向。

「不知道啊，我沒聽說。」

美波的語調忽然變低，也有些遲疑。

雖然認為美波不可能不知道，但早樹不知道該怎麼說，便停頓了。

結果，反而是美波問她：

「對了，我也有事想問妳。那件事怎麼樣了？」

「哪件事？」

「就是看到很像庸介的人的事呀。」

「哦，我去找了小山田先生和丹吳先生，問了很多，結果還是沒有什麼收穫。大家都覺得應該是庸介他媽媽看錯了、認錯了，可是發生了怪事。」

「什麼怪事？」美波不安地問。

「婆婆那邊說接到無聲電話。」

聽得出美波一驚，倒抽一口氣。

早樹立刻問：

「美波有沒有接到？」

「怎麼會打到我這裡來？萬一真的是庸介打的，也應該是打給早樹吧？」

美波否認得很快。

「我沒接到過。真的沒有打給妳？」

「沒有。怎麼可能打給我。」

然而，美波的口吻有所猶豫。

早樹豁出去問：

「美波，妳不是瞞著我跟庸介他們去釣魚嗎？我也問過丹吳先生了。我本來以為妳是偶爾去，結果大家都說妳是釣魚社的一份子，害我好吃驚。」

「咦，我沒跟早樹說嗎？」

美波睜眼說瞎話，讓早樹很生氣。

「沒有。我根本連妳會釣魚都不知道。」

就是因為庸介也沒提過，她才會懷疑他們兩人的關係。

「只是去過幾次而已。」

「是嗎？美波，妳否認妳和幹太交往，該不會其實是跟庸介在一起吧？」

終於觸及核心了。美波會怎麼回答呢？早樹按捺住心中的悸動。

「怎麼可能。」美波說不出話來。「我怎麼可能會做那種事！他是早樹的老公。拜託，早樹，妳是不是瘋了？不要把人看扁好不好。」

「沒有什麼圓的扁的，既然妳和幹太交往不是真的，那妳為什麼去釣魚？妳一個字都沒告訴過我不是嗎？難道不是妳和庸介在一起嗎？妳表面說要跟大家一起去釣魚，其實是和庸介兩個人單獨去了別的地方，不是嗎？」

早樹連聲逼問，美波沉聲回答：

「不是，絕對不是。我加入釣魚社是事實，這件事我或許沒跟早樹說，可是我並沒有瞞妳。因為，跟我交往的是幹太。我是受到幹太的影響，才開始釣魚的。」

「那妳之前為什麼要否認妳和幹太的事？」

「因為我不想講。」

美波低聲回答。

「為什麼不想講？」

早樹緊迫盯人地追問。

美波的回答突然含糊起來：

「因為發生了很多事。我在幹太那裡栽了一個大跟頭，所以我不太想說。我下次整理好再跟妳說。」

「現在就說。」

雖然認為自己這樣逼人很殘酷，但早樹管不住自己。

「抱歉，下次再說。我現在還沒辦法原諒他。」

美波尖叫，所以換早樹倒抽一口氣。

「如果我說得太過分了，我道歉。那，妳和幹太交往，跟庸介一起去釣魚，為什麼不告訴我？」

「我沒有要瞞妳，可是我很內疚呀，跟朋友的老公一起出去。所以，就只是這樣而已。」

「只是這樣，庸介就把秘密告訴妳？」

「秘密？」美波傻住般重複。「哦，逃家的事？」

「對。我都不知道，真的大吃一驚。」

「我也是啊，想說庸介怎麼沒跟早樹說。」

早樹默然。庸介恐怕有很多事都沒有告訴自己。

原來自己是個讓丈夫不願說心裡話的冷漠妻子。

「庸介是不是抱怨我？」

美波沉默不答。一定就是吧。所以，美波更加不敢說釣魚社的事。早樹閉上眼睛。明明都是過去的事了，卻還要因此受傷，好痛苦。

身為妻子，丈夫卻不寵、不愛、不信任。

那麼，庸介愛的是誰？早樹不禁大叫一聲「啊」。這一瞬間，她明白了那不是自己。

「怎麼了？」

美波緊張地問。

「沒事。」早樹消除她的緊張。

「早樹，妳好怪。」

「也許吧。從那之後我就一直怪怪的。一想到庸介要是還活著，就不知如何是好。雖然很懷念，可是當然也有怨懟，心裡很不平靜。」

「真可憐。」

美波同情地柔聲說。

「美波，妳和幹太在一起多久？」

「三年吧。他啊，背叛得太狠了。庸介出事以後，明明還一直跟我在一起，卻突然和別的女人結婚了。原來他一直劈腿，我卻完全沒發現。他為了躲我，連工作都辭了，電話大概也是因為這樣換的。所以，我也聯絡不上他。」

所以她才說不知道電話的嗎？

「是嗎？對不起，是我誤會妳了。」

換早樹消沉了。是她對不起美波，懷疑她。

「沒關係。反正我也不太想告訴早樹。」

「為什麼？」

「因為，我跟庸介和幹太他們一起玩是事實，而早樹再婚以後，就是另一個世界的人了。」

和克典再婚就是另一個世界的人嗎？早樹覺得，菊美和美波的這種想法很像。

「幹太現在不知道在哪裡喔？」

「我不知道，也不想知道。」

但是，以美波的個性，會不會早就全都調查清楚了？

早樹想起她曾經提議去查真矢現在在做什麼。

「要是妳知道，能不能告訴我？」

「妳要幹麼？」

「我有很多事想問啊。」

車內變冷了，早樹發動引擎。

「妳想問幹太什麼？」

美波的聲音很累。

「庸介的事啊。」

「妳想知道庸介什麼？早樹不是太太嗎？妳應該更清楚呀。」

「才不是。有些事就是只有太太不知道。」

「這就是婚姻啊。」

或許是處理很多離婚訴訟，美波嗤笑道。

「幹太是個什麼樣的人？」

「一個熱愛釣魚、滿腦子只有釣魚的人。」

美波想也不想便答。

「他和庸介很好吧？」

「在釣魚社裡應該是最好的。所以，我們常三個人一起去釣魚。雖然對不起早樹，不過很開心。」

「也會過夜嗎？」

「這倒是沒有。」

可是，庸介星期六就出門的情況不少。說是星期天大清早要上釣船。

「美波，如果妳知道什麼，可不可以老實告訴我？」

「可以啊，妳想知道什麼？」

「庸介是不是和誰在一起？」

美波低低笑了：

「無論如何都會往那方面想喔。」

「不行嗎？」

「不會啊。只是，一直往那裡鑽，會痛不欲生哦。」

「妳怎麼知道會痛不欲生？」

「因為我以前就是那樣。」

以前。過去式，那還算好的。自己卻是現在進行式，為已經無法挽回的過去焦慮不安。

「美波現在已經沒事吧？」

「算是吧。所以我才猛K書考上律師啊。就是想老娘拚個律師給你看。」

美波是以製造公司行政人員的背景挑戰司律考試的。

「妳很拚喔。」

「不這樣我熬不過去。」

「美波，謝謝妳。我們要繼續當好朋友哦。」

不等美波回答，早樹就準備掛電話。結果，傳來美波的聲音：

「等等。我跟妳說。」

早樹沉默了。

「幹太離妳家其實還滿近的。聽說他和他老婆兩個在開居酒屋。」

「在哪裡？」

「逗子。他太太娘家是在那邊開餐廳的。店名叫『幹太郎』。」

原來幹太離自己這麼近。早樹呆住了，連謝謝都忘了說。

3

回到母衣山時，已經超過四點了。不見克典人影。這種時候，大多是在庭院裡散步。

早樹打開玻璃門，俯瞰庭院。果然，克典就在太陽偏西的庭院裡。只見他身穿灰色開襟衫，蹲在藤架那邊。

早樹一揮手，克典看到便回到主屋。

「回來啦。去買東西？」

「嗯，本來是要去買瑜伽服的，結果都沒看到喜歡的，就回來了。」

「妳去哪裡買啊？」

克典大概是碰了庭院裡的泥土，只見他在露台前甩了手才進屋。天氣冷，早樹立刻關上玻璃門。

「藤澤的購物中心。」

「橫濱的比較好啊。」

早樹不置可否地微微一笑。

如果去橫濱購物，回來就會很晚。克典事先不知道她的行程，一定會擔心。即使中途和他聯絡，他也可能會說，橫濱他也有東西想買，怎麼沒找他而不高興。

早樹的自由沒有臨時起意的空間，完全是在克典的時間內。

「不說這個了，你在那裡做什麼？天氣突然變冷了呢。」

早樹改變了話題。

克典以手梳理被風吹亂的白髮，閒閒地說：

「沒什麼，就想起藤架的石堆有蛇。想說會不會已經冬眠了，就去看看。」

「白天還很暖和，應該還沒睡吧？」

大概是覺得早樹的說法好笑，克典笑了。

「對了，晚餐要吃什麼？妳做了什麼準備嗎？」

「我想和克典商量了再決定，就沒有買東西。」

「是嗎，那要吃什麼呢。妳想吃什麼？」

克典看早樹的臉。

「那，要不要去逗子的居酒屋？看起來評價不錯。」

早樹大著膽子提議。

以前佐藤幹太沒有來家裡玩過，但搜索庸介時早樹見過他好幾次。

　如果在店裡見到，他多半會認出自己是庸介的妻子，但早樹打算到時候就裝作是巧合。

「居酒屋嗎？早樹會想去還真是稀奇。店名叫什麼？」

　克典一臉驚訝。

「叫『幹太郎』，你知道這家店嗎？」

「沒聽說過。會不會是新開的啊？」克典偏著頭說。「妳怎麼會想到要去那家？」

「在網路上看到的。上面寫說他們的魚很好吃，我就想找機會去看看。」

　其實是在聽美波說了之後，立刻上網搜尋。「幹太郎」果真就在新逗子車站旁。據說魚都是店主釣來的，新鮮可口頗有好評，在美食網站上的分數也很高。

「網路啊。我還以為妳是聽長谷川說的。最近什麼建議都是從長谷川那裡聽來的喔。」

　克典開玩笑地說。大概是想起庭院的雕塑和狗的事吧。

「不是的。是我在找附近的餐廳的時候看到的。」

「那，就去那裡吧。我喜歡居酒屋。」

　克典愉快地這麼說，早樹便事先提醒：

「你中午喝多了，晚上不要喝太多哦。」

「我知道啦。」

　克典厭煩地變回正經的神色。就平常溫厚的克典而言很罕見，早樹窺看他的側臉。是不是有什麼不痛快？

　早樹決定不預約直接去「幹太郎」。如果進不去，看看樣子就走。一個人不好進居酒屋，早樹心想克典願意去真是太好了。

然而，「幹太郎」竟是一家精心打造的時髦店家，稱之為居酒屋讓人感到過意不去。水泥牆面，白木拉門。入口堆著鹽堆。不像居酒屋，更像割烹。

「哦，很不錯嘛。我都不知道有這麼一家店。」

克典很驚訝。

早樹想著庸介的「釣魚老師」、背叛美波的佐藤幹太很可能就在裡面，不免有些心跳加速。

她也不知道自己到底想問庸介的哪些事。幹太他們為了搜索庸介而每天出海那時，每次見面早樹就行禮道謝，卻沒有多談，所以對方也很可能會說都這麼多年了有什麼好說的。

而，想起情傷未癒的美波的口吻，好像又會一衝動就責怪幹太不誠實。

但是，「釣魚社」的「社員」在庸介遭遇海難後便如鳥獸散，對此她總是有疑問。

曾任《釣魚痴》編輯的幹太、比較沒有那麼親近的大學職員高橋不算，但小山田、丹吳和美波都不再釣魚了，彼此也沒有保持聯絡，這是為什麼？就算這「社團活動」是以庸介為中心，也無法說服她。

「我們沒有預約，有位子嗎？」

克典先進店內詢問。早樹在外面等著，見克典招手說「有位子」，便跟著進去了。

看樣子似乎剛開始營業，沒有其他客人。位子只有吧檯座和三張桌子，坐上十五、六個人大概就滿了，但店內很明亮，看來還很新。

牆上裝飾著幾幅魚拓和照片。

抓著一條大魚的魚尾笑得燦爛的，看來就是幹太。

早樹很想湊近去看，但一進門就盯著照片不太好，便無所事事地站著。

「歡迎光臨。」

收銀機後清脆地高聲招呼的，應該就是幹太的妻子。

那女子比早樹年輕，有一雙大眼睛，很可愛。咖啡色的頭髮以彈簧髮夾別住，黑毛衣牛仔褲，上面套著傳統的罩衫式圍裙，沒有刻意修飾。

幹太妻子或許是一眼就判斷克典是大戶，帶他們進後面的席位。

「後面空著，請。」

「你們這裡好漂亮。我都不知道有這樣一家店。」

克典一客套，幹太妻子便開心地笑了。看她笑容嬌憨，早樹心想她或許還不到三十五歲。

「我們之前是在大船，兩年前才搬過來的。」

招呼客人雖然熟練，謙讓語的說法卻怪怪的，講話的樣子頗有稚氣。

克典用送上來的濕手巾擦著手，一臉會意地點頭。

早樹覺得有人隔著布簾從廚房窺看這邊。往那邊一看，人影消失了。是幹太嗎？早樹緊張起來。

然而，撥開布簾出來的，是一個穿著類似作務衣的年輕男子。

「歡迎光臨。」說著，他在克典面前打開了菜單。

「本日鮮魚有什麼？」

聽戴起老花眼鏡、認真看起菜單的克典這麼問，男子流利答道：

「今天是黃鰭鮪魚。熟成了三天，現在是最好吃的時候。還有現撈的中卷。」

克典點了生魚片和烤魚之後，朝早樹看。

「有沒有想吃什麼別的？」

早樹搖頭。作務衣男子進了廚房之後，幹太妻子送上瓶裝啤酒，說：

「黃鰭鮪魚和中卷都是我先生釣來的哦。」
「剛才那位是妳先生？」
幹太妻子聽克典這樣問，笑了。
「不是，那是我弟弟。由他掌廚。」
「是嗎？不過，你們都開賣魚的餐廳了，可見妳先生真的很喜歡釣魚。」
一無所知的克典佩服地對幹太妻子說。
「是啊，他本來是在釣魚雜誌工作，不過因為我娘家是做吃的，我們想一起開店，他就把工作辭了。」
克典顯然不太感興趣，只應了一聲「哦，這樣啊」就不再說了。幹太妻子一副很想繼續說的樣子，但早樹也沒說話，她便離開了。
美波說他們是夫妻一起開店，但既然妻舅來幫忙，那麼幹太可能只是每天釣魚，不進廚房。
如果來了這裡還是見不到幹太，那要怎麼樣才聯絡得上？早樹微感失望。
「提到釣魚了。」
幹太妻子走後，克典一臉抱歉。他指的是庸介的意外。
克典敏銳又比別人加倍關心早樹，早樹卻沒有把選這家餐廳的真正理由告訴他，覺得很過意不去。
早樹微笑著搖頭：
「不會的，我一點也不在意。謝謝你這麼體貼我。」
克典幫忙倒了啤酒，兩人碰了杯。
「早樹最近變了呢。」
喝了一口啤酒之後，克典突然這麼說，早樹吃了一驚。
「怎麼個變法？」
「以前看起來很哀傷，最近好像變得比較堅強，有種強悍的感覺吧。我猜在庸介去世之前，妳應該就是這樣的人吧。」

「強悍！我很強悍？」

早樹重複他的話笑了，但心底認為搞不好真的被克典說中了。

「嗯，我沒有負面的意思。我的意思是妳很有勇氣。」

當初早樹決定去工作時，庸介說妳明明可以繼續研究美國文學的，顯得很失望。

然而，對早樹而言，工作比研究有趣多了。她有如一頭飢餓的野獸，在密林裡來回穿梭尋找獵物，貪婪地不斷尋找新的事物。

未曾接觸過的工作她也不怕，做得很開心，也喜歡和素未謀面的人交談。

「我看起來很哀傷？」

「對啊。」克典說著點頭。

「克典也很哀傷哦。」

早樹回想著說。在母衣山的家初次見面時，克典顯得比現在更加消沉、蒼老。

「妳現在會說要去做瑜伽，也會開車到處去，我覺得妳變了。不過，我認為這是好的變化。我不希望早樹一臉哀傷。」

「因為，我已經不哀傷了。」

對，不哀傷了。只有困惑和懷疑不斷在內心膨脹。困惑一旦產生，不久就會成長為懷疑。而懷疑，會讓人為了尋找答案而動起來。也許是這股能量讓自己顯得強悍。

克典靜靜對思索著這些的早樹說：

「不哀傷了，真好。」

小菜送上來了。克典喝完了啤酒，向妻舅點了綠茶兌燒酎，早樹也點了一杯。

點了單的妻舅一離開餐桌，早樹便鼓起勇氣說：

「不過呀，克典，我之所以會想去做瑜伽，並不是因為不哀傷了，而是想說在那裡也許會遇到真矢。」

克典吃驚地抬起頭來：

「真矢還在長谷川太太那裡學瑜伽？」

「沒有，聽說現在已經沒有了。不過，有時候會去玩，所以我想也許有機會遇見她。」

「妳見真矢做什麼？」克典一臉的不高興。「她連婚禮都沒來，找她吃飯也不聯絡。」

「是啊。所以，我本來是打算見到她本人，請她停掉那個部落格的。可是，我現在開始覺得不見也好。」

「為什麼妳又改變想法了？」

克典不安地問。

「因為，這是你和真矢之間的問題呀。我只是被牽連而已。所以，我想我見了她也沒用。」

早樹坦率地說。

「一點也沒錯。那是真矢和我的問題。之前我也說過，我就是沒辦法愛那孩子。大概是我很冷漠吧。」

克典迎著早樹的視線點頭。

「是因為真矢和美佐子太太很像？」

早樹怕自己說得太過分了，卻見克典偏著頭說「可能有一點吧」。

「我本來就沒有想要女兒。我想要的是兒子。總要有繼承人。所以，頭一胎生下男孩時，我很高興。第二個亞矢，她有她有趣的地方，也算可愛。但真矢的個性就不行。又軟弱，又笨。而且，還把自己的軟弱愚蠢正當化。」

「你對真矢好嚴厲呀。」

「嚴厲？」克典露出意外的神情。「會嗎？這是很公正的評價啊。」

「我想，父母一般是不會評價小孩的。那是對員工才會有的想法。」

「是嗎？」

克典的語氣帶了幾分情緒，早樹也跟著情緒化起來。

「我認為，克典應該要和真矢見面，叫她停掉部落格。要是你不肯，我也有我的想法。」

「什麼想法？」

克典一臉訝異。

「我甚至想過不如離婚算了。」

這樣的話脫口而出，早樹自己也很驚訝。

「咦！」克典看著早樹的眼睛，像是要確認真偽。

「我就是這麼討厭那個部落格。把我寫成一個貪圖財產的狡詐之徒，讓我很受傷。我想我身邊也有很多人這麼想，要是這些人看到了，一定會覺得『對嘛，我就知道』。而且寫那些的又不是別人，是你的親生女兒，我實在無法忍受。」

一說出來，眼淚就差點掉下來。克典有點慌了。

「問題有這麼嚴重嗎？」

早樹凜然抬頭：

「克典是不是認為只要公司沒事就好？」

「沒這回事。」

「可是，你放任不管，不肯採取任何對策，我覺得太過分了。」

「我明白了。我會想辦法阻止她的。對不起。」

克典道了歉。不知不覺話題變得嚴肅，或許是感覺到氣氛凝重，幹太妻子和妻舅都沒有靠近。

「早樹，妳是不是有對象了？」

克典突然低聲問。早樹一時不明白他的意思。

「什麼對象？」

「早樹還年輕，如果有別的對象，我會成人之美的。」

輪到早樹慌了。本想乾脆說出她正在為庸介的事頭痛，但也可能根本是她杞人憂天，這樣的話，她不願意因此而與克典之間產生裂痕。於是早樹決定還是不要告訴克典。但是，這段期間早樹的動搖，克典畢竟還是感覺到了。

早樹沉下臉：

「克典，原來你是這麼想的。我很遺憾。」

「遺憾嗎？那真抱歉。」

克典以分不出是開玩笑還是認真的樣子露出笑容。

「我看起來是那樣的人嗎？」

早樹正色看克典。

「不像。」

克典收起笑容，將熱綠茶兌的燒酎拿到嘴邊。

「那，你為什麼要說這種話？我不明白為什麼會從真矢的事一下子跳到那裡。」

說完早樹還是很不愉快。她和克典從來沒有吵過架。每次快起衝突了，總是有人退一步配合對方。這個人通常都是早樹，但這次早樹態度強硬，越說越激動，克典似乎感到意外。

「抱歉。因為妳突然為真矢的事怪我，又說離婚算了。我的火氣也就來了。離婚這種事，是不能隨便說的。」

「那我也有錯。我完全沒有那個意思，卻脫口說出來。對不起。」早樹老實道歉之後，抬起頭來。

「可是，克典說我強悍，我想克典才是吧。我聽說你工作的時候很可怕。」

「啊，是嗎。我說妳強悍，也讓妳不高興了喔？」

被明白點出來，早樹才發現那是個令人不舒服的字眼。大概是因為說中了吧。但她不想承認。

「那個我也很遺憾。」

「是我不好。我道歉。」

克典尷尬地欠身。

「我也對不起。」早樹也又道了一次歉。「真矢沒出席婚禮，也從來不肯見面，所以我一直覺得她不喜歡我，心裡有疙瘩。我想她一定是不能原諒克典和我結婚。」

「我不會讓女兒說這種話的。」

「我知道，可是她現在不就在部落格裡說了嗎？」

早樹低聲說得很快。

話題又繞回來了。

「關於這件事，我會立刻行動的。說到這，最近沒有更新吧？」

早樹從包包裡拿出手機，但沒看就直接蓋在桌上。

「大概沒有。我不太想看，所以沒有常常去點。」

這時候，幹太妻子和妻舅來上菜，桌子立刻就擺滿了。

妻舅簡潔地說明了菜色。克典邊聽邊點頭，勸早樹說：

「待會再說。先吃吧。」

「嗯。」早樹也順從地回應。說了想說的話，心情輕爽多了。看來克典也一樣，視線一交會，便露出愉快的微笑。

「最近的早樹漸漸露出本性了呢。」

「又說這種失禮的話。」

早樹苦笑。

「我沒那個意思。我一直都希望早樹不要對我太客氣。」

克典邊將中卷的生魚片分到小盤子邊說。

「我沒有客氣呀？」

「妳有。妳一直配合我，有點煩了吧？心裡覺得想要自由一點、不想做這種秘書的工作。」

正中紅心。見早樹沉默，克典繼續說：

「我啊，是希望兩個人可以盡可能在一起沒錯，可是我不想限制早樹的自由。妳去做妳喜歡的事，我反而比較高興。」

「那，我去工作比較好嗎？」

早樹大著膽子問。

「自由撰稿嗎？」

「不是，做什麼都可以。去附近的商店工作也可以。」

「既然要做，還是做之前的工作吧？可以累積資歷比較好。」

「我也只會那個，可是那會佔用很多時間。」

「就算會，我也沒有權利阻止啊。雖然我是希望能儘量在一起。」

「那就算了。」

聽早樹這麼說，克典慌了。

「不是，我不是這個意思。這是我個人的願望。這一年多來，早樹片刻不離地陪著我，我真的很感激。」

早樹本來是認為，既然克典都這麼說了，不如重回職場。為採訪等工作不在家時，或許克典會不太方便，但的確沒有必要一天二十四小時都膩在一起。

「要是我開始工作，克典不會沒事做嗎？」

「不會，我可以去開開船，打打高爾夫球，一樣也去做之前中斷的事。彼此擁有不同的世界也不錯。畢竟，我死後早樹還得活下去。我們沒有孩子，我那幾個孩子又不能指望。既然最後都只能獨自活下去，就需要生活的重心。那可能是工作，也可能是興趣。我是覺得，最好趁我還健康的時候就找好。所以，工作也是一個選項。不過當然是要看早樹怎麼決定。」

對早樹而言，與克典結婚，同時也是逃避痛苦的現實，總有點簽約的味道。然而，克典看的是早樹的未來。

「謝謝。我會考慮的。」

「那樣比較好。真矢的事我也會想辦法的。我都沒發現原來早樹那麼討厭。」

這時，廚房的布簾之後有一張男人的臉往這裡看。妻舅正在向後來的客人說明魚。那麼，那個人會不會就是佐藤幹太？早樹倒抽一口氣，但看不清楚。

克典注意到早樹的視線，回頭往廚房看，但人影消失了。

「怎麼了？」

「我在想那個人會不會就是這裡的老闆。」

「就是喜歡釣魚的那個？」

嗯——早樹輕輕點頭。

「如果庸介沒有發生意外還活著的話，不知道早樹會過著什麼樣的生活？」

「怎麼說？」

這話來得唐突，早樹吃了一驚，去看克典。但是，克典悠哉地繼續說：

「我有時候會想像。要是沒有發生那種事，早樹應該已經生下庸介的孩子，也繼續工作，偶爾吵吵架，過著忙忙碌碌的生活吧。想像著那樣的早樹，就覺得很可愛。」

聽著克典的話，早樹一個不防，又差點落淚。

自己仗著克典的寬容，心思一直被庸介的事佔據著。

生存論。那種不確實的消息，管它做啥呢。但是，心頭卻像插了根尖銳的刺，一直除不掉，令人煩躁。

「怎麼了？在發呆呢。」

被克典這麼說，早樹回過神來。

「因為克典對我太好了，我就忍不住會依賴。我和庸介結婚的時候，彼此都毛毛躁躁的，一天到晚吵架。不像現在的我。」

「總覺得很難相信呢。」克典笑了。「不過，也是啦，年輕的時候往往都是那樣的。」

「為什麼呢？」

爭吵和過錯。這些事情的原因，該如何以言語表達？

無法抓住庸介的心的不如意。還有，無法讓他認真對待自己的不安。

因為這樣，當菊美請算命師找人的時候，早樹的心總是有點空虛。不知不覺，也有些接受了也許庸介就是想逃離自己。

「結婚之前，我們感情是很好的。可是，自從我埋頭工作，他熱衷釣魚之後，我們就漸行漸遠。所以，我們沒有生小孩，生活也不算融洽。」

與其說早樹是豁出去說了這些，不如說，是這些話自己吐出來的。

「這樣啊。」

克典平靜地回應。

「嗯。所以，有時候我會想啊……」

早樹說到這裡停下來，看著克典。

「想什麼？」

克典偏著頭似乎想問什麼，但沒有再說下去。

「有時候而已啦，對，不是一直哦。」

早樹又重複一次之後，拋下猶豫，一口氣說出來。

「我會想，庸介是不是自殺的。」

終於還是告訴了克典。

「不至於吧。我認為就是一起常見的海難意外。」

克典搖搖頭，明白否決。

「可是啊，我回想當時的狀況，覺得不無可能。而且，也有別的人也這樣懷疑。」

小山田也這麼說，丹吳和高橋雖然沒有承認，但內心應該也認為有自殺的可能。

「多喝一點吧。」

早樹拿起酒杯就口，但燒酎早就空了。她無力地將頗有份量的陶製酒杯放回餐桌上。

克典幫她向站在吧檯前的幹太妻子加點了一杯。

「不，多半不是。就我聽到的，我認為庸介的事是不幸的意外。會那樣猜測，是不了解內情的人不負責任的發言。」

「不負責任？會嗎？也不盡然吧。」

早樹這麼說，一邊朝貼在牆上的魚拓看

『聽說最近也有電子魚拓了呢』她想起庸介曾笑著這麼說。他一笑眼尾就會下垂，和菊美很像。

「用不著在意別人的意見。」

克典喝了燒酎。

「我沒有在意。是我自己也這麼想。」

早樹注視克典的眼睛。克典嘆了一口氣，轉移了視線。

「所以啊，別再這樣想了。」

「沒辦法呀。一想到庸介可能是自殺的，我就受不了。會一直去想我到底哪裡不好。然後又去想那時候是不是應該那樣做，還是這樣做，是不是該這樣說？沒完沒了的，好煩。」

所以，也許是自己拘泥於生存論。她甚至會想，要是他活著，真想讓時間倒轉，重新來過。

「早樹，妳不必這樣責怪自己。又不見得一定是自殺。而且，都已經是過去的事了。」

克典心疼地說。

「對，我也不是常常想，所以你別擔心。剛才不是說是有時候嗎？」

早樹小聲說。她有爛醉的預感。

「萬一是自殺，早樹也沒有錯。應該要怪選擇了那條路的庸介才對。」

「這不是對錯的問題。」

早樹這麼說，然後伸手去摸發燙的臉頰。

「醉了？」

「嗯，有點。」

「真難得。」

克典這麼說，將裝了水的玻璃杯輕輕推過來。

與一群純男客談笑的妻舅突然轉身，不期然與早樹對上視線。也許是在訝異這對年紀相差許多的男女到底在談什麼嚴肅的話題。

早樹喝著水，朝廚房看。藍染的布簾之後不見男人的身影。

不久，布簾撥開，幹太妻子出現了，端來了克典與早樹的燒酎。

「久等了。」說著，將厚實的陶製酒杯放在兩人面前。

克典攬過自己的酒杯。

「雖然早樹這麼說，但我覺得是自己去尋死的人不好。因為活著的人要為他們吃苦。死去的人，對留下來的人一點愛都沒有。」

沒錯。所以自己一直設法努力忘記自殺論，偏偏這時候卻又跑出了生存論。

早樹心想乾脆向克典坦白一切，找他商量，正準備開口的時候，不料克典以嚴肅的語氣說：

「早樹，我一直都沒說。」

早樹吃了一驚，看著克典。

「就是美佐子，其實我有時候也會想，她會不會是自殺的。」

早樹驚訝地看著克典。他明明喝了好幾杯燒酎，臉色卻是蒼白的。

「我從來沒聽說過。」

「因為我沒有跟任何人說過。」

「可是你不是說，美佐子太太是腦溢血，倒在更衣處的嗎？」

「警方是這樣判斷的。可是，我總覺得她是自殺的。她平常就有吃安眠藥的習慣，我想她會不會是看準了我不在，就不顧一切，吃了比平常多很多的藥。」

早樹心想，如果這是真的，那就可怕了。

「你覺得她為什麼會不顧一切？」

克典聳聳肩。

「之前我也說過，我們感情不好。」

「就這樣？原因是什麼？」

「那，早樹就知道庸介的嗎？妳覺得他是為了什麼自殺的？」

早樹垂下眼。並不是因為不知道原因，而是在尋找確切的用詞。

「我覺得庸介很苦惱。後來我才聽說，有學生自殺的傳聞。他為這件事很憂慮，或者……」

或者是因為和自己的問題——這早樹實在說不出口。

「全部都是臆測，所以才痛苦吧？」

「對。因為，對方已經死了。」

在說『已經死了』的時候，早樹有些遲疑，但毫不知情的克典點點頭。

「那麼，克典為什麼認為美佐子太太是自殺的？」

也沒有為什麼——克典說著將頭一偏。

「就是感覺。」

「可是，她是倒在更衣處腦溢血不是嗎。而且如果早一步也許有救。沒有解剖嗎？」

「做了掃描。我只知道死因是腦溢血，到底是怎麼樣就不知道了。」

「這件事，你告訴過兒子、女兒嗎？」

克典搖頭：

「我沒有告訴過任何人。只是妳剛好提到庸介，我也就說出來而已。」

「你為什麼沒有告訴任何人？」

克典沉聲道：

「因為，夫妻的事，只有夫妻才懂。不是嗎？」

「真矢會不會認為她媽媽是自殺的？」

「也許吧。」克典點頭。

哦，所以真矢才不原諒父親。早樹有種謎團終於解開的感覺，但悲傷的答案令早樹垂下頭。

「不過，我不打算把我的疑問告訴任何人。我和美佐子之間的私事，孩子們沒有必要知道。所以，庸介和早樹之間發生了什麼，我也不會問。就算說出來，我也不認為能說的精確，對死者也有失尊敬。」

的確，孩子不需要深入了解父母之間的關係。他們也無法理解其中的微妙。但，孩子應該可以了解母親的死。

「我會不會是軟弱了啊。」

早樹聽見克典的自言自語。望向克典的眼睛，他卻輕輕移開視線。

「我本來從來沒那麼想過，可是有一天，忽然想到美佐子會不會是自殺的。然後，這個想法就自己發芽茁壯了。小小的芽越長越大，長出枝葉，生了根。半夜醒來一想起就不行了。就睡不著了。所以，聽了早樹的話，我就覺得，啊啊我也一樣。」

早樹想起克典曾經說他清晨醒來會看影片。

「我們兩個人都軟弱了。」早樹靜靜地說。「明明受了重傷，卻又不能示弱，裝沒事般過日子。我們是裝累了。」

克典苦笑：

「妳說的對。和早樹一起生活之後，我忘掉很多事。可是，看了真矢的部落格，又受傷了。這次傷得很重。」

克典雖嚴詞批評『真矢的個性不行』，卻因為親生女兒寫自己夫妻的壞話，顯然也受挫了。

「克典，我們不能再回顧過去了。」

「我不會再提了。」

「真矢妳也不管了？」

「是啊。」

克典微微一笑，然後離席去洗手間。

早樹目送他的背影。話是這麼說，但自己仍舊在往後看不是嗎？她為自己的不誠實而慚愧，垂下眼。

這時，一個高大肥胖的男子站在低下頭的早樹身旁。他和妻舅一樣穿著作務衣。

「請問，您是不是早樹小姐？」

早樹抬起頭，認不得這個人。見她一臉訝異地抬頭，男子彷彿聲帶都長了贅肉般，以沉重的聲音說：

「好久不見。我是佐藤幹太。不過因為入贅，現在叫作吉永幹太。」

幹太的體重恐怕多了二、三十公斤不止。一張臉腫得就算擦身而過也不認得，早樹無法從中找到往日的影子。

早樹很驚訝，朝站在收銀台前的幹太妻子和正與其他客人說話的妻舅，似乎都已經厭棄了他，把臉別到一邊不看他。

「你結婚了呀。那真是恭禧了。」

「哎，時候到就結了。」

或許是因為美波，幹太話不多。他沒有再多說，而是東張西望坐立不安，環顧店內。

正好，來了三個看似常客的客人，吵吵鬧鬧地在吧檯落座。幹太以視線致意。

早樹心浮氣躁，怕克典隨時會從廁所回來。結果，幹太用他變胖的手指指指廁所：

「那是妳先生嗎？」

「是的。我再婚了。」

「那真是太好了。」

幹太在口中含糊地說。可能是胖的關係，聲音悶在他龐大的身軀裡，聽不清楚。他本來就是魁梧的體型，但已經沒了當時肌肉男的影子，給人過度飲食而痴肥不健康的印象。

「我胖了對吧？」

或許是看到早樹驚訝的眼神，還是人人都這麼說，幹太主動問起。早樹不答，迅速伸出手：

「幹太，能不能給我你的名片？」

幹太從髒兮兮的作務衣口袋裡，取出一個磨損的皮革名片夾，給了早樹一張名片。

或許是在裡面放很久了，名片邊角磨圓了。上面寫著姓名「永吉幹太」和店名、手機號碼等。早樹塞進包包。

「不好意思，這也算是有緣，我再跟你聯絡。」

「好的，麻煩了。」幹太行了一禮。

在幹太出現之前很殷勤熱絡的幹太妻子和妻舅，裝作忙著接待客人的樣子，看也不看這邊。妻子和妻舅他們有什麼疏遠幹太的原因嗎？

幹太搖晃著巨大的身軀進了廚房之後，克典從洗手間回來了。

「克典，我們回去吧。」

克典點點頭，看來沒有注意到任何異狀。

「好，請店家幫忙叫車。」

早樹拜託幹太妻子叫計程車，付了帳。幹太妻子邊打收銀機邊嘀咕：

「那就是我先生。這時候才出來。」

早樹不知該怎麼回話才好，便應付著小聲說「感覺很不錯呢」。結果，幹太妻子厭倦地嘆了一口氣：

「他胖了好多。根本違約嘛。」

對一個還不滿三十五歲的妻子而言，年長許多的丈夫的痴肥大概接近背叛吧。

早樹轉頭去看廚房。已不見不時朝這邊窺看的男子的身影。

幹太妻子是不是不知道有美波這個人？早樹忽然興起告訴她的念頭，但知道那樣很不厚道，咬住了嘴唇。

當晚，克典大概是覺得說太多話了，突然變得沉默寡言去睡了。早樹在廚房從電腦發信給美波。

今天我們去了「幹太郎」，所以跟妳說一下。

我見到幹太了。不過他變得好胖，一下子根本認不出來。我看他體重肯定超過一百公斤。

名字也改成「吉永幹太」了。說是入贅到吉永家。

我跟他拿了名片，電話號碼在這裡。

我打算找他問問庸介的事。

早樹

因為喝醉了，只能簡短寫一下，信剛發出去，早樹就想到明明有弟弟，幹太為什麼還要入贅？真奇怪。

儘管已經是深夜，美波仍回了一封簡潔的信。

原來如此。他改了姓，難怪我怎麼找都找不到。「幹太郎」這家店，我是跟釣魚船的人問到的。

聽妳說他變胖，我心裡稍微舒坦了一點。

他活該變成死胖子，我去看看好了。

美波

就算美波再怎麼恨幹太郎，看到他現在的樣子，恐怕也是感到痛心而不是痛快。幹太在外觀上的變化嚴重得足以令人預期到內在的崩壞。

早樹來到客廳，開了紅酒。內心激動無法平息，沒有睡意。她終於見到釣魚社的所有社員了。

第七章　釣魚社

1

微陰的星期一，長谷川園的小卡車照例出現。長谷川領著助手和年輕人到主屋打過招呼之後，在庭院分頭開始打理樹木。

「我去看看。」

上午向來都窩在書房的克典為了和長谷川說話去了庭院。

早樹從廚房的窗戶往下看，克典與長谷川仰望著盛開的帝王大理花談笑。在秋英怒放的庭院裡，克典顯得很幸福。

想起他在「幹太郎」說起懷疑美佐子是自殺那股軟弱的神情，聯想到自己是否也一直是那樣，早樹覺得心很痛。

若彼此的配偶自殺是事實，那麼自己夫妻便是兩個被拋下的、孤獨的人的結合。真矢卻鄙夷他們、踐踏他們，早樹又一次感到憤怒。

今天是星期一，憂鬱地打開真矢的部落格但不見更新。在鬆了一口氣的同時，卻也提防著接下來不知道又會出現什麼。

克典肯定也在書房上過網，在庭院裡露出的明朗笑容背後，想必有著今早不用看更新的部落格的舒泰。真是個讓人不得安寧的女兒。

克典和長谷川來到藤架底下，一起看著石堆。

躲在石堆裡的蛇，就像真矢。有人要抓，就鑽進冰冷的石堆暗處，絕不現身。

乾脆去冬眠呀！——早樹在內心大喊。這條

「蛇」竟然想進一步傷害老年後受創的克典，更加令人痛恨。

早樹拿出手機，看著庭院打了一組號碼。她想和幹太談談。然而，幹太完全不接電話。

本來是想，如果他單獨去釣魚應該方便說話，但現在還是上午，也許他沒有去釣魚，還在睡。

幹太和早樹同齡，頭一次見面時，他們應該都還是二字頭。

據庸介說，他雖年輕，卻是大家的「釣魚老師」，熱愛《釣魚痴》的工作，曾愉快地說與釣魚相關的工作是他的天職。

他體型高壯，深受眾人信賴，總是開朗豪爽，年紀較大的庸介他們都很疼他。

無論他和美波之間有過什麼，現在他靠著熱愛的釣魚和魚為生，應該更幸福才對。

早樹給客廳裡許多盆栽澆過水之後，又打了一次電話給幹太。

電話響了一陣子還是沒人接，早樹正要放棄掛掉的時候，那個濃重的聲音出現了。

「喂，請問哪位？」

大概是剛睡醒，聲音裡多了鼻音。

「你好。我是塩崎早樹。」

「哦，妳好。」

聽起來像是終於認出對方，幹太有些懶懶地答。

「前幾天謝謝你的好菜。」

「哪裡，下次再來。」回應很冷漠。

「現在方便說話嗎？」

「方便啊，請說。」

傳來沙沙的紙聲，大概是在拿香菸，還有打火機的點火聲。接著傳來大口抽菸的聲音。

透過手機，耳邊彷彿能感覺到幹太的呼吸，早樹微微一顫。雖然不是邪氣，但有股不祥之氣。

「前幾天打擾了。那麼巧，我嚇了一跳。」

「不是巧合吧。」幹太不悅地說，讓早樹吃了一驚。「妳是聽美波說才特地來看的吧？」

早樹遲疑著不知如何回答，但老實說了：

「店的事是聽美波說的，但我找你不是為了她。因為，幹太和美波的事，我一直到最近才知道。」

「喔，是嗎？」

一副根本不信的樣子。

為了爭取幹太的信任，這下連不想說的事都得說，但早樹豁出去了：

「我甚至還懷疑美波是跟庸介在一起。因為，美波去釣魚的事，庸介和美波自己從來都沒有告訴過我。我最近才知道，非常震驚。」

幹太傻眼般粗聲道：

「和庸介在一起？那是絕對不可能的。」

「是嗎？當初如果有人能告訴我就好了。我也不知道美波曾經和你在一起。實在很糊塗。」

但是，幹太顯然不願談。聲音很不客氣：

「不用再提這些了。是說，為什麼現在才要為了這些打電話來？」

「不好意思。我是有別的事想請教。」

「什麼事？」

話雖然冷冷的，但似乎引起了幹太的興趣，話聲中突然有了認真的味道。

「用電話說不清楚，能不能找地方見個面？我有很多事想請教。」

「美波的事我一概不想談。如果妳願意不談，要見面也是可以。」

「當然，因為跟她沒有關係。」

「是嗎？」他說，似乎鬆了一口氣。

「你和美波之間發生了什麼事嗎？她什麼都沒有跟我多說。」

早樹反過來問，幹太似乎在電話的那一頭苦笑：

「沒什麼，就是遇到很多慘事。」

「慘事？」

「我不想說。」

聲音顯得不悅。

結果，不得已以討好的方式來拜託與以前印象截然不同的幹太：

「好的，我不會談她。我也對美波和你的事不感興趣。所以，千萬拜託了。」

「我知道了。既然這樣，可以啊。唔，那，要怎麼約呢。我們店不行嗎？」

幹太不情不願地答應了。

「在店裡不會不方便說話嗎？」

「白天就沒關係。我們晚上才營業。而且，白天我老婆去娘家幫忙，不在。」

「那麼，這個星期六中午怎麼樣？」

如果能安排在去瑜伽教室之前順便去「幹太郎」就太好了。

「應該沒問題。如果我去釣魚了，再發簡訊到妳這個號碼。」

「麻煩你了。」

鬆了一口氣正準備掛電話的時候，幹太冒出一句：

「早樹，看妳精神不錯，真是太好了。」

早樹暗自認為人家有「不祥之氣」，沒料到會聽到這樣一句話，不禁有點感動：

「謝謝。」

道謝的聲音微微發顫。然而，幹太彷彿要斬斷早樹的感傷般，乾脆地改變了話題：

「那麼，星期六中午店裡見。」

正打算再道一次謝的那一瞬間，幹太掛斷了電話。正因小山田和丹吳，甚至著重現實的高橋都很親切，只有幹太的反應和溫度都不同，令早樹感到困惑。

早樹想起八年前的事。

庸介失蹤過了一夜的清晨，一反前一天平穩的陰天，天氣變成冷颼颼、陰沉沉的，似乎隨時都會下雨。

早樹和菊美在租船民宿過了一夜，天亮了，武志和一些朋友、熱心相助的人士要上船前去搜索，她們站在颳著冷風的港口目送。

這時，說是飛車趕來的幹太出現了。為了加入搜索的行列，身上穿著船釣用的服裝。

幹太首先奔到站在港口的菊美那裡，摘下鴨舌帽深深鞠躬。

「伯母，都是因為我找庸介去釣魚，才會變成這樣，對不起。」

「不能怪你。你只是常陪庸介而已呀。」

菊美溫柔地安慰幹太。

那時候的菊美，完全沒有放棄希望。

「不，是我告訴庸介很多釣場，找他一起去，庸介才會獨自去釣魚的。真的很對不起。」

幹太說他前一晚清樣整夜沒睡，臉色蒼白。

「不，不是你的錯。都怪庸介不小心。」

穿著庸介釣魚裝備的武志寬慰幹太。

「不，都是我不好。也許我沒有好好告訴庸介單獨出海時要注意什麼。被大家老師老師的叫，就得意忘形，只顧著玩。對不起。」

幹太差點向武志和菊美下跪。

「不不不，別這麼想。」

武志握著幹太的手，向加入搜索的熱心人士和前來的朋友鞠躬。

「各位，真的很不好意思，勞煩大家了。還有請了假前來幫忙的朋友，真的很感謝大家。我相信小犬一定還活著。請各位再幫幫忙，找到小犬。千萬拜託了。」

「千萬拜託。」

菊美也同聲應和。

早樹也低頭站在菊美身旁，但那個場面的主角是庸介的雙親。菊美再三說：

「我也沒有放棄希望。不好意思，請各位再幫忙找一下庸介。千萬拜託了。我沒有放棄希望，請再多找一下庸介。拜託拜託。」

早樹聽著她的聲音，望著深灰色天空下連水平線都模糊不清的海面彼方。

當時庸介不會回來的事實不像真的，一點都不真實。

「早樹，妳還好嗎？」

只有小山田關心她，但早樹只會呆呆點頭，手足無措，不知道發生這種事該怎麼辦。

一直要到早樹的父母和弟弟抵達，她才終於比較清醒。

當時感覺到的些微突兀到底是什麼？——早樹思索著。

失蹤後才一天。相較於庸介的父母依舊滿懷希望，幹太的哀嘆和懊悔，未免太早了一點吧？

早樹自己也還不認為庸介已經死了，所以對幹太那麼激動的反應，內心也暗自生氣。

但她也想到或許那只是因為自己對海難一無所知才樂觀以對，在幹太這樣的釣魚老手來看，狀況肯定是絕望了，也因此而相當洩氣。

早樹坐在餐桌前，怔怔回想當時，耳中聽到克典和長谷川說笑著打開玻璃門走進客廳響亮的話聲。

早樹站起來去打招呼：

「長谷川先生，謝謝你的照顧。」

長谷川摘下頭上的毛巾行禮。

「您好。打擾了。」

「上週六本來想去上瑜伽的，卻偷懶了。請幫我向菜穗子小姐道歉。」

「沒關係的，隨時歡迎。您想到的時候請去捧捧場。」

長谷川爽快地說，曬得黝黑的手搖了搖。

「她啊，因為沒買到喜歡的瑜伽服，就沒去上課了。」克典爆料。

「討厭啦，亂講。」

早樹笑著否認。

「穿什麼都可以呀。大家都穿優衣庫的運動服什麼的。而且，教室好像也有賣一些衣服。」

「那麼，我就空手去了。」

「請請，不用特別準備。我老婆也很期待。」長谷川說。

「長谷川先生，坐下來聊吧。」

克典招呼長谷川坐沙發，自己也在椅子上坐下。大概是打算討論庭院裡的樹木的養護事宜吧。

「我來泡個茶吧？」

「不好意思。我才剛喝過咖啡，有茶喝真是太好了。」

長谷川坦率說出喜好。

早樹泡了煎茶要端去客廳時，他們似乎正好在閒聊，克典笑著回頭：

「長谷川先生邀請我們呢。」

「什麼邀請？」

早樹也在椅子上坐下來準備聽。

「中神先生，就是做『海聲聽』的人，今年得了義大利的雕塑的獎，雖然隔了一陣子，還是要開派對慶祝。年底了嘛，所以也兼作忘年會，中神先生非常希望塩崎賢伉儷能出席，所以兩位意下如何？派對是在碼頭的餐廳辦，很輕鬆的。菜穗子也是發起人，所以她說請太太一定要賞光。」

早樹首先看克典，想問他的意願。

克典自退休後，無論於公於私都極力避免出席公開場合。

理由是被請上台致詞很麻煩，但內心其實更多的是想保護他和早樹的生活，不讓別人多問。

果不其然，克典啜了一口煎茶，悠悠地說：

「我就謝謝了。我想主要都是年輕人，早樹自己去吧。」

「就我一個？克典呢？」

雖然早就料到，早樹還是苦笑著反問。

「怎麼會呢，塩崎先生也一起來吧，拜託。」

然而，克典無視長谷川的懇求，說得果決：

「塩崎家就由早樹當代表。」

早樹也只能無奈答應：

「好。那就由我出席哦。」

「太好了。有塩崎太太來，中神先生也會很高興的。」

長谷川做了撫胸的動作。

「什麼時候？」

「十二月第一個星期六晚上。」

「哎呀，快十二月了呢。年底的日子過得特別快。」

早樹說。她覺得自從庭院裡安了「海聲聽」之後，發生了種種事情。

「時間過得好快啊。」

克典或許也有同感，望著庭院看了半晌。然後，喃喃道：

「真不知道可以這樣過多久。」

「塩崎先生，花草樹木只要維護得宜，就能一直維持下去。庭院是永恆的。」

長谷川半開玩笑地說。

「庭院是永恆的嗎？」

克典看著早樹笑了。一副想說「人就不同了」的樣子。

「所以，也養條狗吧。之前的夫人不是也有養嗎？」

長谷川發現自己說溜了嘴，頓時露出吃到苦味的表情。

「那隻很小啊。」克典以不以為意的樣子接過話。「早樹，長谷川先生因為自己年輕，就建議我養狗。我又不知道能不能照顧牠一輩子。」

「這什麼話呀！」

換早樹笑了。

「不，我說真的。最近連狗都很長壽。」

「您放心。據說養狗可以紓解壓力，飼主的壽命都會延長。養哈士奇如何？很可愛哦。」

長谷川真是不死心。

「那，哈士奇壽命多少年？」

「這我就不知道了。」

「什麼，你也太不負責了。」

克典似乎也很享受與長谷川聊天。

早樹拿著托盤回了廚房。

她並不喜歡派對，但與長谷川夫妻和中神這些同年代的人見面聊聊，似乎挺好玩的。她有點心動。

克典固然是嫌麻煩不肯去，但也可能是為了體貼配合自己而關在家裡的早樹，才叫她一個人去的。

「對不起呀。」

長谷川回庭院工作了，克典將煎茶碗與茶托一併拿進廚房，早樹向他道歉。

「對不起什麼？」克典一怔。

「中神先生的派對，就我一個人去。其實是兩個人都不去比較好，你是擔心我吧？」

「沒有沒有，我真的不用。我就怕所謂的藝術家。」

克典淘氣地說。

「我也怕呀。」

「那，我們兩個都不去？」

「可是已經跟長谷川先生說要去了呀。」

「那就去呀。」

克典一副話題結束的樣子，笑著說。

克典決斷迅速，一旦決定了就不會改。而這樣的克典卻難得煩惱著美佐子的事，一直放不下——早樹想起這件事。

「對了，午飯要吃什麼？」

「蕎麥麵好了。」

「逗子的蕎麥麵店好嗎？」

「嗯，麻煩妳預約。我們快一點的時候出門。」

克典看著錶說。

今天的克典為了盯下午庭院的工作，去了蕎麥麵店大概也打算不喝酒就回來吧。

克典回書房之後，早樹準備寫信向好一陣子沒聯絡的丹吳說知道幹太在哪裡了。

然而，因為懶得說明打給菊美的無聲電話和美波與幹太的事，結果就算了。

上午，早樹擬定浴室換磁磚、車庫每月例行檢修等的時間，討論來打掃的女性人選，難得因為家裡的工作大忙特忙。

那通電話打來的時候，她已經和磁磚工程業者通過電話，正在查看冰箱裡的食材，好擬購物單。

她以為又是業者來電，便關上冰箱門，拿起餐桌上的手機。

看到來電顯示為「公共電話」，一瞬間她疑惑了，因為她和工程業者是用家裡的室內電話討論的。

但是，她才剛和三家業者通了很久的電話，便想也許是相關人員從外面打來的。

於是，她接起電話說「喂，我是塩崎」後卻不見對方應答，讓她驚慌起來。

「喂，喂？」

過了一會兒，當她發覺這難道就是無聲電話時，雞皮疙瘩紛紛突起。

一想到也許是早就應該死了的庸介站在聽筒後豎耳傾聽，不僅不感到懷念，反而陣陣發寒。

那感覺就好像有個全身濕透的男人，滴著水、低著頭站在那裡。

這種恐懼的來源之一，是幹太的外貌改變。相隔八年再見的小山田體重也增加了不少，但小山田身上，有一種家人環繞、享受營養餐點與美酒的安泰感。相對的，幹太身上有著自暴自棄的暴食與酗酒般暗夜的味道。現在的無聲就類似於此，彷彿呼出的氣息散發出餿水味，令人感到不快。

「喂，請問哪位？」

早樹怕書房裡的克典聽到，低聲問。

對方身後，街頭的噪音、人聲、風聲、鳥聲，一概全無。

不禁令早樹想像起一個電話亭，只有那一小塊地方處於暗夜，裡面庸介瘦削的側臉正試圖窺視現在的她。早樹不禁打了一個寒顫。

「該不會是庸介吧？是庸介嗎？」

依舊無聲。

「如果你不是庸介，那你到底是誰？」

因為喊了「庸介」這個名字，早樹突然對這個打無聲電話來的人發起火來。

「喂，如果你是庸介，裝死騙了大家，那就趕快出來。不要再到處出現，又打這種電話，太惱人了。拜託你，快出來。」

早樹大著膽子這麼說，電話就掛斷了。

剛才那個，真的是庸介嗎？或者是有人知道早樹會害怕，故意打來的？就像自己對菊美做的那樣。

那是個邪惡的人。一這麼想，頓時怕得渾身發抖。這八年到底算什麼？

為了保護與溫柔的克典在一起的平靜生活，也必須擊退邪惡的人。

棲息在庭院石堆裡的蛇，是真矢，也是庸介的幻影。長谷川說要處理庭院的蛇的時候，明明覺得可憐而加以阻止，此刻的自己卻巴不得全部趕走。

從蕎麥麵店回來之後，克典果然戴上草帽穿上長靴，開心去庭院了。

只見他跟在長谷川身後，邊聽解說邊使用大剪。

早樹單獨出門去買食材。她鼓起勇氣在鎌倉的超市的停車場打電話到菊美的手機。

克典說過『不要再聯絡』，所以早樹心中略感不安，不知道菊美看到來電顯示是她的名字還會不會接，但她確信菊美會一副什麼事都沒發生過般接起電話。因為過去好幾次都是這樣。

果然，菊美以明朗的聲音接了電話。

「喂，早樹呀？妳好不好？」

聲音之坦然，令人懷疑她是不是忘了她向克典要了二百萬。反而是早樹不知所措。

「很好，媽怎麼樣？」

「我好極了。」回答的聲音很雀躍。

「後來，很像庸介的那個人還有出現嗎？」

「很遺憾，沒有。」聲音一下子降了半音，失望地回答。「妳那邊呢？」

「沒有，從來沒有在我這邊出現過。」

「奇怪了。上次他打電話回來的時候我告訴他了呀。」

說得像是給人指路似的，早樹大吃一驚：

「您是說，您跟無聲電話的人說嗎？」

「對啊。他雖然沒出聲，可是肯定是庸介。所以，我什麼都告訴他啦。像是三年前爸爸罹癌死了，早樹再婚了，還嫁入豪門呢。現在住在看得見湘南的海的大豪宅裡，把你都給忘了，過得可愜意了。結果，他一直聽，都沒有掛呢。」

還是一樣，說話又酸又刺，但早樹裝作沒聽到，繼續問道：

「他有沒有說什麼？」

「沒有，一句話都沒說。」

「您也跟他說我改姓塩崎這些嗎？」

「當然呀。所以，他可能隨時都會去找妳哦。」

「是啊。要是他來了，要怎麼辦呢？」

「把時間倒轉不就好了。」

聽她說得這麼乾脆，早樹傻眼，掛了電話。

要是庸介真的還活著，而且就是打無聲電話的人，那麼可能遲早也會出現在母衣山。早樹必須做好新的心理準備。

但，她不知道要準備什麼。

星期六很冷，寒風瑟瑟。

早樹為克典做了火腿起士三明治，然後在上午出門。

她要去的，是新逗子站旁的「幹太郎」。她將車子停在附近的停車場，徒步前往。

從外面看，二樓像是住家，窗戶掛著窗簾。幹太就是和年輕妻子一起住在那裡嗎？開店的錢，肯定是妻子的娘家出的。

早樹想著這些，打開了沒有掛布簾的店門，朝裡面喊：

「不好意思，我是塩崎。」

「好的，請進。」

裡面的昏暗中傳來沉沉的聲音。

凝眼一看，幹太就在後面早樹和克典坐過的那個席位，活像一座小山。

或許是椅子對肥胖的身軀來說太小了，只見他坐得淺淺的，雙腿大大張開。

和上次見到時一樣，穿著骯髒的作務衣。

桌上有小瓶啤酒、杯子和菸灰缸，看樣子是已經開喝了。

「你好。不好意思請你特地撥出時間。」

「沒關係。」

幹太一邊點菸，一邊伸手請早樹坐眼前的椅子。

早樹將椅子稍稍拉離桌子，坐下來。

「要喝啤酒嗎？」

「不了，不用了。不用費事。」

「真的不費事啊。」

「嗯，不用了。」

幹太吐出一口長長的煙，從正面打量早樹的臉，然後欠身行禮。

「不好意思，久疏問候。上次，我從廚房看著客人，心想咦，有個人好像早樹啊，就忍不住去問了。」

早樹也回禮。

「謝謝你還記得我。」

「哪裡，怎麼會忘記。看到妳好好的，真是太好了。」

有那麼一瞬間，幹太露出了親人討喜的笑容。早樹想起以前他即使是在喝酒的場合也依舊開朗又討喜。

「謝謝。幹太看起來也很好。」

「好什麼。」幹太手心搓搓自己的大肚子，自嘲地說。「我太胖了。我自己也知道，喝酒、吃生魚片、吃丼飯，毫不節制，結果就變成這樣。聽說已經沒救了。我也想瘦下來，但就是戒不了酒。肝臟也壞了，說是酒精中毒。我沒多少日子了。」

說了一長串，喝光了啤酒。大概是把啤酒當水喝吧。

聽他說這些洩氣話，也難怪妻子會嫌棄他。

「你都已經這樣了，為什麼不戒酒呢？」

早樹忍不住問，幹太將脖子一歪：

「為什麼呢。我自己也不清楚，不過除了去釣魚的時候，我都不想清醒。」

「釣魚的時候不喝嗎？」

「我才不會在釣魚的時候喝酒。」

略微不悅地回答之後，幹太一副回過神般問早樹：

「妳說有事要問我，什麼事？」

早樹有預感和喝個不停的幹太談久了會很痛苦，便決定不再矜持，開門見山。

「你知道有人說庸介可能還活著嗎？」

「咦！」幹太一臉嚇得魂飛天外的樣子。「真的嗎？」

「並沒有人看清楚他的樣子。可是，加野的婆婆說她看到兩次。我父親也說看到很像的人。只不過，換算成現在的年紀，看起來太年輕了。還有好幾通無聲電話。其實，這個星期一，我也接到了。」

桌子卡嗒卡嗒地晃動。早樹奇怪是怎麼回事，往下一看，原來是幹太在抖腳。

因為身軀巨大抖動的幅度也大，但他本人渾然不覺。

「不過，小山田先生認為是加野的婆婆看錯了，不然就是她一心認定是庸介。我一開始也是這麼想，可是等我接到無聲電話，也開始覺得搞不好就是庸介，一顆心定不下來。」

幹太不抖腳了。

「換句話說，妳認為和我有關？所以才特地來找我？」

這種說法好像很生氣，早樹吃了一驚。

「沒有人認為和幹太有關。只是事情都這樣了，我想查一下而已。因為庸介遇難的時候，我整個人都慌了，沒有好好聽大家怎麼說。」

幹太不等早樹說完，便滔滔不絕：

「沒有什麼要說的。遇難就是遇難。只是遺體沒有回來。可是啊，庸介哥一直很照顧我，不是嗎，所以我才會得意忘形，一直找他去海釣。是我讓他嘗到了海釣的樂趣，庸介哥才會遇難的。所以，我一直很自責，很過意不去。我一直在反省，請妳不要這樣怪我。」

幹太這樣就是有被害妄想了。早樹趕緊補充：

「我沒有怪你。」

「有，妳有。」

幹太這麼說，嘆了一口大氣，撇過頭。他巨大的身軀彷彿蓋了一層膜，一層拒絕與逃避的膜，喊著拜託不要怪我。

他一定是覺得，美波怪他不忠，妻子怪他酗酒痴肥，早樹又把海難的事怪在他身上吧。

「幹太，我不是為了怪幹太才來的。因為，幹太並沒有錯。不是的，我只是想知道釣魚社發生了什麼事。我不釣魚，完全被蒙在鼓裡，連美波以前常和你去釣魚都不知道。」

「那個啊，是她說不要告訴早樹的。」

幹太丟下這句話，以靈活得令人意外的動作站起來，消失在布簾之後。不久，拿著芋頭燒酎瓶和酒杯現身。

「要喝嗎？」說著向早樹打手勢。早樹搖頭。

「我開車來的。」

「妳住這附近嗎？」

幹太坐下來，在杯裡倒了滿滿的燒酎。透明的液體濃重地晃動，溢到桌上。幹太伸長脖子，去吸因表面張力而微微鼓起的燒酎。

「是啊，我住母衣山。」

「哦，超高級住宅區呢。真好，那裡的景觀一定很棒吧。」

一喝起燒酎，幹太的語氣和神情便略顯柔和。趁幹太心情還沒變壞，早樹趕緊把話題拉回去。

「我再問一下，你剛才說的她是指美波嗎？那美波為什麼要瞞著我？」

幹太把燒酎一口氣喝掉，又倒了滿滿一杯。

「想較勁吧，針對早樹。」

「為什麼？」

「做太太的不知道，自己卻和庸介哥還有他朋友親密地去釣魚，感覺很像超越了身為太太的早樹，大概讓她很開心吧。她就是這種女人。」

「會嗎？也就是說，美波討厭我了？」

早樹苦笑。如果直接去問本人這個問題，以美波的個性，搞不好會實話實說。

「要說討厭嗎，我覺得不是，該怎麼說才好呢。美波那個女人，就是沒有歸屬，有一種不穩定的感覺。早樹妳就不會這樣啊！情緒很穩定，工作也很優秀。難不成其實在外面有小王？」

幹太以下流的語氣說完之後，又嘲笑這樣的自己般嘆了一口氣。

「對不起。」然後小聲道歉。

「沒關係，我不介意。那，對美波來說，釣魚社就是歸屬了？」

「這我怎麼知道。請妳去問她本人。妳們還是朋友吧？」

「嗯，是啊。問你也沒有用嘛。」

聽早樹以諷刺的語氣這麼說，幹太大概真的反省了，一臉苦澀。

「美波現在怎麼樣了？該不會結婚了吧？」

「沒有，她還單身，不過她通過司法考試了。」

「哦，很厲害嘛。」幹太歪嘴笑了，舉杯做了乾杯的動作。「她那個人去當檢察官再合適不過了。」

早樹對幹太的諷刺充耳不聞。

「幹太之前是同時劈腿現在的太太和美波嗎？」

早樹大著膽子這麼問，幹太說「沒有」，做出很像聳肩的動作，但或許是脖子埋在肉裡的關係，沒什麼效果。

「我桃花沒有旺到能劈腿，也沒那個能耐，只是，有一段時間有點重疊。是說，我老婆和我很久以前就認識了。她是跟我很熟的租船民宿的女兒，應該算是美波後來介入吧。」

「到底是怎麼回事？」

儘管覺得這件事和庸介無關，但幹太變形得太嚴重，早樹忍不住多問。

「就是常有的感情糾紛。」

幹太簡單地說，又添了燒酎。早樹心想不能再問下去了，便看著錶恭維幾句：

「你太太真是年輕可愛。和弟弟感情也很好。」

幹太抬起略微泛黑的臉：

「那不是弟弟，是我們的廚師。」然後在早樹眼前豎起大拇指。「他是我老婆的這個。」

「我不是來聽這些的。」

眼看幹太醞釀出來的泥濘般黏稠黑暗的情感就要纏上來，早樹很慌張。

「啊，是嗎？那真是失禮了。」

幹太的語氣變得一本正經，彷彿海底噴發的火紅熔岩遇水立刻冷卻變硬。

喝了酒便嘆息，嘆息後再喝酒。就好像一頭巨獸哀悼什麼而自殘，讓早樹心情沉重。

「庸介每個星期都去釣魚，不過釣魚社的大家好像不見得每個星期都去喔？」

「嗯，是啊。」說完，幹太便陷入沉思。早樹耐著性子等他回答，好不容易才等到他開口：「雖然叫作釣魚社，其實只是聚集了幾個喜歡釣魚的人的同好會。又不是有什麼規定。能來的人就來，零零落落的。」

「我聽說都是由幹太指導大家。」

「指導？」幹太苦笑。話中有自嘲的苦澀陰影。「我那時候也真是大言不慚啊，畢竟年輕嘛。不過，在《釣魚痴》當編輯那時候好開心啊。大家熱熱鬧鬧的，玩得很瘋。」

「後來不好玩，是因為庸介出事的關係嗎？我聽說那之後大家都不釣魚了。啊，大學職員高橋先生不算。不過，他說他最近比較迷足球。」

早樹回想起高橋冷靜的表情這麼說，幹太的睛睛稍微變亮了些。

「不釣，是因為他們本來就沒有那麼熱愛釣魚啊。庸介哥出了那種事，火就熄了吧。小山田並不怎麼喜歡釣魚，他喜歡的是大家一起喝酒。丹吳先生雖然很想多去釣，可是錢跟不上。高橋先生倒是有一陣子沒見了。只有他是成熟的大人。他是庸介哥帶來的，不過很喜歡我，還喊我『師父』。庸介出事以後，也常跟我聯絡，我們兩個人還會一起去釣魚。」

幹太朝牆那邊看。早樹也跟著回頭，就是放了照片的那一區。

幹太一手提著釣到的大魚，笑得意氣風發。就是早樹頭一次來這裡的那天想仔細看的那張照片。

「那是黑鯛。」幹太指著說。

「高橋先生也一起入鏡了嗎？」

早樹想站起來，幹太卻立刻否認。

「沒有，很可惜沒拍到。不過高橋先生是個很好的搭檔。」

「你再和高橋先生一起去釣魚不是很好嗎？」

幹太和早樹一樣大，所以應該才四十一歲。可是，聽他說話卻像在聽一個老頭子話當年。

「沒辦法。我是酒精性肝炎。醫生說遲早會肝硬化再變成肝癌。不久就要跟早樹說再見了。其實，我也沒有像以前那麼常去釣魚了。老實告訴妳，魚是我去買來裝作釣到的。」

「既然這樣，我知道輪不到我多嘴，可是還是把酒戒了比較好吧？」

幹太充耳不聞，又倒了燒酎。看他自暴自棄的樣子，難怪他妻子會一臉死心的表情。

早樹猶豫之後說：

「幹太看起來簡直是巴不得早點死的樣子。」

「沒這回事。我才四十一呢。」

但他的語氣卻和他的話相反，沒有活力。

「生了病最好也好好治療。」

「不了，沒救了。」只見幹太歪了歪嘴。「反正也沒有人擔心。」

「你太太一定很擔心的。」

「怎麼可能。」幹太皺眉擺手。

早樹想起他剛才伸出大拇指的下流動作。幹太的自暴自棄，與妻子感情不好或許也是原因之一吧。早樹改變了話題：

「庸介每個週末都出門說要去釣魚。我們為這個吵架也不是一次兩次的事。可是，聽說釣魚很花錢。我認為庸介沒那麼多閒錢，釣具的種類也沒有那麼多。那麼，他每週都到哪裡去了？幹太，你知不知道？」

幹太喝了燒酎，不答。

「去哪裡喔，我是覺得沒有那回事。」

好不容易回答之後，點了菸。和著嘆息吐了煙，一副懶得理人的樣子轉頭面向廚房。

「沒有那回事，是什麼意思？」早樹緊追不捨。

「應該是一個人去釣魚了吧，的意思。」

早樹不是為了聽這種回答，才不惜瞞著克典，特地來幹太店裡找他的。

早樹覺得一一拜訪釣魚社的人詢問庸介遇難之事，是一趟痛苦的旅程。

過程中會聽到不知道的、不想聽的事。像現在，她也已經做好知道庸介出軌的心理準備。

這趟旅程原本的目的是打聽庸介的生死，不知不覺，卻成為了解曾經的丈夫為人。如今才要認識加野庸介這號人物。

原以為身為妻子的自己是最了解他的人，其實卻是最不了解他的。即使如此，只要還聽得到「耳語」，她就非得找出音源不可。

「你知道丈夫出海就突然一去不回的經驗有多痛苦嗎？過了七年終於認定死亡，我以為可以揮別過去，再婚了。我想你也在這家店裡看過他，他年長我許多，人很溫柔。我還以為終於可以過安穩的生活了，結果庸介的亡靈卻到處冒出來。所以，我才會獨自走訪各位，希望大家如果知道些什麼可以告訴我。幹太，你真的什麼都不知道嗎？」

幹太沉著臉不答，抽了菸又喝了燒酎。

早樹又看了錶。該去瑜伽教室的時間早就過了。算了，瑜伽下週再去。早樹用右手按住左手的錶面，努力不去看。

「是不是庸介拜託你的？要你從另一個港開船出來，然後在海上和他會合？高橋先生說，只要有

ＧＰＳ就很容易，而且幹太又認識很多租船公司和釣魚民宿，我想你應該做得到。那天是陰天，或許輕易就能避人耳目。一旦出了海就不是問題了吧。那之後，庸介去了哪裡、和誰生活在一起？求求你，告訴我。」

早樹向幹太低頭行禮。

「我何必去冒這麼大的險？沒有人會幫那種忙的。」

幹太不悅地罵道。

「我沒有要去報警或幹麼。也不會無理取鬧，說什麼把認定死亡之前那痛苦煩惱的七年還給我。可是，我想知道發生了什麼事。也想知道，為什麼他要用這種方式離開我，只是這樣而已。」

「妳問我，我也不知道啊。妳搞錯對象了吧！」

幹太大概是有點醉了，反駁時舌頭有點打結。

「那要問誰才知道？美波？還是你太太？」

「怎麼會扯到我老婆？」

幹太像是愣住了，抬起被埋在肉裡的眼睛看早樹。

「因為，你太太娘家是開居酒屋的租船民宿不是嗎？你當年是硬跟他們借船的吧？也許你太太知道些什麼。所以你才甩了美波，和你太太結婚。不是嗎？」

「隨便妳怎麼編吧，真是夠了。」

幹太一副受不了的樣子苦笑，然後又喝了燒酎。

「誰叫你什麼都不回答。」

「我什麼都不知道啊。」

幹太按熄了還有一半的菸。店內充滿了嗆鼻的味道。

早樹討厭菸味，別過臉。結果，幹太突然說起話來：

「我啊，是在愛知的山谷長大的。我叔叔很喜歡釣魚，常帶我去河邊釣魚。我們把釣到的香魚、山女魚串起來，撒塩起火烤來吃。好好玩啊。我國、高中那陣子停了沒去釣魚。對，是為了念書考試。進了東京的大學之後，才又開始釣魚。這次就是海釣了。我那時候好熱衷釣魚啊。垂著釣線，想像海裡是什麼樣子。很有意思。海釣有河川無從比較的深度和廣度，魚的種類也多到數不清。因應各種魚的餌和假餌也琳瑯滿目，真的玩不膩。我啊，最喜歡釣烏賊了。因為，烏賊的觸感很厚實。不同的魚拉起線來的感覺也不同，這就是樂趣所在。那真的是叫人欲罷不能啊。我老婆，是我常去的租船民宿的女兒，她小六我就認識她了。那時候我就知道哦，這女生喜歡我，這種事就是感覺得出來不是嗎？可是，因為從小看到大，我本來一直以為我沒辦法跟她在一起的，但不知不覺她就長大了。這時候，美波才出現。美波個性強勢，卻又很怕寂寞，所以我被她吸引了。不過，後來就搞得一團糟，把現在的老婆家也捲進來。那種事我可不要再經歷第二次。反正，那些跟現在要講的也無關。然後呢，有一天，我坐釣船去漁場，有一個人不見了。那時候船速有三十節左右，是有叫大家不要出去，但就是有人會出去。然後，也不知道是意外還是自殺，那個人就從船上消失了。再也找不到了。大海就是這樣。」

真是沒頭沒腦的一段話。

「就是這樣，意思容易發生海難嗎？還是說，人到了海上就會輕易選擇死亡？」

「是的、是的。」

這次，他輕輕點頭。或許是想結束談話。

「你的意思是說，庸介是自殺的？」

「不，我沒這麼說。頂多是有這個可能。我想說的是，大海就是這樣一個地方。和河釣不一樣。

有時候找得到，有時候找不到。不小心落水的人也好，自己跳進去的人也好，在海裡找不到也無可奈何。」

「就是叫我死心的意思？」

「差不多。」

「也就是說，跟你的病一樣？」

「話不要說得太絕。」

幹太突然以低吼聲威脅。看來是一喝醉就沒了耐性。

早樹是閉上了嘴，但對幹太不肯正面回答感到煩躁。

「那麼，加野的婆婆看到的人是誰？後來的無聲電話又是誰搞的鬼？我和加野的婆婆都接到了。」

早樹一口氣逼問，幹太仍是一臉不快地低著頭。

早樹緊接著問：

「幹太，你知道庸介國中時逃家的事嗎？」

幹太頭也不抬地搖頭。

「那，他專題小組的學生可能自殺的事呢？」

「那什麼？我連聽都沒聽說過。」

早樹向幹太丟出問題之後，再一次感到妻子是最後一個知道的人實在是奇恥大辱。

「這些我也完全沒聽說。告訴我逃家的事的，是美波。她說她是聚餐的時候聽說的，我很震驚。專題小組的事是高橋先生說的。這也是件大事，庸介卻不肯告訴我，我大受打擊。原來我這個妻子也不過如此。」

早樹說完笑了，但幹太或許是沒注意到，一臉茫然地將粗肥的脖子一偏：

「這些我完全沒聽說過啊。」

「對了，教你釣魚的叔叔，是在愛知的哪個地方？」

幹太疑惑地看早樹。表情彷彿在說為什麼連這個都要告訴妳。

「新城市的鄉下。」

「我沒聽過這個地名呢。」

早樹也低聲回答，然後看了一直被右手遮起來的錶面。已經二點多了。

「那，你叔叔現在還在那邊嗎？」

「在啊。開釣魚場。」

幹太一副說膩了也喝膩了的樣子，低聲回答，一邊往杯裡看。

「幹太，如果應該早就死了的庸介出現在你面前，你會說什麼？」

最後早樹這樣問，幹太一臉驚愕。

「大概會說嗨，好久不見吧。」

早樹忍不住笑了。

「那，早樹會說什麼？」

「我會罵他，現在還來幹麼。」

幹太的臉色突然沉下來：

「現在還來幹麼，是嗎？說的很對。」

「幹太，庸介還活著吧？你只要點頭就好。」

然而，幹太搖頭，以沉重的聲音重複道：

「我不這麼認為。我不認為。」

「那，你是說他死了？」

下一句話早樹忍住了。——那，我可以安心了？——

早樹在「幹太郎」待了將近二小時，與幹太的談話卻在沒有什麼收穫的情況下不得不結束。

但是，自始至終，幹太都彷彿在說不要怪我般戒心極重的樣子，反而讓早樹無法不認為他有必須死守的秘密。

「總之，就是還有可疑的地方。」

美波下了這樣的結論。

早樹離開幹太的店之後，LINE給美波說「我剛見到幹太和他談了。詳情晚點再發信跟妳說」，電話立刻就打來了。

「就是啊。我也不知道哪裡可疑，可是總覺得幹太有所隱瞞，讓我好煩躁。不過，也可能是我想太多，又沒有關鍵的破綻。」

「我跟妳說啦，早樹，裝睡的人是叫不醒的。」

美波的語氣十足法律人士的冷靜，但早樹懷疑美波也有所隱瞞。

「美波，明天妳要是沒有工作要忙，要不要到我家來玩？寫信可能說不清楚，我想當面聊。」

早樹大著膽子開口約。回埼玉娘家時，雖然去美波家玩，但一提到幹太和庸介美波就很不高興，到最後兩人幾乎吵起來。

美波很難搞，所以有時候早樹也應付不來。但是，美波也是知道早樹所不知道的庸介的其中一人。早樹很清楚這時候應該忍耐。

「咦，妳要請我去塩崎家的大豪宅？」美波笑著這麼說，但聽起來並不排斥。「我從來沒去過呢。」

「雖然不是大豪宅，但偶爾也來玩玩嘛。」

「也對。那我去看看初冬的海好了？」

「嗯，來嘛。現在這個時節能釣到什麼？」

早樹若無其事地問，美波不假思索地回答：

「軟絲或剝皮魚。我最喜歡釣烏賊類了。烏賊啊，雖然也要看種類，不過很會扯線，很有趣哦。」

早樹正想說幹太也說了同樣的話，但打住了。她覺得，從這句話，就可見以前美波和幹太感情有多好。

「那，一起吃午飯吧？」

「好啊。不過拜託不要跟塩老一起。」

聽她說得這麼直白，早樹苦笑。

2

第二天是萬里無雲的好天氣。溫暖的小陽春。相模灣出現了許多白帆。

然而，美波卻冷冷傳了一條「我二點左右到。會先吃過飯再去」的LINE。早樹回了「慢慢來」，卻覺得可惜，因為天氣這麼好，來得晚就不能盡情欣賞從庭院看出去的冬海了。

十一月也已來到尾聲，白天變短。二點多才到，早樹擔心天一下就黑了。

美波喝酒，但對吃的本來就不怎麼在意。高中時午餐幾乎都是靠便利商店的麵包和便當解決。偶爾也會帶她自己做的便當，但有時候是白飯上擺一片炸魚板，有時候是章魚燒，十分豪邁。

一打開便當盒，就會出現意想不到的東西，所

以在班上也出了名，「美波的便當」甚至還變成搞笑哽。但她本人卻十足正經，覺得大家怎麼會拿這當笑哽，為這件事氣了好久。

美波就是這麼不願意配合周遭的「氣氛」，所以其實也是個魅力獨具的人物。正因如此，早樹雖然有時候會很煩，卻沒有與她斷了來往。

前一晚早樹就告訴克典美波星期天白天要來玩。

「我不想打擾妳們，我去碼頭逛逛好了。」

「不好意思，但願明天是個好天氣。」

「說到這，明天天氣絕佳哦。」克典喜孜孜地舉起手機讓早樹看。「這是可以知道世界各地風向的APP。」

克典不知何時下載了早樹不知道的應用程式。可見對再次開船抱持積極的態度。

「有這麼方便的程式，釣魚應該也用得上吧。」早樹說。

「是啊。我想釣魚的每個人都有。」

早樹是想著要是庸介知道這個程式就好了才這麼說的，但克典似乎沒有注意。

週末的湘南每家店都是人擠人，所以早樹本來是想在家做散壽司的，但既然美波不來家裡吃中飯就不必費事，便隨便吃吃等美波來。

終於，兩點多時感到好像有計程車停在家門口，然後對講機就響了。

「是我，美波。」

早樹開了玄關的門請客人進來。

「歡迎歡迎。謝謝妳遠道而來。」

美波身穿深藍色開襟衫和牛仔褲。雖然樸素，但難得上了粉底。光是這樣，就顯得比平常美麗，早樹很高興。美波底子明明很好，卻完全不化妝，也不注重服裝打扮，她身為朋友為此感到不滿。

「美波，妳要咖啡還是紅茶？也有花草茶。」

聽說進屋裡不用脫鞋，穿著運動鞋便大剌剌踩上波斯地毯的美波毫無笑容地回頭：

「有酒嗎？」

「有啊。啤酒？紅酒？」

「我要紅酒。」

早樹點點頭，正要轉身時，美波對她說：

「這房子很有品味，很棒嘛。」

美波嘆息著環視客廳。牆上的裝飾架上陳列著珍貴的壺和陶器等物。牆上掛著畫。不過，這些絕大部分都是美佐子收藏的。

驀地裡，早樹心想，品味極佳的美佐子會不會不喜歡庭院裡的「海聲聽」和「焰」呢？

「那是什麼？」

巧的是，這時候看著庭院的美波往「海聲聽」指。

「雕塑。名叫『海聲聽』。說是聽來自海的聲音的意思。」
「我說，品味會不會太差了？是誰裝的啊？」
聽美波沒好話，早樹笑了。
「當然是克典。」
「我還以為跟宗教有什麼關係。」
「不是的。我們的園藝師跟做那個雕塑的人很熟，是他推薦的。克典好像是為了我買的。」
「因為要聽來自海的聲音？」
早樹也知道美波聯想到庸介的意外。
「克典很少提，但他一直覺得我走不出庸介的意外。」
早樹與美波並肩而立，看著庭院說。相模灣仍在陽光下閃耀，但陽光已有頹勢。
「那件事，妳跟塩老說了嗎？就是庸介可能還活著。」
美波以銳利的眼神看早樹。
「我怎麼可能會說。那種跟幻覺沒兩樣的事，我不想讓他操心。」
「那，那是慰靈碑嗎？」
美波又轉向庭院，朝「海聲聽」指。慰靈碑這個詞，讓早樹想起娘家媽媽的說法。
「我媽看了照片，說好像墳墓。」
美波很開心地又轉頭看早樹：
「我從以前就覺得我跟早樹媽很合得來。」
「因為妳們兩個都會把別人不敢說的話毫不客氣地說出來。」
早樹笑著表示同意。心想，也許自己是因為這樣才喜歡這個難搞的朋友的。雖然有被她的直率惹毛的時候，心底卻也有相通的地方。
「好好一個庭院，雕塑卻不合。早樹，為什麼要買那個啊？妳應該要阻止他的啊。」
早樹想起智典也說過同樣的話。

「那又不是我能阻止的。」

「為什麼？妳是太太耶。」美波不饒人。

「因為，這是克典的庭院，克典的家呀。是克典信賴的園藝師推薦的，用的是克典自己的錢，誰有資格說什麼？」

「哦，婚姻生活還真是不自由啊。」

被美波這樣論斷，早樹苦笑。

「沒有的事。」

「妳跟庸介也是這樣？」

突然被直指核心，早樹詞窮。

她認為她與庸介的生活有更多忍耐。這是為什麼呢？

明明知道答案，卻遲遲不答。

「我去拿紅酒。」

早樹要去廚房，美波也跟著來，往裡面一指。

「廚房是那邊？那我們去那裡聊吧。我這人生性窮酸，在那麼氣派的房間會緊張，不好聊。」

結果，兩人在餐桌面對面坐下來。

「高級的酒顏色不一樣呢。」

美波將紅酒杯斜對著太陽，開心地說。

「美波，妳最近會不會喝太多了？」

美波閃躲這個問題，將話題轉移到幹太：

「問妳喔，幹太真的變了那麼多？」

早樹點頭：

「我覺得他好像全副武裝保護變了樣的自己，深怕別人責怪。他說他酒精性肝炎，卻又啤酒、燒酎不離口，我在旁邊看都替他擔心。」

「自作自受啦。」美波很冷漠。

「他們店就在新逗子，妳要不要順便去看看？」

「才不要。那豈不是顯得我還放不下。」

美波一口拒絕，聳聳肩。

「妳和幹太到底是怎麼了？」

早樹乾脆直接問了。

美波遲遲不答，拿湯匙舀起下酒的艾帕瓦絲乳酪，像孩子般笨拙地抹在法國麵包上。

「也沒那麼嚴重。就是我那時候很想和幹太結婚，搬出那個國宅而已。我姊和我妹都結婚搬出去了，只剩我和我媽兩個人不是嗎。一想到再不結婚一直在那個老國宅住下去，就我一個人照顧我媽，我心裡就很急，也很不爽。當時，我壓根兒就沒有考律師的念頭。」

「妳現在已經是律師了，以後賺了錢，兩個人一起搬去新房子不就好了？」

早樹的話似乎刺激了美波。

「說得容易。早樹妳是結了婚從家裡搬出去，沒辦法理解我微妙的心情。」

早樹一驚，將本來要喝的紅酒杯放在餐桌上：

「對不起。」

「不是那樣的。什麼買了公寓搬出國宅，和我媽兩個人住之類的，事情才沒那麼積極正面。我媽很喜歡那裡，而且她根本不想動。她討厭變化。她在那裡有朋友，離醫院也近。」

美波繼續說下去：

「我單身就意味著要一直跟我媽住。一直到我媽死，我都要待在那個國宅。」

「所以妳是說，要從那裡逃脫，就是和幹太結婚？」

早樹也明白地問。

「當然啊。」美波大方承認。「結婚的話，就沒有人敢說話了吧？我想我媽也會心甘情願自己住。可是，我姊、我妹把一切全都丟給我。她們兩個都認為這是未婚的我的義務。我好羡慕她們啊，能活得隨心所欲。像我，就算不喜歡我媽做的門把套和假花，覺得廁所毛巾的品味很差，也還是得待在我媽裝飾的那個老房子裡不可。」

美波大可丟下生病的母親搬出去隨心所欲過自己的日子，她沒有這麼做也是出於她的溫柔吧。

早樹想起幹太說美波「沒有歸屬」。得不到自己的立身之地。自己沒能理解美波的煩躁與焦慮。但，幹太理解。他們之間應該是曾經緊緊相繫的。

「我和幹太感情很好，也一直在一起，我那時候覺得差不多快結婚了。幹太也說過類似的話。結果，他突然跟我表明，他要和民宿的女兒結婚了。我從來沒那麼震驚過。我也認識那個女生，才二十出頭，我覺得那樣的小女生不可能會喜歡幹太，所以就逼問他是不是有什麼原因，可是他一直顧左右而言他。那個態度真的很氣人。我一抱怨，就換民宿的老闆來了，把我當跟蹤狂。總之呢，就是民宿那邊想讓女兒開居酒屋還是什麼店的，所以看上了在釣魚雜誌當編輯又跟他們很熟的幹太，可是我不相信這種說法。因為沒辦法接受，我也變得有點怪怪的。又因為壓力太大有點憂鬱傾向，那時候滿慘的。」

「我都不知道。」

「因為那是庸介遇難以後發生的事，我不敢跟早樹說，而且也很不光彩啊。」美波不太好意思地說。

「原來是這樣。」早樹嘆息道。「不過，他太太現在好像跟廚師很要好。」

「活該。越不幸越好。」

美波揚揚嘴角笑了。

「他看起來真的很不幸，我想美波的詛咒很靈驗。」

早樹是半開玩笑的，但美波卻罵也似地說：

「一個人要是亂來，一定會出問題。不可能永遠維持得好好的。幾乎每個案件都是這樣。」

美波脖子一仰喝光了紅酒，早樹便為她倒酒。

「對了，關於釣魚社啊，我說我不知道妳也一起去，結果幹太說，是妳說要瞞著我的。真的嗎？」

早樹問好像還想繼續詛咒幹太的美波。

美波垂下雙肩，大大嘆了一口氣：

「那個啊，是庸介拜託我，叫我不要告訴早樹的。」

「為什麼？」

早樹很吃驚，看著美波因些許酒意而濕潤的眼睛。

「我就趁這個機會把事情說清楚了。有一次，我在聚餐中說想去釣一次魚看看，庸介就說，妳要來也可以，不過不要跟早樹說。我問為什麼，他說早樹很愛吃醋，一定會胡思亂想。」

早樹備受衝擊，手肘支在餐桌上托住腮。

「所以，妳就沒有跟我說。」

「對啊。我知道早樹不是那種人，雖然覺得有點怪，可是庸介都這麼說了，釣魚的事我就一直不敢講了。早樹不是那種愛吃醋的人嗎？」

早樹仍托著腮，別過眼不看美波，然後答道：

「也許我真的很愛吃醋。」

因為，她早已發現庸介看的是自己以外的別人。

你今天去哪裡跟誰見面？——她每天都會盤問。

每次，庸介都會皺眉不悅，但還是告訴她當天的預定事項。然而，早樹並不相信。

她每天會打好幾次庸介的手機，還曾向大學的教務處詢問他是不是真的在講課。不僅如此，她懷疑過對象是不是學生，甚至曾在工作中跑去大學，悄悄到庸介授課的教室偷看。

美波吃驚地說：

「不會吧！庸介不是很愛妳嗎？」

早樹搖頭：

「一開始我也這麼以為。」

新婚時她很高興，一舉一動都聽庸介的。他說女孩子最好要有點傲嬌，她就照作，他說喜歡工作能力強的女生，她就拚命努力累積資歷。

從什麼時候開始的呢？她發現庸介的視線穿透自己，看著更遠的地方。

一覺得奇怪，就坐立難安，一心只想找到證據。但是，庸介沒有留任何東西在家。手機和電腦一直被經常更換的密碼鎖住，也無法偷看。

庸介技高一籌反而加深她的懷疑，早樹不敢找任何人商量，獨自飲泣。她之所以埋頭工作，也是因為想逃避現實。

「美波，釣魚社的活動不是每週都有吧？」

她也向美波確認。

「和庸介去的，大概每個月一次。也有一次都沒有的。不過沒有的時候，我都和幹太兩個人去。」

「他都跟我說要去釣魚。」

在一陣沉默之後，美波終於坦誠：

「所以啊，大家都不敢跟早樹說，但如果說釣魚社有罪，就是大家一起替庸介做了不在場證明。」

「連妳也是嗎，美波？」

「對不起。」美波低頭欠身。「他要我們串供的時候，我是覺得很奇怪，可是又不能不答應。記得是拜託大家說是一起去釣魚之旅要在外面過夜那一次。好像出了什麼事，很迫切的樣子。」

「會是什麼事呢？」

早樹試圖想像庸介迫切的樣子，卻沒有成功。她從來沒看過庸介那樣。

「我不知道出了什麼事。」美波說。

「喏，那是什麼時候？」

「那是什麼時候啊？」說著，美波遙望遠方。

「差不多庸介遇難的一年前吧？那時候，他都沒跟早樹說？」

「沒有，什麼都沒說。」

那時候他們越來越常吵架，早樹拚命蒐集證據。庸介偶爾帶釣到的魚回來，早樹就暴躁，大吼不要弄髒我的廚房。

這都是因為庸介不肯在她放假的週末安排相處的時間，讓早樹對他累積了很多怨氣。從此之後，庸介就再也沒有把釣到的魚帶回家。

「那時候庸介的心已經不在我身上了。妳知道對象是誰嗎？」

「不知道。我想沒有人知道。」

美波低著頭回答。

「我想也是。庸介現在會不會是在那裡？」

「早樹，妳想太多了。」

美波仍低著頭靜靜地說。

「可是，最近我老覺得他沒死。前陣子，我也接到了無聲電話。」

美波吃了一驚，抬起頭：

「什麼時候？」

「最近。」

「可是，就算真的是他好了，你們也沒有關係了啊？」

「這我知道。」

這時候，屋裡隨著一句「我回來了」亮起來。

「怎麼了，連燈也不開。」

兩人都吃驚抬頭。曬黑了一點的克典就站在門口。

「您好。打擾了。」

美波趕緊站起來打招呼。那個樣子好像小學生，早樹忍不住笑了，克典也揚起嘴角。

「這位是木村美波小姐。」

「久仰大名。妳是律師小姐吧。早樹平常麻煩妳了。」

或許是克典那個「律師小姐」不中美波的意，美波的表情像是假笑，又像是不悅，實在很尷尬。

然後，又好像受不了這樣的自己似的，冷冷回道：

「哪裡，彼此彼此。」

「慢慢坐。晚上要不要一起吃飯？」

克典邀約，美波卻擠出生硬的笑容擺擺手。

「不了，我明天還要早起，時間差不多就會告辭。」

早樹一顆心為頑固的美波七上八下，卻見克典圓滑地提議：

「那，叫壽司怎麼樣？」

「也好。現在吃晚飯還早，不過我來叫個壽司，妳吃一點再走。」

「嗯，謝謝。」

這回美波倒是一口答應，然後又拿起紅酒杯坐下。

早樹拿著手機跟著克典過去，站在浴室前說：

「克典也吃壽司，可以嗎？我叫黃金壽司。」

「好啊。我先沖個澡，就到書房去喝個啤酒。妳們倆慢慢聊。她是頭一次來家裡吧？」

「是啊。」早樹說。

克典心情很好。

「有年輕人來真愉快。」

「今天怎麼樣？」

「嗯，很舒服。很開心。」

克典滿足地回答之後，進了浴室關上門。

早樹當場打電話給壽司店，然後回到廚房。

一張臉已變紅的美波轉過頭來。

「沒想到塩崎先生挺年輕的呢。」

早樹取笑道：

「不是塩老嗎？」

「是啦，老是老，但感覺很不錯。我跟塩崎先生無冤無仇啊。只是不喜歡早樹貪圖輕鬆的感覺。」

早樹早就發現她與克典再婚之後，美波便與自己保持距離，但聽她說得如此直率，也不禁生氣。

「貪圖輕鬆不行嗎？」

「是沒有不行，但就覺得選擇那種安逸路線不像早樹。」

那麼，所謂的像自己，在美波眼裡應該是怎樣？早樹心中起了反感。

「我不是因為安逸才結婚的。是因為我喜歡克典。」

「這我知道。可是，都是喪偶者再婚，對方竟是大富豪，也太幸運了吧。妳是刻意找的？」

美波大概是醉了，突然變得很偽惡。這些話不像臆測，倒像只是想傷害朋友。

「美波，擅自定義別人的婚姻是很失禮的。妳剛才說，因為我是結婚離家的，所以不懂妳微妙的心情，那我也要對妳說同樣的話。因為美波沒有結婚離家，所以不懂我微妙的心情。請妳不要冷言冷語貶抑我的人生。」

早樹強硬地這麼說，美波竟意外垂下頭老實道歉：

「對不起。妳說的對，對不起。」

原來跟美波講道理是有用的呀——早樹覺得好笑。

太陽已經完全下山，外面一片漆黑。在這片黑暗之後，是更黑更暗、吞沒了庸介的海。早樹曾無數次這麼想。

她站起來，好像要將外面的黑暗全部關在屋外般，將百葉窗牢牢關上，不留一點縫隙。

「美波，趁著妳還沒有很醉，我就坦白跟妳說了。」

早樹面向美波這麼說，美波抬頭看她：

「說什麼？」

「我啊，在庸介不見之前，一直跟他吵架。我知道他怪怪的，所以變得疑神疑鬼，我一怪他他就惱羞成怒，這樣的事一而再再而三，真的很痛苦。知道庸介不會從海裡回來了，大家都死心了的時候，我其實也鬆了一口氣，覺得，啊啊，從此我就能從醜陋的情感中解脫了。庸介可能死了，我是真的很悲傷，但其實卻又不止是悲傷。這是我真正的心情。我只告訴妳。妳要知道，這也是婚姻生活的其中一面。後來，我遇到克典，決定要結婚的時候，我認為如果對象是克典就不用嫉妒了，這讓我打從心底感到安心。正因為我對克典不是熱戀才拯救了我。我想克典也跟我一樣。我們之間的感情雖然很像愛情，卻有點不同。不是我對庸介感覺到的那種熱戀。所以，現在我很平靜，很信賴他，真的很幸福。」

說完，往美波的眼睛一看，醉眼中閃著知性的光芒。

「換句話說，這也是我不知道的婚姻生活？」

「嗯，我想是的。」

「那，萬一庸介沒死，早樹會怎麼樣？」

「老實說，很困擾。」

聽早樹這麼說，美波點點頭：

「我懂。好不容易才熬過來，事到如今幹麼還跑出來，對吧？」

「對。我跟妳說說我的想法。這真的只是我的推測。妳願意相信也好，不相信也沒關係。」

「請說。」

美波以一副要寫筆記般認真的表情朝早樹看。

「我懷疑是幹太幫庸介的。他們在釣魚社裡好像感情最好，幹太也有那方面的知識和釣魚民宿、租船行的人脈。我當面問過他，但他糊弄我，說他不可能冒那種險。」

「的確，那對幹太沒有好處。」

「是沒有，但被拜託就難講了。或者是庸介給了他錢。庸介遇難的時候，他的存款幾乎是零。那時候我就覺得很奇怪，怎麼會沒有存款，可是現在事情一一挖出來，就有很多蛛絲馬跡可循了。他很可能早就開始準備了。」

「其他還有什麼讓妳懷疑的？」

美波一臉嚴肅地問。

「庸介的電腦，到最後還是不知道密碼。大學裡的電腦是學校配的，也還了。手機和錢包直接不見了。」

「駕照呢？」

「應該是在錢包裡吧。沒看到。」

「可是，就算他沒死，這年頭沒有個人編號[2]連工作都沒辦法找。」美波表示不服。

「當時也還沒有個人編號，不過反正他也不能找正當的工作吧。」

早樹托起腮說。

「不過，不需要個人編號的工作也不少喔。」美波說。

早樹拿紅酒潤潤喉，才又說：

「至於幹太，遇難的第二天，大家不是在三崎港集合嗎。那時候，就他一個人晚到，說是因為清校整夜沒睡。那到底是真的還是假的，美波知不知道？」

「那時候的事我也記得。幹太很累很累。那時候，我還以為大家會約好一起去三崎，幹太卻說公司有事無論如何不能脫身。所以我們是分頭過去的。是不是清校，發行日那些是固定的，一查就知道了吧？」

「可是，《釣魚痴》已經停刊了。」

早樹說完，皺起眉頭。都八年前的事了。有太

2. 類似我國的身分證字號。

多不明之處。

「喏，美波，說真的，」早樹盯著美波的臉，「妳不覺得幹太是局內人嗎？」

美波卻只是歪著頭：

「他幹得了那種大事嗎？」

「可是，那之後，幹太就變了呀？和美波分手，成了釣魚民宿的女婿。不過，我看他並沒有真正參與民宿的經營。看得出他在那裡過得不是很好。而且又嚴重酗酒。」

「真不知發生了什麼事。一想像就不舒服。」

美波做出不安而雙手按胸的動作。

「幹太什麼都不說，所以我在想要不要去幹太的故鄉看看。他說是新城市。」

「為什麼？」

這讓美波相當吃驚。

「因為，他說他叔叔在開釣魚池什麼的，我就想，既然跟釣魚有關，庸介可能也比較容易待在那裡。」

「妳是認為庸介沒死了。」

「之前還半信半疑，現在是真的這麼想。」

早樹確信，打無聲電話來的那個人就是她曾經愛過的男人。

至於理由，她說能說是感覺，無法以言語解釋。

好比，當早樹喊「難道是庸介？是庸介嗎？」的時候，她感覺到對方彷彿受到衝擊般，驟然拿開了聽筒。

以及，他貼著耳朵聽早樹聲音的動靜、緊緊握住聽筒的細微的聲響等，這些被心理反應激發而微動的空氣，透過電話傳過來。

「可是，有必要特地這麼麻煩嗎？要是他想和早樹分手，離婚不就好了？」

「就是啊。」

雖然早樹也痛苦地想過，難道他不惜裝死也要和自己分手，但的確不必如此大費周章。這麼一來，生存論的可能性就低了。

「假設，庸介是不小心落水，被碰巧經過的船隻救走了。可是，卻因為意外的驚嚇失去記憶，這也不無可能吧？」美波繼續說，「然後，最近記憶恢復了，便循著記憶到處出沒。」

「不可能的。因為，是租船行報警說船沒回來，才大舉搜索的。」

美波聳聳肩，顯然也知道自己這番說法太不真實。

「說說而已嘍。」

對講機響了。

「應該是壽司送來了。」

早樹去後門拿了壽司，將壽司桶送上餐桌後，又去書房看狀況。

裡面不見人影，便又去寢室。結果克典躺在床上戴著老花眼鏡看iPad。是在看電影嗎？

「壽司來了。要不要一起吃？」

早樹出聲問，克典頭也不抬地說：

「不了，我晚點再吃。妳們好像聊得正開心。」

「要啤酒嗎？」

「不用。」說著擺擺手。

「不好意思。」

早樹輕輕關上門。想到克典要是知道她們談些什麼，一定會大吃一驚，心裡就覺得萬分過意不去。

在廚房裡，美波正在抽風機底下抽著加熱菸。白澄澄的氣體被抽風機漸漸吸走。

「抱歉，可以嗎？」她指指手上的加熱菸。早樹點頭。

「妳改抽加熱的了？」

「抵擋不了時代的趨勢啊。」

美波抽了一口加熱菸，吐了一口氣後說。

「剛才說的。假使，庸介為了藏身，假裝遇難。可是，最近又三不五時被看到，又打無聲電話給早樹和妳加野的婆婆，那很可能就表示他已經後悔了。」

早樹不答，歪著頭，拿起空調的遙控器，調高溫度。天一黑，屋裡就變冷。

「早樹不這麼覺得嗎？」

早樹認為，比起後悔，庸介更可能置身於不幸的谷底。

他會不會因為太不幸了，不知如何是好，處於彷徨不知所措的不安定狀態之中？

「對了，早樹說要去新城市，有什麼依據？幹太不就只是回憶了一下過去嗎？」

美波一邊將加熱菸收進包包一邊問。

「我覺得幹太是給我提示。」

「妳想太多了吧？」

美波毫不留情。

「也許吧，可是我總覺得很突兀，怪怪的。我在想他會不會是因為不能明著告訴我所以沒說，可是又想透露給我知道。」

「妳什麼時候要去？已經十二月了。釣魚池還有營業嗎？」

「我也不曉得有沒有營業，不過想著先去看看再說。」

早樹自言自語般低聲說。

「那，我都已經來這裡了，不然順便去看一下幹太的店好了。」

美波懶懶地說。

「要不然妳打他手機？我覺得美波的事，幹太很後悔。」

早樹非常確定，幹太非常後悔某件事，將他的悔恨累積在他巨大的身軀。

「後悔莫及嘍。我也一樣，覺得事到如今又何必。」

話說得帥氣，但美波的表情卻不開朗。想必還在猶豫吧。

「妳就去嘛。人總有行差踏錯的時候，妳去幫幫他呀。再這樣下去，幹太可能會一病不起哦。他和太太的感情好像也不好。」

「那也是他自作自受啦。」

說得像在賭氣。

「別這麼說，打電話給他嘛。」

「妳幹麼要幫幹太說話？搞不好當初真的是他幫了庸介。」

美波伸手進她收了加熱菸的包包，一邊不滿地說。

「是沒錯，可是就是覺得他很可憐。」

看到幹太頹廢的樣子，早樹不禁猜想庸介此刻會不會也很不幸。

庸介、幹太、美波。她覺得釣魚部裡感情特別好的這三個人，一個接著一個不幸。

「我知道了。回去我再打電話給他。」

現在就打吧？——早樹本想這麼說，但美波有美波的矜持。她便提醒自己，這不是自己出頭的時候。

「美波，要不要吃一點？」

早樹這樣勸，美波只是輕輕點頭，又拿著加熱菸到抽風機底下，打開開關。

抽風機轉動，帶進外面冰涼的空氣。早樹感覺到海水的味道。

「早樹，小女兒的事怎麼樣了？」

美波抽著加熱菸問。

「真矢？最近沒有更新。所以我就沒看了。」

「會不會，是身分暴露了？」

「怎麼說？」

早樹一驚，看著美波的臉。

「最近，有人把肉搜網路裡的人當作興趣。好像還滿簡單的。尤其是真矢的部落格，內容特別讓人感興趣。不幸的女兒和有錢的父親不和，再加上年輕的繼母。她把妳寫得十惡不赦，狗血灑好灑滿。我覺得真矢實在太沒警覺心，一直替妳捏冷汗。」

「我也這麼覺得。我跟克典說了，他說無論怎麼說真矢都不會聽，很頭痛的樣子。」

「早樹也不容易啊。明明還新婚，就有這麼多事要煩惱。」

被美波同情，早樹苦笑。

「就是啊。我也沒想到竟然會同時發生這麼多事。」

美波以指尖撥開百葉窗，看外面。

「好黑喔。再過去就整片都是海，妳不會怕嗎？」

「我習慣了。沒有月亮的晚上，海才黑得可怕。還有，我也討厭海鳴。每次都覺得很像不祥的預兆。聽說海鳴之後通常都會變天。」

「原來如此。」美波抽完加熱菸，邊收進包包邊抬頭。「對了，庸介遇難，是十月嘛。我記得是月中？」

「十六日星期五。每年到了那個時期，我心情都很不好，唯獨今年不一樣。想到他可能沒有死，就忘了遇難的事。」

「也是。這麼勁爆的事讓人把那時候的事都忘了。我們還出海拚命找，到底算什麼啊我們。」

「真的很對不起妳們喔。」

一些認識的釣魚民宿的人、釣友也很擔心。還有人開自己的船幫忙找了好幾天。

「後來，妳們辦了葬禮？」

「認定死亡那時候，婆婆說無論如何都想要有始有終，就辦了葬禮。不過，只是找和尚唸經，做一個形式而已。在那之前我就已經和克典住在一起了，告訴婆婆，她好像不太高興。」

菊美說的是『妳們已經同居了？』說得好像在看什麼不乾淨的東西。

「墓呢？」

「在那之前公公已經過世了，所以就放那裡。」

「是嗎？不過，真不知到底發生了什麼事啊。」

早樹心想，美波把自己心裡想的都說出來了。

「妳去問幹太啦。」

但，美波沒有回答。

3

結果，美波待到近七點，叫了計程車回去了。

後來有沒有跟幹太聯絡相約見面呢？早樹洗著紅酒杯和醬油碟等餐具，與發信詢問的衝動交戰。

「客人回去了？」

克典頂著睡過一覺的臉在廚房現身。

「剛走。對不起呀，害你一直關在裡面。」

「沒關係，沒關係。妳們很有得聊啊。都聊些什麼？」

「很多。」早樹一句帶過。

克典打開冰箱，取出罐裝啤酒。看著早樹問：

「早樹要不要？」

早樹陪美波喝了很多紅酒，搖搖頭。

「我喝夠了。喝茶就好。」

在餐桌就座的克典看了看美波的壽司桶說：

「沒怎麼吃呢，妳朋友。難怪那麼瘦。」

「美波最愛酒了。一開始喝，就不怎麼吃了。」

和幹太一樣——早樹心想。他們交往的時候，肯定很合得來。

「好氣魄。」克典說著笑了。「又是律師小姐，要是有什麼事還能找她商量。」

早樹忽然想起真矢的事。

「克典。」叫了之後，看著丈夫。

「什麼事？」

拿罐裝啤酒直接就口的克典轉頭面向早樹。

「就是真矢的事啊，最近部落格不是沒有更新嗎？該不會是真實身分暴露了吧？我聽美波說，最近有很多人愛查那些，我很擔心。」

克典點點頭，搔搔一頭白髮的頭：

「這件事啊，我一直在想必須告訴早樹。也不是刻意瞞著妳。」

本來站起來準備燒開水的早樹又坐下來。她有不好的預感。

「發生什麼事了？告訴我。」

早樹知道自己的臉色變了。

克典抬起雙手說「沒事沒事」，要早樹別激動。

「其實星期五，我和公司的人談過了。有人在酸民網站上貼文，說要找出『麥雅』的父親之類的。其中，有人點名可能是優尼索德的社長。說他有兩個女兒，一個未婚，幾年前死了老婆，寫得還滿詳細的。可是，那個人好像不知道我們再婚了。只不過，我也沒確認，所以也不清楚。」

克典最討厭網路上那些謠言和中傷，好像也沒看過那類網站。

「『麥雅』，是真矢的部落格那個『麥雅』？那麼有名？」

克典點點頭。

「好像是。聽說是有人注意到，覺得好玩，就開始推測。從部落格裡寫的關鍵字，再加上一些蛛絲馬跡，來找符合的人。」

和剛才美波說的一樣。

「所以他們知道『麥雅』的父親就是克典？」

「不，他只說他知道了，並沒有拿出其他證據。只是有一個人這樣猜。」

「好可怕。」

早樹不禁低聲說。就像美波擔心的，現實中有人採取行動了。

「一點也不可怕啊。真矢的部落格裡寫的，又不是真的。」

克典一臉認真地寬慰她。

「就是因為不是真的才可怕呀。」

「妳說反了。不是真的就不可怕。」

一旦涉及議論，克典就很頑固。

「可是，知道那不是真的的，可能就只有我們兩個。再說，部落格裡寫的，你和真矢之間的不和，那也不全是假的吧？」

「那完全是真矢自己的主觀認定。」

但是，真矢卻這樣寫：

父親是個殘酷的人，不但對糟糠妻之死形同見死不救，又對親生女兒冷暴力，續弦的妻子比他年輕很多，是為了財產才和他結婚。

自己夫婦被寫成廉價的狗血劇，令早樹實在無法忍受。

「那我們該怎麼辦？」

「我們只能毅然決然地活下去。畢竟，我們什麼虧心事都沒做。」

克典難得以強硬的語氣說。

「你說的是對的，可是太理想化了。現實是很殘酷的。大家都不管是非對錯，聽到什麼就信了。」

儘管對自己竟如此情緒化感到訝異，早樹卻無法控制。

「大家是誰？」

「一般人呀。」

「何必管一般人怎樣呢。不用跟那些扯上關係，我也能活得很幸福。」

「可是因為這樣就放任真矢隨便亂講，未免太奇怪了吧？」

被真矢信口雌黃論斷的懊惱又復甦了，鼻腔深處一陣酸。她不明白克典為什麼不制止真矢。

「我沒有不管啊。我好幾次要她不要再寫了。可是，她不肯聽，我也拿她沒辦法。她笨歸笨，畢竟是我的孩子，只能容忍她接受她了。」

「你是說我也同罪？」

「沒有人在說罪啊。」

克典吃驚地聳肩。

「不，在我看來，你身上背負著身為父母的罪。身為繼室的我也應該要背嗎？因為我是真矢的繼母？可是，這怎麼想都不合理。事情都鬧得這麼大了，真矢應該要全部刪除。請拜託她刪除。」

「真矢最初的目的就是要引起論戰，她根本沒有刪除的意思，我想。」

是因為跟美波紅酒喝多了嗎？聽著這種論調，早樹怒火攻心。

「這實在太奇怪了。為什麼我們要被說得那麼不堪？剛才美波也說我再婚選擇了安逸的路，我才跟她吵過而已。我倒是覺得，我或許選擇了一條荊棘之路。和你一起生活是很愉快，但你兩位千金對我很冷漠，我當初也萬萬沒想到會有這種中傷等著我。」

越說越激動，眼淚便湧上來了。

「早樹，妳太誇張了。」

克典不愉快地責怪她。

「一點也不誇張。是你不想了解我的心情而已。」

「沒這回事。不過就是網路嗎，都是假的。」

聽著克典冷靜透澈的語氣，早樹更加生氣。她和克典從不曾如此嚴重地爭辯。

「網路才是最可怕的。是你不知道而已。」

「我知道啊。」

「你知道的，以前是美好的時代。現在不同了。網路傳聞都是些誹謗和中傷。因為是匿名的，所以更惡質。那是小人的巢穴。」

皺著眉聽她說話的克典慢慢喝了一口罐裝啤酒。

「不冰了。」喃喃低語後抬起頭。「那，妳要我怎麼做？」

「阻止真矢。」

克典沉默片刻。

「早樹，家家有本難唸的經。早樹娘家很幸運，什麼問題都沒有。這是非常幸福的。可是，早樹的第一次婚姻，結局也不美滿啊。而且現在還被庸介的母親糾纏。人人都有別人不得而知的難題。」

「糾纏」這個詞讓早樹反彈。

「加野的婆婆沒有糾纏我。」

「不，在我看來就是糾纏。不知為何她就是抓著早樹不放。兒子都死了，明明可以讓媳婦自由的，太奇怪了。」

或許是想起被要了二百萬，克典的表情苦澀。

「那件事，我真的覺得很抱歉。」

早樹還想說，克典打斷她。

「不，妳不用覺得抱歉。早樹是我的妻子，我承受。所以，我的意思是，真矢的事也一樣。既然和我結了婚，能不能也連同真矢也概括承受？」

早樹不認同克典的看法：

「真矢做的事，和加野的婆婆是不一樣的。她是主動提供話題給網路，而且是出於惡意。」

「那也只能讓她去了。」

「為什麼？你說的我不明白。為什麼不阻止她？」

早樹猛搖頭。

「妳要知道，自己做的事都會像回力鏢一樣回到自己身上。一想到將來真矢要承受那些，我就覺得可憐。」

「克典真是個好父親。」

早樹覺得克典散發強烈的父愛，不禁出言挖苦。真矢和早樹同齡。

「更甚於一個好丈夫？」

克典冷靜地問。

「我沒有這麼說。可是，我覺得你畢竟是個好父親。雖然和女兒的關係好像不怎麼好。」

「那是因為早樹家感情很好。」克典苦笑。

「我只是不想要一個會那樣中傷別人的女兒。我是說，我無法當一個像你那樣的好父母。」

早樹不客氣地說，然後站起來。她沒那個精力繼續爭論，也醉了。她想趕快上床睡覺。

「對不起，我說得太過分了。」

就在她說完正要離開的時候，

「早樹，真矢不會再更新了，放心吧。」

早樹看著克典，不明白是什麼意思。

「那就刪除。」

「也沒辦法刪除。」

克典抬頭看早樹。

「什麼意思？」

她心中一涼。

「剛才智典跟我說，真矢自殺未遂，命是撿回來了，但意識沒有恢復。」

早樹太過吃驚，呆站在原地。

「怎麼會……」只吐出這幾個字，話就好像被卡住了出不來。乾咳幾聲清了喉嚨，再次慢慢問：

「怎麼會、怎麼會變成那樣？」

「不知道。」克典說，像個失神的人一般，望著屋內一角重複早樹的話，「為什麼，會變成那樣呢？」

「克典，那是什麼時候的事？」

「據說是昨天晚上。我今天才知道的。」

昨天她去幹太的店，趕不及上瑜伽課。明明是為了見到真矢才想去上瑜伽的。

「你怎麼不早點告訴我？」

話雖如此，早樹和美波聊得起勁，克典也很難開口吧。而且，這也不是個寥寥數語便能結束的話題。所以克典才對真矢的事說了平常不會說的話嗎——早樹於是想到。

她突然感到虛脫。癱軟般又坐回椅子上。

「我看你心情很好，完全看不出出事了。」

「我不是心情好，是覺得早樹妳們很耀眼。」

聽到這，早樹想起他曾說「有年輕人真好」。他那時一定是想著真矢。

「我今天到了碼頭，接到智典的電話，知道了真矢的事。我很震驚。雖然我早就認為那孩子會出事。」

「智典是怎麼知道的？」

「真矢跟一個男的交往。智典說是那個人聯絡他的。智典給我電話之後，就說要趕去醫院再給我新的消息。我就是在等他，才會晚回來。」

早樹很消沉，向克典道歉：

「對不起，我還說那麼過分的話。」

「沒關係，本來就是真矢不好。」

「自殺是因為部落格嗎？」

「這個嘛，應該不是。好像是跟男人之間有什麼爭執。」

克典將空啤酒罐放在身旁，站起來。早樹搶在他之先從冰箱裡拿出冰涼的罐裝啤酒，放在克典面前。克典喝了啤酒，喃喃說：

「冬天喝好冷啊。我怎麼會喝起啤酒呢？」

頭突然痛起來。早樹揉著太陽穴問克典：

「你今天不用去真矢那裡嗎？」

「我打算明天去。今天智典已經去了，而且就算趕過去，除了出錢，我也幫不上忙。」

會不會就是克典的這種理性，讓真矢覺得冷酷？早樹很想和真矢見上一面，真矢卻越來越遠。

部落格的密碼恐怕不容易解開，那麼「麥雅」的部落格就要永遠都存在於網路世界了嗎？活像個惡意的紀念碑。

在那裡，克典永遠是一個惡劣的父親，而早樹是一個貪婪的繼室。

「真矢不會好了嗎？」

早樹小聲問。她感到很悲哀。

「現在還很難說。我明天會去問詳情。」

克典或許也是在和早樹談論中漸漸有了真實感吧，神情逐漸黯然。

「真讓人擔心。」

「嗯。」克典點點頭。「但願不會做惡夢。」

第二天早上九點多，長谷川園的園藝師們來了。克典和智典聯絡後，決定下午去醫院看真矢。於是照常和長谷川一起去了庭院。

曬著小陽春暖洋洋的日光，與長谷川在庭院裡四處走動的克典，顯得平靜又極為滿足。

早樹想詳細問問優子情況如何。才動念，正好優子就來電了。

「喂！」早樹急急接起電話。

「早樹，妳聽說了嗎？」

優子單刀直入地問。連招呼都省了，劈頭便進入正題。

「聽說了。要不要緊？」

「沒有生命危險，可是意識還沒有恢復。」

「到底是怎麼了？」

「原因不是很清楚，不過好像是上吊。」

這倒是令早樹意外。

「我還以為是吃安眠藥。」

「這年頭的安眠藥吃一百顆也死不了的。」優子以老成的語氣說。「反而只是找罪受。聽說上吊的致死率高多了。不過，幸好繩子斷了。」

「可是聽說她沒有意識？」

「也可能會恢復呀，誰也不知道。」

「真希望她會恢復。」

早樹由衷地說。她並不以真矢出事為快。希望真矢早點醒來。早點從惡夢中醒來。然後修復她和克典的關係，承認早樹，自行刪除那個部落格。希望她能比現在幸福。

然而，正如克典擔心她『會出事』，真矢過了那座不能過的橋，在抵達對岸之前便墜入深淵。

正因早樹理解克典說的『一想到真矢將來要承受那些，就好悲哀』的心境，才會覺得沉痛。

但是，從國、高中時期就很了解真矢的優子卻毫不客氣地批評真矢：

「這次我真的很吃驚，因為我沒想到真矢真的有那個膽子。她每次只會想比別人更受肯定。我認為自殺是終極的認同渴望，可是死了就沒戲唱了呀？」

「可是，她只是沒有意識，生命沒有危險呀？」

「我聽說就算沒有生命危險，要是意識一直不恢復，可能會變成植物人。」

這就連優子的聲音也開朗不起來了。

「真可憐。」

早樹低聲喃喃地說，優子像是要蓋過她的話般說：

「不止真矢，大家都很可憐啊，家裡每個人都很可憐。如果有希望還好，可是誰也不能保證將來會怎麼樣。」

語氣是很有氣勢，但她似乎在電話另一頭啜泣。

「智典是怎麼接到聯絡的？」

早樹改變了話題。

「昨天，智典去打高爾夫球。不是接待客戶，是跟朋友一起，所以可以中途脫隊，可是他嚇了一跳。因為真矢突然打電話來，一接，卻是個不認識的男人。而且還有點年紀。他說，那個人先為他用真矢的電話道歉，然後說真矢自殺被救護車送走了，所以智典大吃一驚。」

「沒有打電話給克典對不對？為什麼呢？」

優子毫不遲疑地回答：

「真矢好像沒有把爸爸的電話存進手機。她說她從家裡搬出去的時候就刪了。所以才會第一個打給智典。那個人本來就知道我老公是她哥哥，而且是優尼索德的社長。」

「我聽說真矢有個交往的對象，就是他嗎？」

「好像是。我聽智典說，好像是真矢之前上班的稅務會計事務所的會計師。那個人有老婆，好像是跟那邊吵起來。這我也很驚訝。那個真矢竟然有本事跟人家外遇，我想都沒想過。」

「為什麼？」

對早樹這一問，優子不耐煩地答道：

「因為，真矢是個不懂得變通的人呀。她是會為了爭取認同不惜做些怪事，可是本質是很正經的。所以，她的心總是為了相對的事情弄得亂七八糟。

去搞外遇，情緒當然不會穩定呀。」

意思是說，真矢會在部落格上寫克典和早樹的壞話，也是為人際關係的不滿尋找發洩的出口嗎？

「所以才把工作也辭了嗎？」

早樹低聲這麼說，優子一副表示贊同又有先見之明般斷言：

「然後，把自己逼得走投無路。」

「這也是很可憐。有種孤獨的感覺。」

「也是啦。」

「真矢不工作，真不知每天都在做什麼。」

「她繼承了媽媽的遺產，大概每天都忙著網聚吧。」優子的語氣變得有些酸。「妳看她部落格的留言，好像還滿紅的不是嗎？不過感覺招來的全都是些怪怪的人。不過，真的很想叫他們替早樹這些被寫的人設身處地想想。」

這時，早樹看到克典從庭院要回主屋。她這才發現自己意外地和優子講了好久的電話，便告罪：

「克典好像要準備出門了。不好意思，下次再聊。」

「好好，幫我跟爸爸問好。」

雖然優子這麼說，但早樹不願克典認為她和優子拿真矢講半天，便將手機塞進牛仔褲的後口袋。

早樹走到客廳的玻璃門前迎接克典。

「時間差不多了吧？」

「我知道。車子再三十分鐘會來，我要去換衣服。我跟智典約在醫院碰面。」

克典的身上散發出初冬戶外的氣息。早樹不禁朝眼下的海望過去，或許因為是無風的好天氣，明明是星期一，海面上卻有好幾艘遊艇。

「午飯呢？」

「我在那邊跟智典一起吃。他說有事要問警方，所以不知道會怎麼樣。」

「警方？」

早樹吃驚地問。

「因為是自殺未遂啊。還是要調查一下有沒有犯罪的可能。」

早樹嘆了一口氣。

「畢竟自殺是很嚴重的事。我不用去嗎？」

「早樹就不用了。」克典雙手按住她。

「那，有什麼事要打電話給我。」

「妳不用擔心。」

克典柔聲說。他注意到早樹為昨晚的爭吵後悔，刻意加以安慰。

和克典相比，自己多麼不成熟啊。早樹深感慚愧。

送匆匆換過衣服的克典上了前來迎接的車，早樹放空了一陣子。

要不是出了事，她或許早就問美波是否與幹太重逢了，之前滿腦子庸介和釣魚社的事，現在她都不在乎了。

中午，長谷川他們從庭院回到主屋這邊，在屋外的水龍頭洗手時，

「你好，謝謝你們來幫忙。」

早樹被陽光照得瞇起眼，來到庭院向長谷川打招呼。

「今天天氣真好。」

長谷川拿毛巾擦手，愉快地說。長谷川總是一副無憂無慮、幸福洋溢的樣子。

「今天帶便當嗎？那我來泡茶。」

「沒有，今天我們要去吃拉麵，不用麻煩了。」

長谷川說完，朝另外兩人看。

那兩個助手和氣地以眼神表情向早樹打招呼。

「是嗎？那，要回去之前，請叫我一聲。我來煮

個咖啡。」

長谷川道謝之後，喊聲「太太」。早樹一回頭，見他露出雪白的雪齒笑了。

「聽說您前天沒有去上瑜伽。」

「就是啊，真抱歉。我沒買衣服，總覺得不好意思去上課。」

早樹說著藉口，一邊開始認為既然真矢不會去，也就沒有必要去了。這才發現，原來自己對見不到真矢其實相當失望。

「前天啊，真矢小姐去了一下呢。所以，我老婆很遺憾，說要是早樹小姐有去就好了。」

早樹說不出話來。真矢是去向菜穗子告別嗎？

也許她還順道來了母衣山。明明是自己的家，卻從牆外遠遠眺望。想像著真矢那個樣子，早樹不禁悲從中來。

「真可惜。請替我向菜穗子小姐道歉。」

「好的。等您來上課哦。」

長谷川磊落地說，領著助手和年輕人出了庭院。

傍晚，克典帶著疲憊的神情回家。

「氣溫下降了。」臉色略微發青。

「是啊。變冷了。」

早樹很想快點知道真矢的狀況，卻配合克典不開口。

天黑得早，長谷川等人已經開始收拾了。再二十分鐘，只怕外面就會全黑了。

不安與寂寥油然而生，早樹有股衝動，想去點亮屋裡所有的燈。

「我們去那邊說吧。」

克典朝廚房指。大概是和美波一樣，想在廚房餐桌上面對面說話。

「要不要來點熱茶？」

「不了，我想喝酒。紅酒好了。」

克典去寢室換衣服時，早樹準備好紅酒和酒杯。

「太太，天黑了，我們要告辭了。請幫我們跟塩崎先生說一聲。」

長谷川打開玻璃門，揚聲向人在廚房的早樹說。

「好的，辛苦了。」

早樹匆匆出來，長谷川見狀便遞出一個看似簡介的東西。

「這個，是星期六派對的邀請函。請您記得一定要來。」

「好的。謝謝。」

早樹笑著接過，其實心不在焉，只想聽克典怎麼說。

廚房裡，換上深藍色毛衣和牛仔褲的克典正在開紅酒。

「長谷川他們回去了？」

「剛走。」

早樹回答，在餐桌旁坐下。克典在兩只酒杯裡倒了紅酒。酒色殷紅如血，早樹一時不敢直視。

「好了，要從哪裡說起呢。」克典說著笑了。

「總覺得今天事情好多，好累啊。」

「真矢的狀況怎麼樣？」

「哦，我覺得很有希望。她並不是完全沒有意識，是有一點反應的。有時候會睜眼，也不是沒有視線交會，只是不知道有多少意識。不過，她倒是會定定地看我的眼睛，簡直令人難以置信。看到她這樣，我就覺得應該不至於變成植物人。」

「醫生說的？」

「不，是父親的直覺。」

父親的直覺。至今克典從未說過的話。

早樹不禁去看克典的臉。克典看起來是看著紅酒杯，卻是透過紅酒杯怔怔望著之後的東西。

「那真是太好了。」

「不過，醫生也說可能會留下某些損傷。」

「可是，總比丟了性命或變成植物人好多了呀。希望會很快好起來。」

「就是啊。」克典嘆息。

「對了，警方那邊怎麼樣？」

「說到這就奇怪了。警方懷疑是假自殺。因為，真矢發了LINE給她交往的對象，說她現在要去自殺。確定那個人趕來了，才踢椅子上吊的。」

那是挾怨報復，應該不算假自殺——早樹這麼想，但沒說。

「交往的對象是？」

「真矢以前上班的稅務會計事務所的會計師。姓田邊好像。快六十歲了，連孫子都有了。真沒想到真矢竟然會跟那樣一個男人在一起。」

克典一臉受不了地說。看來過去並不關心的女兒突然間距離近了許多。

「這位田邊先生也很困擾吧。」

「一定的吧。他頻頻道歉，說『真對不起，實在沒臉見人』，但雖說那是我女兒，也是個出了社會的大人了，要是被認定是假自殺，我們也該道歉。要是一個失言鬧起來，撕破臉也不好。也很難保證田邊先生那邊不會傳出什麼風言風語。智典也說這部分很難拿捏。」

一定是怕演變成公司的醜聞吧。創業者家的女兒不但和人外遇，還假自殺差點弄假成真。而且，那個女兒還在部落格裡寫告發父親的文章。週刊雜誌肯定見獵心喜。

克典雖沒明說，但想必已與智典討論過對策了。但是，他不會把內容告訴早樹。想來這次也有很多事都是暗中進行。

「在這種時候真是抱歉，但我可以問部落格的事嗎？要是真矢無能為力的時候會怎麼樣？」

早樹鼓起勇氣問，克典的紅酒杯仍抵在嘴上，片刻無語。

「在想對策了。因為公司不能袖手旁觀。只是，不會一一向早樹報告。不，不是不會，是不能。」

「為什麼不能？」

早樹邊問邊心想事情變麻煩了。

「因為已經變成公司的案子了，由律師負責。」

是以不實中傷向網路供應商要求刪除了嗎？如果是公司提出的，也許很容易就能辦到。

「那真矢的事就會被公司的人知道了。」

「沒辦法啊。這個女兒雖然惹是生非，真的很蠢，但我現在很慶幸她活著。」

克典低聲說得很快。

「嗯，真的太好了。」

早樹思索著要是星期六去了菜穗子的瑜伽教室遇見真矢，自己能不能讓真矢回心轉意。人越是自暴自棄，越無法逃離孤獨的籠牢。

「真矢現在一定很需要爸爸。」

克典偏著頭像是在思索，卻朝早樹看。

「早樹呢？曾經需要過娘家的爸爸嗎？」

「我嗎？我已經過了那個年紀了，而且……」說到一半停下來。

「而且什麼？」

克典追問。

「大概是因為結過婚，懂得人我之分了吧。就會知道有些事情父母也幫不了。」

丈夫是外人。外人和父母是不同的。會欺騙，會背叛。早樹沒有說得這麼露骨，但克典或許是意會了，默默點了好幾次頭。

「好嚴厲啊。不過，庸介是好人吧？」

「嗯，非常好。」

她不敢說庸介很可能背叛了自己，而且沒死。

早樹覺得自己才好像要被關進孤獨的籠牢。

「我在想，等真矢出院了，就到這裡跟我們一起住，可以嗎？」

克典客氣地問。

「嗯，我覺得這樣很好。」

見早樹當下便同意，克典這才露出鬆了一口氣的表情。早樹心想，父親的面貌比丈夫來得脆弱。

4

真矢在自殺未遂後的第三天睜開眼睛，第四天意識也恢復了。

然而，對於問話的反應卻像是聽不見。同時，

始終呆呆的，反應並不理想。

早樹認為這不是參加派對的時候，便決定不出席「海聲聽」雕塑家的慶祝派對。

雖然會讓熱情邀請她的長谷川夫婦失望，但聽不知情的菜穗子談真矢令人痛苦，她也不想說謊。

等真矢出院住到母衣山，長谷川他們自然也會知道她的狀況。

克典幾乎每天都到真矢所住的東京的醫院照顧她。

早樹說想去探望，也被克典以「那孩子現在多半還不想見早樹，等她情況再穩定一點」制止。

或許是勞心與忙碌，克典很少去庭院了。兩人外出用餐的機會也大減。與克典在一起富裕又平穩的生活慢慢發生變化。

美波在進入十二月後不到一週時來電。

「哈囉。方便說話嗎？」

「好久沒聯絡了。上次是來我家的時候吧。」

「問妳哦，真矢的部落格不知道什麼時候不見了。塩崎先生是怎麼說服她的？」

美波劈頭就說起真矢的部落格。

「咦，是嗎？我最近沒看，不知道呢。」

克典說不會告訴她詳情，所以早樹便認為事情大概已經解決了。

「妳還真悠哉。之前明明還那麼在意的，結果沒看？」

「其實，好像是克典的公司請他們刪除了。所以我想應該沒問題。」

「這時候才請人家刪除？也太遲了吧？」

美波傻眼地說。

「聽說就像美波之前替我擔心的，果然被肉搜了。所以公司也不得不採取行動。」

「哦，果然。」美波說。「我就覺得很危險。」

「其實，那之後又發生了很多事。」

早樹不得已將真矢自殺未遂一事告訴了美波。

果不其然，美波無言。

「真是一波未平，一波又起。」

「可是，我真的很慶幸結果不至於無可挽回。克典也鬆了一口氣。」

「撿回一命是很好，可是後遺症什麼的沒問題嗎？我聽說上吊被救回來的，後來都很慘。」

「已經恢復意識了。不過，狀況好像不太好。說是人呆呆的，反應很遲頓，克典很擔心。」

「要是腦部受損，可能會留下後遺症。」

「妳好清楚喔。」

「這種案例可多了。」

「治得好嗎？」

「這我就不知道了，我又不是醫生。」美波很冷靜。「不過，早樹的婚姻真是風波不斷啊。」

美波忽然語帶同情。會不會是想起之前她們對結婚的爭論呢？美波以「安逸路線」質問早樹與克典的結婚。

「是啊，真是意想不到。不過，我現在覺得，既然跟克典結婚了，就得全盤接受。」

「咦？這麼說，你們是要收留真矢？」

美波大聲起來。

「對呀。她是克典的女兒，好像又無處可去，所以要由我們照顧。」

「那很累耶。」

「我知道。可是，克典說要把她接回來。」

「真是不可思議。真沒想到等著早樹的會是這種命運。」

不可思議。的確，對於與真矢的關係，早樹也只能想得到這個詞。

親子關係不佳的女兒，帶著受了傷的心，即將回到父親身邊。而父親也準備接回這樣的女兒加以細心照顧。

那麼，身為妻子的自己該怎麼做才好？與年長許多的丈夫的生活，平穩安定，無憂無慮，什麼都不用擔心。

她萬萬沒想到竟然要和合不來的小女兒同住。而且，真矢可能會有些身心障礙。雖同情她的處境，但說實話，自己還是有些不知所措。

「如果是我，會說這跟之前說的不一樣，選擇離婚。」

事情不像美波說的那麼簡單。儘管心裡明白，卻不知將來會怎麼樣。其實早樹也很不安。

「那是不行的。」

早樹答得含糊。事實上，現在再去想那些也沒有用。

「妳就跟塩崎先生說他違約啊？」

早樹不禁苦笑。

「又沒有簽約。」

「可是，結婚的條件不是不和小孩住嗎？當初要是要一起住，早樹就不會結婚了吧？」

的確，雖然不至於明確得足以稱為條件，但她腦海裡完全沒有和與自己年紀相仿的繼子女同住的念頭。

更何況，克典常常把他和真矢處不來掛在嘴上，而且真矢雖未婚卻獨立了，不會與他們同住。

「對了，那天晚上後來呢？妳去幹太店裡了嗎？」

早樹改變了話題。

「沒去。我可不想見到他那個太太。而且我也醉了。」

「是啊，那天妳喝了不少。」

「可是啊，我昨天豁出去打電話了。」

原來她是想說這個嗎？早樹終於明白美波來電的原因了。

「怎麼樣？」

「嗯，也沒怎麼樣。聽他說好久不見，感覺怒氣和心結就解開了。很懷念。所以，就聊了一下近況。我說我通過司律考試，他也說好厲害，替我高興。不過，他身體好像不太好，說他最近就要住院了。還笑著說他就快死了，要見面趁現在。害我心情都盪下來了。」

但是，幹太應該被醫生禁了酒，卻還拿酒當水喝，那麼他這麼說並不全然是開玩笑。

「庸介的事呢？他有沒有說什麼？」

「抱歉，我沒問。反正幹太那個人，就算我問了，他也絕對不會說的。」

「也是。」

聽起來很像藉口，但想來庸介的「生存」並非美波所關心的。就連早樹自己，也因為真矢的事忘了本來打算去新城市一探究竟。

「妳什麼時候去新城？」

反而是美波問起。

「這個嘛，現在有真矢的事，要等這件事告一段落吧。」

「新城的叔叔，搞不好幹太只是隨口說說而已。反正一定是白跑一趟，不如就別去了吧？」

美波說得直白。

「如果美波要去看幹太的話，能不能幫我問問？問他為什麼要跟我說新城市。」

「如果我有去的話。」

看來朋友硬是要賭氣。早樹熱心勸道：

「妳就去嘛。他本人都說『要見面趁現在』了。」

「可是，我不喜歡失望。他變了很多不是嗎？」

「嗯，變了一個人。」

「這樣的話，搞不好乾脆失望還比較好。」

意思是失望就能放下幹太嗎？本想深入追問，但早樹還是克制沒說。

這個時間，去探望真矢的克典差不多快回來了。早樹說下次她會主動聯絡，然後結束了美波的電話。

克典每天都自己開車去東京真矢住院的醫院。

以前，日常購物克典常會同行，但自從每天跑醫院，早樹便和克典輪流用車，自己去購物。

果然，聽到車庫打開的聲音。早樹這就要去買東西，便來到外面要克典不必把車子停進車庫。

與駕駛座的克典一對上眼，克典便向早樹微笑。大概是真矢的病情出現了好轉的徵兆。早樹也揮揮手，心想如果是這樣該有多好。

「停在路邊就好了嗎？」

克典打開車窗問，早樹點頭，指指馬路。

「對，我這就要去買東西。」

位於丘頂的自家門前的路，是上坡路的終點。視野極佳，平常幾乎不會有車經過。

像今天這樣颳北風的日子，則是比其他地方都冷。

早樹邊後悔自己只穿著一件薄毛衣就跑出來，邊等著最近動作略略變慢的克典緩緩下車。

「我回來了。」

克典露出滿足的微笑。

「真矢怎麼樣？」

「嗯，可能很快就可以出院了。」

克典以開朗的神情回答。

「太好了。」

兩人並肩進屋。

克典像是放下重擔般，一屁股坐在客廳的沙發上。

「檢查怎麼樣？」

「醫生說沒有異狀。」

早樹知道今天亞矢也特地從神戶來探望。說好智典也來會合，病房想必很熱鬧。克典之所以心情好，可能是難得孩子們齊聚一堂。

「亞矢來了嗎？」

「嗯，說要在這邊住幾天。」

但是，亞矢不住母衣山，而是住東京的飯店。

「真矢見到亞矢有什麼反應？她們好久沒見了吧？」

「好像很高興，但也只是笑笑而已，不太願意說話。偶爾開口，也只是『大家好不好？』，這樣而已。以前話多愛動，現在說好聽了是穩重，但總覺得遲鈍。智典和亞矢也這麼說。」

「應該很快就會好了。」

「但願如此。總是會擔心啊。」

克典一臉憂鬱地說，然後好像想到什麼，從口袋裡取出手機。

只見他瞇眼滑了一陣，將照片出示在早樹眼前。

「妳看這個。」

照片拍的是克典、智典和亞矢圍繞著真矢的病床。身穿住院服的真矢在正中央微笑，但笑容彷彿被陌生人圍繞般，十分生硬。

「塩崎家族呢。」

早樹對於自己沒有在照片中感到有些失落。

「嗯，請護士幫我們拍的。」

克典並沒有注意到早樹的惆悵，滿意地說。

「那，醫生怎麼說？」

「身體無恙。我說我擔心真矢的反應，醫生說雖然腦部機能發生障礙的可能性不盡然是零，但檢查並沒有查出任何徵兆。她本人也說不出有哪裡不對勁。然後，如果是自殺未遂，必須經過身心科醫師的診斷才能出院。」

「身心科嗎？」

「是啊，我們也要聽院方說明如何照護。」

「真矢有沒有說哪裡不對？」

「她不太說話。感覺就是呆呆的，只是聽大家說話。感覺精神活動遲緩。不過，才十天而已，心理方面的衝擊大概還沒有平復，暫時要觀察。」

「是嗎？真叫人擔心啊。」

「嗯，不過，就父母而言，沒有死真是太好了。」

這不知是克典第幾十次說這句話。

早樹仍站著，等克典開口。他還沒有說到最重要的部分。也就是，真矢什麼時候回母衣山，家裡該做什麼準備。

「大概什麼時候會出院？」她主動問。

「要看身心科醫生，不過我看大約一週吧？再來就是要耐心定期回診。對了，亞矢會趁她在這邊的期間，把真矢需要的東西從公寓帶過來。」

「我來收拾真矢的房間吧？」

「不了，真矢可能不願意，早樹就不用忙了。我打算請幫傭。」

所以是打算請每週來打掃一次的女性專程過來嗎？

「那，是不是順便麻煩她大掃除呢？也十二月了。」

聽到真矢不願意，早樹有點受傷，但她仍開朗地這麼說，結果克典認真回應：

「大掃除就不用了，那是次要。」

「哦，是嗎？次要？」

克典發現他的話讓早樹不高興了，趕緊補充：

「並不是往後就要跟真矢住一輩子。只是暫時

的，等她身心復原，希望妳不要太在意。」

「我知道。不要緊的。」

早樹微笑回答。正當她要去拿羽絨外套和包包好出門買東西時，克典從她背後說道：

「今天亞矢提議的，我在想，再養一隻狗的話，真矢會不會快點好起來。」

早樹吃驚回頭：

「養狗？不是拒絕了長谷川先生的幼犬了嗎？」

「不是，不要養大型的，養一隻像以前那樣的貴賓。」

早樹想起初次來母衣山時，被克典趕到庭院裡的貴賓狗用小爪子拚命抓玻璃門的樣子。

克典不是討厭那雙眼周泛紅、可憐兮兮的狗嗎？

想起當時的情景，早樹的表情不禁僵了。於是，看得出克典一看到她的表情，立刻便轉移視線。

早樹覺得，他們雙雙發現了彼此心中微小的歧

異。

「我覺得狗等到真矢好了之後，在自己公寓養就好。」

早樹好不容易這樣反對。在自己夫婦住的家為了真矢養寵物，未免太奇怪了。

「可是，我是想讓她好起來養的。養寵物能刺激腦部活化，情緒應該也會比較正面。」

和克典講不通。

「這我知道。」

「所以妳是不想在這裡養？」

「因為，那是真矢的狗吧？」

「可是，我打算把真矢接過來啊。」

「這我知道。可是，是暫時的吧？」

「是沒錯，可是也不知道什麼時候會好。」

平日聰明的克典不乾不脆，早樹覺得奇怪。他難道沒有發現早樹的困惑嗎？

早樹心中有自己將無處可去的不祥預感，一面對克典說：

「我要去買東西了，不然會太晚。要吃肉，還是吃魚？」

「選早樹喜歡的就好。早樹是這個家的主婦啊。」

克典笑著說。自己的確是主婦沒錯，卻連要不要跟真矢一起住、要不要養寵物都無權決定。

「那我出門了。」

早樹套上羽絨夾克，拿起包包出門了。

總覺得很不愉快。她和克典極少有爭執，卻覺得自己好像突然被與自己無關的克典的「家人」逼到角落。早樹告訴自己是想太多了，努力不把這件事放在心上。

冬天天黑得早，令人感到淒清。見日頭已經偏西。早樹匆匆駕車奔向平常去的鎌倉的超市。

因為天冷想做火鍋，推著購物推車走在店裡時，發覺往後還必須做真矢的餐點，不禁愕然。

儘管因為同齡想見上一面，但她沒有把握能照顧身心狀況均不佳的真矢。

真矢在母衣山養病期間，乾脆離開那裡算了——早樹心生退縮。然而，若養病長期化，只怕沒有她回去的地方。

手機傳來收信聲。早樹看了放在推車一角的手機。是好一陣子沒聯絡的丹吳。

塩崎早樹小姐：

久疏問候，想必清健如昔。

庸介的事後來有什麼進展嗎？

其實是大學職員高橋先生有事想與早樹小姐聯絡，想知道您的信箱。

但是，當時高橋先生滿口「故人故人」的，我怕早樹小姐覺得很不愉快。

如果您願意告訴他，還請回覆一下，謝謝。

丹吳陽一郎　敬上

丹吳陽一郎先生：

上次備受照撫，我才是久疏問候，非常抱歉。

您可以將我的電子信箱告訴高橋先生，沒有問題。

謝謝您如此細心。

庸介的事，目前沒有太大的進展。只是，加野的婆婆和我的手機分別接到「公共電話」打來的無聲電話（婆婆好幾次，我一次）。

無論問什麼對方都不回答，加野的婆婆相信那是庸介親自打的。

還有就是，我終於和佐藤幹太先生聯絡上，也見到他了。

他現在在新逗子的車站前開居酒屋。

但是，沒有獲得有用的資訊。

那麼，高橋先生那邊就麻煩您了。

塩崎早樹

一回到家，克典不知和誰在電話中討論事情。從內容聽起來，是在拜託真矢還住家裡時來幫忙的一位幫傭整理真矢房間及接她回來的準備工作。

打完電話，克典回頭發現了早樹。

「妳回來了。」

「今天很冷，我準備煮火鍋。可以嗎？」

「可以呀，一定很好吃。」

「克典，你剛和誰通電話？」

這是早樹頭一次問克典這麼失禮的問題，但克典或許也顧慮早樹，只見他老實回答：

「是以前的幫傭青木太太。早樹應該沒見過。我請青木太太整理和準備真矢的房間。她說她明天會來。可能有一陣子要忙了。」

「是嗎？」

早樹走向廚房要放買來的東西，克典跟上來。

「早樹，我知道真矢的事讓妳很不滿，但這次能不能請妳忍耐？」

早樹吃驚回頭。

「我沒有忍耐啊。我完全沒關係，是你太在意了吧？」

她不知道還能說什麼。自再婚以來，她都是與克典兩人單獨生活，往後也打算如此。若克典怎麼了，也準備自己來照護。

然而，現在不但突然被排擠在外，還有人要闖進來。被冷落，又被攏絡，自己到底該去哪裡？

在那裡自己要扮演什麼樣的角色？不，到底有沒有她的角色？

面對克典與自己年紀相仿的幾個孩子，早樹不可能扮演「母親」。

「我不能讓真矢回公寓。她在精神上需要照護，要是那個稅務會計師跑到附近來，就前功盡棄了。我們討論過了，一定不能讓這種情形發生。智典和亞矢也都贊成她回母衣山。希望早樹也能配合。」

早樹心想，你老實說你現在心疼真矢，擔心她，想住一起好加以呵護不就好了。

「我知道，你不用那麼在意我。」

「不是，因為我看真矢要來，早樹好像很不開心。」

「沒這回事。」

該怎麼解釋他才會明白呢？早樹突然覺得好累，伸手扶額。

「接下來有一段時間為了準備，會有人進進出出，妳看妳回娘家怎麼樣？」

換句話說，就是不希望早樹在。多半是亞矢也要來母衣山，大家一起準備迎接真矢。

那麼，乾脆去一趟新城市好了？一這麼想，早樹反而覺得得到解放。

「我知道了。我大概會礙事，那麼準備期間我就回娘家好了。」

「不，不是妳礙事。我只是不想刺激她而已。真的很抱歉。」

吃完話不投機的晚飯，早樹收拾好，打開放在廚房一角的筆電。喝了熱清酒的克典早就鑽進寢室了。

高橋果真來信了。

塩崎早樹小姐：

好久不見。上次謝謝您的款待，很抱歉這麼晚才道謝。

本是打算寫信的，但最近還是電子郵件比較方便，我便向丹吳先生問了您的電子信箱。還請原諒我冒昧來信。

上次我對塩崎小姐的疑點劈頭就持否定的態度，回來之後我反省過了。

那是因為，儘管加野老師可能還活著的這個假設非常誘人，對我而言還是難以置信。還有就是，因為工作的關係，當下我首先考慮的是不希望發生有損大學顏面的傳聞。

我想我是因此而過於頑固了。我的說法很失禮，如果傷害了塩崎小姐，我感到非常抱歉。

那麼，我想通知塩崎小姐的，是關於我當時說漏嘴的事，也就是加野老師的專題小組有一位領獎學金的學生，這位學生因為過勞得了憂鬱症後退學，有人說她好像自殺了。我輕率地將這個傳聞告訴了塩崎小姐。甚至還說了我個人的臆測，說加野老師或許因這件事而自苦。

前幾天，我已查明了事實，便想通知您。

由於有個人資訊的規範，我無法寫出名字和出身地，在這裡姑且稱那位學生為A子。A子來自北關東的地方都市B市，是單親家庭，母親是鐘點工。生活窮苦，卻沒有受到政府補助。A子從高中在學時便打工儲蓄升學費用。

A子成績不錯，以東京的大學為志願。結果她考上了本校，利用借貸型有利息的獎學金制度[3]，四年在學期間每個月可領約五萬圓。

但是，區區五萬圓實在無法支應大都會的學生生活。

3.日本的獎學金制度，有需償還與不需償還之分，需償還者便類似我國的助（就）學貸款，其中再分為有利息與無利息。以不需償還者的申請條件最為嚴格，其次為無利息者，有利息者條件較為寬鬆，申請者也最多。

A子便去打工。白天在速食店，似乎也曾短暫陪過酒。後來，因為硬撐把身心撐垮，便暫時回老家，那時候她便是加野老師的專題小組學生。加野老師擔心A子，與她聯絡了好幾次，鼓勵她。但是，A子說她再也撐不下去了，便辦了退學。後來，傳出她自殺的消息，加野老師明顯憔悴，非常煩惱。

我一時大意向塩崎小姐說了這件事，後來也就非常在意這件事。而我自己多半也很喜歡加野老師沒有死、在哪裡好好活著的這個假設吧，便忽然起意調查。於是，我去了B市的A子家。

來應門的，是A子的母親。她正在看顧兩個孫子。A子在離開大學、病癒之後，便在當地與高中同學結婚了。

傍晚，我請教了下班回來的A子，她說加野老師對她很好，在她窮困時還曾借生活費給她，對老師由衷感謝。

我問起她自殺的傳聞，她說在她因憂鬱症住院時，確實曾自殺未遂。她發病要上吊的時候，危急之際被發現了。A子表示，傳聞可能是這樣來的。

因此，我沒有確定事情真偽便貿然開口，令塩崎小姐不快。並傳遞了不確實的資訊可能傷害加野老師的名譽，為此我誠心道歉。

敬祝 幸福安康

高橋直幸

看完長長的信。早樹陷入沉思。這封信，是叫她繼續尋找庸介嗎？如果是的話，也許和克典保持一點距離比較好。

第八章 重創

1

翌日午後，真矢的東西會送到，所以早樹跟著克典到外面來接。一輛黑色的四輪驅動車正巧抵達家門前。

正覺得那輛車很眼熟，就看到坐在駕駛座上的是優子。坐在前座的亞矢戴著太陽眼鏡，看著早樹的方向輕輕點頭。看來是為了把東西從真矢的公寓運來，出動了優子。

當優子依克典的引導將車子停在車庫的空位時，亞矢先下車了。她穿著栗子色的短羽絨夾克和

白長褲，一頭豐盈的頭髮染成棕色，長及後背。

亞矢把太陽眼鏡像髮箍般移到頭上，看著早樹的眼睛。

「早樹，好久不見。」

早樹自婚禮以來就沒見過亞矢。她大概是像美佐子，是個大眼睛尖下巴的美人，但早樹和她曾經的交談都僅止於一些場面話。早樹覺得她是個喜怒不形於色的人。

「好久不見。」早樹欠身。

「真不好意思，給妳添很多麻煩。」

亞矢世故明理地說，但眼中沒有笑意。她應該也知道部落格那件事，大概是擔心早樹和真矢之間會起糾紛。

「哪裡。真矢就由我們來照顧。」

「照顧？」

或許是覺得早樹的話不得體，亞矢皺了一下

眉頭。

早樹很擔心是不是惹亞矢不高興了。亞矢對任何事都展現十足的自信，深知如何壓倒別人。這一點和克典有點像。

「早樹，去幫一下優子。」

抱著紙箱回來的克典對早樹說。面對亞矢讓早樹感到拘束，能夠離開，她鬆了一口氣。

車庫裡，優子正等著克典回來。車裡還剩一個紙箱。另有兩個大紙袋。

「早樹，妳好。」

優子露出共犯意味的笑容。

「我沒想到優子也會一起來。」

早樹覺得優子就好像她唯一的盟友，微微一笑。

或許是車庫太冷了，只見優子一副很冷的樣子，雙手插進黑色毛衣袖口，籠著手。

「是智典叫我來的。他說，亞矢晚上就必須回神

戶，時間很趕，叫我來幫忙搬東西。所以，我今天本來約好要打網球的，就取消來了。」

優子略有不滿，邊說邊往紙袋裡看。早樹也順著她的視線看過去，只見紙袋裡雜亂地塞著化妝品等物品。

「真是辛苦妳了。」

「誰叫她的事是家族裡的秘密呢。總不能拜託公司的人吧？」優子這麼說，徵求同意般看早樹的眼睛。「亞矢昨天晚上去真矢那裡大略選了必要的東西。可能還有別的，不過暫時就這些吧。」

優子指指另一個紙箱。

「早樹，喏，妳看這個。」

筆記型電腦隨意放在衣物上。一想到真矢便是用這台筆電寫部落格，早樹就開心不起來。再次意識到要和真矢一起住在這個家有多困難。

「虧妳肯答應。真矢要過來跟你們一起住對不

對？」

優子彷彿看穿早樹的心思般這麼問。

「可是，這裡也是真矢的娘家，她目前又必須休養，也是沒辦法的事。克典也很照顧我的心情。」

或許是認為她在裝好人，優子聳聳肩，偷看早樹的表情：

「不過，她很麻煩哦。我是擔心妳。公公也是，夾在妳們中間只怕會很辛苦。」

「會嗎？」

「會。如果是我，鐵定拒絕。妳人太好了。」

被優子這樣斷言，早樹苦笑。

不然，我還能怎麼樣？——早樹很想這樣反問。正要開口的時候，克典回來了。

「車庫好冷啊。不好意思，讓妳在這麼冷的地方等。」

克典搬起有筆電的紙箱，早樹便拿起一個紙袋。

「那，我拿這個。」

紙袋裡不知裝了什麼，非常重，提把好像會斷掉。優子拿著剩下的那個紙袋跟在後面。

「房間整理得怎麼樣？」

「快了快了。」

克典笑盈盈地回答早樹的問題。自從確定真矢要回來，克典心情一直很好。

今天早上來了一位以前的幫傭青木太太，和克典一起整理真矢的房間。早樹完全沒有參與。

真矢的房間在早樹他們的寢室另一邊，中間隔著洗臉台和浴室。真矢的房間前面就是克典的書房。

「東西先放我的書房。」

早樹和優子依照克典的指示，將紙袋放在書房便立刻出來。

隔壁真矢的房間傳出亞矢和青木窸窸窣窣的說話聲。

「我們去喝個茶吧。」

早樹約著優子，逃進廚房。能夠將庭院的景致一覽無遺的廚房，是這個家裡早樹最喜歡的地方。

優子說想喝花草茶，早樹便燒了水，這時候亞矢進來了。

「早樹，不好意思，真矢可能會麻煩妳，還請妳多包涵。」

「彼此彼此。」

早樹簡單回應。她怕對亞矢多說什麼她又皺眉。

亞矢一副完成工作的樣子，面向優子。

「優子，不好意思，我想搭五點左右的新幹線。如果妳能送我到新橫濱車站附近就太感謝了。」

「好呀。那，不知道路上會不會遇到狀況，可能現在就出發比較保險。」

「對不起，匆匆忙忙的。」亞矢雙手做了道歉的動作。「我九點必須去補習班接小孩。」

話中有不容妥協的語氣。優子又對早樹投以共犯的視線，但早樹不願回應她的視線，便往旁邊看。

亞矢大概很性急，已經拿起包包了。

「我去跟爸爸說一聲。優子，不好意思，可以等我一下嗎？」

「好。」

優子很配合地回答，但等亞矢走了便小聲抱怨：

「那何必還叫我特地把車停進車庫呢。」

想起優子獨自在冰冷的車庫裡揣著手的樣子，早樹寄予同情。

「就是啊。如果只是搬東西，停在路邊就好了。」

「今天真是夠了。先是去麻布的真矢家搬東西，走第三京濱來逗子，現在又要去新橫濱。我根本是塩崎家的司機啊我。」

優子抱怨個沒完。她一定是忍無可忍了。

「我說，優子，真矢自己想回母衣山嗎？既然她是自己搬出去的，我總覺得她不見得想回來。」

早樹問優子。看著至今的進展，似乎都是克典自作主張，看不到真矢的意願。

話雖如此，她也不認為有別的選擇。真矢是與職場上的上司外遇鬧到自殺未遂的，恐怕無法回去工作。只能投靠父親了吧。

「難說，真矢是自己搬出去的，我想她絕對不會承認，可是她在部落格寫了那麼多壞話，就是因為喜歡這裡吧。真矢是認為一切都被妳搶走了。」

「一切？」

「她家，她爸爸，全部。」

「真的很想請她不要這樣。」

早樹小聲低語。

明明同齡，真矢卻令人感到脆弱幼稚。忽地回神，發現自己像拒絕什麼似地，緊緊抱胸。

她曾認為棲息在藤架石堆裡的蛇像庸介，也像執拗地一再中傷她的真矢。那時候，她強烈希望將兩者趕跑。

然而，從真矢的觀點，躲在石堆裡的蛇不是別人，就是自己。早樹內心為之愕然。

優子從包包拿出車鑰匙，鑰匙圈鏘鎯鎯發出聲響。

然後，在早樹耳邊悄聲說：

「亞矢又漂亮又強勢不是嗎？所以呀，真矢一定很自卑。」

這時候，亞矢和克典從廚房回來了。

「優子，不好意思，聽說妳願意送亞矢到新橫濱？」

克典抱歉地說。

「是呀，當然願意。」

優子用以前晨間新聞節目中那種假聲回答。

亞矢多半是注意到優子的反應，偷偷忍笑。早樹心想，那種聰穎和惡意，的確能控制真矢。

「那，我去把車開出來。」

優子出去了，亞矢卻一副要在屋裡等的樣子，只說了聲「不好意思」，便與克典說起話來。

早樹跟在優子後面走向車庫。

「開車小心哦。」

她對一腳跨上四輪驅動車高高的台階的優子說。

「謝謝。早樹也真是無妄之災啊。」

「不過，等真矢重新振作起來就好了，我想不會太久的。」

「天曉得，搞不好永遠都好不了呢？」

優子丟下這句話，大聲關上車門。車庫的鐵門升起。冷空氣立刻流進車庫。

優子的四輪驅動車載著亞矢走了之後，早樹閒著沒事在客廳看報時，青木走過來。

青木是個六十四、五歲的女性，臉上脂粉不施，一頭漂亮的白髮剪得極短。

但，從她戴著小小的銀耳飾、穿著有美麗圖案的紗布圍裙等，看得出她對打扮自有主張。

「夫人。」忽然被叫，早樹嚇了一跳。

「真矢小姐的化妝品，可以放在洗臉台嗎？」

青木客氣地問。

「放洗臉台？」

「是的，因為沒有別的地方可以放。本來有化妝台，但被搬走了。」

早樹的化妝品和用具都放在寢室的化妝桌上。

但是，她當然也會用洗臉台，所以那裡至少有肥皂。早樹猶豫了。

「怎麼辦呢。」

如果答應讓她把化妝品放在洗臉台，感覺就好像割讓了地盤。

所以，青木也才會特別來徵求早樹的許可的吧。

若是能與同齡的「女兒」融洽地同住，她當然也想這麼做，但事出突然，她無法想像，也還沒有做好心理準備。

「既然沒有別的地方可以放，那就先放在那裡。以後再看看。」

「那，我就先放了，謝謝夫人。」

片刻之後，早樹擔心起來，去看了洗臉台。

不見克典人影。看樣子，克典是全權交給青木，自己躲在書房裡。

洗臉台的白色磁磚上，整整齊齊地排放了應該是真矢的乳液和化妝水。但是，看到少了一半的乳液瓶上的指紋那麼寫實，早樹受到衝擊。她與克典平靜的生活，就要這樣一步步被破壞了。

早樹鼓起勇氣，敲了書房的門。

「是我。現在方便嗎？」

「請進。」

早樹一開門，面向電腦而背對門口的克典便連人帶椅子轉過來。

他納悶地看著早樹，早樹便豁出去說了：

「連面都還沒有見到，就要說這些真的很抱歉……」

克典打斷早樹的前言：

「是真矢的事？」

早樹點頭。

「這個家並沒有那麼大，等真矢來了以後，我要怎麼生活呢？更何況是把我寫得那麼惡劣的人，我不覺得我們能處得來。剛才，我看著擺在洗臉台上的真矢的化妝品，總覺得會失去歸屬，讓我很不安。」

她誠實吐露了心聲，克典卻只是重複同樣的回答：

「我想真矢只會在這裡待幾個月，妳能不能忍耐一下。」

早樹站在那裡，什麼話都不敢說。

不，不是不敢說，是無法決定什麼樣的話才能貼切表達自己的心情。

「我明白早樹的心情，但身為父親，我不希望孩子再去試圖自殺。我絕對不希望她死。」

克典嚴肅說完，又說：

「早樹沒有孩子，或許無法理解我的心情。可是，這次的事讓我很害怕。無論那孩子會變成什麼樣子，我都打從心底慶幸她被救回來了。所以，無論如何，我都要阻止她去尋死。這是為人父最真實的心情。」

早樹都四十一歲了，克典卻僅僅因為她沒有孩子就認定她無法理解自己的心境？

「理性上我是理解的。」

「我沒有否定妳的意思。可是啊，沒有親身經歷過的人，是無法理解為人父母的心的。」

克典帶著歉意說。

「那，我該怎麼說才好呢？」

心中充滿無力感，覺得好像在跟一個頑固的父親爭論。

一種漸行漸遠、令人著急無奈的感覺襲來。

就好像某個找了掩護而隱身至今的東西，此時此刻轟然現身。好比險峻的山峰明明就聳立在身後，卻因為黑夜而不知不覺。

這番想像，令早樹全身為之一震。因為她想起了庸介。從水底現身的黑色幻影。

好像有什麼試圖將早樹安穩的世界，不，是她一直努力活得安穩的世界，改寫成截然不同的樣子。

而那個什麼，其實會不會就是自己一廂情願把事情想得太簡單？

想起美波以「安逸」論斷她與克典的婚姻，早樹就不自在。因為自己的確也曾這麼想。

「有必要想得那麼嚴重嗎？」克典一臉不可思議。「早樹對什麼不滿？說出來聽聽。我來想怎麼解決。」

被克典以商務人士般說理的方式問起，早樹在內心搖頭。不是的，這不是不滿，這是恐懼。

「不滿，無法形容我的心情。因為，我本來以為我們是對等的，你卻有其他更優先的。」

早樹老實說出來。於是，克典首次露出困惑的神情：

「我以為妳是了解並接受這個狀況才與我結婚的。」說完之後，又改了主意般看早樹。「那，早樹沒有什麼比我更優先的嗎？」

「如果我有孩子，也許會吧。」

「是啊，一定的。」

被克典這樣斷定，早樹覺得諷刺而苦笑。因為與克典再婚，她便絕了生孩子的念頭。因為她決心走另一個形式的人生。

但是，如果她是與年齡更接近的對象結婚，也許已經生了孩子。她無法打消這樣的想像。

她想起告訴母親她決定與克典結婚時，母親也問了同一件事。

『妳真的要這樣？』

母親再三確認般問了好幾次。

『真的。我已經決定了，而且跟他在一起輕鬆愉快。』

如今，她認為「輕鬆愉快」這幾個字，完全就是因庸介遇難而飽受折磨的人才會說的話。

結果，母親這麼說：

『現在也許是輕鬆愉快，可是，年紀相差很多，也代表人生經驗不同哦。』

『這樣才好不是嗎。』

也不知母親是否注意到海難之前早樹與庸介之間不平靜的狀態，只見她側著頭思索半晌，然後才教導般說：

『克典先生年紀和我們差不多，所以我想他是能夠理解妳、包容妳的。可是呀，我倒是認為，如果不在年輕的時候彼此說出心裡的話、吵吵架、切磋琢磨，是不行的。』

那時候，別說反駁「切磋琢磨」這個說法了，早樹根本苦笑。

『媽太誇張了。結個婚為什麼非得切磋琢磨不可？媽妳們那個年代的人動不動就扯這些，所以才討人厭。什麼議論、駁斥的。』

曾任教師的母親口才便給，立刻反駁：

『妳說是這樣說，但妳不覺得任何事都稍微吃點苦比較好嗎？畢竟，沒有哪個人生是輕鬆愉快的。吃點小苦，是模擬以後的大苦啊。不然，將來遇到大苦的時候怎麼辦？』

『不是已經遇到了嗎？』早樹意指庸介的遇難。

『所以，不用了。我已經受夠了。』

『可是，妳要退休還太早了。』

對於母親苦勸，早樹不耐煩地打斷：

『媽，別說了。我不想聽吃苦耐勞、吃得苦中苦方為人上人之類的論調。我又沒有要退休。』

但，其實滿心只想著再也不想吃苦操心了。

死了妻子的克典，與死了丈夫的早樹。兩人年齡雖有差距，但雙雙受傷，從今以後他們過著無憂無慮、快快樂樂的日子，傷口也許就能痊癒了。她是這麼想的。就這個觀點而言，「退休」這個詞確實是貼切的。

一如預期，與克典的生活很奢侈，一切都從容有餘，所以輕鬆愉快。克典很關心早樹，很愛護她。

但是，這都是她自己認定的，也許其實是精於人際關係的克典巧妙的操縱，自己不過是個夥伴兼個人秘書而已。

「等見到真矢以後也許我們會很合得來也不一定，這都還不知道，可是我不希望她介入我們的婚姻生活。」

早樹明白地說，克典露出有些厭煩的神情。

「所以妳是不接受了。」

說得像要結束談話似的，讓早樹心頭火起，決定抗戰。

「我明白克典是擔心真矢。可是，住在一起又是另一個問題吧。因為，克典當初是這樣跟我說的吧。『孩子們都獨立了，只有我們兩個人。絕對不可能跟他們一起住的』。聽你這麼說，我才認為可以結婚的。」

克典右手摸下巴，閉上眼睛，做出思考的動作。

「換句話說，妳是想說我違約？」

「不是。」早樹搖頭。「臨時出狀況也是難免的。我想說的是，你可以多關心我一點。我每次提到這件事，你就立刻一臉厭惡。這裡是我的家吧？還是說這裡是真矢的家？」

克典垂下頭。似乎是在沉思。不久，抬起頭來道歉：

「我明白了，是我不好。說得好像以小孩為優先，對不起。的確，雖然是孩子，但也是和早樹同齡的大人了。還有，這裡是和我結了婚的早樹的家，不是真矢的家。這點我要說清楚。我死了以後，這裡就是早樹的。」

「我不是在說這個。」

早樹很煩躁。

「我只是先說了而已。不過，母衣山的家是早樹的家，我會交代把化妝品放在真矢房間裡。」

還是克典棋高一著。又繞回原來的話題，結果事情都照克典的想法進行。

這時，克典的手機響了。看了來電顯示，克典立刻接了電話：

「喂，怎麼樣了？」

似乎是智典打來的，語氣立刻變得很親近。

「太好了。那，我明天去醫院。還有，能不能幫我謝謝優子？多虧她幫忙。那，謝啦。辛苦了。」

掛了電話，克典抬頭看早樹：

「說是三天後出院。我會和智典一起去接，早樹要不要也一起去？」

「我就不了。」

早樹想起克典給她看的照片，這麼說。

照片裡塩崎一家圍繞著身穿住院服的真矢。而我是在那個圈圈裡沒有嫁進去的媳婦。

「克典，我明天要出門。」

「好啊。」說得像是鬆了一口氣。「要去哪裡？」

「出去晃晃。」

「請便請便。」

克典心不在焉，轉身面向電腦。上面是amazon的網頁。早樹瞄了一眼，是照護憂鬱症患者的相關書籍。她心想，克典對於能夠修復與真矢的關係感到很高興。

2

和克典談過的第二天早上遇到入冬以來最冷的天氣，乾枯的草地結了霜。

一片雪白的庭院隨著太陽升起，霜融化了，回到原本乾枯的草地。

早樹在寢室旁的衣帽間準備外出時，克典探頭進來。

「要出門？」

「嗯。」應聲之後，早樹遲疑著道歉。「昨天真對不起。我想我說得太過分了。」

之所以遲疑，是在思考自己的話哪裡太過，又哪裡不足。

但是，受到優子的煽動，自己確實也是反常地情緒化。

「妳覺得妳哪裡說得太過分了？」

克典似乎覺得有趣，盤胸問道。

「抱怨你對真矢好那裡吧。被你說不懂做父母的心情，我有點生氣。」

「那個部分，我覺得我也不對。是我太失禮了，對不起。」

「哪裡，我才對不起。」

和庸介吵架之後，都是賭氣冷戰好幾天。

而克典則是一有齟齬，就立刻說開，努力化解心裡的疙瘩。而當她意識到時，不知不覺便已恢復平常。

然而，每次早樹都對技高一籌的克典有種輕微的敗北感。

「對了，可以問妳要去哪裡嗎？」

「嗯，我想去一下豐橋。」

早樹老實說。

「愛知縣的豐橋？」克典大概是很吃驚，聲音高了好幾度。「怎麼會想去那裡？」

是早樹自認為庸介或許會在那裡，這本來就是一件捉雲捕月般沒有實據的事。

但是，心裡一直念著想去看看，想久了不知何時就變成想獨自去陌生的地方走走的好奇心。

「一個老朋友在那裡，所以我想去看看。」

「過夜？」

「怎麼可能，當天來回。不過，我現在才要出門，所以回來大概很晚了。」

「是嗎？本來想晚上一起吃飯的，這樣就不行了。」

克典是有意和好吧。

早樹卻發現自己難得沒有想到安排晚飯，吃了一驚。

「對不起。那晚餐怎麼辦？要不要我買火車便當回來？」

「豐橋的竹輪嗎？」

克典笑著說。

「竹輪是那裡的名產嗎？」

「以前我想在那邊設工廠，曾經去看過，很有印象。」

「這樣啊。我都不知道。」

「那是很久以前的事了。那時候真矢才念國中，所以早樹也一樣吧。」

克典肯定是隨口說的，但早樹卻覺得話裡有骨頭。然後，對這樣的自己有點厭惡。

「克典，午餐和晚餐怎麼辦？你要自己吃嗎？」

「午餐在醫院，晚上我就隨便吃吃。」

「對喔。冰箱裡有烤牛肉。」

「好。那我晚上就吃那個。」

克典或許也很高興可以自由一下。早樹邊這麼想邊叫了計程車。她打算從新橫濱搭乘會停靠豐橋的新幹線「HIKARI」號。

準備好正在搽口紅的時候，對講機響了。是青木吧。早樹拿起外出的羽絨夾克和包包，然後去應門。

「夫人早安。車子來了哦。」
黑大衣藍毛線帽的青木指指外面。
「謝謝。」
剛穿上羽絨夾克，便聽青木問道：
「夫人，您幾點回來？」
「我想會很晚。」
「那麼，老爺的餐點如何處理？我可以準備。」
早樹決定依賴她：
「中午吃外面，晚上的話，如果妳能用冰箱裡的材料幫忙做點東西就太感謝了。冰箱裡有烤牛肉，如果妳可以做個涼拌或沙拉的話。」
「好的。老爺的喜好我很清楚，請放心交給我。」
「說的也是，妳應該比我清楚。」
青木以有獨得之秘的神情點頭。
等真矢回來，青木也會每天都來吧。

本來只有每週一長谷川園、週五打掃的女性會來，現在克典和早樹的住處就要熱鬧起來了。
「夫人，那是什麼？我記得以前沒有的。」
青木指的，是豎立在庭院正中央的「海聲聽」。
「那是雕塑。」
「雕塑啊。」
青木鸚鵡學舌地低聲重複。或許是驚訝吧，張著嘴。
「是呀。有個名字叫『海聲聽』。」
「嚇我一跳。以前庭院裡什麼都沒有，清清爽爽的多好。而且整片都是海。有了那個，總覺得好像意味著什麼，挺煩的。」
大概是因為對塩崎家很熟悉，青木說起話來沒有顧忌。要是克典聽到了，不知會作何感想——早樹覺得有趣。
「大家好像都會很吃驚。」

「是啊，是很吃驚。」青木笑道。「喔，這邊也有。」

或許是這時候才終於發現，青木指指露台前的「焰」。

「這個，和那個雕塑是成對的。這邊這個叫『焰』。」

「『焰』？」青木又重複。

「是園藝師父建議的。」

「園藝師父，長谷川園的嗎？」青木吃驚地睜大了眼。「我認識他們上一代，現在是兒子在做吧？」

早樹在意時間看了一下錶，青木趕緊道歉：

「哎呀，真不好意思。您趕時間卻攔住了您。」

「沒關係。那我出門了。」

青木恭敬地行禮：

「路上小心。」

青木似乎想掩蓋什麼似的，若不打斷她，她就說個不停。她應該隱約知道克典的妻子與真矢同齡，而且關係緊張吧。

早樹搭上了上午十點五十二分駛離新橫濱站的「HIKARI」。

抵達豐橋是十一點五十七分。在抵達之前，早樹吃了在車站買的三明治，喝了車上賣的咖啡。

許久沒有單獨搭新幹線，她開心極了。都是因為和克典結婚之後幾乎都關在母衣山的關係。

路上，她發了LINE給美波，說「我現在在新幹線上。要去幹太的故鄉新城市看看」。

然後收到「聽說幹太昨天住院了。早知道就先去看他」的回覆，文中頗有悔意。

早樹安慰「住院可以禁他酒，不是很好嗎？」，美波說「聽說已經黃膽了，我想可能很嚴重」。接著又是「也許再也見不到幹太了」的喪氣話。

早樹寫「去探望他就見得到了呀」，美波立刻回

「他不要我去，連哪家醫院都不告訴我」。

結束LINE之後，早樹回想著幹太那巨獸呻吟般的聲音和表情。她覺得幹太對什麼憤怒，又對那樣的自己感到悲哀。

他針對的，是改變了自己的那八年歲月，還是活過了那段歲月的自己？

怎麼想她都覺得幹太是痛恨變了樣的自己，不斷喝酒好讓自己從世上消失。而害他如此的，會不會就是庸介？

要是庸介真的還活著，現在會在哪裡、做些什麼？他知道幹太正為重病所苦嗎？

自己正前往幹太的故鄉。早樹朝窗外的景色看。田園漸漸消失，住宅越來越多。就快到豐橋了。喜悅的心情已經消失，早樹不知為何悲傷不已。

她在豐橋站的計程車乘車處上了最前面的那輛車。

「請問到哪裡？」中老年的司機邊問，邊不客氣地上下打量，觀察早樹的穿著打扮。

早樹努力不去在意司機的視線，說了事先在網路上查好的釣魚場的名稱。

新城市只有一座釣魚場。

「請到新城的『七瀑布釣魚園』。」

「『七瀑布』十二月沒開哦。」

司機冷回。

「沒開也沒關係，到那裡之後，可以請您稍微等我一下嗎？」

或許是認為她有什麼隱情，司機默默開動了車子。

「相當遠哦，沒關係嗎？」

「沒關係。」

早樹望著國道沿路陸續出現的家庭式餐廳和拉麵店的大招牌回答。

司機似乎以為早樹是觀光客，問道：

「那，也要去看長篠城嗎？」

「長篠？」早樹驚訝反問，「那是什麼？」

「妳不知道啊？長篠之戰，很有名的。就是信長和家康聯手打武田勝賴的那個啊。」

司機透過照後鏡對早樹投以受不了的視線。原來如此，就是這一帶嗎？她這才想起日本史課本的內容。

「不用了，釣魚場就好。」

「附近有很大的公路休息站哦。」

「不用了。」

或許覺得她難伺候，司機不再說話，面向前方。

早樹繼續望著計程車窗外。連會車的車上的男性駕駛、悠閒的腳踏車男騎士的面孔都不放過。心想那會不會是庸介？庸介是不是在這裡？

如果庸介真的在這片土地的某處，她想親自把他找出來。然後怪他「為什麼要騙我」。

但是，不到十分鐘她就累了放棄，內心苦笑著，反正連是不是活著都不知道。都特地花了交通費大老遠跑到這種地方來，要是耗上一整天也毫無收穫，自己該如何是好？

是自己從幹太的話中自以為發現了「新城的釣魚場」這個關鍵詞，要是新城什麼都沒有，就失去目標了。早樹怕的是這個。

轉入險惡的山路後，連對向來車都沒有了，她不禁打起盹來。

「到了哦。」

司機以平平板板的聲音宣告。

早樹醒來，驚訝得睜大了眼睛。好大一座釣魚場，和她預期的完全不同。

柏油路的右下方，有五座仿自然池的水泥池。每一座都很大。池裡可見一群群黑色的魚影，是虹鱒嗎？

再過去是山崖，下方似乎有河流。遠遠的，有一座寬廣的尼加拉型的瀑布，水聲隆隆。

「這裡就是『七瀑布』？」

「對。不過那個是水壩啦。」司機指著瀑布說。

隔著馬路的左側，有一座暖色的建築，本來應該是粉紅色吧。

四層樓的建築是傳統溫泉旅館風格，或許是沒有旅客，空蕩蕩的。在釣魚旺季，這裡一定也是客滿的吧。

更上游的地方，有一棟看似旅館員工宿舍的老公寓建築。窗邊晾著衣物。幾件白色T恤讓她內心騷動起來。

「那，我在這裡等，可以嗎？」

司機將車駛入停車場。由於是淡季，停車場一輛車也沒有。

「好的。那，我去看看。」

正要下車的時候，司機這才擔心地問道：

「客人，妳到這裡要做什麼？」

「我來找人。」

或許是驟然起了興趣，司機一臉開心：

「離家出走，之類的嗎？」

「這，算是吧。」

早樹含糊其辭，司機頓時以同情的聲音問：

「妳先生？」

「不是，是朋友。」

「女的啊。現在不是旺季，賺不了錢。大家應該都到外地賺錢了。」

「是嗎？我還是去問問。」

早樹不願詳細解釋，下了計程車。微一回頭，司機正利用照後鏡盡情打量早樹全身。

遠處水壩瀑布落水的聲音，轟隆隆地響徹四

周。或許因為這樣，早樹懷著平靜不下來的心情，朝左邊的建築爬上陡坡。

到了上面，那裡是住宿設施的停車場，兩輛白色輕型車與下方道路平行停在那裡。

看來要再爬上樓梯才是玄關，那裡有一塊白板寫著「玄關／櫃台」。紅色的箭頭指著與她爬上的陡坡的相反方向。

就算要問櫃台的人，又該怎麼問呢？想到可以讓他們看庸介的照片，早樹便從手機裡的照片中尋找合適的。

庸介的照片和與他結婚時期自己的照片都整理在題為「中目黑」的「相簿」裡，早樹最近幾乎都不看了。早樹從中選出一張最近期、而且沒有在笑的照片，放大之後做了螢幕截圖。

這張照片，是庸介在海難失蹤的前幾個月拍的。

那時候他們難得一起出外用餐，早樹拍下了把

弄著手中的啤酒杯、心不在焉地看著窗外的庸介。

『看，你在發呆。』

說著讓他看手機，庸介看了自己的臉苦笑：

『我平常都是這麼無聊的樣子嗎？』

早樹並不認為他無聊。因為自己明明就在對面，不願讓人這麼說。

可是，吵架往往都是這樣開始的，她故意挑釁地說：

『對啊。』

『是嗎？那，下次換我拍早樹。』

庸介這麼說，但早樹並不知道他拍的自己是什麼樣子。因為庸介不讓早樹看拍下來的照片。而早樹也沒有說要看。

他們也不會互傳照片，所以只要不刪除，對方的臭臉就一直存在於彼此的手機裡。

早樹之所以遲疑著沒有刪除，是因為她其實並

不討厭庸介自己形容為『無聊』的表情。

早樹一手拿著手機，爬上樓梯。只見好大一片玻璃拉門，門後是個什麼裝飾都沒有的大廳，只沿牆擺了一排椅子。

大廳有幾個身穿運動服的年輕男子，趿著咖啡色塑膠室內拖鞋，無所事事地晃來晃去。看他們個個都剃了三分頭，大概是高中生吧。一定是體育社團集訓什麼的住在這裡。

櫃台就一個二十二、三歲的年輕女孩，正在講電話。牛仔褲上套著一件廉價的綠色夾克。

女孩掛了電話之後，有話想問般朝早樹看。她黑色的齊劉海剪到眉毛上方，有一張下巴略略戽斗的可愛臉蛋。早樹這才明白，原來那些男孩沒事也聚在大廳的目的是來看這個女孩。

「不好意思，想請問一下。」

早樹不願那些男孩聽到，壓低聲音說，但他們全都把好奇寫在臉上，注視著與早樹說話的女孩。

「好的，什麼事呢？」

女孩裝出可愛的聲音將頭一偏。

「我在找人，請問你們經理在嗎？」

「經理？」女孩一臉不安。「是社長嗎？」

「對，社長或經理都可以，我有點事情想請問在這裡工作很久的人。」

早樹心中浮現驗明正身這個詞，但眼前這女孩恐怕不知道這個詞吧。但，該怎麼解釋才好？早樹因為不習慣而不知所措。

「就是這個人。」

早樹豁出去讓她看了手機的照片，她仔細看了之後撇清關係似地說「我不認識」。但，眼前這女孩還不到二十五歲。

「可以問問八年前就在這裡的人嗎？」

「八年前的話，這裡不叫這個名字。這裡換過公司。」

女孩說得不怎麼有把握。

「總之，我想見見你們的負責人。」

尋人很難。早樹正想著該說明到什麼程度她才會懂時，一個中年男子從裡面出來了。他也和女孩一樣，穿著有徽紋的綠色夾克，卻像穿了別人的衣服似的不適合。

「請問有什麼事？」

他曬得很黑，三七分的頭髮黑漆漆的，顯得很年輕。這個人再怎麼樣也不可能是佐藤幹太的叔叔。

早樹突然畏縮了。她不願意向無關的人們散布毫無根據的假設，被投以好奇的眼光。

「董事，她說她在找人。」

女孩說明。

背對著高中生好奇的視線，早樹問那位被稱為董事的男子：

「請問，你們這裡有沒有雇用過這個人？」

早樹讓他看手機裡庸介的照片。董事笨拙地雙手接過手機，瞇起眼睛看。

「沒看過呢。這位是？」

「家人。」早樹含糊回答。

「什麼時候不見的？」

「八年前。」

看董事歪著頭，早樹這才發現他是在訝異為何八年後才在找人。

的確不合常理。她必須避免為了編藉口而透露不必透露的資訊。

「是嗎？那沒關係。謝謝。」

早樹道了謝要回了手機。上面到處是董事的指紋。她忍住擦拭的衝動，裝作既然問了就順便問的樣子：

「這裡的老闆姓佐藤嗎？」

「不是，我們公司叫彩虹園。社長姓落合，不是佐藤。在我們之前，是一家叫豐志路開發的公司，不過他們破產了，我們是六年前開始的。」

就算豐志路開發是佐藤幹太的叔叔的公司，但如果是姻親，也不見得姓佐藤。而且，既然六年前就破產，那麼八年前恐怕也沒有餘力雇用庸介。早樹很失望。

「不好意思，謝謝。」

道謝後，離開了大廳。

早樹下了樓梯，來到住宿設施旁的小停車場。從那裡，可以清楚地看到水壩瀑布。

雖然轟轟聲響，但初冬河流水量少。有些地方直接露出了水泥堤防。

好了，該怎麼辦呢。

早樹俯視長了枯草的五座釣魚池。

維護得不好，應該是因為淡季的關係。有時候

可以看到水底有黑色的魚背蠕動，簡直就像哪個人的惡意般，令人為之悚然。

儘管早知道事情不可能很順利，但再一次認識到庸介可能沒死、在這裡工作的想像根本毫無根據，早樹很洩氣。

馬路再過去不遠的三層樓建築後方晾著衣物，早樹本以為是工作人員的宿舍，但上面掛著「河魚料理、山菜」的生鏽招牌。看來是旺季時為客人料理釣魚場裡釣來的魚的餐廳。

早樹心想要是有人，為了萬全起見還是問問看，便下了陡坡。來到柏油路上，回頭看釣魚場專用的停車場。

等候早樹的計程車仍舊停在那裡。司機戴起老花眼鏡，攤開了報紙。

早樹從馬路走向建築。看來正值淡季的現在似乎沒有營業。

面馬路的大門沒有開。似乎沒有上鎖，早樹便喊著「請問有人在嗎」，大著膽子開了門。

結果，後面餐桌旁的三個男人吃驚地回頭。

他們看起來都是外國人，鬈鬈的黑髮，深色的皮膚，高鼻大眼。

其中一人看著早樹，對她笑。

「妳好，歡迎光臨。請問有什麼事？」說的是很自然的日語。

早樹很不好意思地問：

「不好意思，可以打擾一下嗎？」

他們正在吃員工餐之類的東西。

餐桌上，有盛著勾了芡、像燴飯的大碗，以及盛了盤的長餐包。馬克杯裡發出香料紅茶的香氣。

「可以呀，請。沒關係的，請進來。」

聽對方以流利的日語招呼，早樹很過意不去地進去。

他們很親切，大家都招手意示她「過來過來」。

「請問有什麼事呢？」

最先應聲的那位日語很好的男子站起來問早樹。

「我在找人，請問你認得這個人嗎？」

早樹拿出手機讓他們看庸介的照片。日文很好的那個人先看了，然後對另外兩人說了什麼，那兩人幾乎同時探頭過來看。

三人面面相覷，然後緩緩搖頭。

「沒看過呢。」

他們全都搖頭，早樹便道謝：

「是嗎？謝謝。」

看來最年輕的一個以結結巴巴的日語問：

「妳為什麼要找這個人？」

「這是我認識的人，他突然不見了，我想說他也許在這附近，就來找找看。」

「為什麼是這裡？」

年輕男子不可思議地指指地面。

「因為他喜歡釣魚。」

早樹一回答，他們便哄然大笑。早樹也一起笑了，心情莫名輕鬆許多。

「不好意思打擾你們吃飯。」

「沒關係，反正我們很閒。」日語很好的男子回答。

「幾位都是在這個餐廳工作嗎？」

「不是，是飯店。」

其中一人回答，另兩人幾乎同時朝陡坡上的暖色建築指。

「我們，做清潔的工作。」

最年輕的男子笑著說。

這時候，早樹確定庸介不在這裡。這裡雖是小地方的釣魚場，卻已企業化了。她覺得一個身分不明的人很難在這種地方就業。

「久等了。」

早樹在停車場設置的自動販賣機買了兩瓶熱茶才回到車上。司機收起皺巴巴的小報。

「怎麼樣？」

「完全沒有線索。」

早樹開朗地說，將一瓶熱茶遞給司機。

「謝謝啊。」

司機道了謝，立刻扭開瓶蓋喝了一口，然後看著早樹說：

「那，要怎麼辦？」

「我要回豐橋。麻煩請到車站。」

早樹看著手機說。沒有任何簡訊和LINE。

她想買些竹輪當伴手禮回去給克典。克典看到竹輪會失笑嗎？還是會驚訝早樹為什麼跑到豐橋去？心情好的話，應該是前者吧。

「客人，妳是在找釣魚場？」

司機發動引擎後問。

「可是，這邊已經沒有了別的了吧？」

「再過去有魚梁啊，魚梁。要去那邊看看嗎？」

「魚梁，不是釣魚場吧？」

「嗯，不是，可是是河，也釣得到魚。」

司機苦笑。這時候，早樹才發現自己為什麼只執著於釣魚場呢？都是被幹太的話綁住了。

「那，我也去那裡看看。」

「滿遠的哦。」

明明是自己提出來的，司機卻這麼說。

「沒關係。因為我以後不會再來了。」

早樹是打算，如果這次小旅行什麼線索都沒有找到，就死心忘了庸介。

「不會再來啊，別說這種無情的話嘛。」

司機開了玩笑，早樹便擠出笑容。計程車沒有掉頭，而是往山的深處爬高。

「在很深的山裡呢。」

「嗯，還要再五十公里左右，會到長野縣。」

司機說得輕描淡寫。

不久，早樹看膩了無止無盡的枯乾冬景，便閉上眼睛。瞬間便睡著了。

在行駛於山路的計程車上，早樹做了奇怪的夢。

在夢中，早樹從「七瀑布釣魚場」的住宿設施大廳，和三分頭高中生一起窺看櫃台後的辦公室。

門開了一個小縫。早樹實在太想看裡面了，便探身到櫃台桌面上。

於是，她看到庸介坐在最裡面的辦公桌前。庸介道貌岸然地打著電腦。筆記型電腦上有著透明蘋果標誌，與庸介之前擁有的那台一樣。

庸介也和彩虹園的董事一樣，穿著設計了七色瀑布徽紋的綠色夾克，可見他果然是那裡的員工。夾克和櫃台女孩和董事一樣，一點也不合適。

原來庸介在這種地方。在驚訝的同時，早樹也感到放心和失望。放心，是終於來到庸介的所在，失望，則是因為從庸介身上完全感覺不到魅力了。

庸介似乎沒有發現早樹的視線，專心打字。顯得有點裝模作樣。而早樹也只是觀察著庸介，沒有出聲叫他。

白髮叢生，憔悴疲憊的臉。鬆弛的眼周。像極了他父親武志。不快的感情更甚於懷念是為什麼呢？

「客人，一直往山裡開，妳是不是嚇到了？」

司機的聲音，讓早樹嚇然驚醒。一看錶，從「七瀑布釣魚場」出來才過了短短五分鐘。

計程車駛入冬日枯木覆蓋的山中。不時可從樹木間看到溪谷。

或許是早樹默不作聲讓司機不安了，他才會擔心地對她說話的吧。

「不會的，沒關係。不過，真的是深山呢。」

早樹以平靜的聲音回答，司機才放下一顆心般大聲說：

「就是啊，在很深的山裡。不過，別擔心，就快到了。叔叔沒有騙人。」說著笑了。「大概再五公里吧。」

「好，我知道了。」

早樹回答之後，望著葉已落盡的山。光禿禿的樹木之間雖可見多雲的天空，卻也是即將日落般不安定的顏色。

早樹看著灰色的天空，思考著剛才做的夢。儘管是在夢裡，但她好不容易找到庸介，為什麼會感到不快呢？

過了一會兒，她才發現是因為自己在生氣。

夢中之所以會出現像極武志、老了許多的庸介，或許是她怨恨擅自消失的丈夫，以及怨恨失去的歲月。庸介可能還活著，這樣的耳語難道只是令人不悅的絮叨嗎？

「啊啊，就是那裡。」

司機鬆了一口氣似地，指指招牌。

招牌上寫著大大的「**寒狹・渡瀨魚梁　抓香魚**」。寒狹就是這條河的名字。看來旺季時會有很多攜家帶眷的客人，停車場很大，廁所也很完備。

馬路旁有平房建築的管理辦公室。再過去，可以看到冬天的河流水量較少，冷冷清清地流著。

「有沒有人啊？」

司機在停車場停好計程車，擔心地下了車。不過，管理辦公室前停了一輛小卡車。

「哦，有人呢。那就沒問題了。」

司機這樣說完折回車上，早樹叮嚀：

「那，我去打聽一下，請在這裡等我。」

「當然、當然。」

司機一定是認為是他提議到山中的魚梁的，必須負責吧。只見他用力點頭。

氣溫突然下降了，已經快三點了。看來在山裡太陽也下山得早。早樹心生怯意，想早點回到城市裡。但是，又想這是最後一次到處探訪，便敲了敲管理辦公室三合板做的門。

門打開的同時，傳出汽油暖爐的味道。她一心以為裡面應該是上了年紀的管理人，但出現的竟意外是個蓄了鬍子的年輕男子。穿著戶外活動的紅色羽絨背心，戴著毛線帽。

電視開著，一個看似小學低年級的女孩在電視前看卡通。但，她知道來了一輛計程車，一副好奇心十足的樣子，不時轉頭朝早樹這邊看。

「採訪嗎？」

「不，不是的。」

早樹苦笑。的確，會搭計程車來看魚梁的，大多是旅行雜誌或釣魚雜誌的採訪吧。

年輕男子也不見失望，而是以好奇的眼神看早樹。

「那麼，請問有什麼事？」

「其實，我在找人。」

「找客人嗎？」

對方驚訝地說，早樹搖頭。

「不，我是想看看這個人是不是在這裡工作過，或是有沒有人見過他。」

早樹出示了手機裡庸介的照片，管理員將頭一歪：

「不知道耶，沒見過。」

「這邊的魚梁也沒有雇用過嗎？」

「沒有哦。」說著男子搖頭。

「經營這個魚梁的，不是姓佐藤的先生嗎？」

「不是。」年輕男子搖頭。「這裡是我祖父開始的，我是第三代。」

「那真是打擾了。」

早樹道歉，但他毫不介懷地笑了。

這時候，電視前的小女孩不知何時已過來，央求早樹：

「給我看。」

早樹讓她看了手機裡的照片，她立刻回答：

「很像溫大的爸爸。」

「溫大是誰啊？」

父親吃驚地問，小女孩無法仔細回答。

「已經不在了。搬家了。」

早樹心頭亂跳。但，作父親的卻以慎重的態度向早樹道歉，走出管理辦公室。

「不好意思，童言童語的，不是很清楚。我去問問我太太。」

這期間，早樹問小女孩：

「妹妹幾歲？」

小女孩張開手掌代替回答。五歲。能夠相信多少？

「妳是在幼稚園見到溫大的嗎？」

「不是在幼稚園。」

語氣突然像個小大人。

「那，是在哪裡呢？他是附近的小朋友？」

「不是。」她搖頭。「是朋友。」

「妳知道溫大搬到哪裡去了嗎？」

「不知道。」說著小女孩搖搖頭。

正無計可施時，管理員帶著妻子回來了。

妻子戴著和丈夫一樣的毛線帽。脂粉未施的臉上戴著黑框圓眼鏡，看來不到二十五歲。但是，聲音很沉穩。

「叫作溫大的小朋友，是她在附近公園經常遇見的小男生。不過，去年好像搬走了，最近都沒看到。我們家的孩子是女生，又跟他家沒有來往，所以我們連他姓什麼都不知道，也沒見過溫大的爸爸媽媽。」

「也不知道他住哪裡嗎？」

「不好意思，不知道。只知道有溫大這個小朋友。」

妻子道歉，彷彿自己有錯似的。

「我們是住市內，那邊有很多人在電器製品工廠工作，不如去工廠問問？」

管理員這麼說，但妻子反對：

「連姓什麼都不知道，怎麼問呢？」

「也對。」被駁倒的丈夫沉默了。

「不好意思，可以請問一下嗎？」妻子顯然很能幹，面向早樹說道，「這樣問可能很失禮，請問您找人的原因是？」

「那是我丈夫。」

早樹沒說他因為海難而失蹤。但是，光是這樣，似乎就對管理員夫婦帶來不小的衝擊，他們陷入沉默。

「是不是最好去報警？」

丈夫有所顧慮地說，但被妻子打斷。

「那是小孩子的記憶好不好，又不確定。」

想必是擔心，不願意孩子惹上麻煩。

然而，女兒卻嘟起嘴：

「是真的。」

「那，妳是什麼時候看到溫大的爸爸的？」妻子問道。

「大家在玩的時候，溫大的爸爸來接他。然後，買冰淇淋請大家吃。」

「為什麼要買冰淇淋請你們吃？」

「他說，他們要搬家了，要跟大家說再見。」

「那是什麼時候的事？」

丈夫插嘴。女兒還沒回答，能幹的妻子便代答：

「既然是冰淇淋，當然是夏天。」

「妳本來就知道？」

丈夫看著妻子問。

「沒，現在才聽說。」

兩人對望。

「常去公園的小男生的媽媽，會不會知道什麼？妳幫忙問一下吧？」

在丈夫催促下，妻子訕訕地發了LINE。在等回覆的期間，早樹接受丈夫的提問。

「妳先生不見了啊？」

「是的，他行蹤不明。」

「失蹤？」

早樹不願說明詳情，默默點頭。

「什麼時候失蹤的？」

「八年前。」

「這麼久以前啊？」

見兩人一臉驚訝，早樹補充：

「因為最近聽說有人看到他。」

「那，在這之前呢？」

「已經認定死亡了。」

聽到這句話，那個丈夫似乎大感興趣，一副想知道更多的樣子上身向前傾，但做妻子的則是一臉厭惡地皺起眉頭。

然後，頭也不抬地看著手機。看她嚴肅的側臉，就知道她完全不想和這件事扯上任何關係。

「沒有人知道那孩子姓什麼。」低頭看手機的妻子抬起頭說，不看早樹的眼睛。「的確有一個叫溫大的小男生會去公園玩，但最近都沒看到了。」

「我就說他搬家了啊。」

女兒堅持。似乎因為自己的話不被相信而煩躁。

「那，能不能告訴我那個公園在哪裡呢？我回去的時候順便過去看一下。」

早樹一問，妻子便立刻答道：

「說是說公園，其實很小，只有鞦韆和砂坑而已。這樣認得出來嗎？」

丈夫打開手機的Google地圖，告訴早樹大致的地點。

「謝謝。」

「希望能找到。」

早樹向這對夫妻道過謝回停車場時，太陽已經偏西，山影下的停車場光線昏暗，萬分冷清。

「久等了。不好意思，去豐橋站之前，能不能去一下這裡？」

早樹說了Google地圖的住址。司機將住址輸入導航，一邊問早樹：

「有什麼消息嗎？」

「沒有。」

不經意抬起頭，小女孩正從管理辦公室的玻璃窗凝視著早樹。

早樹揮揮手，但小女孩沒有反應。或許是挨了那個小心謹慎的母親的罵，叫她不可以對陌生人亂說話。

小女孩的話早樹並沒有全信，但大老遠來到新城市，收穫只有「溫大和他爸爸」，便想至少看看現場再回去。

下午四點過後，到了那個小得令人不敢稱之為公園的兒童公園。天色很快就變暗了，沙坑鋪上了防動物排泄的塑膠布，不見孩童身影。

早樹下了計程車，站在公園正中央。因為有一株大銀杏樹，遍地都是黃色樹葉，好像鋪了地毯。

四周是新興住宅區，可以看到社區般的大群公寓建築。在那前面，新房子毫無秩序地佇立，其中老房子零零星星。

早樹抬頭看著開始點燈的公寓，心想那對年輕夫妻的家在哪裡。然後，往一角的便利商店看，那裡會是「溫大」的父親買冰淇淋請孩子們吃的地方嗎？然而，她已經沒有心力去問便利商店的店員是否見過這個人了。

一這麼想，便身陷無力感。因為她領悟到，個人的力量頂多只能到這裡。要找「溫大」這個孩子的父親，除了請專業的調查公司否則別無他法。明明又不能保證他父親就是庸介。

驀地裡，腦海中浮現「極限」這個詞，早樹雙膝一軟，差點就跪在銀杏葉上。她覺得自己就像獨自在黑暗中摸索、彷徨。

這時正好颳起寒冷的北風，早樹無助得想哭。

或許是因為看到小女孩的母親的擔心提防，庸介不惜裝死也要消失令她感到無比恐懼。

今天，是不是應該把庸介的事告訴克典？她必須把這段期間以來一直煩心的事說出來。

她趕上了停靠豐橋站的新幹線。十七點三十五分的KODAMA。十九點二十八分抵達新橫濱。

在車上才發現沒買晚餐，但或許是心累，沒有食欲。喝了在月台買的罐裝啤酒，硬要自己閉上眼睛睡到新橫濱。

九點前，終於回到母衣山。該怎麼對克典說呢？早樹為此內心不安抑鬱。

克典會怪她見外，為什麼什麼都不說獨自煩惱？還是會安慰她說妳一定很難過？

自從決定和真矢一起生活，早樹就看不出克典的心情了。也許這也是今天在新城的公園裡感到無助的原因。

「我回來了。」

她開了玄關的門，卻不見克典身影。邊換下行裝邊往裡面看。浴室傳出水聲，看來是在洗澡。

早樹往浴室旁真矢的房間看，微驚之下站定。不知何時搬來了化妝台，真矢的化妝品整整齊齊地擺在上面。

看真矢的房間這一眼，明明應該只是短短一瞬，感覺卻像在那裡站了好久。

忽然覺得意識要離自己遠去。太奇怪了——甩甩頭這樣想時，寒意讓雙肩覺得好沉。明明只是搭車轉車而已，卻還是累了嗎？

雖然想喝點熱飲再睡，卻連這點力氣都沒有。

猶豫著站在走廊上時，浴室的門開了。

「哦，回來啦。」

克典一身睡衣拿毛巾擦著濕髮出現。

「回來了。」

「剛到？」

「對。」

克典的表情轉為擔心：

「妳臉色很差。」

「好像受涼了。會發冷。」

「會不會是感冒了？洗個澡暖暖身子再去睡。」

「我也很想，可是好累。」

「那就早點睡吧。」

本來想今晚跟克典商量庸介的事的，卻什麼都做不成。

早樹去了寢室，換了衣服立刻上床。但還是趕不走寒意。

在似睡非睡之間，感覺有一隻手放在額頭。手心乾爽滑順。

「妳發燒了。」克典的聲音說。「量一下吧？要不要我去拿溫度計？」

「先不用。」

早樹閉著眼回答。

「好，妳好好睡一覺。」

克典幫她把羽毛被拉到下巴蓋好。早樹覺得好像溫暖了一點。

「妳今天去豐橋做什麼？」

克典以平靜的聲音問。

「豐橋啊，是庸介的朋友的故鄉，聽說有釣魚場。所以我一直想去看看。」

「為什麼？」

「我覺得庸介在那裡。」

早樹好不容易才回答，但克典沒有反應。一睜眼，房間很暗，耳中聽到克典規律的鼻息。

早樹於是發現，自己剛才是在夢中解釋。

3

真矢回來那天，早樹發高燒臥病在床。全身無力，真想睡一整天，但克典擔心她得了流感，堅持她去醫院看病，早樹便在青木陪同下去了鎌倉的醫院。

克典則是在早樹去醫院前，親自開車去接真矢。

聽說優子也會去幫忙出院，早樹以為優子也會送真矢到母衣山。

然而，優子辦完出院手續便回去了，早樹知道後非常失望。

看來，發燒讓自己害怕不安。不，不僅是身體的狀況，是早樹在新城的兒童公園裡感到的無助，讓她膽怯了。

結果，醫生的診斷是一般感冒，不是流感。

早樹自己比誰都鬆了一口氣。注重健康的克典每年都打疫苗不需擔心，但她擔心流感會傳染給真矢或青木，因而緊張不已。

她從來沒想過，在自己家生活竟然要這麼小心翼翼。

在搭計程車回家的路上，青木以洪亮的聲音說：

「夫人，幸好只是感冒。聽說今年的流感會發高燒，嚴重到沒辦法像這樣搭計程車去看病呢。我媳婦就很嚴重，躺了一個禮拜。那一個禮拜，孫子們真是可憐。我問他們都吃什麼，他們說一直吃零食、泡麵，我聽了很傻眼，也只能告訴自己活著就好。」

青木補充說，兒子、媳婦調職到青森，才到一個舉目無親的地方還沒熟悉環境就發生這樣的事。

多虧在離開醫院前吃了藥，燒漸漸退了，但她沒有心力和一打開話匣子就停不下來的青木說話，戴著口罩只是點頭。

青木自己換了話題：

「夫人，午餐吃粥好嗎？還是要吃烏龍麵，煮爛一點？」

早樹沒有食欲，便歪著頭，說：

「我不太想吃，不用了。」

「不吃病不會好哦。」

青木說得斬釘截鐵。

青木以後每天都會來幫忙，她會這樣一步步主宰母衣山的生活嗎？

早樹本來就不喜歡聽別人的指示、命令，她的個性是在別人開口之前就自己先做好。青木則是事事搶先又機伶，動作很快，年紀足以當早樹的母親，遲早會把她壓得死死的。

與克典自由自在的兩人生活，就快完全變樣了。

「對了對了，把化妝台搬進真矢小姐房間的，是老爺哦。」

青木彷彿會讀早樹的心般，連沒問的事都說了。

「我不是請問過夫人嗎？說真矢小姐的化妝品要放哪裡。洗臉台畢竟是夫人的領域嘛。真矢小姐之前搬出去了，就算是娘家，還是得要尊重夫人才行——我是這樣跟老爺說的。結果老爺隨口就說，是嗎，那我去搬化妝台來，一下子就安排好卡車，親自跟著車子去了。嚇我一跳。不愧是老爺，好有行動力啊。事業成功的人就是不一樣。」

司機似乎在偷聽，早樹煩躁得很。但是，青木並沒有注意到。

「那件事，就不用再說了。」

早樹以沙啞的聲音嚴峻地說，青木似乎吃了一驚，沉默了。早樹心想可能潑了她冷水，但也懶得補救，便閉上眼睛。

「真是對不起，在您不舒服的時候說這些。」

青木總算注意到早樹身體不舒服般道了歉。

早樹搖搖頭，表示希望她別介意，但青木沒看到。

抵達母衣山時，早樹頭一個去看車庫。車子在，所以克典和真矢已經回來了。

客廳裡，一個女子身穿黑色高領毛衣和鬆鬆垮垮的長裙，站在那裡眺望庭院。

「哎呀，真矢小姐。真令人懷念。」

青木大聲說，真矢像是嚇了一跳般回頭。

中分的長髮，像齧齒類般的小臉。可能是因為一身黑，臉看起來很白。而她眼中浮現的，是千真萬確的厭惡。

早樹很確定真矢的厭惡是青木的聒噪造成的。

「青木太太？」

真矢以平板的聲音問。

「是啊，是我青木。多少年不見了？您真是一點都沒變。」

「妳在說什麼，當然變了。」

真矢回答，臉上沒有一絲笑容。

「一點都沒變呀，就和那時候一模一樣，還是那麼惹人憐愛。」

青木繼續不住口地誇讚，真矢漸漸面無表情。

這個人神經太過敏感，所以學會了如何自我防衛。恐怕是在自殺未遂之後學會的。早樹想起克典說的「反應遲鈍」。

「真矢嗎？我是早樹。請多指教。我感冒發燒了，所以這個樣子，不好意思。」

早樹摘下口罩打招呼。

頭一次看到早樹的長相，真矢怯怯地將視線轉過來，最後又迅速移開。

「彼此彼此。」
聲音小得幾乎聽不見。早樹是從她無聲的唇形識讀的。
在早樹看來，真矢似乎猶豫著要不要防衛。
「聽說真矢以前和優子同校？」
早樹問起，真矢默默點頭。
「沒有同班？」
真矢搖搖頭，嘆了一口氣，似乎累了。
「我來準備午餐。真矢小姐想吃什麼？」
青木邊折脫下的大衣邊說，真矢不僅不答，還直接忽視青木這個人。
「那麼，我去請示老爺。」
青木顯得毫不在意，很快便往後面去了。
真矢似乎很尷尬，搓著雙手，在沙發上坐下來。
這時，纖細的頸項上的紫紅色瘀痕從鬆鬆的高領露出來。
想到那是上吊的傷痕時，早樹懷疑真矢並非假自殺，而是真的想尋死。這個人似乎經常與世界合不來。
與真矢面對面，早樹這才覺得她明白了克典的擔憂。
克典懷疑美佐子的死是自殺，所以他怕真矢自殺怕得要命。
「我有件事想向真矢請教。」
早樹在沙發的一端坐下。真矢立刻拉高領子，埋住下巴。所以防衛開始了嗎？
「我聽說真矢有靈異能力。妳看得見鬼魂吧？那我身後有沒有？」
早樹並不相信鬼神之說，但這次有一半是認真的。要是真矢回答「有」，她就相信庸介死了。
有一瞬間，真矢像是確認般朝早樹身後看，然後一臉認真地搖頭：

「沒有。」

那麼，庸介果然沒有死了。

他就在日本某處，搞不好還成了「溫大」的父親。

早樹對做了這種實驗的自己感到可笑，於是苦澀地笑了。

注意到真矢突然露出害怕的孩子般的神情，早樹趕緊說：

「不是的，我不是笑妳。我是想起了上一次的婚姻。妳知道這件事嗎？」

「不，我不知道。」

搖頭後，真矢一副突然感興趣的樣子，目不轉睛地盯著早樹的臉。這樣一看，真矢與亞矢不同，長相很可愛。

「我的前夫，八年前發生海難失蹤了。沒有找到遺體。我不知道他是真的死了，還是在哪裡活著。所以，我就想等我遇到有靈異能力的妳，就先問這件事。」

真矢似乎受到衝擊。想說什麼，但或許是無法好好表達，嘴角慢吞吞地扭了幾下。

「這件事，下次再說吧。我還不太舒服，要先去休息了。不好意思。」

早樹疲累又沉重，抓住沙發扶手慢慢站起來。背後感覺著真矢的視線，拿著大衣和包包走向廚房。

廚房裡，克典正在和青木討論午餐。青木說要煮烏龍麵，偏愛蕎麥麵的克典似乎有所不滿。

注意到早樹，克典抬頭。

「有沒有好一點？」

「嗯，藥生效了，沒事的。放心，只是感冒。」

「嗯，我聽青木太太說了。」

「不好意思，我今天要去躺著。」

「嗯，這樣比較好。」

正準備去寢室時，克典追上來悄聲說：

「妳剛才在跟真矢說話吧？怎麼樣？」

「我很喜歡她啊。」

真矢如何就不知道了——她沒有說出這句話。

「希望妳對她溫柔一點。」

「嗯。」

雖然這樣回答，但能不能像個母親般對待同齡的真矢，早樹沒有把握。

儘管喉嚨痛很厲害，下午早樹還是睡得很沉。再次醒來時，外面已經變暗了。下午五點多。從早上到現在幾乎什麼都沒吃，肚子也實在餓了。

早樹想吃個冰淇淋，便穿上厚針織衫走出寢室。

聽到克典和青木在廚房裡窸窸窣窣的說話聲，早樹便停下來側耳傾聽。

「所以，今天是例外。因為早樹生病了。」

青木似乎對克典的解釋問了問題，但早樹聽不見。

「基本上，我和早樹午餐都自己吃。想請妳做真矢的就好。青木太太不是一般的幫傭，我希望妳是負責照顧真矢、為她做飯的專員。」

「我明白了。晚餐也一樣？」

「我想也會有像今天這樣的例外，不過基本上最好是分開。」

「是啊。要我做也是可以，可是會有很多問題。首先，我不會開車，就沒有辦法去買食材了。還有，為真矢小姐買的食材，能不能放進夫人使用的冰箱。再來就是，夫人做飯的時候，就要一起用廚房了。這麼一來，會產生許多問題。像是砧板、菜刀怎麼辦，要用哪些碗盤，等等這類瑣碎的小地方。」

「原來如此。我倒是沒想到。」

克典嘆氣時，早樹輕聲說道：

「我睡了一覺，燒退了。」

克典鬆了口氣般回頭。

「太好了。」

「嗯，藥好像生效了。然後，就想吃冰淇淋了。」

「冰淇淋嗎？真年輕。」

克典高興地說，也徵求青木的同意。「妳說是不是，青木太太。」

「是啊，像我們要是發燒，就會完全沒食欲。我記得夫人是和真矢小姐同齡吧？」

「是的，我們同學年。」

早樹拉攏開襟衫回答。腳底突然發冷。

「和小姐一樣大呀，那不就比我媳婦還年輕了。」

青木笑著說。

「智典的太太也和真矢是同學哦。」

聽克典這麼說，青木露出吃驚貌：

「同齡的就有三個，再加上亞矢小姐，好精彩呀。」

青木大概發現自己說溜嘴了吧。只見她匆匆從冷凍庫裡拿出哈根達斯的杯裝冰淇淋，連同湯匙一起放在早樹面前。

早樹拿湯匙去挖冷凍的冰淇淋，但太硬了插不進去。她放棄了，對青木說：

「青木太太，晚飯呀，今天可能要請妳做三人份。」

「算是例外的日子對不對？」

「關於這方面，不要說得太死比較好吧？我們出去吃的時候會找真矢一起，我做飯的時候也會叫真矢一起吃。視情況，只怕也有要全部請青木太太做的時候。」

早樹想說的是，不要把事情規定得太死，保持彈性比較好，但克典顯得很不安：

「可是，真矢還是病人。也不知道她能不能像我們一樣過一般的生活，怎麼好造成早樹的負擔。我想還是請青木太太另外特別做比較好。」

「不會有負擔的。」早樹說。

「可是，每天都要做是很累人的。」

「會嗎？」

「嗯，我希望妳不要太在意真矢，照平常過就好。」

「我就是為了要照平常過，才會說不要太硬性規定比較好。」

「這樣會出問題的。還是有個規則比較好。」

「不會太誇張了嗎？」

早樹與克典一問一答的期間，低頭聽的青木趁對話空檔立刻插進來：

「那麼，老爺，如果我做的話，真矢小姐的食材怎麼辦呢？」

早樹指著冰箱：

「冰箱裡的東西都可以用，沒有關係。沒了，我會補充。根莖類在架下的籐籃裡。砧板、菜刀、餐具這些，都可以任意使用。」

「那麼，我就不客氣了。本來嘛，廚房裡的東西說起來都是前一位夫人用的。真矢小姐愛用的盤子也都還在。」

青木堂而皇之地說。於是早樹明白了，自己那句『可以任意使用』讓青木反感。

在青木看來，應該是早樹借用了這些東西。

她的確是直接延用美佐子所收集的餐具和廚房用品。這是因為她認為這樣克典的家人會比較高興，但連青木都這麼說，可見這樣的做法被當作不知分寸。

「我說，青木太太，能不能請妳別再喊什麼夫人、小姐的？」克典笑勸。「這年頭，沒有人這樣講了吧。聽起來很奇怪。叫真矢就行了。叫早樹太太就好，叫我塩崎先生就可以了。我不想被人叫老爺啊。」

「哎喲，是嗎？以前我都是這樣叫的。」

克典的掩護，讓青木態度硬化。

「時代變了啊，麻煩妳了。」

克典欠身致意，於是青木便一副不情不願地點頭：

「我知道了。那麼，今晚我該做什麼才好呢？」

青木看著錶說。語氣之所以近乎刻板拘禮，多半是因為時間已經超過五點了。青木的上班時間，是上午九點到下午五點。

克典看出青木的不滿，便制止說：

「今天已經很晚了，我們自己處理。妳請回吧。」

青木坦白說：

「那麼，我就告辭了。要從明天開始做真矢的餐點嗎？不過要等到九點以後。」

「早餐我會做，就不用了。雖然就是些雞蛋、火腿的，做不了什麼。」

早樹這麼說，青木便窺伺克典的反應般朝他看。

「那麼，早餐就由早樹做。午餐和晚餐麻煩妳了。」克典說道。

「好的。」本來要接「老爺」的青木歪了歪嘴，露出諷刺的笑。

青木據說是真矢還住在母衣山時就來幫忙的幫傭。之前幫忙美佐子，大概看繼室早樹很不順眼。對再娶了年輕的早樹的克典也是。

「這下頭痛了，青木太太一副要吵架的樣子。她以前不會這樣的。我還以為她是個更懂得變通、更有意思的人。」

青木回去之後，克典聳聳肩說。早樹漸漸明白青木的難搞，感到憂鬱。

但是，儘管說好真矢的餐點基本上由青木做，青木和真矢還是幾乎不會照面。真矢白天完全不離開房間。她都是半夜走動，所以白天多半在睡。偶爾聽到房間門開了，也只是去洗手間，立刻就又回房。

等晚間十點過後早樹和克典回寢室了，真矢才開始活動，弄出聲響。

首先，會聽到房門打開，接著是真矢走向廚房的拖鞋聲。

然後，是冰箱門碰地關上的聲音。微波爐叮叮聲，大概是在熱吃的。有時候也會聽到瓦斯爐的火打起來之類的微小聲響。

「夜貓子啊。」

克典躺在床上，豎耳傾聽，一一向早樹報告。

「現在在吃青木太太做的飯糰。」

「大概是會冷，開了暖氣。」

「在餐桌上放了茶杯。一定是在泡紅茶。」

然而，似乎是克制著不去看，仍舊躺在床上不動。不知道他是一味避免刺激真矢，還是怕和真矢正面相對。

早樹盡可能不去意識真矢的存在，戴起耳機聽音樂，或是看電視把音量放大。要默認別人在自己家走動，竟意外辛苦。但對真矢而言，這裡是她的家，克典是她的父親。

真矢熱了、吃了青木做的餐點，洗了澡，之後便放鬆看電視，天快亮又回房睡覺。

令人驚訝的是，真矢不知哪來的直覺，專吃青木做的餐點。

為了真矢可能願意吃，早樹多做的蔬菜湯也好，咖哩飯也好，沙拉也好，她一概不碰。厭惡到簡直像那些飯菜裡下了毒似的，早樹受傷頗深，但克典並沒有注意到這麼多。

真矢會看深夜節目看很久。也有看過報紙的跡象，早樹猜想真矢可能沒有東西可讀，有時會感到同情，但到底要不要乾脆去敲門跟真矢談談，她還是舉旗不定。

事實上，早樹與真矢面對面說話，就只有頭一天而已。

克典告訴過她Wi-Fi的密碼，所以她也會上網。那個部落格雖然早就被刪除了，但不能保證她不會申請另一個帳號，開新的部落格，再寫壞話。

早樹一想起看那個部落格時的不快和焦躁，便認為現在的自己無法原諒真矢的一切。

真矢像夜行性動物般生活了一週。

那天，是長谷川園今年最後一次來清掃的日子。庭院的樹木已做好了過冬的準備，十二月起便進入兩週一次的清掃作業。

「太太早安。我是長谷川。」

對講機裡傳來長谷川的聲音。

「早安。」

「請問，可以打擾一下嗎？」

平常長谷川會直接前往庭院展開作業，今天早上卻好像有話要說。

他們並沒有把真矢的事告訴任何人，所以早樹一時之間對於讓長谷川進屋有些猶豫，但真矢依舊關在自己房間裡。心想反正她也不會出來，便開了門。

「您好。」長谷川摘下綁在頭上的毛巾打招呼。

看到長谷川那張被太陽曬黑的臉上親切的笑容，早樹覺得很耀眼。

現在的塩崎家，沒有一件可以開懷大笑的事。

「那個，這個，是菜穗子交代的。」長谷川遞出一個白色信封。「可以請您轉交給真矢小姐嗎？」

「給真矢？」

早樹嚇得心臟差點停止跳動。

長谷川怎麼會知道真矢在母衣山家裡？她回來的原因不光彩，明明對外下了封口令。

難不成，是自稱認識長谷川園上一代的青木說出去的？

早樹回頭朝廚房那邊看，正在給真矢的午餐準備三明治的青木在對講機響了之後，也絲毫不見要來門口的樣子。

自從克典要求改稱呼以來，青木對克典和早樹都一直採取生硬見外的態度。

克典懶得應付這樣的青木，便常躲在書房裡。

「長谷川先生，你怎麼知道真矢在這裡的？」

早樹壓低聲音問長谷川。

「菜穗子說她收到真矢小姐發的信。信裡說因為如此如此這般這般的原因，現在被軟禁在母衣山。」

長谷川有個毛病，說話喜歡半開玩笑。明知他沒有惡意，但這種毫無根據的話要是傳出去就麻煩了。

「怎麼說軟禁呢，真難聽。」

看早樹急了，長谷川反而惶恐：

「不是啦，我想是真矢小姐在開玩笑。」

這麼說，就是真矢自己寫的了。早樹為之愕然。

「那麼，請把這個轉交給真矢小姐。麻煩您了。」

長谷川將白色信封遞給早樹。信封上以小字寫著「塩崎真矢小姐收」。背後署名「長谷川菜穗子」。

有事大可用簡訊電郵聯繫，所以這是問候卡嗎？

「好的，我會轉交的。」

早樹本想再叮嚀一番，但從長谷川顧慮四周而壓低聲音看來，早樹判斷他多半知道內情，應該不用擔心。

本來已經要出去的長谷川轉身回來：

「對了對了，塩崎太太不來上瑜伽，菜穗子很失望呢。」

「對不起。一直忙忙亂亂的，錯過時機。請替我轉告說，初春我會再考慮的。」

「初春嗎，那還好久啊。」

長谷川活潑地笑了。

「請耐心等候。」

見早樹開玩笑，長谷川又行了一次禮：

「庭院那邊，今天是今年最後一次了，晚一點請讓我向塩崎先生打個招呼。」

「好的，我會跟他說的。」

本來是為了想見真矢才報名瑜伽的，早樹萬萬沒料到竟然會變成要和真矢一起住。

早樹苦笑，走到真矢房門前。但是，真矢應該會睡到傍晚。想把信封從下面門縫塞進去，卻沒有門縫。

早樹鼓起勇氣敲了門：

「真矢，有東西要轉交給妳。」

本以為她一定在睡，不料門卻突然打開，早樹嚇了一跳。

但，窗簾是拉上的，房間黑漆漆的。房間裡的空氣因為整天開著空調而沉悶，有股灰塵味。

桌上微微發光的，是電腦的光。所以她是拉起窗簾上網嗎？一想到這裡早樹便心生怯意。真矢多半是整夜沒睡，正準備就寢吧。

「什麼東西？」

真矢以不悅的語氣質問。

和來母衣山那時一樣，穿著黑色高領毛衣，下身是牛仔褲。

很久沒看到真矢，早樹忘了說話，直盯著她沒有化妝的雪白臉蛋看。或許是乾燥的關係，嘴唇明顯乾澀脫皮。

真矢躲避早樹的視線般，以左手掩嘴，早樹這才發現自己的視線太魯莽。

「長谷川菜穗子小姐要給妳的。剛才長谷川園的老闆送來的。」

把信封遞過去，真矢一副渾不在意的樣子收下，就要關門。早樹趕緊按住門。

「請等一下。」

早樹強勢的語氣，讓真矢臉上閃過膽小的神色。

「什麼事？」真矢以微不可聞的聲音說。

「那個，妳別關在房間裡，出來一起吃飯吧？」

真矢不答，想關門。她的態度令人火大，早樹把身體擠進門內。

「可不可以不要這樣？」

真矢厭惡地皺起眉頭。

「對不起。不過，這樣讓我很受不了。一直關在房間裡，夜裡才出來，太奇怪了。」早樹直話直說。「克典很擔心妳，雖然他絕口不提。我不喜歡這樣。」

「妳不喜歡是妳的事。我一樣也有不喜歡的事。」

真矢一副厭煩到極點般，嘆著氣虛弱地說。

「妳不喜歡什麼？」

「你們竟然還找了青木太太來，大家一起監視我。」

「沒有人想監視妳，也沒有人在監視妳。克典是擔心妳，才決定一起住的。」

「雞婆。人要死的時候就會死。」

真矢突然低聲咒罵。

雖然像是自言自語，早樹卻提心吊膽，深怕隔壁書房裡的克典會聽見。

但，克典就是不現身。現在會不會像在寢室裡豎起耳朵聽真矢的動靜那樣，聽著她們兩人談話呢？

「那，妳要我們以後怎麼做？」

早樹直接問。真矢雖是克典的女兒，但在早樹看來便形同闖入者。可以的話，早樹希望她離開母衣山。

但是，這句話不能出自己口中。等著回答，只聽真矢小聲說：

「反正，妳就是希望我走對吧？」

雖然被她說中了，早樹卻不能承認。真矢滿臉輕蔑地說：

「這時候就不作聲了。」

語氣難得令人感到強烈的意志。

「有些話是不能明說的。」

「妳就是這樣討好大叔混過來的是吧。」

赤裸裸的敵意，讓早樹無法不生氣。雖想反唇相稽，但面對才剛自殺未遂的真矢，卻又像凍結了似的什麼都說不出口。她想起從鬆鬆的高領領口露出來的脖子上的瘀痕。

「妳說話還真沒禮貌。原來真矢是這樣的人？我本來還想好好相處的。」

頓時，真矢眼中閃現怯弱，轉移了視線。

攻擊與防衛，與瞬息萬變的真矢說話讓早樹累了。

忽然感覺到視線轉頭一看，青木雙手插在圍裙口袋裡，正朝這邊看。

早樹打了手勢，意示她走開。看青木轉身之後，她向真矢提議：

「真矢能不能從房間出來？我們兩個到客廳說話吧。那裡就不會有人聽見了。」

早樹也不喜歡克典在旁邊聽。

真矢似乎也感覺到克典的存在，默默走出房間。兩人走向客廳。

「我來煮個咖啡吧？」

青木露面，柔聲問。大概是真矢難得從房間出來而特別用心吧。

「麻煩妳了。」

早樹這麼說，真矢卻簡慢地下令：

「我要紅茶。」

「那，我也紅茶好了。」

早樹和真矢像初見面時那樣，在客廳的沙發相對而坐。

庭院裡，長谷川和助手一臉認真地掃落葉。

「青木太太真討厭。」真矢喃喃地說。

「為什麼？」

「妳自己明明也討厭她，卻要別人說出來。」

真矢嘲笑。這種說法中暗含了其極險惡的用心，令人想起部落格的惡意。

「我沒那個意思。我只是想聽真矢怎麼說。」

「聽了就能了解那個人？好老掉牙的說法。」

真矢又再度口出惡言。早樹不知如何應對，保持沉默。

這時候，青木送紅茶過來。是淡淡的大吉嶺。

「都涼了。」

故意說得讓背對她們的青木聽到。攻擊也是真矢自我防衛的一種嗎？她是故意這麼做，讓大家討厭自己，最終走向破滅嗎？

但是，早樹無法和採取這種態度的真矢一起生活。明明第一天就深切感受到真矢的防衛，自己現在卻完全居於下風。

早樹暗自嘆息，真矢卻突然以伶俐通透的聲音說：

「妳放心，我這就走。妳的心情我很了解。」

「可是，克典會擔心，他不會讓妳離開的。」

「他只是擔心我會跟我媽一樣而已。就是只顧自己。我爸卻沒發現自己是這種人。所以我才討厭他。我和我爸之間的隔閡是無論如何都消不掉的。他明明知道，卻還這麼做，想綁住我。」

「我沒有孩子，所以我不懂，不過，這就是所謂的天下父母心吧。」

早樹幫克典說話。

「妳這個人真的很搖擺不定耶。都是因為跟那種老頭結婚的關係。」

真矢惡言相向。但是，早樹無法反駁。因為有一部分的自己，也認為她說的對。

克典累積了豐富的人生經驗，而自己卻還在半路上。克典連孫子都有了，自己卻連有孩子是什麼感覺都不知道。庸介可能沒有死，還活著。她覺得一切都沒有著落在應該著落的地方。

見早樹陷入沉思，真矢出現猛然想到的神色。應該是發現自己實在是說得太過分了。

「真矢，我看了妳的部落格。妳真的認為我是那種人？」

「拜託，別當真好不好。部落格這種東西，怎麼可能寫事實。那是為了增加點閱數，多少灌了點水。」

真矢顯得有點慌張。

「可是，我很受傷。妳現在說的話，也讓我很震驚。果然只要妳在這裡，我就沒有辦法在這個家生活。」

「妳放心，我很快就會走的。可是，我走了之後搞不好就會去死。到時候我會先寫好說不能怪任何人。」

真矢威脅般說。

「我想，那也是沒辦法的事。真矢已經是成人了，不能怪任何人也是事實。克典也只能承受了。」

早樹邊思考邊慢慢說。如果真的變成那種情形，形同將真矢趕出去的自己也必須承受。

「就是啊，希望那傢伙扛得住。」

那傢伙指的是克典嗎？克典事事讓步，努力修復父女關係，真矢卻依舊討厭父親。早樹認為這段關係沒救了。

「妳想什麼時候離開？」

「現在就想走。」

但是，真矢仍必須定期回醫院復診，還在克典的監護之下。要走想必沒有那麼容易。

「這點請妳和克典商量。」

真矢不答，站起來。

「要跟克典商量哦。」早樹叮嚀。

「少在那邊裝家長。」

真矢丟回一句刺人的話。

但是，有一部分的自己也苦笑著認為她說的沒錯。真矢是和自己同齡的大人。她全然無意介入克典和真矢之間的關係，所以只能袖手旁觀。

「真矢，一起吃飯吧！」

沒有回答。目送真矢的背影時，早樹的手機響了。是美波打來的。

早樹在能夠眺望庭院的玻璃門前接了電話。

「現在方便說話嗎？」

早樹才喂了一聲，美波便劈頭這樣問。

「方便，怎麼了？」

她有預感，一定不是好事。

「幹太死了。」

早樹有「啊啊果然」之感。幹太猛喝理應被禁的酒，早樹從他身上感覺得出走向破滅的意志。

真矢就沒有那種空虛而又灰暗的意志。早樹覺得，既然幹太死了，那麼真矢應該會活下去。

「妳怎麼知道的？」

「我總覺得擔心，剛才牙一咬就打了手機。結果是他太太接的，說他今天早上走了。是食道靜脈瘤破裂。」

「是嗎？那妳今天會打電話，也是莫名的預感吧。」

「嗯，一早起來，就一直心不安。」

「美波，妳還好嗎？」

「我沒事，可是畢竟很震驚。覺得終究還是見不到了。」

「是啊。」

「我在上班，晚點再發信給妳。」

電話匆匆掛了。

早樹望著庭院後那片冬海。不知為何，冬天的海比夏天顯得更閃閃發亮。

幹太終究什麼都沒說，就消失在閃亮大海的另一端了。「海聲聽」的石頭的奶油色肌理，看起來好像一個男人的背。

第九章　歸處

1

早樹以「訃文」為主旨發信給丹吳。文中表示她透過木村美波得知佐藤幹太已於今晨過世。由於不明詳情，如題只是通知死訊。她立刻便收到回信。

塩崎早樹小姐：

謝謝您的來信。

得知佐藤幹太過世的消息，我備受衝擊。

在釣魚社時代，我受到幹太很多照顧。雖不知情況如何，但他的英年早逝令人深感遺憾。

我會通知小山田和高橋，若知曉葬禮日程，煩請告知。

丹吳陽一郎　敬上

但是，早樹不打算出席葬禮。斬斷（或說被斬斷）緣分的木村美波多半也一樣。她們都只會默默祈求幹太好走。

她給丹吳回信，寫了「不好意思，請您洽詢新逗子的餐廳『幹太郎』」，才想到店主亡故，餐廳恐怕會暫時歇業，便刪了。但是，她很掛念，便決定藉著去鎌倉採買之便，從餐廳前經過。

收拾好正準備出門時，青木匆忙地用花布圍裙擦著手走過來。

「夫人，可以耽誤您幾分鐘嗎？」

她對克典是彆扭地喊「塩崎先生」，對早樹則照舊是「夫人」。大概是叫慣了吧。

「好的，什麼事？」

早樹以為是要討論食材，便放下手上的包包，準備聽她怎麼說。

「剛才，我聽到夫人和真矢說話了。我想，只要我在，真矢絕對不會踏出房門一步。因為，她好像認為我是來『監視』她的不是嗎？我聽起來是這樣。我完完全全沒有半點監視的意思。只是因為塩崎先生拜託我，說女兒要回來了，請我來在家事上幫忙夫人。可是，我來了一看，打掃已經有固定的人徹底清潔，就連餐點，真矢的份也是看有什麼就做起來放著。一點成就感都沒有。而且，氣氛也非常差不是嗎？真矢一開始就好像在生我的氣，每次見到面就氣鼓鼓的，感覺很不好。這樣我在這裡也待得很辛苦。剛才，夫人不是找她一起吃飯嗎？我認為那樣很好。何必做那麼多次飯。照現在這樣，夫人和我都很難做事，您說是不是？」

青木如決了堤般滔滔不絕。

「妳說的很對。」

見早樹點頭，青木更起勁了：

「而且，也許是我多嘴，」儘管這樣聲明，她還是照說不誤，「塩崎先生說真矢是生了心病，但從她說話的樣子看起來，我不認為。」

早樹也有同感。真矢與其說是心病，更像是因為無法突破現實而掙扎。

「可能是吃藥的關係。」

早樹小心翼翼地說。

「我沒看過她吃。」

青木一口咬定，早樹便問後續：

「病情我不清楚，我會問問克典。那麼，青木太太想怎麼做呢？」

「可以的話，我想做到今天。」青木直視著早樹的眼睛說。「我是因為塩崎先生拜託我才來的，並不是沒工作沒飯吃。當然，我是領年金過日子，生活並不寬裕，但我也想和我先生去泡溫泉，也想多研究我喜愛的俳句。真要說的話，我是因為盛情難卻才來的，實在沒道理被真矢說得那麼難聽。」

最後一副有怨無處訴的樣子噘起嘴。早樹點頭表示她說的是。

「那麼，我去叫克典來，能不能請妳直接跟他說？」

「那當然了。夫人還年輕嘛。」

青木皮笑肉不笑的，讓早樹覺得青木是在嘲笑她是個沒有決定權的妻子。但是，如果這樣青木會走，那就讓她嘲笑吧。

「克典在書房，麻煩妳自己過去。麻煩了。」

早樹這樣告訴青木，連去喊克典都省了。

青木看也不看早樹便說「好的」。

如果青木就此辭去，應該再也不會見面了吧。

但，早樹也垂著眼。

早樹忽然連待都不願意待在這個家，便速速來到外面。

這是一個晴朗美麗的冬日。只要回頭，就能看見冬天的海。要是幹太真的幫庸介詐死，那麼庸介對幹太的死作何感想？

今天是種種事情告終的一天。早樹想著，將車開出車庫開始下山。

路上，克典發了LINE：「**妳出門了啊。本來想跟妳一起去買東西的。**」

早樹停了車，回了一個搞笑的貼圖。「**對不起～**」。但是，她無意折回。驅車繼續下山。

在新逗子站附近小巷裡的「幹太郎」前方一小段距離停了車，走到店門口去看。

之前在店裡幫忙招呼客人的廚師正好拿著布簾從店裡走出來。早樹吃了一驚，因為上次來找幹太的時候，中午是沒有營業的。

拉門前擺了一張椅子，一塊白板靠在上面。以紅筆寫著「午餐開賣」。「生魚片定食」、「炸竹筴魚定食」、「烤魚定食」。分別標註了售價。

幹太死了，店卻像什麼事都沒發生般照常營業。早樹覺得這就是幹太那位年輕妻子的心境，別過視線不想再看。她想起幹太在店內昏暗中喝啤酒的側臉。

將車停進常去的超市的停車場後，早樹想打電話給許久沒聯絡的菊美。菊美當時由衷感謝協助搜索的幹太，所以早樹想通知她一聲。

打手機的話，也許菊美看到是早樹來電就會不接。於是早樹打了公寓的市話。

「喂，加野家。」

電話響了幾下，菊美接了。聲音很有勁。身後傳來鋼琴曲。電視的聲響常有，但古典樂就很稀奇了，早樹便側耳傾聽。曲子很耳熟，卻想不起曲名。

「我是早樹，好久不見。」

「哎呀，好久不見。」

音樂的音量立刻變小，鋼琴曲遠去。

「現在方便說話嗎？有客人？」

「方便方便。早樹妳好嗎？」

菊美說得很快。

「託您的福，我很好。今天聯絡，是想通知您一個消息。」

「什麼事呢？」

聽起來很嚴肅。

「庸介遇難時，連日都來幫忙的佐藤幹太先生，不知道您還記不記得？」

「當然記得。他人真好。」

「聽說他今天早上過世了。所以我想告訴您一聲。」

「哎呀，是嗎？」說著一時無言。「他還年輕呀。比庸介還小吧？」

「是的。」

「怎麼走的？」

「生病走的。詳細情形我也不清楚，只是想通知您一下。」

「是嗎？謝謝妳。」頓了頓，菊美問道：「那，奠儀什麼的，怎麼辦？要包嗎？」

「不了，我們好久沒有來往了，所以我不打算包。我想媽媽應該也不用。」

早樹沒說一個月前她才見過幹太。

「好。那，祝他好走。謝謝妳特地告訴我。」

菊美聲音輕柔，像是放了心似的，準備掛電話。早樹趕緊打斷：

「媽，對不起，請等一下。」

「好的，什麼事？」聽起來有些不耐。

「最近有接到無聲電話嗎？」

對方停了一下。

「說到這，沒有呢。」

「有沒有看到庸介？」

「沒有。」菊美答得乾脆。「早樹那邊呢？」

「都沒有。」

「之前大概是鬼迷心竅吧。」

菊美笑著說。怎麼可能。如果是的話，那一直在早樹耳邊作響的耳語是什麼？

之前那麼堅持庸介還活著，現在卻像回了神般答得輕快乾脆，早樹覺得菊美很奇怪。

「已經年底了啊，時間過得真快。一眨眼就老了。那麼，早樹，妳保重呀，新年快樂。」

早樹正要回答，電話一下就被掛斷了。這時候她才注意到，中途遠遠聽到的鋼琴曲不知何時也消失了。

好像被騙了，又好像若有所失，早樹懷著空虛的心情走進超市，開始採買。

中餐就去麵包店買三明治，晚餐吃火鍋。這樣的話，真矢只要加肉、加菜應該就可以吃了。

早樹迅速將牛肉和豆腐等東西放進推車。雖想起克典在高爾夫球賽贏回了大量牛肉，但她懶得解凍。不禁嘆氣覺得怎麼什麼都不湊巧。

「青木太太說今天就要辭職。」克典在早樹結完帳後傳來這樣的LINE。「我剛剛聽說了。那也沒辦法。」早樹這樣回。收到「真是令人頭痛啊」的回覆，早樹獨自苦笑。

突然間好像快落淚，早樹在出口仰起頭。

在幹太離世的這一天，無法與身邊的人分享心中的悲傷，令她感到疲倦。還有，連在自己家裡哭的自由都沒有也是。

晌午回到家。克典聽到車聲，到車庫迎接。

穿著深藍色運動夾克的克典似乎很冷，在車庫一角縮著身子。

「妳回來了。」

克典幫忙提座位上裝了食材的環保購物袋。

「我買了三明治當午餐。」

克典隨便點個頭。看來無心關心午餐。

「青木太太說要辭職。」

克典說了LINE上同樣的話。

「她已經回去了？」

「沒有，還沒，但好像不願意待到傍晚。她在等早樹，說要跟夫人打過招呼再走。真是個很直的人。」

請了這樣的人的，不就是克典自己嗎？

「剛才，她也跟我說要辭。雖然很臨時，但我也覺得不能怪她。青木太太在的時候，真矢不肯走出房間一步，讓她很介意。像剛才真矢出來了，對青木太太也是凶巴巴的，一定讓她很不高興吧。」

「真矢好像是認為青木太太在監視她。」

克典小聲說。

「是啊，她是這麼說。青木太太就是聽到了，才覺得不舒服的。而且，真矢還發信跟長谷川園的太太說她被你軟禁了。剛才長谷川先生要我轉交他太太的信的時候提到的。」

「軟禁？」克典很不高興地重複。「她胡說什麼。」

「真矢大概是這麼想的。」

「真不懂事。讓家人這麼操心，接著又是軟禁？真矢真的很不懂事。」

克典氣鼓鼓的，把購物袋放在旁邊。

「真矢真的是憂鬱症嗎？我看她很好呀。」

「不是醫生的診斷，是我自己這樣認為而已。醫生說再觀察一下。」

「這樣的話……」早樹開了頭卻又不說了。因為她發現克典在生真矢的氣。

「這樣的話怎樣？」

「等到她穩定一點，是不是不要和我們住一起比較好？」

克典或許是不願意談這件事，一臉不高興地不說話。

「喏，你覺得呢？」

早樹追問，克典難得以迷惘的聲音答道：

「我不知道怎麼樣比較好。」

「美佐子太太的六週年忌聚餐，結果不聚餐了，對吧？」

「嗯，因為有真矢的事，我在想就算了。」

「可是……」

早樹還想繼續說，克典卻說起「這裡好冷啊」這種無關的話。看來是不想討論了。

在寒冷的車庫一角偷偷摸摸地說話，讓早樹覺得可笑。

「進屋去吧。」

早樹提議，克典便點點頭，再次提起購物袋。

早樹往克典的側臉看，覺得他嘴角的皺紋加深了。自從真矢鬧自殺以來，克典似乎瘦了一點。是因為暫停了他喜愛的外食，酒也喝得少的關係嗎？

早樹認為，他現在正面臨著自己的想法派不上任何用場的痛苦，這是他過去做夢都沒想到過的。

「你勸真矢出來和我們一起吃飯嘛。」

但是，真矢多半不會對克典打開心房的。

「她不會來的。」

克典這麼說，似乎也死了心。

一進玄關，劈頭便與在客廳等他們的青木對上眼。

「我等您好久了。不好意思，我這就要告辭。」

青木一看到早樹和克典，但將揉成一團的圍裙塞進背包，深深行禮。

「我們才不好意思，謝謝妳的幫忙。」

聽完早樹的客套話，青木拿著藍色的毛線帽，立刻就出去了。看來她等著遲遲不從車庫回來的早樹和克典等得不耐煩了。

早樹敲了敲真矢的房門。

「真矢，青木太太已經不會來了。妳願意的話，要不要出來，一起吃三明治？」

當然沒有回答。

早樹忽然想，既然真矢一直窩在房間裡，不如她和克典離開母衣山。

真矢比誰都愛母親和這個家。對喜愛庭院的克典或許狠心，但也許換住處的時候到了。既然早樹使用美佐子收集的餐具、欣賞擺弄家具、織品讓她的孩子們覺得不舒服，不如乾脆拋下一切，另行構築自己的生活。

為什麼自己一直沒發現可以這麼做呢？早樹心想，等克典冷靜一點，就這樣提議吧。

吃著早樹匆匆做的蔬菜湯和三明治的簡單午餐，克典喝了兩杯好一陣子沒喝的紅酒。然後說要午睡，便進了寢室。

整個家靜悄悄的。

早樹打開電腦。美波果然來了信。

早樹：

抱歉今早突然打了電話。妳一定嚇了一跳吧。可是，我就是想聽聽早樹的聲音。和妳談過之後，我也比較冷靜了。

過去已經無法挽回了。我想，我們在做了無數無可挽回的傻事中慢慢老去，又在得不到原諒的情況下漸漸死去。不，不是只有幹太而已。我想我也一樣對幹太做了很多無法挽回的事。很多事情我沒有告訴任何人，很多事情我不敢告訴任何人。我一件一件回想，在心中暗自流淚。

我今天從事務所早退，大白天就開喝了。

敬幹太。

美波

早樹看了信，激動得不能自已。寫了短短的回信。

美波：

剛才我從「幹太郎」前面經過，店裡像是什麼都沒發生似地開店營業。一想到那明明是以幹太為名的店，就好難過。我也要來敬幹太一杯。

早樹

早樹倒了一杯克典喝剩的紅酒，向半空舉杯。

一手拿著酒杯，從廚房窗戶俯視庭院，只見長谷川和助手背對著這邊，正在看海。

他們兩人大概是在休息吧，拿著耙子和掃帚的手都是輕鬆垂下的。冬日的陽光落在兩個男人背上、「海聲聽」上。

「我也可以來一杯嗎？」

身後有人說話，早樹吃了一驚回頭。真矢就站在廚房門口。

大概是睡了一下，頭髮亂亂的。

「當然。請。」

早樹請她在眼前的椅子坐。真矢確定青木不在，才放了心般淡淡一笑。

早樹從餐具架上拿出酒杯，幫她倒了紅酒。真矢一副熟練的樣子品了酒香。

「敬一杯。」

早樹這麼說，舉起酒杯，真矢卻神情微妙。

「青木太太不會再來了，放心吧。」

早樹一說，真矢便哼笑一聲。

「那個歐巴桑很邪惡。太好了。」

「邪惡？」

「對啊。那個人專愛探別人的隱私，在背後嚼舌根，我爸那個笨蛋，竟然又請了那種人。又不是在公司，是要請回家的，一定要把人看清楚的。他根本不懂女人。」

雖有同感，早樹卻給了不置可否的回答：

「原來如此。」

那麼，真矢對父親續娶的自己也是戒備提防嗎？正想問，真矢卻忽然想到般提到優子。

「說到邪惡，優子也很邪惡。」

「優子？」早樹很意外。「不會吧。」

「她啊，從高中就很懂得怎麼收服她鎖定的男人。像我哥，就是被她順利釣到的。她是那種一旦決定人生要怎麼樣，就能想辦法達成的人。不知不覺也讓她爬到上了電視。」

「難不成，妳認為我也是這樣？」

早樹大著膽子問。

真矢一臉迷惘。

「不清楚。因為妳和我以為的不一樣。」

「妳本來以為我是怎麼樣？」

真矢像是對談話失去興趣般不作聲，喝了紅酒。

早樹站起來，拿出剩下的三明治。

「也有蔬菜湯，要嗎？」

「不用了。這個就好。」

真矢搖搖頭。

「因為湯是我做的？」

「我沒那麼想。」真矢眼也不抬地說得很快。

「我沒那麼幼稚。妳說妳前任丈夫遇難，我完全不知道，想說原來妳有過那種遭遇，覺得妳很可憐。」

真矢難為情似地垂著眼說話的樣子，和克典有點像。克典也是覺得自己很可憐。

「謝謝。」

早樹坦率道謝。她有許多問題想趁這個機會問真矢。

「妳母親六週年忌的事，本來不是提議聚餐嗎？日子就快到了，怎麼辦？」

真矢嚴正搖頭：

「不用辦那些。我媽都死了，做六週年忌也沒有意義。我不想配合我爸的自我滿足，也討厭見我哥他們。我討厭那一家子。」

「我之前聽說妳有靈異能力，所以妳不想辦，我很意外。我還以為妳是更重視忌日這些的人。」

「有靈異能力，我都只對我討厭的人說。有些人會怕，很好玩哦。」

早樹有點傻眼，但又覺得好笑。

「真矢好惡分明，很難取悅呢。」

「妳呢？」

球被丟回來，早樹無語了。

「自己反而不了解自己。」

「我是很想說妳很賊，不過我想妳是真的不了解。妳真的很聰明。」

「會嗎？」

早樹不知道這是不是揶揄，遲疑著側著頭。

「會。妳一定沒想過要自殺吧？」

真矢把酒杯放在餐桌上，伸手去摸脖子。

「關於那件事，我可以問嗎？」

真矢沉默，早樹就老實不客氣地問了：

「妳那時候是真的想死嗎？」

真矢的臉頰因為紅酒而泛紅。或許是覺得熱，真矢伸手貼住臉頰。

「我很想知道到底發生了什麼事。」

早樹含蓄地說。真矢聳聳肩，然後轉移了視線：

「我只是想讓那個人看到我煩惱得要自殺。所以，我LINE他說我要去死，確定他拿備鑰要進來了，才踢了椅子。結果，好像是要把我放下來意外困難。繩子是切斷了，但還是很痛苦。我以為我真的不行了。剛想著死了也好，就失去意識，醒來的時候就在醫院了。」

早樹想起假自殺一說。真矢若無其事地說著當時的情形。

「好險啊。幸好救回來了。」

「到底算不算幸好呢。」真矢一口氣乾了杯裡的紅酒。「可能死了還比較好。我啊，每次交男朋友都一定出問題。也不知道為什麼，馬上就會吵起來鬧分手什麼的，很累。也許是我太依賴了。我在想，一定要治治這個毛病。如果說有什麼要治的，就是這一點了。所以，我一定是個很麻煩的女人。」

早樹微笑著幫真矢倒了紅酒。

「對了，剛才妳為什麼說敬一杯？」

真矢很敏銳，沒有聽漏。

「今天，我以前的朋友過世了。所以，我想敬他一杯。有妳作陪真好。」

「原來真的有人死了啊。」

真矢顯得很吃驚。

「是啊。我有個朋友叫美波，和妳有點像。聽說她以前交往過的人，今天早上過世了。」

「是那個美波告訴妳的？」

真矢問，似乎是來了興趣。

「是啊。就在今天早上跟妳說完話以後。」

「美波是個什麼樣的人？」

「好惡分明，很難取悅。」

真矢好像笑了笑。

「我有那麼好惡分明嗎？」

真矢歪著頭喃喃地說。

「因為，妳會對討厭的人說妳看得見鬼魂，嚇他們不是嗎？然後，對喜歡的人則是上吊給他看，所以我想妳是的。」

早樹內心暗自擔心這樣說會不會有點太尖銳，但還是半開玩笑地說。真矢皺起眉頭，表情沉鬱，卻同意般點了好幾次頭。

「那個美波也會這樣嗎？」

「這個嘛，可能沒有那麼極端，不過我就是覺得妳們很像。」

「頭一次有人說我跟別人像。」

真矢像個孩子般說，然後瞪著半空。

「不高興？」

「不會。」她搖頭。「這種事，不重要。」

早樹擔心是不是惹她不高興了，沒說話，真矢則是喝著紅酒，也不是刻意要告訴什麼人，就低聲說起來：

「也是啦。也許我是很極端。那個人實在太愛說謊太不負責任，我這幾年一直很生氣。可是又離不開他，好恨自己沒用。剛才我也說了，我好像是太依賴了。就是會有點賴著男人。所以才會想說，要是我裝死，讓他厭煩，我也就離得開他了。不過，我那時候想死了就算了也是事實哦。可是，結果吃虧的，顯然只有我。他呢，事務所和家庭都好好的。很可笑吧。」

真矢把弄著酒杯一口氣說完。

「妳和他分手了？」

「嗯。」她答得乾脆。「再也不會見面了。都看到本性了，受夠了。就這一點來說是成功了。」

寢室那邊傳來聲響，早樹一驚，怕是克典醒了。她很想和真矢兩個人一直這樣天南地北聊下去。

然而，克典就像是明瞭早樹的心思般沒有出現。早樹鬆了一口氣。

「妳說的這些真有意思。」

「會嗎？」真矢聳聳肩。「我醫院一睜眼，眼前就是個白髮蒼蒼的老頭。正想說如果是醫生年紀也太大了，原來是我爸。一陣子不見，他頭髮全都變白了，嚇我一跳。」

真矢自顧自地繼續說。

「這老頭是誰啊？才剛想，就聽到『真矢，這麼久沒見，好不容易見到了，竟然是在醫院』這種意有所指的話。啊啊，是老爸啊，害我好掃興。他啊，在那種時候，就愛講些文青調，好讓人稍微有點距離感。以為那樣叫幽默。真是舊時代的人。」

女兒很毒舌。

「克典很擔心妳。」

「所以啊，他是怕我步我媽的後塵對不對？因為有人說我媽可能是自殺的。」

「是嗎？」

「我也是這麼懷疑。」明明是很嚴肅的事，真矢的語氣卻很隨便。「因為她精神上可能有點脆弱。」

「為什麼？」

「因為，我爸是那種只對工作，或說只對賺錢感興趣的人。他才不管什麼家人，本質是很冷漠的。他只喜歡我哥。女兒根本不重要。反正又不是繼承人，就二等公民。」

「我覺得克典很公平。」

早樹一插嘴，真矢便歪頭。

「在妳看來當然是了。」她這樣論斷。「我爸那個人很自我中心。我媽喜歡東京。她最喜歡逛街、看歌舞伎、看電影了。所以她被扔在這裡一定很寂寞。這裡景觀是很好，可是又沒有電影院，附近連書店、ＤＶＤ出租店都沒有。我媽常抱怨說連百貨公司也沒有。我媽又不會開車，我爸一天到晚在東京，她一定很無聊。東京的房子明明可以留著，我爸卻自作主張把四谷的房子拆了。他自己喜歡海，住這裡當然好，可是我媽應該很受不了吧。她又討厭曬太陽，不太出門。」

「可是，我聽說她會和真矢妳一起出國玩，我以為妳們感情很好。」

「又不能一天到晚出國。我也沒辦法一直陪著她呀。」

早樹沒說話，真矢看著她的臉說：

「妳一定也覺得很無聊吧？被關在這種地方，一直照顧老人。難道不是嗎？」

「是啊。有時候是會覺得很悶，不過，我那時候只想隱居遁世，所以正好。」

「啊，那時候。」

真矢耳朵很靈地大膽指出。然後，拿起紅酒瓶，幫早樹倒了之後，把剩下的全部倒進自己的酒杯。細微的紅酒渣在真矢的杯裡盤旋。

「有酒渣。」

早樹出言提醒，真矢一聲「沒差」，連同酒渣喝下。酒杯一放下，便看到深紅色的酒渣附著在她嘴唇上。

早樹正猶豫著要不要提醒她時，客廳那邊響起：

「塩崎太太，不好意思。我長谷川。」

本來在整理庭院的長谷川打開了客廳的玻璃門喊早樹。

「失陪一下。」

早樹留真矢一人在廚房，走向客廳。長谷川就站在玻璃門後。

早樹一開門進客廳，長谷川便將玻璃門關小一

些，免得太多外面的冷空氣跑進去，只露出半張臉。

「太太，下午的作業比預期還早完成。塩崎先生在嗎？我想跟他打聲招呼。」

「好的。我去叫他。」

「不好意思，麻煩了。」

長谷川取下頭上的毛巾。

「外面很冷，請進來吧。」

「不了，我身上髒，在外面等就好。」

去叫克典前，早樹告訴窺看客廳情況的真矢：

「長谷川先生說他想打個招呼，我去叫克典。」

「那，我要去睡了。」

真矢拿著酒杯站起來。

「要不要一起吃晚飯？」

「不了。」真矢當場拒絕。

「那，妳晚飯怎麼辦？」

「我半夜再自己吃，妳就讓我自己來吧。」

一想到克典放心不下又會豎起耳朵在意真矢動向，就覺得一切毫無進展。

「有什麼關係，一起吃嘛。」

早樹懇求，但真矢仍頭也不回地回自己房間去了。

「克典，長谷川先生說想打招呼。」

早樹一開寢室的門，只見克典戴著老花眼鏡，側躺著打盹。看來剛才的聲響是早樹聽錯了。

克典醒來，轉頭看早樹。

「現在幾點？」

慌張地看了錶。下午快四點。

「長谷川先生說年底最後的作業完成了，想跟你打聲招呼。」

「好。那，我要起來了，可是身體好沉。」

克典拖拖拉拉的。

「晚上會睡不著的，還是快點起來吧。」

「說的也是。」

嘿咻一聲才抬起上身的樣子十足老人樣。早樹回想著真矢的話，望著丈夫。被真矢討厭成那樣，真可憐。

「怎麼了？」克典看了早樹的臉。「妳喝酒了？」

「我把剩下的紅酒喝掉了。」

沒說是和真矢一起喝的。

「那些妳全喝掉了？真是好酒量。」

克典笑著，慢慢下了床。穿上披在椅子上的運動夾克，走出寢室。白髮豎起來了。

或許是醉了，早樹突然很睏，便換她躺在床上。

真想不管晚餐的準備工作就這樣睡著。早樹這才發現，青木的存在造成的壓力，遠比她以為的還沉重。

躺下來，把真矢留在母衣山，他們夫婦離開的這個想法，一直在腦海中盤旋。和克典兩人住都心的公寓如何？自己重新展開工作，克典可以看看電影、打打高爾夫球，隨興度日。少了庭院克典或許會若有所失，但以他的個性，一定能找到別的樂趣。這樣想會不會太樂觀了？

「怎麼？妳躺下啦？」

早樹一直不出現，克典便來看看情況。

「抱歉，我好像喝多了。」

「那妳躺一躺吧。我和長谷川就在庭院裡。」

克典立刻關上門。

正迷迷糊糊要入睡時，放在床頭桌的手機響了。也許是美波。早樹摸索著拿起電話。

「喂。」

沒人應聲。早樹驚訝地看了來電影示，是「公共電話」。心一陣亂跳。幹太死了，她本就認為再打來也不足為奇。而且，還有另一個原因支持這個想法。

「喂，請問哪位？」

她豎起耳朵，細聽對方的電話裡傳來的聲響。遠遠有車聲。一名女子邊說話邊經過般的聲音就在旁邊。對方是在電話亭裡。

「喂，請問是哪位？請不要再打這種無聲電話了。」

當然沒有回答。

早樹坐起來，看了枕邊的鐘。她上床才過了短短十分鐘。她已完全清醒，酒也醒了，重新拿好手機：

「喂，庸介？是庸介的話就回答。」

無聲。

「是庸介吧？所以你果然還活著。你為什麼想聽我的聲音？是想道歉嗎？也是啦，你騙了所有人，躲了起來。但為什麼現在又現身了？告訴我。」

早樹覺得有一瞬間好像聽見對方呼氣。早樹把手機貼在耳朵上。彼此沉默著，過了幾十秒。

「你都不說話。既然這樣，我來說。可是，要是有人過來我立刻就掛斷。我想媽媽應該都告訴你了，你應該都知道了。我再婚了。這也是當然的，你失蹤都八年了。這段期間發生了好多事，我累了。所以，我和一個溫柔的人再婚了。而且是等到你被認定死亡以後才結婚的。之所以七年才認定，想必是海上保安廳也覺得可疑吧。」

一口氣說到這裡，觀察對方的反應。什麼聲響都沒有。

「我先生年紀大我很多，但人很溫柔。他讓我過優渥的生活。當然，我們並不是什麼問題都沒有，但和你對我做的事情比起來，根本不算什麼。」

無聲。

「我早就在想你今天可能會打電話給我。因為幹太死了。幹太終究什麼都不肯告訴我。可是，我不恨他。因為他也生了病，飽受折磨。不，折磨他的不是病。應該是讓他淪落到這個地步的事吧。每個人或多或少都會有些早知道便如何如何的遺憾，但我想幹太一直懊悔著什麼無法挽回的事。但願那不是你拜託他的事。他還年輕，真的很可憐。幹太的事，你有什麼想法？」

依舊無聲。早樹等了一會兒，才繼續說：

「你一定很想跟我說話吧。可是，剛才我也說了，我累了。這半年，我一直聽到『你或許還活著』的耳語，讓我好不安。我一直東想西想，是我什麼地方逼得你這麼做嗎？你不惜騙我也要消失的原因是什麼？想得我好累。你說，你是不是很過分？我好不容易死了心，走入新生活，為什麼你就是不肯讓我好好安頓下來？既然消失了，就不要再出現呀。還是你對之前的生活還有所留戀？」

早樹認為打這通電話的肯定是庸介沒錯。

「你現在在媽媽那裡吧？剛才我打電話的時候，聽到顧爾德的巴哈。那是你喜歡的曲子。我花了一點時間才想起來，一想起那是顧爾德的時候，還打了一個寒顫。媽媽不再說你的事也很奇怪。你回大泉學園了吧。我說中了吧？你要怎麼活我都無所謂。但是，不要再打電話到我這裡來。對了，不如你再死一次？拜託，請你消失。」

說到這裡停下來，正調整呼吸的時候，一個微不可聞的聲音響起：

「對不起。」

早樹全身立時起了一顆顆碩大的雞皮疙瘩。那確實是庸介的聲音。

「喂，等等！」

早樹趕緊說。但電話掛了，以後只怕再也不會打來了。

心臟還怦怦跳。庸介的聲音還在耳中迴響。

『對不起。』

低低的聲音似乎有些遲疑，語速偏快。

早樹萬萬沒想到，偏偏就在幹太過世的這一天，聽到八年前遇難身亡的前夫親口說話的聲音。

彷彿抓交替一般，過去的死者復活了。

這樣的諷刺讓早樹感覺不祥到極點。死而復生的庸介正是所有災禍的元凶。一個欺騙妻子、欺騙雙親、欺騙朋友的男人。

回過神時，早樹已掀開被子，從床上跳下來了。此刻的她，叉著腿站得直挺挺的，急促地大口喘氣。

『對了，不如你再死一次吧。拜託，請你消失。』

當下脫口而出的話非常偏激，簡直不敢相信是出自自己之口。

但是，那也是早樹的真心話。事到如今，她根本一點也不想看到庸介。

她巴不得對他沒死的事一無所知。所以，她希望他從自己面前消失，永永遠遠不要再出現。

從母衣山望著相模灣，她沒有一天不想起庸介。

一想到庸介就沉沒在那片海的某處，她就不會再去海邊玩水，更不用說搭船了。

庸介。你當初到底圖謀些什麼？

你身上發生了什麼事？

為何如今又現身？

虧你有那個臉打電話給你拋棄的妻子。

忽然間，她想起美波簡訊裡的文句。

『我們在做了無數無可挽回的傻事中慢慢老去，又在得不到原諒的情況下漸漸死去。』

「我不會原諒你。」

早樹明明白白低聲說出來。頓時，她不知道該如何是好，抱著頭蹲下來。

這樣的現實，自己應付不了。對，忘掉一切，睡吧。晚飯什麼的，管他呢。

早樹打開床頭桌的抽屜，找克典吃的安眠藥。從鋁箔片取下兩錠，因為沒有水，便放在舌下用唾液溶化。

早樹再次上床，蓋好羽絨被。拚命閉眼，祈求早點入眠。

「咦，睡著了？真難得。」

「還不起來？」

「晚飯怎麼辦呢。」

克典似乎來過幾次，在枕畔唸唸有辭，但早樹不管，繼續睡。

雖覺得做了什麼不好的夢，所幸她全都忘了。

突然間，她在昏暗中醒來。身旁傳來規律的鼾聲。克典背對著她睡著。

一看鐘，半夜三點多。她是傍晚入睡的，才會在這個奇怪的時間醒來。

發覺自己還穿著衣服，早樹便小心不吵醒克典，輕手輕腳下了床。

走出寢室去上廁所。廚房和客廳的燈似乎開著。

早樹上過廁所，才去看廚房。真矢正站在瓦斯爐前吃泡麵。看她仍是白天那身穿著，可見她連澡都沒洗。

「坐下來吃吧？」

真矢回頭，邊把泡麵的湯喝光邊問：

「怎麼了，這時候爬起來。」

早樹不想說原因。

「總覺得很累，早睡，結果就醒了。」

「還不都是因為我在？」

真矢臉上沒有絲毫笑容，語帶諷刺。

「不是。」早樹搖頭。

真矢似乎懷疑這句話的真偽，垂下眼。然後再次抬眼，以平平板板的聲音說：

「妳看起來不太舒服。」

「因為發生了有點震驚的事。」

早樹很想乾脆把一切都告訴真矢。可是，真矢多半沒有能量承受。

那不如跟克典說？不，克典可能會大怒，去罵菊美，甚至去報警。

「不是爸的關係？」

真矢的眼中透露出沒有自信的怯懦之色。

「和克典沒有關係。」

口好渴。早樹從冰箱裡拿出罐裝啤酒，拉開拉環。

站著就喝起來，朝真矢看。或許是感覺到早樹的視線，只見她別過臉，看不清表情。

「真矢，妳要是有靈異能力，要不要猜猜我身上發生了什麼事？」

「妳現在變得很討人厭。」

大概是認為早樹譏諷她吧。真矢毫不掩飾地皺起眉。

「抱歉。我有點自暴自棄。」

真矢敷衍地哦了一聲，把泡麵杯放在爐台上。一副不想扯上關係的樣子。

「真矢，這裡給妳住好不好？」

早樹大著膽子拜託。

「為什麼？」

「我覺得妳比較適合。」

「幹麼突然這樣。」真矢苦笑。

「因為，妳喜歡母衣山吧？妳在部落格裡寫過。」

「妳和爸爸結了婚，這裡是妳家啊。」

真矢打開抽油煙機，從口袋裡拿出菸，點著。

抽油煙機一開始轉動，便有一絲冬夜清冷的味道。真矢的香菸的煙，被轉動的抽油煙機吸走。

「我爸哪裡好？」

真矢別過頭，吐了煙。

「每個人都這麼問。」早樹靜靜地答。「這個問題明明對我、對克典都很失禮，大家卻都問得理直氣壯。」

早樹站累了，拿著罐裝啤酒在餐桌的椅子上坐下。

「為了錢？」

早樹苦笑：

「這也常有人說。」

「不是啦，就是覺得，竟然有人肯跟一個女兒跟自己年紀一樣大的大叔在一起。」

早樹在手中把弄啤酒罐：

「這一點我不怎麼在意。如果我才二十多歲，大概完全無法想像跟一個大自己三十歲的人結婚吧。可是，我是快四十歲才認識克典的，而且那時候，前一次的婚姻處在不知道到底結束了沒的尷尬狀況，所以不上不下的，覺得動彈不得，很痛苦。可能是因為這樣吧，和克典說話的時候，覺得好像找到了容身之處。就覺得，啊啊，只要到這個人身邊去就好了。只要到他身邊，什麼都不想，放輕鬆過日子，就能忘記很多很多事。」

容身之處。自然而然說出口的話。

但脫口而出的話，比任何雄辯都更加貼切地陳述了早樹和克典的婚姻。

可以不用逞強，自在地做自己。可以不用談情說愛，只要成熟地為彼此設想。

真矢一語不發，默默抽菸。

「也許說了妳也不懂。」

「為什麼？因為我沒結過婚？」

聽來似乎有所不滿。她大概曾因未婚而遇到一些不舒服的事。

「不是的。是因為我現在煩心的事太不尋常了。」

「什麼事？」

真矢用自來水熄了菸，把菸蒂丟進垃圾筒。

「妳答應我不告訴任何人？」

真矢點頭。

「包括克典在內？」

「我不會說的。」

「昨天，我死掉的丈夫打電話來了。」

看得出真矢的臉沒了血氣。她覺得恐怖。

「他不是死了嗎？」

真矢小聲問。

「好像是假裝遇難，躲起來了。」

「昨天我不是說，我有一個叫美波的朋友的前男友死了？

「我想他是因為這樣太過震驚才打來的。因為他的遇難跟這個前男友好像有很深的關聯。」

真矢眼中閃現知性的光芒。

「那，妳有什麼打算？要跟爸分手？」

「怎麼可能。我叫我前夫再去死。」

「咦！那他要是再也不打來怎麼辦？」

真矢很吃驚。

「那樣才好。」說完，早樹壓扁啤酒罐。「因為，如果他真的騙了我，那他真的很過分。自從八年前他去釣魚一去不回，我每天都像活在地獄裡。他的釣友也每天出海幫忙找人，他父母和我也在三崎港待了好幾天。因為他們說不知道什麼時候會找到屍體。可是，一直沒找到，所以他母親就一直心存希望。想著也許哪一天他會回來，哀求我不要從當時住的地方搬走。那時候，我在路上看到背影很像他的人都差點去認，也常做夢，夢見他回來。還去找算命師幫忙找，花錢費力，弄得筋疲力盡，等到認定死亡的時候，我甚至覺得終於解脫了。這件事，克典也很理解。」

菊美要了兩百萬的事她實在不敢說。

「我都不知道。」

真矢嘆了一口氣，拿著菸盒走到瓦斯爐前。乖乖打開抽風機才點菸。

「妳會把那個人還活著的事告訴爸嗎？」

「不會。」早樹搖頭。

「為什麼？」

「因為已經完全跟我無關了。所以，我想從這裡搬出去。」

「這跟搬出去有什麼關係？」

「因為我已經下定決心，要和克典在東京生活了。我再也不想看到海了。因為我丈夫死在相模灣。」

「原來如此。」真矢似乎接受了這個說法。「可是，爸會答應嗎？」

「我會說服他的。」

「要是他還是不願意呢？」

真矢的說法好像是要試探早樹的愛情。

「那就只好分開住了。」

到時候，又要尋找另一個容身之處嗎？早樹忽然感到希望，想像著百葉窗後寬廣遼闊、日升漸明的天空。

2

時近年底。明天就是美佐子的六週年忌。

在智典熱心周旋之下，就克典、智典和真矢三人，在鎌倉的菩提寺舉辦美佐子的六週年忌法事。但，歷經數番爭吵，那之後的餐會結果還是中止了。

優子和早樹都不出席，是因為真矢吵著「優子去我就不去」。

克典苦笑著對早樹說：

「所以就決定就家人簡單辦。真矢大概是因為和優子是同學，有競爭意識吧。實在是太孩子氣了。」

儘管抱怨，對於真矢已逐漸恢復到有自我主張，克典顯然很高興。

那之後，優子打電話來。

「聽說六週年忌早樹也不去？」

「嗯。好像是就家人自己辦。」

早樹答得提心吊膽，果然，優子很生氣。語氣也變得尖銳。

「真矢那個人，自殺未遂那時候那麼憔悴乖巧，現在已經很會耍任性了嘛。沒想到她生命力還真強。之前不是說自殺是假的嗎。她真的很自我中心，早樹也很不好過吧？」

「可是，我覺得她沒有那麼壞。」

事實上，自從那晚早樹坦誠真心之後，真矢便不再關在自己房間裡，白天也會到廚房、客廳了。

雖然還是不和克典說話，至少肯一起辦法事，可見真矢的心漸漸打開，慢慢恢復健康了。

「喲，妳和她合得來喔。」優子諷刺道。「那，真矢情況如何？」

「很好呀。也會跟我說話。一開始，她都關在房間裡，找她吃飯也不肯回答。又日夜顛倒。不過，現在好像都正常了。雖然還是不跟我們一起吃飯，不過現在會大大方方在廚房吃了。」

「哦。不過，吃的都是早樹做的吧？」

「對呀。不過都是一些普通的東西。」

因為真矢在，就不能隨意和克典外食。青木辭職之後，早樹的日常生活便是去採買食材，再默默做三人份的餐點。

「讓真矢自己做就好了啊。」

「說的也是。」早樹笑了。她倒是沒想到過。一心認為真矢還是病人，家事是身為主婦的自己的本分。

「那，以後呢？」

優子擔心地問。

早樹心意已決，但當然會猶豫要不要跟優子說。

「等真矢再好一點，克典會決定吧。」她含糊答道。

「是喔。我先生說，真矢回家，爸爸顯得格外高興。再這樣下去，早樹就要變成三個人住了。」

優子威脅般斷言。

「這我沒辦法。」

早樹明白回答。雖然沒有定下期限，但她認為遲早都必須和克典談這件事。

「那當然，怎麼想都不行啊。妳好可憐。」

同為媳婦，優子一點也不客氣。

「對了，妳要去夏威夷跨年？」

早樹一改變話題，優子立刻答道：

「對對對。下星期我和孩子們先過去，我先生再來會合。」

去年早樹剛結婚，年底和克典在母衣山靜靜地過，過完年，只有早樹一人回娘家。今年還沒決定。

「妳也來夏威夷嘛。說起來，那裡本來是爸爸的別墅。」

「下次吧。」

「早樹也出國散散心比較好。不然，會被逼瘋的。」

「就是啊，我會考慮的。」

之前因為庸介的關係，早樹根本無心想那些，但現在她開朗地這麼說。

「那，新年快樂。請幫我問候大家。」

優子照例在最後變得客套，然後掛了電話。

早樹拿著手機，呆呆站在那裡，出去散步的克典拿著郵件回來了。

「妳在跟誰通話嗎？」克典指著手機說。

「哦，優子。」

「優子啊。是不是讓她不高興了啊？」

克典說得很像擔心優子被排除在法事之外，但內心應該是以事情順利進行為優先。所以早樹也隨口回答：

「沒有，她約我們去夏威夷。」

「是嗎，妳正月要怎麼過？」

「問問真矢吧？」

早樹是順口說的，沒有特別的意思，克典卻皺起眉頭：

「要由早樹決定才行。」

話是沒錯，但要真矢同住，目的之一是監視她的行動，總不能由早樹來決定正月的行程。

早樹覺得，克典只有口頭上表現得一副以她的想法為優先。

克典的做法，總是假裝向對方讓步，其實我行我素。早樹也漸漸明白為什麼真矢會說克典冷酷了。

「啊，這個，是妳母親寄來的。」

克典將一個郵包遞給早樹。母親總是這樣將現在仍寄到娘家的廣告信函、同學會通知等整理起來，整疊寄來。

「謝謝。」

早樹接過之後，克典指指真矢房間的方向問：

「真矢在哪裡啊？」

「今天早上還沒見到她，大概是在房間吧。」

「是嗎？妳能不能去約她，偶爾三個人去吃中飯？我想吃蕎麥麵了。」

「你自己去說呀。」

被早樹冷回，克典笑了：

「也對。」

克典沒什麼把握地，走向真矢的房間。看著他的背影，早樹打開了郵包。

裡面有幾封廣告信，和一封厚厚的信。

信封上的字很眼熟。早樹立刻心跳加速，看母親寫的字條時，手也抖個不停。

「妳那裡都好嗎？

最近都沒有妳的消息，和妳爸爸說起不知道妳怎麼樣了。偶爾也發個信過來吧。

對了，有妳的信，所以轉寄給妳。我想是加野太太寄來的，可是不知道為什麼收件人寫的是妳的舊姓，而且又寄到家裡。

老實說，媽媽覺得有點詭異，但還是寄給妳。

有事務必聯絡。母」

那封信用的是茶色的商務信封，上面以黑色簽字筆寫了埼玉娘家的住址。收件人也是「笹田早樹小姐」，是娘家的姓氏。

背面，只有大泉學園的住址和「加野」二字。筆跡是庸介的，確然無疑。

顯然就連忘了庸介筆跡的母親也感到可疑。畢竟是應該已死的女婿來的信。

正出神時，克典探頭進客廳：

「真矢說不去，我們別管她，去逗子吃蕎麥麵吧。」

「好。幾點？」

早樹拿著郵包問。

「十二點半吧。我會在書房。」

看來喜愛外食的克典終於忍不住了。

距離出門還有一個多鐘頭的時間，但早樹決定不做真矢的午餐。真矢只要用冰箱裡的食材自己做就行了。

早樹從衣櫥裡拿出羽絨外套。穿上鬆軟的外套，來到庭院。海風雖冷，但向陽的南斜坡很暖。

早樹走向藤架。住在石堆裡的蛇，現在應該在冬眠了吧。帶來不祥耳語的蛇，是真矢，是自己，也是庸介。

早樹在冰冷的花崗岩石椅坐下來，從郵包裡取出那封信。撕掉信封上方。裡面有幾張以影印紙列印的信。螞蟻般的黑字密密麻麻聚在一起的樣子，如同庸介的妄念，讓她感到有些噁心。

笹田早樹小姐　收

早樹：

好久沒有寫妳的名字，在信封上寫下時，我的心臟猛然跳動。

它就這樣又急又猛地跳個不停，讓我難以喘息。意想不到的肉體反應，讓我領悟到我對妳的所作所為是如何罪孽深重，因而驚懼戰慄。

正如妳所說，我卑劣下作，不值得活在這個世上。想必是當我假裝從這個世上消失那時，有什麼也一起從我內心脫落了。

如今回想，那或許是作為一個人最起碼的東西。

愛，誠意。我不知道何以名之，但我永遠失去了這些。如今的我，只不過是一具徒具人形的空殼。

我遲早會自絕性命。

不必妳說，我便有此打算。我是向母親告別了才出來的。只不過，我不敢老實告訴為重逢而歡喜的老母親說我要去死。

對妳，在真正告別的同時，我想寫下我過去做了什麼、為什麼這麼做。

或許妳會說，事到如今妳不想知道。

但是，既然真的要離開人世，我自己也非得找個人訴說我為何將如此坎坷的命運加諸於自己身上。

就算妳打從心底瞧不起我，認為我這個人多麼愚蠢、噁心也無妨。請把我的話看完。

過去那幾年，我是這樣向母親解釋的：

我落水之後，被沖到千葉縣突出於海中的某個不知名海灘。因遇難的打擊喪失了記憶，什麼都不記得了。一個住處如同廢屋的獨居老婆婆可憐我，讓我住在她家裡，我便耕耕田、到附近的醬油工廠工作。

後來，那個老婆婆過世了，我便繼續住在那座廢屋裡。直到最近才終於恢復記憶，便回來了。

母親相信了我編的這些，真心高興。

我說我沒錢，母親便給了我二百萬現金。聽她說這是妳的再婚對象塩崎先生匯來的錢時，我真是無地自容。

母親說，妳與優尼索德的塩崎會長再婚，過著富足的生活。

但是，母親對妳的再婚似乎很不滿。

她說妳轉身就把我忘了，被錢閃瞎了眼才再婚等等，將妳說得不堪入耳。

但是，我能了解妳的空虛。我想，妳一定是對婚姻不抱任何幻想了。

我的後悔，有部分也是因為沒能好好待妳。對

於我當時對妳的作為，我真的萬分抱歉。

我是在大約一個月前去了母親家，在那之前，我去了許多充滿回憶的地方。

想著也許能見到妳，也去過笹田家門前。結果令尊回來了。他一臉不可思議地看我，我落慌而逃，但心裡非常懷念。

記得決定與妳結婚時，我曾去笹田家拜訪。妳母親儼然正統幹練的老師，父親是萬事悠然的生物老師，弟弟則是初出茅廬的數學老師。

我是上班族家庭的獨生子，對於笹田家一家人聚在一起，凡事直言不諱，有商量、有玩笑，內心好生羨慕。

我家很陰沉，被厚厚的烏雲籠罩。那其實也是我失蹤的原因。

妳也知道，我父親是製造業的技術人員，退休後擔任子公司的顧問。雖然也算小有成就，卻是個

傲慢、不懂得為人著想的人。

母親有點古怪，有時候不知道她會說出什麼話，這樣的母親讓我覺得有理說不清，我並不喜歡母親。

婚前，妳曾去過我家幾次對吧。當時，妳有沒有覺得哪裡怪怪的？

我記得的是，妳一來，父親立刻心情大好，相反的母親則變得情緒緊繃，很神經質。

我想妳也隱約發現了。我父親無條件地偏愛年輕女子。我家不和的原因，便是父親有著年輕的愛人。

或許是因為如此，身為專職主婦的母親將所有精力投注於我的教育。我的存在，也是母親生存的意義。

母親害怕與父親離婚，完全是為了將我教養成人，她也不敢正面指責父親，一直鬱鬱寡歡。

至今我仍記得，我小學六年級的那個夏天。

傍晚，我從暑期補習班疲累地回到家，卻不見母親的身影。我以為她去買東西，卻聽到家裡面傳來激烈的啪沙、啪沙聲，很像有人在打布。

我驚訝地去看，看到母親從寢室衣櫥裡拿出父親的西裝，拆下衣架便摔在榻榻米上。我想有好幾件，全都拆下來摔，摔了之後又撿起來，喊著「王八蛋、王八蛋」再摔。

母親一定是在父親西裝口袋裡找到了什麼吧。

母親絕非溫柔的慈母，但在我面前也從來沒有露出過這般狂亂的模樣，所以我還記得我嚇得躲在自己房間裡。

但是，事後母親一臉什麼事都沒發生過的樣子，若無其事地來喊我「小庸，吃飯了」，令人不寒而慄。

但是，我記得從那時候開始，父母親即使在我面前也開始針鋒相對。

雖然不敢明說，但母親會兜著圈子向父親表示她知道他外面有女人，父親則認為母親令人生厭，更加不回家。

話雖如此，父親是個只重外在形象的老狐狸，也不會破壞家庭，就讓一切不清不楚地懸著。

他的做法很陰險，他不會外宿，但故意透過舉止讓母親知道他在外面享樂、享豔福。

這使我更加討厭父母，連看都不願意看到他們，無心念書。

於是進入了成績立刻退步、挨父母罵、反抗不念書的惡性循環。

妳也知道，我是從國立附小直升附屬國中，但直升附屬高中有升級考，要是成績退步，就只能去別的高中。我的劇變使父母困惑、著急。

某日，我想從母親的錢包裡偷錢時，在卡夾裡發現一張紙條。

折成四方形的紙條上，寫著一個阿佐谷的住址，以及一名女性的名字「今泉朋香」。

我很確定這是我父親的情婦的名字。母親可能是自己或是委託什麼人查出了她的姓名和住址。

我用小字將那個住址和名字抄在數學筆記的一角。

那是我國二的五月。我的成績已經落在班上後段了。

我被母親狠狠責罵，說再這樣下去上不了附中，還說她要去跟父親說。母親說的是「你爸爸也不會饒你的」。

由衷痛恨父親的母親，以及踐踏母親的尊嚴、疏遠她的父親，只有這時候會互相勾結？真是笑死我了。那我偏要做他們兩個最討厭的事，於是我就去了今泉朋香的家。

那是從中央線上就可以看到的一幢小小的低樓層公寓。紅瓦白牆，遠遠地就很醒目，但感覺得出屋齡很老了，房租應該不怎麼高。

我家是大泉學園，所以從朋香家搭計程車的話，三十分鐘左右就會到。

原來父親把女人養在這麼方便的地方？我又感覺到父親的狡猾與他對朋香的用心。

好像是傍晚六點左右吧。我按了三樓朋香家的門鈴。那時候，我懷著隨便怎樣都無所謂的心情。

「喂。」對講機傳出一個清亮的聲音。

「我姓加野。」我一這麼說，門立刻就開了。

一個嬌小可愛的女子站在那裡。

我知道父親的情婦很年輕，但之前我想像不出成年女子是什麼樣子，總是會想成母親或朋友的媽媽。但是，眼前的女子，怎麼看都只有二十出頭。

「嚇我一跳。」

今泉朋香似乎真的很驚訝，伸手掩著嘴。

那時候，她好像剛下班回到家，穿著白襯衫灰長褲，外加黑色開襟衫，很是樸素。

頭髮是短髮，與其說有女人味，更像是個靚麗的少年。

「你該不會是加野先生的兒子吧？」

「我是。」

「你怎麼會來這裡？」

朋香問，好像覺得很好笑，所以我很意外。因為我暗自期待朋香會更害怕。

我本來是一心想讓瞧不起我這個小孩的卑鄙大人吃癟的。

「想看看妳是什麼樣的人。」

「就是這樣的人。」朋香說完笑了。「一起吃個飯吧？」

我一點頭，朋香便從屋裡拿了側背包出來，鎖了門。我還記得她用的是米老鼠鑰匙圈。

然後，朋香帶我去附近一家小小的中餐館，請我吃了炒飯和煎餃。

我一直以為父親的情婦會無微不至地照顧他、親手煮飯給他吃、洗澡時幫他刷背，萬萬沒想到會是這麼學生模樣的一個人。

「請和我爸爸分手。」

我狂妄地說了這種話。可是，其實不管父親再自我、母親再痛苦，我都不在乎。

我只要我自己舒服開心，什麼都不必煩惱地專心念書，進好大學就好了。我家的每一個人都很自私。

「這不是孩子應該說的話。」

朋香想了一會兒，喝著炒飯附的湯時這麼說。

我認為她說的對。

我就這樣在朋香家裡待了將近一個月。

白天去上學，朋香下班回來之前在安靜的屋裡念書，等她回來了，就一起去中餐館或麥當勞。

朋香像個快活的姊姊，和她在一起永遠都是新鮮的。老實說，我對我父親有一點點改觀。

我打電話給母親，她當然一直叫我回家，但我和朋香在一起很開心、很舒服，所以我沒有回去。

父親呢，兒子去住到自己情婦家裡，似乎是很頭痛，但他裝作和朋香沒有任何關係。

朋香比我大十二歲，當時是二十六歲，在我父親服務的公司的會計部上班。父親喜歡上朋香，幫她選了公寓，好像也給她少許金錢上的資助。

我在朋香家賴了一個月之後，父親來接我，於是我終於回家了。

我騙父親說「媽太可憐，我去求她跟你分手」。

兒子跑去找自己的情婦，父親或許是丟不起這個臉，不久就和朋香分手了。

高二的夏天，我和朋香終於發展為男女關係。我愛上朋香，跟在她身後打轉。而我和朋香的關係，在與妳結婚之後依然持續著。

朋香和父親分開之後，便辭了工作，離開了阿佐谷的公寓。她搬到江東區的公寓，在電影公司擔任行政工作，每週與我見一次面。

我離不開朋香。但是，要我公開和她的關係，我實在做不到。因為，她是絕對無法告知父母的對象，但更重要的是，我無法原諒和我所瞧不起的父親喜歡上同一個女人的自己。

我遇見妳時，曾試著和朋香分手。我喜歡理性又開朗的妳。可是，我無論如何都無法和她分手。既然這樣，我大可和朋香結婚，但我無法下定決心和一個年長我十二歲、又無法介紹給父母的女子共度一生。

我一直深信我和朋香的關係是畸形而醜陋的。其實明明就不是。

但是，我覺得太丟臉，不敢告訴妳。我是個軟弱、窩囊的男人。

我謊稱和大家去釣魚，其實是去朋香家，和朋香在一起。回到有妳痴痴等候的家，則謊稱釣了多少魚。

不久，我就身心俱疲。因為我發現，我在重蹈父親的覆轍。而且，對象還曾經是我父親的情婦。

我一累，就和妳吵架吵個沒完。我們吵的架，簡直就是我父母的翻版。

我三十五歲時，朋香告訴我她懷孕了。她已經四十七歲。她說，那是最後的機會，她想生下來。其實，朋香已經拿過兩次孩子，所以我不敢叫她不要生。

而對妳，我卻聲稱不要孩子。我真的是個自私狡猾的人。

朋香生下孩子時，新生命的誕生令我無比感動。原以為我們的關係畸形醜陋，卻有了豐饒的新展望。

我開始考慮捨棄過去的一切，成為另一個人。

離開妳，離開父母，放下大學的工作，把過去的自己丟得乾乾淨淨，成為世外之人。好和長久以來與我相伴的朋香一起生活。

我和好友佐藤幹太商量，他說不是不可能，於是我堅定了我的決心。

加野庸介將在某一天消失，成為一個誰也不認識的人，悄悄生活。

儘管這是個可怕的想法，但當時我對一切都感到走投無路，深信這是唯一的辦法。

我與幹太查了天氣，盡可能選一個海上能見度差但風平浪靜的日子，駕兩艘船分別從不同的港口出海。我從三崎港，幹太從鐙摺港。

然後，我們說好在南西浮標那裡會合，選好時間，讓船並排，我再跳到幹太的釣船上。

然後我在船上換好衣服，回到鐙摺港，幹太再開車送我逃到東京都心。

我和朋香和兒子住在幹太的故鄉，愛知縣的S市。我在那裡當短期工，在汽車廠和零件廠工作。兒子的成長是我唯一的期盼。

但是，這樣的生活也逐漸崩壞，這是為什麼呢？

我沒有戶籍，不能認領兒子。我們是家人，但社會卻不把我們當家人。我想當一個世外之人，卻因為有家人而由不得我。

懦弱的我開始喝酒。有時候喝了酒就動粗。然後，也會思念妳。

是真的。我懷念與妳正當的生活（對不起我這樣形容）。在大學裡教學生、看書、翻譯、與妳交換意見。我常常想，早知道就繼續那樣的生活。

想當然耳，朋香厭倦了這樣的我。朋香與一個來自巴西的工人好了起來，決定帶著我的兒子去巴西。於是，我們去年夏天分手了。那之後，我就一個人寂寞地過日子。

妳先生給的那兩百萬，我已經寄去給朋香，希望她用在兒子身上。對不起，謝謝。

這就是我的故事的全部。

幹太死了，我非常遺憾。

他在幫我逃走之後，和借釣船給他的釣船民宿的女兒結了婚。她雖不知道詳細內情，但懷疑幹太做了什麼違法的事。

害幹太英年早逝的，無疑的就是我。我明白了一旦有違常理，一定會付出代價。但已經太遲了。

最後，我真的很對不起妳。

我不會求妳原諒。

請妳不要原諒我。

這樣我才比較心安。

我打算這就了結我這一生，最後想聽聽妳的聲音，便打了電話。結果妳對我說「請你消失」。我想，這正是對軟弱的我的餞別。

謝謝妳。願妳永遠幸福。

好久沒有寫我們的名字，這是最後一次了。對不起用了妳的舊姓。然後，對不起讓妳遇到這些事。再見。

加野庸介

只有「笹田早樹小姐」這個收件人姓名和「加野庸介」的簽名是手寫的。

不是加野早樹，也不是塩崎早樹，以舊姓寫的姓名，和他自己的名字「加野庸介」。

庸介假死之後，用的想必是不同的名字，卻分別寫了兩人相識時的名字，早樹覺得這顯現出庸介想回到過去的天真。

遇難的前一晚，庸介和平常一樣，一副期待去釣魚的樣子。然後第二天早上甚至和早樹因細故拌嘴。

做出如此細緻的背叛和偽裝，現在卻又說後悔的男人，真的有心尋死嗎？

早樹望著相模灣，隨手撿拾過去的事，一一加以驗證。

相模灣起了白浪。這樣的日子要是坐釣船出海，庸介大概無法跳上幹太的船吧。失敗的話，他們會再試嗎？

如果不會再試，庸介會放棄去朋香身邊，選擇與自己生活嗎？

幫忙偽裝工作的幹太是因此而酗酒的嗎？

新城的魚梁的那個小女孩的話，是真的嗎？如果是，當時的絕望在自己心中是如何改變的？

自己會因為這樣一封信就原諒庸介嗎？

不，辦不到。早樹向海大大搖頭。

「喏，那是情書？」

身後響起真矢的聲音。早樹吃驚回頭。

手指夾著菸的真矢，不知何時已站在藤架下。身上是她平常穿的領口寬鬆的黑色高領毛衣和牛仔褲。她縮著脖子似乎很冷，但十二月的冬陽落在南面斜坡上，很暖和。

「不是，才不是什麼情書。」

早樹說不下去，視線飄忽。

『我不會求妳原諒我。請不要原諒我。』

因為她想起了信書的這兩句話。

「不然是什麼？」真矢任菸冒著煙，小聲問。

「看妳看得那麼認真，我還以為是情書。」

「我從來沒收過情書。」

早樹聳聳肩。

「說起來，我也沒有。也沒寫過。」真矢說。

「我倒是寫過幾次。」

早樹想起和庸介結婚前曾寫過幾封信。那時候自己正與庸介熱戀。

然而，庸介只回了「謝謝，我很高興」的簡訊。想起當時的失落，早樹苦笑。

「好純情啊。」

真矢偷看了早樹的表情，調侃道。

「也許吧。」

「那，那是什麼？」

看來真矢想打破沙鍋問到底。

「這個，相當於遺書。」早樹反手藏起庸介的信，問真矢：「妳寫過遺書嗎？」

「沒有。我只有用LINE通知，說我現在要去

死。還寫了想到這樣就不用再看到你的臉，就鬆了一口氣，拜拜。」

「可是，妳沒死。」

「對，本來就是要鬧他的。」

真矢笑了。一笑，那個傷痕便從高領的領口露出來，但已經只剩一道紅色而已了。

「妳千萬不要死哦。死了可不行哦。」

回過神來，早樹對真矢說了這種話。

「幹麼，突然講這些。說教？」

真矢一臉驚愕，倒仰了一下，但早樹不理。

「那不重要，借一下打火機。」

真矢什麼都沒說，從牛仔褲後口袋抽出打火機遞過去。

早樹接過，把庸介的信放在石堆上點了火。

「哎呀呀！」真矢驚訝地叫道。「真的要燒掉嗎？」

一度差點熄滅的火，因乾燥的空氣突然熊熊燃燒。

火焰轉眼便將幾張紙燒光。石頭上留下了紙型的黑色灰燼，上面仍有列印的文字。

然而，一陣風吹來，吹散了黑色的灰燼。早樹把石堆上殘餘的灰燼吹掉。心裡唸著：就這樣飛進相模灣吧。

燒剩的灰燼四散紛飛。

「啊——啊，石頭都變黑了。」

真矢指著石堆上的痕跡說。

「沒關係。這是紀念。」

早樹摸摸燒過的痕跡說。

「什麼的紀念？」

真矢吃驚地問。

「青春的紀念吧。」

「真好意思說。我們都四開頭了。」

真矢笑了。

「對喔，那就是開始邁向老太婆的紀念。」

「我也是。」

真矢突然正色表示同意，但早樹不明白真矢的心情。自己的想法，也無法讓別人明白吧。光是有一個無法讓別人明白的想法，就有種變成老人的感覺。

放在羽絨外套口袋裡的手機響了。早樹嚇了一跳拿出來，戰戰兢兢地看了。到現在她還是會怕，會不會是「公共電話」打來的。

但，是克典。

「喂，早樹，妳在哪裡？已經出門了嗎？」

克典悠哉地問。

「我在庭院裡。真矢也一起。」

「原來。妳不在屋裡，我還以為妳自己跑去蕎麥麵店了，害我緊張了一下。」

「怎麼可能。」早樹笑了。

不久，便看到克典從窗戶向她們揮手。遠遠看過去，是個白髮老人。

「真矢，揮揮手嘛。」

「不了。」真矢說著側過身，又點了菸。「剛才那個，燒了真的沒關係嗎？」

「沒關係。」

但是，早樹還記得克典打電話來時心中的動搖。儘管害怕仍有所期待，這樣一顆心到底想要什麼？

早樹重看了還留在手機通話紀錄裡的「公共電話」那幾個字。

『我不會求妳原諒我。請不要原諒我。』

庸介該不會打算一輩子一直對自己說同樣的話吧。而自己則一直回答「不原諒」。

不會吧、不會吧。早樹轉頭去看掀起白浪的相模灣，繼續否認，心裡想著，石堆裡冬眠的蛇會不會知道自己的害怕？

PL00080

無盡的耳語

作　者—桐野夏生
譯　者—劉姿君
編　輯—黃煜智
校　對—魏秋綢
企　劃—吳儒芳
封面設計—莊謹銘
內頁排版—綠貝殼資訊有限公司
總 編 輯—胡金倫
董 事 長—趙政岷
出 版 者—時報文化出版企業股份有限公司
108019台北市和平西路三段二四〇號七樓
發行專線—（〇二）二三〇六六八四二
讀者服務專線—〇八〇〇二三一七〇五
（〇二）二三〇四七一〇三
讀者服務傳真—（〇二）二三〇四六八五八
郵撥—一九三四四七二四時報文化出版公司
信箱—一〇八九九台北華江橋郵局第九九信箱
時報悅讀網—http://www.readingtimes.com.tw
思潮線臉書—https://www.facebook.com/trendage
法律顧問—理律法律事務所　陳長文律師、李念祖律師
印　刷—紘億印刷有限公司
初版一刷—二〇二一年四月二十九日
初版二刷—二〇二一年六月七日
定　價—新台幣五八〇元
（缺頁或破損的書，請寄回更換）

時報文化出版公司成立於一九七五年，
並於一九九九年股票上櫃公開發行，於二〇〇八年脫離中時集團非屬旺中，
以「尊重智慧與創意的文化事業」為信念。

無盡的耳語／桐野夏生著；劉姿君譯 . -- 初版 . --
臺北市：時報文化 , 2021.5
面；14.8×21 公分
譯自：とめどなく囁く

ISBN 978-957-13-8794-9（平裝）

863.57　　110003792

TOMEDONAKU SASAYAKU
by Natsuo Kirino
Copyright © 2019 Natsuo Kirino
All rights reserved.
Originally published in Japan by Gentosha Inc., Tokyo.
Chinese (in complex character only) translation rights arranged with
Natsuo Kirino, Japan
through THE SAKAI AGENCY and AMANN CO., LTD.

ISBN 978-957-13-8794-9
Printed in Taiwan